Vicente Blasco Ibáñez

La catedral

Barcelona **2023**
linkgua-digital.com

Créditos

Título original: La catedral.

© 2023, Red ediciones S.L.

e-mail: info@linkgua.com

Diseño de cubierta: Michel Mallard.

ISBN rústica: 978-84-9953-192-2.
ISBN ebook: 978-84-9953-191-5.

Sumario

Brevísima presentación

La vida

Vicente Blasco Ibáñez (1867-1928). España.
Nació en Valencia el 29 de enero de 1867. Estudió Derecho pero no ejerció esa profesión y se dedicó a la política y la literatura.

Con veintiún años se inició en la Masonería el 6 de febrero de 1887 y adoptó el nombre simbólico de Danton en la Logia Unión n.º 14 de Valencia y después en la logia Acacia n.º 25.

Allí recibió el encargo del presidente Raymond Poincaré de escribir una novela sobre la guerra: *Los cuatro jinetes del Apocalipsis* (1916), que fue un auténtico éxito de ventas en los Estados Unidos.

Blasco Ibáñez murió en Menton (Francia) el 28 de enero 1928.

Gabriel Luna regresa a la Catedral de Toledo, sitio en que nació y creció. Su familia ha trabajado en la catedral durante generaciones como jardineros, y él estudió en su seminario; pero a punto de ordenarse, estalla la guerra carlista y Gabriel combate por la causa del pretendiente a la Corona.

La guerra termina y, en vez de regresar, Gabriel se marcha a Francia, aprende el idioma, hace nuevas amistades y lee a Darwin, Kropotkin y Bakunin. Viaja por Europa implicado en conjuras anarquistas y es perseguido, y encarcelado en la cárcel de Montjuich. Tras dos años de penurias, enfermo y debilitado, es liberado y regresa a la Catedral de Toledo.

Su hermano Esteban lo acoge. Gabriel se muestra pasivo y dócil, ante los consejos de este, mientras recupera algo de su maltrecha salud. Luego entabla amistad con el resto de los vecinos, el campanero, el zapatero, el perrero, que es sobrino suyo, don Luis, el maestro de capilla y entonces renace el Gabriel anarquista, defensor de los marginados.

La mayoría del grupo cree que Gabriel es solo un hombre de palabras y deciden iniciar una rebelión que termina en tragedia.

I

Comenzaba a amanecer cuando Gabriel Luna llegó ante la catedral. En las estrechas calles toledanas todavía era de noche. La azul claridad del alba, que apenas, lograba deslizarse entre los aleros de los tejados, se esparcía con mayor libertad en la plazuela del Ayuntamiento, sacando de la penumbra la vulgar fachada del palacio del arzobispo y las dos torres encaperuzadas de pizarra negra de la casa municipal, sombría construcción de la época de Carlos V.

Gabriel paseó largo rato por la desierta plazuela, subiéndose hasta las cejas el embozo de la capa, mientras tosía con estremecimientos dolorosos. Sin dejar de andar, para defenderse del frío, contemplaba la gran puerta llamada del Perdón, la única fachada de la iglesia que ofrece un aspecto monumental. Recordaba otras catedrales famosas, aisladas, en lugar pree- minente, presentando libres todos sus costados, con el orgullo de su belleza, y las comparaba con la de Toledo, la iglesia-madre española, ahogada por el oleaje de apretados edificios que la rodean y parecen caer sobre sus flancos, adhiriéndose a ellos, sin dejarla mostrar sus galas exteriores más que en el reducido espacio de las callejuelas que la oprimen. Gabriel, que conocía su hermosura interior, pensaba en las viviendas engañosas de los pueblos orientales, sórdidas y miserables por fuera, cubiertas de alabastros y filigra- nas por dentro. No en balde habían vivido en Toledo, durante siglos, judíos y moros. Su aversión a las suntuosidades exteriores parecía haber inspirado la obra de la catedral, ahogada por el caserío que se empuja y arremolina en torno de ella como si buscase su sombra.

La plazuela del Ayuntamiento era el único desgarrón que permitía al cris- tiano monumento respirar su grandeza. En este pequeño espacio de cielo libre, mostraba a la luz del alba los tres arcos ojivales de su fachada principal y la torre de las campanas, de enorme robustez y salientes aristas, rematada por la montera del «alcuzón», especie de tiara negra con tres coronas, que se perdía en el crepúsculo invernal nebuloso y plomizo.

Gabriel contemplaba con cariño el templo silencioso y cerrado, donde vivían los suyos y había transcurrido lo mejor de su vida. ¡Cuántos años sin verlo! ¡Con qué ansiedad aguardaba a que abriesen sus puertas...!

Había llegado a Toledo la noche anterior en el tren de Madrid. Antes de encerrarse en un cuartucho de la «Posada de la Sangre» —el antiguo «Mesón del Sevillano», habitado por Cervantes— había sentido una ansiosa necesidad de ver la catedral; y pasó más de una hora en torno de ella, oyendo el ladrido del perro que guardaba el templo y rugía alarmado al percibir ruido de pasos en las callejuelas inmediatas, muertas y silenciosas. No había podido dormir. Le quitaba el sueño verse en su tierra después de tantos años de aventuras y miserias. De noche aún, salió del mesón para aguardar cerca de la catedral el momento en que la abrieran.

Para entretener la espera, iba repasando con la vista las bellezas y defectos de la portada, comentándolos en alta voz, como si quisiera hacer testigos de sus juicios a los bancos de piedra de la plaza y sus tristes arbolillos. Una verja rematada por jarrones del siglo XVIII se extendía ante la portada, cerrando un atrio de anchas losas, en el cual verificábanse en otros tiempos las aparatosas recepciones del cabildo y admiraba la muchedumbre los gigantones en días de gran fiesta.

El primer cuerpo de la fachada estaba rasgado en el centro por la puerta del Perdón, arco ojival enorme y profundo, que se estrecha siguiendo la gradación de sus ojivas interiores, adornadas con imágenes de apóstoles, calados doseletes y escudos con leones y castillos. En el pilar que divide las dos hojas de la puerta, Jesús, con corona y manto de rey, flaco, estirado, con el aire enfermizo y mísero que los imagineros medioevales daban a sus figuras para expresar la divina sublimidad. En el tímpano, un relieve representaba a la Virgen rodeada de ángeles, vistiendo una casulla a San Ildefonso, piadosa leyenda repetida en varios puntos de la catedral, como si fuese el mejor de los blasones. A un lado, la puerta llamada de la Torre; al otro, la de los Escribanos, por la que entraban en otros tiempos, con gran ceremonia, los depositarios de la fe pública a jurar el cumplimiento de su cargo; las dos con estatuas de piedra en sus jambas y rosarios de figurillas y emblemas que se desarrollaban entre las aristas hasta llegar a lo más alto de la ojiva.

Encima de estas tres puertas, de un gótico exuberante, se elevaba el segundo cuerpo, de arquitectura grecorromana y construcción casi moderna, causando a Gabriel Luna la misma molestia que si un trompetazo discordante interrumpiese el curso de una sinfonía. Jesús y los doce apóstoles, todos de tamaño natural, estaban sentados a la mesa, cada uno en su hornacina, encima de la portada del centro, limitados por dos contrafuertes como torres que partían la fachada en tres partes. Más allá extendían sus arcadas de medio punto dos galerías de palacio italiano, a las que más de una vez se había asomado Gabriel cuando jugaba, siendo niño, en la vivienda del campanero.

«La riqueza de la iglesia —pensaba Luna— fue un mal para el arte. En un templo pobre se hubiese conservado la uniformidad de la fachada antigua. Pero cuando los arzobispos de Toledo tenían once millones de renta y otros tantos el cabildo, y no se sabía qué hacer del dinero, se iniciaban obras, se hacían reconstrucciones, y el arte decadente paría mamarrachos como la Cena.»

A continuación se elevaba el tercer cuerpo, dos grandes arcos que daban luz al rosetón de la nave central, coronado todo por una barandilla de calada piedra que seguía las sinuosidades de la fachada entre las dos masas salientes que la resguardan: la torre y la capilla Mozárabe.

Gabriel cesó en su contemplación, viendo que no estaba solo ante el templo. Era casi de día. Pasaban rozando la verja algunas mujeres con la cabeza baja y la mantilla sobre los ojos. En las baldosas de la acera sonaban las muletas de un cojo, y más allá de la torre, bajo el gran arco que pone en comunicación el palacio del arzobispo con la catedral, reuníanse los mendigos para tomar sitio en la puerta del claustro. Devotas y pordioseros se conocían. Eran todas las mañanas los primeros ocupantes del templo. Este encuentro diario establecía en ellos cierta fraternidad, y entre carraspeos y toses se lamentaban del frío de la mañana y de lo tardo que era el campanero en bajar a la iglesia.

Se abrió una puerta más allá del arco del Arzobispo, la de la escalera que conducía a la torre y las habitaciones del claustro alto, ocupadas por los empleados del templo. Un hombre atravesó la calle agitando un gran manojo de llaves, y rodeado de la clientela madrugadora comenzó a abrir la puerta del claustro bajo, estrecha y ojival como una saetera. Gabriel le conocía: era Mariano el campanero; y para evitar que pudiese verle, permaneció inmóvil en la plaza, dejando que se precipitasen por la puerta del Mollete las gentes ansiosas de penetrar en la Primada, como si pudieran robarlas el sitio.

Por fin se decidió a seguirlas, y bajó los siete escalones del claustro, pues la catedral, edificada en un barranco, se halla más baja que las calles contiguas.

Todo estaba lo mismo. A lo largo de los muros, los grandes frescos de Bayeu y Maella representando los trabajos y grandezas de San Eulogio, sus predicaciones en tierra de moros y las crueldades de la gente infiel de gran turbante y enormes bigotes que golpea al santo. En la parte interior de la puerta del Mollete, el horrendo martirio del niño de La Guardia, la leyenda nacida a la vez en varios pueblos católicos al calor del odio antisemita: el sacrificio del niño cristiano por judíos de torva catadura, que lo roban de su casa y lo crucifican para arrancarle el corazón y beber su sangre.

La humedad iba descascarillando y borrando gran parte de esa pintura novelesca que orlaba la ojiva como la portada de un libro; pero Gabriel aún vio la horrible cara del judío puesto al pie de la cruz y el gesto feroz del otro que, con el cuchillo en la boca, se inclina para entregarle el corazón del pequeño mártir: figuras teatrales que más de una vez habían turbado sus ensueños de niño.

El jardín, que se extiende entre los cuatro pórticos del claustro, mostraba en pleno invierno su vegetación helénica de altos laureles y cipreses, pasando sus ramas por entre las verjas que cierran los cinco arcos de cada lado hasta la altura de los capiteles. Gabriel miró largo rato el jardín, que está más alto que el claustro. Su cara se hallaba al nivel de aquella tierra que en otros tiempos había trabajado su padre. Por fin volvía a ver aquel rincón de verdura; el patio convertido en vergel por los canónigos de otros siglos. Su recuerdo le había acompañado cuando paseaba por el inmenso Bosque de Bolonia y por el Hyde Park de Londres. Para él, el jardín de la catedral de Toledo resultaba el más hermoso de los jardines, por ser el primero que había visto en su vida.

Los pordioseros sentados en los escalones de la puerta le miraban curiosamente, sin atreverse a tenderle la mano. No sabían si aquel desconocido madrugador, con capa raída, sombrero ajado y botas viejas, era un curioso o uno del oficio que buscaba sitio en la catedral para pedir limosna.

Molestado por este espionaje, Luna siguió adelante por el claustro, pasando ante las dos puertas que lo ponen en comunicación con el templo.

La llamada de la Presentación, toda de piedra blanquísima, es una alegre muestra del arte plateresco, cincelada cual una joya, con adornos caprichosos y alegres de juguete. A continuación venía el respaldo del hueco de la escalera por la que los arzobispos descienden desde su palacio a la iglesia, un muro de junquillos góticos y grandes escudos, y casi a ras del suelo, la famosa «piedra de luz», delgada lámina de mármol transparente como un vidrio, que alumbra la escalera y es la principal admiración de los rústicos que visitan el claustro. Después, la puerta de Santa Catalina, negra y dorada, con gran riqueza de follajes policromos, castillos y leones en las jambas y dos estatuas de profetas.

Gabriel se alejó algunos pasos, viendo que por la parte de adentro abrían el postigo de esta portada. Era el campanero, que acababa de dar la vuelta al templo, abriendo todas sus puertas. Salió un perrazo estirando el cuello, como si fuese a ladrar de hambre; después, dos hombres con la gorra hasta las cejas, envueltos en capas de pañol pardo. El campanero sostuvo la cancela para que saliesen.

—¡Vaya, buenos días, Mariano! —dijo uno de ellos a guisa de despedida.

—Buenos nos los dé Dios... y dormir bien.

Gabriel reconoció a los guardianes nocturnos de la catedral. Encerrados en el templo desde la tarde anterior, se retiraban a sus casas a dormir. El perro emprendía el camino del Seminario para devorar las sobras de la comida de los estudiantes, hasta que le buscasen los guardianes para encerrarse de nuevo.

Luna bajó los peldaños de la portada y entró en la catedral. Apenas hubo pisado las baldosas del pavimento, sintió en el rostro la caricia fría y un tanto pegajosa de aquel ambiente de bodega subterránea. En el templo todavía era de noche. Arriba, las vidrieras de colores de los centenares de ventanas que, escalonándose, dan luz a las cinco naves, brillaban con la luz del amanecer. Eran como flores mágicas que se abrían a los primeros resplandores del día. Abajo, entre las enormes pilastras que formaban un bosque de piedra, reinaba la oscuridad, rasgada a trechos por las manchas rojas y vacilantes de las lámparas que ardían en las capillas haciendo temblar las sombras. Los murciélagos revoloteaban en las encrucijadas de las columnas, queriendo prolongar algunos instantes su posesión del templo, hasta que

13

se filtrase por las vidrieras el primer rayo de Sol. Pasaban volando sobre las cabezas de las devotas que, arrodilladas ante los altares, rezaban a gritos, satisfechas de estar en la catedral a aquella hora como en su propia casa. Otras hablaban con los acólitos y demás servidores del templo que iban entrando por todas las puertas, soñolientos y desperezándose como obreros que acuden al taller. En la oscuridad deslizábanse las manchas negras de algunos manteos camino de la sacristía, deteniéndose con grandes genuflexiones ante cada imagen; y a lo lejos, invisible en la oscuridad, adivinábase al campanero, como un duende incansable, por el ruido de sus llaves y el chirriar de las puertas que iba abriendo.

Despertaba el templo. Sonaban como cañonazos los golpes de las puertas, repitiéndolos el eco de nave en nave. Una escoba comenzó a barrer por la parte de la sacristía, produciendo el ruido de una enorme sierra. La iglesia vibraba con los golpes de algunos monaguillos que sacudían el polvo a la famosa sillería del coro. Parecía desperezarse la catedral con los nervios excitados: el menor frote le arrancaba quejidos.

Los pasos resonaban con eco gigantesco, como si se conmovieran todos los sepulcros de reyes, arzobispos y guerreros ocultos bajo sus baldosas.

El frío era más intenso en la iglesia que fuera de ella. Uníase a la baja temperatura la humedad de su suelo atravesado por las alcantarillas de desagüe, el rezumar de ocultos y subterráneos estanques, que manchaba el pavimento y hacía toser a los canónigos en el coro, «acortando su vida», como decían ellos quejumbrosamente.

La luz de la mañana comenzaba a esparcirse por las naves. Salía de la sombra la inmaculada blancura de la catedral toledana, la nitidez de su piedra, que hace de ella el más alegre y hermoso de los templos. Se marcaban con toda su elegante y atrevida esbeltez las ochenta y ocho pilastras robustos haces de columnas que suben audazmente cortando el espacio, blancos como si fuesen de nieve solidificada, y esparcen y entrecruzan sus nervios para sostener las bóvedas. En lo alto se abrían los grandes ventanales, con sus vidrieras que parecen jardines mágicos cubiertos de flores de luz.

Gabriel se había sentado en el zócalo de una pilastra, entre dos columnas, pero a los pocos instantes tuvo que ponerse de pie. La humedad de la piedra, el frío de tumba que circulaba por toda la catedral, le penetraba hasta los huesos. Anduvo por las naves, llamando la atención de las devotas, que interrumpían sus rezos al verle. Un forastero a aquellas horas, que eran las de los familiares de la iglesia, excitaba su curiosidad. El campanero se cruzó varias veces con él, siguiéndole con mirada inquieta, como si le inspirase poca confianza aquel desconocido de mísero aspecto vagando a la hora en que las riquezas de las capillas no pueden ser vigiladas.

Otro hombre tropezó con él cerca del altar mayor. Luna lo conoció. Era Eusebio, el sacristán de la capilla del Sagrario, el *Azul de la Virgen*, como se le llamaba entre la gente de la catedral por el traje color celeste que vestía en los días de ceremonia. Seis años iban transcurridos desde que Gabriel le vio por última vez, y no había olvidado su corpachón mantecoso, la cara granujienta, de frente angosta y rugosa, orlada de pelos hirsutos, y el cuello taurino, que apenas si le permitía respirar, convirtiendo sus aspiraciones en un resoplido de fuelle. Todos los empleados que vivían en el claustro alto envidiaban su cargo, por ser el más productivo y por el favor de que gozaba cerca del arzobispo y los canónigos.

El *Azul* consideraba el templo como de su propiedad, faltándole poco para arrojar de él a los que le inspiraban antipatía. Al ver a un vagabundo paseando por la iglesia, fijó en él los ojos insolentes, haciendo un esfuerzo por levantar sus cejas abultadas. ¿Dónde había visto a aquel pájaro raro? Gabriel notó su esfuerzo por concentrar la memoria, y evitó el ser examinado, volviéndose de espaldas para mirar con falsa atención un retablo colocado en una pilastra.

Huyendo de la recelosa curiosidad que despertaba su presencia en el templo, salió al claustro. Allí estaba mejor, completamente aislado. Los pordioseros charlaban sentados en los escalones de la puerta del Mollete. Pasaban por entre ellos los curas, embozados en el manteo, entrando apresuradamente en la catedral por la puerta de la Presentación. Los mendigos les saludaban por sus nombres, sin tenderles la mano. Los conocían, eran de la casa, y entre amigos no se mendiga. Ellos estaban allí para caer sobre los forasteros, y aguardaban pacientemente la hora de los «ingleses», pues solo de Inglaterra podían ser todos los extranjeros que llegaban de Madrid en el tren de la mañana.

Gabriel se mantenía cerca de la puerta, sabiendo que por ella entraban los que vivían en el claustro alto. Atravesaban el arco del Arzobispo, y siguiendo la escalera abierta en el palacio, bajaban a la calle, entrando en la catedral por la puerta del Mollete. Luna, que conocía toda la historia del famoso templo, recordaba el origen del nombre de la puerta. Primitivamente se llamó de la Justicia, porque en ella daba audiencias el vicario general del Arzobispado. Luego la llamaron del Mollete, porque todos los días, después de la misa mayor, el preste, con acólitos y pertigueros, se presentaba en ella a bendecir los panes de media libra o molletes que se repartían entre los pobres. Seiscientas fanegas de trigo —según recordaba Luna— se gastaban todos los años en esta limosna: pero era en los tiempos que la catedral cobraba todos los años más de once millones de renta.

Molestaban a Gabriel las miradas curiosas de los clérigos y beatas que entraban en la iglesia. Eran gentes acostumbradas a verse todos los días, siempre las mismas, a idéntica hora, y sentían revuelta su curiosidad cuando un rostro extraño alteraba la monotonía de su existencia.

Retirábase hacia el fondo del claustro, cuando algunas palabras de los mendigos le hicieron retroceder.

—Ahí viene el *Vara de palo* viejo.

—¡Buenos días, señor Esteban!

Un hombre pequeño, vestido de negro y rasurado como un clérigo, bajó los peldaños.

—¡Esteban...! ¡Esteban...! —dijo Luna interponiéndose entre él y la puerta de la Presentación.

El *Vara de palo* le miró con sus ojos claros que parecían de ámbar: unos ojos pasivos, de hombre acostumbrado a permanecer largas horas en la catedral sin que la más leve rebeldía de pensamiento llegase a turbar su inmovilidad beatífica. Dudó largo rato, como si no pudiese creer en la remota semejanza de aquella cara pálida y descarnada con otra que existía en su memoria; pero al fin se convenció de la identidad con dolorosa sorpresa.

—¡Gabriel...!, ¡hermano mío! Pero ¿eres tú?

Y su rostro rígido de servidor del templo, que parecía haber tomado la inmovilidad de las pilastras y las estatuas, se animó con una sonrisa cariñosa.

Los dos, estrechándose las manos, se alejaron por el claustro.

—¿Cuándo has venido...? Pero ¿en dónde has estado...? ¿Qué vida es la tuya? ¿A qué vienes?

El *Vara de palo* expresaba su sorpresa con incesantes preguntas, sin dar tiempo a que su hermano las contestase.

Gabriel explicó su llegada en la noche anterior; su permanencia ante la iglesia desde antes de amanecer, esperando el momento de ver a su hermano.

—Ahora vengo de Madrid; pero antes he estado en muchos sitios: en Inglaterra, en Francia, en Bélgica, ¿quién sabe dónde? He rodado de un pueblo a otro, siempre luchando con el hambre y con la crueldad de los hombres. Me siguen los pasos la miseria y la policía. Cuando me detengo, anonadado por esta existencia de Judío Errante, la Justicia, en nombre del miedo, me grita que ande, y vuelvo a emprender la marcha. Soy un hombre temible, así como me ves, Esteban: enfermo, con el cuerpo arruinado antes de la vejez y la certeza de morir muy pronto. Ayer mismo, en Madrid, me dijeron que iría de nuevo a la cárcel si prolongaba allí mi estancia, y por la tarde tomé el tren. ¿Dónde ir? El mundo es grande; mas para mí y otros rebeldes como yo se achica, se comprime, hasta no dejar un palmo de terreno en que poner los pies. En la tierra solo me quedas tú y este rincón tranquilo y silencioso donde vives feliz. En tu busca vengo; si me rechazas, no me queda más sitio para morir que la cárcel o un hospital, si es que quieren recibirme en él al conocer mi nombre.

Y Gabriel, fatigado por sus palabras, tosía dolorosamente, resonando su pecho como si el aire se deslizase por tortuosas cavernas. Se expresaba con vehemencia, moviendo instintivamente los brazos, como hombre habituado de larga fecha a hablar en público, ardiendo con la llama del proselitismo.

—¡Ah, hermano... hermano! —dijo Esteban con expresión de cariñoso reproche—. ¿De qué te ha servido tanto leer periódicos y libros? ¿Para qué ese deseo de arreglar lo que está bien, o si está mal no tiene arreglo posible...? De seguir tranquilamente tu camino, serías beneficiado de la catedral, y ¡quién sabe si te sentarías en el coro, entre los canónigos, para honra y amparo de la familia...! Siempre tuviste mala cabeza, por lo mismo que eres el más listo de entre nosotros. ¡Maldito talento que a tales miserias conduce...! ¡Lo que yo he sufrido, hermano, enterándome de tus cosas! ¡Cuántas amarguras desde la última vez que pasaste por aquí! Te creía contento y feliz en la imprenta de Barcelona, corrigiendo libros, con aquel sueldazo que era una fortuna comparado con lo que aquí ganamos. Algo me escamaba leer tu nombre con tanta frecuencia en los periódicos, unido a esos *metinges* en los que se pide el reparto de todo, la muerte de la religión y la familia, y qué sé yo cuántos disparates más. El *compañero* Luna ha dicho esto, el *compañero* Luna ha hecho lo otro; y yo ocultaba a la gente de la casa que el tal *compañero* fueses tú, adivinando que tantas locuras acabarían mal, forzosamente mal... Después... después vino lo de las bombas.

—Nada tuve que ver en ello —dijo Gabriel con voz triste—. Yo soy un teórico: abomino de la acción, por prematura e ineficaz.

—Lo sé, Gabriel. Siempre te creí inocente. ¡Tú tan bueno, tan dulce, que de pequeño nos asombrabas a todos con tu bondad; tú que ibas para santo, como decía nuestra pobre madre!, ¡matar tú! ¡Y tan traidoramente, por medio de artefactos del infierno...! ¡Jesús!

Y el *Vara de palo* calló, como aterrado por él recuerdo de los atentados en que habían envuelto a su hermano.

—Pero lo cierto fue —continuó al poco rato— que caíste en la redada que dio el gobierno al ocurrir aquellos sucesos. ¡Lo que yo sufrí una temporada! De vez en cuando fusilamientos en el foso del castillo que hay allá, y yo buscaba ansioso en los papeles los nombres de los sentenciados, siempre esperando encontrar el tuyo. Corrían rumores de tormentos horribles que se hacían sufrir a los presos para que cantasen la verdad, y pensaba en ti tan delicado, tan poquita cosa, creyendo que cualquier mañana te encontrarían muerto en el calabozo. Y aún sufría más por mi empeño de que aquí no se conociese tu situación. ¡Un Luna, el hijo del señor Esteban, el antiguo jardinero de la Primada, con el que conversaban los canónigos y hasta los arzobispos... mezclado entre la gentuza infernal que quiere destruir el mundo...! Por esto, cuando Eusebio el *Azul* y otros chismosillos de la casa me preguntaban si podrías ser tú el Luna de que hablaban los periódicos, yo decía que mi hermano estaba en América y que me escribías de tarde en tarde, por andar ocupado en grandes negocios. ¡Ya ves qué dolor! Esperar que te matasen de un momento a otro, y no poder hablar, no poder quejarse, comunicando la pena ni aun a los de la familia... ¡Lo que yo he rezado ahí dentro...! Acostumbrados los de la casa a ver todos los días a Dios y los santos, somos algo duros y pecadores; pero la desgracia ablanda el alma, y yo me dirigí a la que todo lo puede, a nuestra patrona la Virgen del Sagrario, pidiéndola que se acordase de ti, ya que ibas de niño a arrodillarte ante su capilla, cuando te preparabas para entrar en el Seminario.

Gabriel sonrió con dulzura, como admirando la simplicidad de su hermano.

—No rías, te lo ruego: me hace daño tu risa. La excelsa Señora lo hizo todo en favor tuyo. Meses después supe que a ti y a otros os habían metido en un barco, con orden de no volver más a España, y... hasta la hora presente. Ni una carta, ni una noticia buena o mala. Te creía muerto, Gabriel, en esas tierras lejanas, y más de una vez he rezado por tu pobre alma, que bien lo necesita.

El *compañero* mostraba en sus ojos el agradecimiento por estas palabras.

—Gracias, Esteban. Admiro tu fe, pero cree que no he salido tan bien como te imaginas de aquella aventura sombría. Mejor hubiese sido morir. La aureola del martirio vale más que entrar en un calabozo siendo un hombre y salir hecho un pingajo. Estoy muy enfermo, Esteban: mi sentencia de muerte es irrevocable. No tengo estómago, mis pulmones están deshechos, este cuerpo que ves es una máquina desvencijada que apenas si funciona, y cruje por todos lados como si las piezas fuesen a separarse y a caer cada una por su lado. La Virgen que me salvó por tu recomendación bien podía haber intercedido algo más en favor mío, ablandando a mis guardianes. Los infelices creían salvar al mundo dando suelta a los instintos de bestia que duermen en nosotros como restos del pasado... Después, en plena libertad, la vida ha sido más dolorosa que la muerte. Al volver a España, empujado por la miseria y las persecuciones, mi existencia ha sido un infierno. No he podido parar en ningún sitio donde se reúnen hombres. Me acosan como perros; quieren que viva fuera de las ciudades; me acorralan, empujándome hacia el monte, hacia el desierto, donde no existen seres humanos. Parece que soy un hombre temible, más temible que los desesperados que arrojan bombas, porque hablo, porque llevo en mí una fuerza irresistible que me hace propagar la Verdad apenas me veo en presencia de dos desgraciados... Pero esto se acabó. Puedes tranquilizarte, hermano. Soy hombre muerto; mi misión tocó a su fin; pero detrás de mí vendrán otros y otros. El surco está abierto y la simiente en sus entrañas. ¡Germinal! Así gritó un amigo mío de destierro cuando en España vio el último rayo de Sol desde el tablado del patíbulo... Voy a morir, y me creo con derecho al descanso por unos meses. Quiero gustar por primera vez en mi vida la dulzura del silencio, de la inmovilidad, del incógnito: no ser nadie, que nadie me conozca; no inspirar simpatías ni miedo. Quisiera ser una estatua de esa portada, una pilastra de la catedral, algo inmóvil, sobre cuya superficie resbalasen el tiempo, las alegrías y las tristezas, sin causar estremecimientos ni emociones. Anticipar la muerte; ser cadáver que respira y come, pero que no piensa, ni sufre, ni se entusiasma: ésa sería para mí la dicha, hermano. No sé adonde ir: los hombres me esperan más allá de esa puerta para acosarme otra vez... ¿Me quieres contigo...?

El *Vara de palo*, por toda contestación, empujó cariñosamente a Gabriel.

—¡Vamos arriba, loco! No morirás; yo te sacaré adelante. Lo que tú necesitas es calma y cariño. La catedral te curará. Aquí sanarás esa cabeza enferma, que parece la de Don Quijote. ¿Te acuerdas cuando de niño nos leías su historia en las veladas...? Anda adelante, fantasioso. ¿Qué te importa a ti que el mundo esté mejor o peor arreglado? Así lo encontramos, y así será siempre. Lo que importa es vivir cristianamente, con la certeza de que la otra vida será mejor, ya que es obra de Dios y no de los hombres. ¡Arriba, vamos arriba!

Y empujando cariñosamente al vagabundo, salieron del claustro por entre los mendigos, que habían seguido con mirada curiosa la entrevista sin poder escuchar una palabra. Atravesaron la calle, entrando en la escalera de la torre. Los peldaños eran de ladrillos rojos y gastados, y las paredes, pintadas de blanco, estaban cubiertas en todas sus revueltas de grotescos dibujos y enrevesadas inscripciones de las gentes que subían a la torre atraídas por la fama de la Campana Gorda.

Gabriel ascendía lentamente, jadeando y deteniéndose en cada tramo.

—Estoy malo, Esteban... muy malo. Este fuelle hace aire por todas partes.

Después, como arrepentido de su olvido, se apresuró a preguntar:

—¿Y Pepa, tu mujer? Supongo que estará buena...

Se contrajo la frente del empleado de la catedral y sus ojos pusiéronse vidriosos, como si fuese a llorar.

—Murió —dijo con laconismo sombrío.

Gabriel se detuvo, agarrándose a la barandilla, como inmovilizado por la sorpresa. Después de un corto silencio, añadió, con el deseo de consolar a su hermano:

—Pero Sagrario, mi sobrina, estará hecha una hermosura. La última vez que la vi parecía una reina, con su moño rubio y aquella carita sonrosada, de vello dorado, como un albaricoque de los cigarrales. ¿Se casó con el cadete o está contigo?

El *Vara de palo* puso el gesto más sombrío y miró a su hermano torvamente.

—Murió también —dijo con sequedad.

—¿También Sagrario ha muerto? —preguntó; Gabriel con extrañeza.

—Ha muerto para mí, y es lo mismo... Hermano, por lo que más quieras en el mundo, no me hables de ella.

Gabriel comprendió que despertaba una pena grande con sus preguntas y no dijo más, emprendiendo de nuevo la ascensión. En la vida de su hermano había ocurrido algo grave durante su ausencia: uno de estos sucesos que disuelven las familias y separan para siempre a los que sobreviven.

Atravesaron la galería cubierta del arco del Arzobispo y entraron en el claustro alto, llamado las Claverías: cuatro pórticos iguales en la longitud a los del claustro bajo, pero desnudos de toda decoración y con un aspecto mísero. El pavimento era de ladrillos gastados y rotos. Los cuatro lados que daban sobre el jardín tenían una barandilla entre las chatas columnas que sostenían la techumbre de añejas vigas. Era una obra provisional, de tres siglos antes, que había quedado para siempre en tal estado. A lo largo de las paredes enjalbegadas abríanse sin simetría las puertas y ventanas de las habitaciones que venían ocupando los servidores de la catedral, transmitiéndose oficio y vivienda de padres a hijos. El claustro, con sus pórticos bajos, ofrecía el aspecto de cuatro calles, cada una de las cuales solo tenía una fila de casas. Enfrente estaba la chata columnata, sobre cuyas barandillas asomaban sus copas puntiagudas los cipreses del jardín. Por encima del tejado del claustro veíanse las ventanas de la segunda fila de habitaciones, pues casi todas las casas de las Claverías tenían dos pisos.

Era un pueblo que vivía sobre la catedral al nivel de los tejados, y al llegar la noche y cerrarse la escalera de la torre quedaba aislado de la ciudad. La tribu semieclesiástica se procreaba y moría en el corazón de Toledo, sin bajar a sus calles, adherida por tradicional instinto a aquella montaña de piedra blanca y calada, cuyos arcos la servían de refugio. Vivía saturada del olor del incienso y respiraba el perfume especial de moho y hierro viejo de las catedrales, sin más horizonte que las ojivas de enfrente o el campanario, que aplastaba con su mole un pedazo del cielo que se veía desde el claustro alto.

El *compañero* Luna creyó retroceder de golpe a la niñez. Chicuelos semejantes al Gabriel de otros tiempos corrían jugando por las cuatro galerías o se sentaban encogidos en la parte del claustro bañada por los primeros rayos del Sol. Mujeres que le recordaban a su madre sacudían sobre el jardín las mantas de las camas o barrían los rojos ladrillos inmediatos a sus viviendas. El *compañero* vio aún borrosos en la pared dos monigotes que había pintado con carbón cuando tenía ocho años. Sin los pequeñuelos que gritaban y reían persiguiéndose, se hubiera creído que la vida estaba en suspenso en este rincón de la catedral, como si en aquel pueblo casi aéreo no naciese ni muriese nadie.

El *Vara de palo*, cejijunto y sombrío desde las últimas palabras, quiso dar algunas explicaciones a su hermano.

—Vivo en nuestra casa de siempre. Me la han dejado en consideración a la memoria del padre. Hay que agradecerlo a los señores del cabildo, teniendo en cuenta que no soy más que un triste *Vara de palo*... Desde que ocurrió la «desgracia» tengo una vieja que arregla la casa, y además vive conmigo don Luis, el maestro de capilla. Ya le conocerás: un sacerdote joven, de mucho valer, que aquí está oscurecido; un alma de Dios, al que tienen por un loco en la catedral y vive como un ángel.

Entraron en la casa de los Luna, que era de las mejores de las Claverías. Junto a la puerta, dos hileras de macetas en forma de relojera, clavadas al muro, dejaban pender las cabelleras verdes de sus plantas. Dentro, en la sala que servía de recibimiento, Gabriel lo encontró todo lo mismo que en vida de sus padres. Las paredes blancas, que con los años habían tomado un moreno color de hueso, estaban adornadas con grabados antiguos de santos. La sillería de caoba, brillante por el continuo frote, ofrecía cierto aspecto de juventud, que contrastaba con sus curvas de principios de siglo y sus asientos próximos a desfondarse. Por una puerta entreabierta se veía la cocina, en la que había entrado su hermano para dar órdenes a una mujer vieja de aspecto tímido. En un rincón de la sala estaba enfundada una máquina de coser. Luna había visto trabajando en ella a su sobrina la última vez que pasó por la catedral. Era el recuerdo permanente que había dejado la «pequeña» después de aquella catástrofe que despertaba en el padre un dolor sombrío. Al través de una ventana de la sala veía Gabriel el patio interior, que hacía apetecible aquella habitación entre todas las de las Claverías: un espacio de cielo libre, con los cuartos superiores sostenidos por cuatro filas de delgadas columnas de piedra, que daban al patio el aspecto de un pequeño claustro.

Esteban volvió a reunirse con su hermano.

—Tú dirás lo que quieres almorzar. En la cocina todo está listo. Pide, hombre, pide por esa boca. Aunque pobre, he de poder poco si no te saco a flote, quitándote ese aspecto de muerto resucitado.

Gabriel sonrió tristemente.

—Es inútil que te esfuerces. Mi estómago acabó. Le basta con un poco de leche, y gracias que lo admita.

Esteban dio órdenes a la vieja para que bajase a la ciudad en busca de leche, y cuando iba a sentarse al lado de su hermano, se abrió la puerta que daba al claustro, asomando por ella una cabeza de hombre joven.

—¡Buenos días, tío! —exclamó.

Tenía un perfil achatado y perruno; los ojos eran de malicia, y peinaba lustrosos tufos pegados arriba de las orejas.

—Pasa perdido, pasa —dijo el *Vara de palo*.

Y añadió, dirigiéndose a su hermano:

—¿Sabes quién es éste...? ¿No? Pues el hijo de nuestro pobre hermano, que Dios tenga en su gloria. Vive en las habitaciones altas del claustro con su madre, que lava la ropa de coro de los señores canónigos y riza unas sobrepellices que da gozo verlas... Tomás, muchacho, saluda al señor. Es tu tío

Gabriel, que acaba de llegar de América, y de París, ¡y qué sé yo de dónde! De tierras que están muy lejos, muy lejos.

El muchacho saludó a Gabriel, algo intimidado por la cara triste y enferma de aquel pariente, del que había oído hablar a su madre como de un ser misterioso y novelesco.

—Aquí donde lo ves —prosiguió Esteban dirigiéndose a su hermano y mostrándole al muchacho—, es la peor cabeza de la catedral. El señor canónigo Obrero más de una vez le hubiese puesto de patitas en la calle si no fuese por consideración a la memoria de su padre y de su abuelo y al apellido que lleva, pues todos saben que los Luna son antiguos en la catedral como las piedras de sus muros... No se le ocurre calaverada que no la realice: en plena sacristía jura como un impío a espaldas de los señores beneficiados. ¡No digas que no, granuja!

Y le amenazaba con una mano, entre severo y risueño, como si en el fondo de su pensamiento le hiciesen cierta gracia las faltas del sobrino. Éste acogía la reprimenda con muecas que agitaban su cara de movilidad simiesca y sin bajar los ojos, que tenían una fijeza insolente.

—Es una mala vergüenza —continuó el tío— que te peines así, como la chulería de la corte que viene a Toledo en las grandes fiestas. En la buena época de la catedral ya te hubiesen pelado al rape. Pero como en estos tiempos de desamortización, libertad y desgracias, nuestra santa iglesia es pobre como una rata, la miseria no deja humor a los señores del cabildo para fijarse en detalles, y todo anda abajo que da lástima. ¡Qué abandono, Gabriel! ¡Si lo vieras! Esto parece una oficina como esas de Madrid adonde va la gente a cobrar y echa a correr enseguida. La catedral es hermosa como siempre, pero no se encuentra por parte alguna la majestad del culto del Señor. Lo mismo dice el maestro de capilla, indignándose al ver que en las grandes fiestas solo toman asiento en medio del coro hasta media docena de músicos. La gente joven que vive en las Claverías no tiene amor a nuestra Primada y se queja de lo cortos que son los sueldos, sin tener en cuenta el temporal que aguanta la religión. Si esto continúa, no me extrañará ver a este pájaro y a otros tan tunantes como él jugando a la rayuela en el crucero... ¡Dios me perdone!

Y el simple *Vara de palo* hizo un gesto escandalizándose de sus palabras. Después continuó:

—Este señorito, aquí donde lo ves, no está contento con su estado, y eso que, siendo casi un mocoso, ocupa el cargo que su pobre padre no pudo conseguir hasta los treinta años. Quiere ser torero, y hasta un domingo se atrevió a salir en una novillada en la plaza de Toledo. Su madre bajó desmelenada como una Magdalena a contármelo todo, y yo, pensando que su padre había muerto y me correspondía hacer sus veces, aguardé al señor cuando volvía de la plaza echándolas de guapo, y lo arreé desde la escalera de la torre hasta su habitación con la misma vara de palo que me sirve en la catedral. Él te dirá si tengo la mano dura cuando me enfado... ¡Virgen del Sagrario! ¡Un Luna de la Santa Iglesia Primada metido a torero! ¡Poco rieron los canónigos y hasta el señor cardenal, según me han dicho, al conocer el caso! Un beneficiado de buen humor le apodó desde entonces el *Tato*, y así le llaman todos en la casa. ¿Has visto, hermano, qué honra proporciona a la familia este tuno...?

El silenciario pretendía anonadar con su mirada al *Tato*, pero éste sonreía, sin impresionarse gran cosa con las palabras de su tío.

—Y no creas, Gabriel —continuó—, que a este individuo le falta un pedazo de pan y por eso hace tales disparates. A pesar de su mala cabeza, tiene desde los veinte años el cargo de perrero de la santa catedral: ha llegado adonde solo se llegaba en tiempos mejores después de muchos años y buenas agarraderas. Cobra sus seis realitos diarios, y como anda suelto por la iglesia, puede enseñar las curiosidades a los forasteros. Con las propinas que le caen está mejor que yo. Los extranjeros que visitan la catedral, gentes descomulgadas que nos miran como monos raros y encuentran todo lo nuestro curioso y digno de risa, se fijan en él. Las inglesas le preguntan si ha sido toreador, y él ¡para qué necesita más...! Al ver que le dan por el gusto, suelta el saco de las mentiras (porque a embustero nadie le echa la pata encima) y cuenta las grandes corridas que lleva dadas en Toledo y fuera de él, los toros que ha muerto... y esos bobalicones de Inglaterra toman nota en sus álbumes, y hasta alguna rubia patuda dibuja de un trazo la cabeza de este trapalón. A él lo que le interesa es que le crean las mentiras y al final le larguen la peseta; le importa poco que esos herejes se vayan a su tierra propalando que en la catedral de Toledo, en la Iglesia Primada de las Españas, los empleados son toreros y ayudan a las ceremonias del culto entre corrida y corrida. Total, que gana más dinero que yo, y a pesar de esto, se cree postergado en su cargo... ¡Un empleo tan hermoso! ¡Marchar en las grandes procesiones al frente de todos, junto a la gran manga de la Primada, con una horquilla forrada de terciopelo rojo para sostenerla si es que cae, y vestido con un ropón de brocado escarlata, como un cardenal! Hasta se parece en ese traje, según dice el maestro de capilla, que sabe mucho de tales cosas, a un tal *Diente* o no sé cómo, que hace siglos vivía en Italia y bajó al infierno, escribiendo su viaje en verso.

Sonaron pasos en una angosta escalerilla de caracol que, perforando el muro, comunicaba el recibimiento con el piso superior.

—Es don Luis —dijo el *Vara de palo*—. Va a decir su misa en la capilla del Sagrario, y después al coro.

Gabriel se levantó del sofá para saludar al sacerdote. Era pequeño y de constitución débil, resaltando en él desde el primer golpe de vista la desproporción entre el cuerpo enfermizo y la cabeza enorme. La frente, abombada y saliente, parecía aplastar con su peso las facciones morenas e irregulares, alteradas por la huella de las viruelas. Era feo, y sin embargo, la expresión de sus ojos azules, el brillo de la dentadura sana, blanca e igual, que parecía iluminar la boca, y la sonrisa ingenua, casi infantil, que plegaba los labios, daban a su rostro esa expresión simpática que revela a los seres sencillos ensimismados en sus aficiones artísticas.

—¿Conque el señor es ese hermano de quien tanto me ha hablado usted? —dijo al oír la presentación que hacía Esteban.

Tendió su mano a Gabriel amistosamente. Los dos eran de aspecto enfermizo: el desequilibrio orgánico parecía atraerles fraternalmente.

—Ya que el señor ha estudiado en el Seminario —dijo el maestro de capilla—, conocerá algo de música.

—Es lo único que recuerdo de aquellas enseñanzas.

—¡Y al viajar tanto por el mundo, habrá oído cosas buenas...!

—Algo hay de eso. La música es para mí la más grata de las artes. Entiendo poco de ella, pero «la siento».

—Muy bien, muy bien. Seremos amigos. Ya me contará usted cosas. ¡Cuánto le envidio por haber corrido el mundo...!

Hablaba como un niño inquieto, sin querer sentarse por más que el silenciario, en cada una de sus evoluciones por la sala, le ofrecía una silla. Iba de un lado a otro con el manteo terciado y la teja en la mano, un pobre sombrero sin rastro de pelo, abollado, con una capa de grasa en las alas, mísero y viejo como la sotana y los zapatos. A pesar de esta pobreza, el maestro de capilla tenía cierta elegancia. Su cabello, demasiado crecido para la costumbre eclesiástica, se ensortijaba en la cúspide del cráneo. La manera arrogante con que plegaba el manteo en torno de su cuerpo hacía recordar la capa de los tenores de ópera. Había en él cierta desenvoltura profana que delataba al artista sepultado en los hábitos sacerdotales, ansioso por volar fuera de ellos, abandonándolos a sus pies como una mortaja.

Llegaron a la habitación, como truenos lejanos, algunas campanadas graves que conmovieron el claustro.

—Tío, que llaman a coro —dijo el *Tato*—. Ya debíamos estar en la catedral. Son casi las ocho.

—Es verdad, hombre; tiene gracia que seas tú quien me lo recuerde. En marcha.

Luego añadió, dirigiéndose al sacerdote músico:

—Don Luis, su misa es a las ocho. Ya hablará después de sus cosas con Gabriel. Ahora, a la obligación. Hay que sacar para los postres, como usted dice, ya que en estos tiempos del demonio apenas si da el cargo para comer.

El maestro de capilla asintió tristemente con un movimiento de cabeza y salió tras los dos servidores del templo, contrariado, como si le arrastrasen a un trabajo penoso y antipático. Tarareaba distraídamente al dar la mano a Gabriel, y éste creyó reconocer un fragmento del *Septimino* de Beethoven en la música que, sorda y cortada, salía de entre los labios del joven sacerdote.

Luna se tendió en el sofá, abandonándose a la fatiga al verse solo, después de la larga espera ante la catedral. La vieja que servía a su hermano puso junto a él un jarrito de leche, llenando después un vaso. Gabriel bebió, haciendo esfuerzos por dominar los estremecimientos de su estómago enfermo, que pugnaba por expeler el líquido. Su cuerpo, fatigado por la mala noche y el cansancio de la espera, acabó por asimilarse el alimento, sumiéndose en una dulce languidez que no había sentido en mucho tiempo. Gabriel pudo adormecerse, y así estuvo más de una hora, inmóvil en el sofá, cortándose varias veces su desigual respiración con el estertor de la tos cavernosa, que no llegaba a desvanecer su sueño.

Cuando despertó, fue de golpe, con un estremecimiento nervioso que le conmovió de los pies a la cabeza, haciéndole saltar del sofá como a impulsos de un resorte. Era la inquietud del peligro que había quedado fija en él para siempre; el hábito de la intranquilidad contraído en los oscuros calabozos, cuando esperaba a todas horas ver abrirse la puerta para ser apaleado como un perro o conducido al cuadro de ejecución ante la doble fila de fusiles; y a más de esto, la costumbre de vivir vigilado en todos los países, presintiendo el espionaje de la policía en torno de él, sorprendido en medio de la noche en cuartos de posada por la orden de salir inmediatamente; la zozobra del antiguo Asheverus, que apenas gustaba un instante del descanso, oía el eterno «Anda, anda».

No quiso dormir más, como si temiera sufrir de nuevo las negras pesadillas del ensueño. Prefería la realidad: aquel silencio de la catedral que le envolvía en una dulce caricia; la calma augusta del templo, inmenso monte de piedra labrada que parecía pesar sobre él aplastándolo, ocultando para siempre su debilidad de perseguido.

Salió al claustro, y puesto de codos en la barandilla contempló el jardín.

Las Claverías parecían desiertas. Los niños que las animaban al comenzar el día estaban en la escuela; las mujeres, dentro de sus casas, preparaban la comida. En todo el claustro no había otra persona que él. La luz del Sol bañaba todo un lado; la sombra de las columnas cortaba oblicuamente los grandes cuadros de oro que cubrían las baldosas. Un silencio augusto, la calma santa de la catedral, penetraba en el agitador como dulce narcótico. Los siete siglos adheridos a aquellas piedras parecían envolverle como otros tantos velos que le aislaban del resto del mundo. En una habitación de las Claverías sonaba un martillo con repiqueteo incesante. Era el de un zapatero que Gabriel había visto, al través de los vidrios de una ventana, encorvado ante su mesilla. En el pedazo de cielo encuadrado por los tejados volaban algunos palomos, moviendo sus blancas alas como si bogasen en un lago de intenso azul. Al fatigarse, descendían al claustro, y agarrados a las barandillas, emprendían un susurro que estremecía el religioso silencio como un suspiro de amor. De vez en cuando se abrían las cancelas de la catedral, esparciendo en el jardín y las Claverías una bocanada de aire cargada de incienso, de rugidos de órgano y voces graves que cantaban palabras latinas prolongando solemnemente las sílabas.

Gabriel miraba el jardín, orlado por las arcadas de piedra blanca y sus rudos contrafuertes de berroqueña oscura, en cuya cúspide dejaban las lluvias una florescencia de hongos como botones de terciopelo negruzco. Descendía el Sol a un ángulo del jardín, y el resto quedaba en una claridad verdosa, de penumbra conventual. La torre de las campanas ocultaba un pedazo de cielo, ostentando sobre sus flancos rojizos, ornados de junquillos góticos y contrafuertes salientes, las fajas de mármol negro con cabezas de misteriosos personajes y escudos de armas de los diversos arzobispos que intervinieron en su construcción. En lo alto, cerca de los pináculos de piedra blanquísima, mostrábanse las campanas tras de enormes rejas, como pájaros de bronce en jaulas de hierro.

Tres campanadas graves, anunciando que la misa mayor estaba en su momento más solemne, retumbaron en toda la catedral. Tembló la montaña de piedra, transmitiéndose la vibración por naves, galerías y arcadas hasta los profundos cimientos.

Después, otra vez el silencio, que parecía más imponente, más profundo, tras los truenos del bronce. Volvía a oírse el susurro de los palomos, y abajo, en el jardín, piaban unos pájaros, como enardecidos por el rayo de Sol que reanimaba la verdosa penumbra.

Gabriel sentíase conmovido. Se apoderaba de él la dulce embriaguez del silencio, de la calma absoluta: la felicidad del no ser. Más allá de aquellos muros estaba el mundo; pero no se le veía, no se le sentía; parábase respetuoso y aburrido ante aquel monumento del pasado, hermosa sepultura en cuyo interior nada excitaba su curiosidad. ¿Quién podía suponer que él estaba allí...? Aquella verruga de siete siglos, formada por poderes políticos que murieron y por una fe agonizante, sería su último refugio. En plena época de descreimiento, la iglesia le serviría de lugar de asilo, como a los grandes criminales de la Edad Media, que desde lo alto del claustro se burlaban de la justicia, detenida en la puerta como los mendigos. Allí dejaría que se consumara en el silencio y la calma la lenta ruina de su cuerpo. Allí moriría, con la dulce satisfacción de haber perecido para el mundo mucho tiempo antes. Por fin realizaba el deseo de acabar sus días en un rincón de la soñolienta catedral española, única esperanza que le sonreía cuando caminaba a pie por las carreteras de Europa, ocultándose del guardia civil o del gendarme, y pasaba las noches en un foso, apelotonado, con la barba en las rodillas, creyendo morir de frío.

Coger la catedral como el náufrago agarra un resto del buque, próximo ya a ahogarse: ésta era su esperanza, y acababa de realizarla. La iglesia le acogía como una madre vieja y adusta que no sonríe, pero abre los brazos.

—Por fin... Por fin... —murmuró Luna.

Y sonrió pensando en aquel mundo de persecuciones y dolores que abandonaba como en un lugar remoto, situado en otro planeta, al que jamás había de volver. La catedral le guardaba para siempre.

En el silencio profundo del claustro, al que no llegaban los ruidos de la calle, el *compañero* Luna creyó oír, lejano, muy lejano, el chillón sonido de las cornetas, y después un sordo redoble de tambores. Entonces se acordó del Alcázar de Toledo, que parece dominar desde su altura a la catedral, intimándola con la pesada mole de sus torres. Eran las cornetas de la Academia Militar.

A Gabriel le hicieron daño estos sonidos. Había perdido de vista el mundo, y cuando se creía lejos, muy lejos de él, sentía su presencia, un poco más allá de los tejados del templo.

II

Desde los tiempos del segundo cardenal de Borbón, era el señor Esteban Luna jardinero de la catedral, por derecho que parecía vinculado en su familia. ¿Cuál fue el primer Luna que entró al servicio de la Santa Iglesia Primada? El jardinero, al hacerse esta pregunta, sonreía satisfecho, y sus ojos miraban a lo infinito, como queriendo abarcar la inmensidad del tiempo. Los Luna eran tan antiguos como los cimientos de la iglesia. Habían ido naciendo las diversas generaciones en los aposentos del claustro alto, y cuando el ilustre Cisneros aún no había construido las Claverías, los Luna vivían en las casas inmediatas, como si no pudiesen existir fuera de la sombra de la Primada. A nadie pertenecía la catedral con mejor derecho que a ellos. Pasaban los canónigos, los beneficiados y los arzobispos; ganaban la plaza, morían, y otro al puesto; era un desfile de caras nuevas, de señores que venían de todos los rincones de España a sentarse en el coro para morir años después, dejando la vacante a otros advenedizos; y los Luna siempre en su puesto, como si la antigua familia fuese una pilastra más de las muchas que sostienen el templo. Podría ser que el arzobispo que un día se llamaba don Bernardo, se llamase al año siguiente don Gaspar y al otro don Fernando; lo imposible e inverosímil era que la catedral pudiese existir sin tener algún Luna en el jardín, en la sacristía o en el crucero, acostumbrada durante tantos siglos a sus servicios.

El jardinero hablaba con orgullo de su estirpe: de su noble y desgraciado pariente el condestable don Álvaro enterrado como un rey en su capilla detrás del altar mayor; del papa Benedicto XIII, altivo y tozudo como todos los de la familia; de don Pedro de Luna, V de su nombre en la silla arzobispal de Toledo, y de otros parientes no menos ilustres.

—Todos somos del mismo tronco —decía con orgullo—. Todos vinimos a la conquista de Toledo con el buen rey Alfonso VI. Solo que unos Luna le tomaron gusto a matar moros, y fueron señores y conquistaron castillos, y otros, mis abuelos, quedaron al servicio de la catedral, como fervorosos cristianos que eran.

Con la satisfacción de un duque que cuenta sus ascendientes, el señor Esteban remontaba la cadena de los Luna hasta titubear y perderse en pleno siglo XV. Su padre había conocido a don Francisco III Lorenzana, el príncipe de la Iglesia fastuoso y pródigo, que gastaba las cuantiosas rentas del arzobispado construyendo palacios y editando libros, como un gran señor del Renacimiento. Había conocido también al primer cardenal de Borbón, don Luis II, y contaba la vida novelesca de este infante. Hermano del rey Carlos III, la costumbre que dedicaba a la Iglesia a los ilustres segundones le había hecho cardenal a la edad de nueve años. Pero a aquel buen señor, retratado en la Sala Capitular con peluca blanca, labios pintados y ojos azules, le llamaban más los goces del mundo que las grandezas de la Iglesia, y abandonó el arzobispado para casarse con una dama de modesta estirpe, riñendo para siempre con el monarca, que lo envió al destierro. Y el viejo Luna, saltando de abuelo en abuelo a través de los siglos, recordaba al archiduque Alberto, que renunció la mitra toledana para ir a gobernar los Países Bajos, y al magnífico cardenal Tavera, protector de las artes; todos príncipes excelentes, que habían tratado con cariño a la familia, reconociendo su secular adhesión a la Santa Iglesia Primada.

Los tiempos de la juventud fueron malos para el señor Esteban. Eran los de la guerra de la Independencia. Los franceses ocupaban Toledo y entraban en la catedral como paganos, arrastrando el sable en plena misa mayor, para curiosear hasta por los últimos rincones. Las alhajas estaban escondidas; los canónigos y los beneficiados, que entonces se llamaban racioneros, vivían desperdigados por la península. Unos se habían refugiado en las plazas todavía españolas; otros estaban ocultos en los pueblos, haciendo votos por que pronto volviese el Deseado. El coro daba lástima con las escasas voces de los tímidos y los comodones que, pegados al asiento y no pudiendo vivir lejos de él, habían reconocido al rey intruso. El segundo cardenal de Borbón, el dulce e insignificante don Luis María, estaba en Cádiz, de regente del reino. Era el único de la familia que quedaba en España, y las Cortes habían echado mano de él para dar cierto tinte dinástico a su autoridad revolucionaria.

Cuando al terminar la guerra volvió a su sede el pobre cardenal, el señor Esteban se enterneció viendo su rostro de niño triste, rematado por una cabeza de redonda e insignificante pequeñez. Venía desalentado y cariacontecido, después de recibir en Madrid a su sobrino Fernando VII. Sus compañeros de regencia estaban en la cárcel o en el destierro; y sí él no sufrió igual suerte, era por su mitra y su apellido. El infeliz prelado creía haber hecho una gran cosa sosteniendo los intereses de su familia durante la guerra, y se veía acusado de liberal, de enemigo de la religión y del trono, sin que pudiese adivinar en qué había conspirado contra ellos. El pobre cardenal de Borbón languideció de tristeza en su palacio, dedicando sus rentas a hacer obras en la catedral, hasta que murió al iniciarse la reacción de 1832, dejando el sitio a Inguanzo, el tribuno del absolutismo, un prelado con patillas entrecanas, que había hecho su carrera en las Cortes de Cádiz atacando como diputado toda reforma y abogando por el retroceso a los tiempos de los Austrias, medio seguro para salvar al país.

El buen jardinero saludaba con igual entusiasmo al cardenal borbónico odiado de los reyes, que al prelado con patillas que hacía temblar a toda la diócesis con su genio acre y desabrido y sus arrogancias de revolucionario absolutista. Para él, quien llegaba a la silla de Toledo era un hombre perfecto, cuyos actos no se podían discutir, y hacía oídos sordos a las murmuraciones de canónigos y beneficiados, los cuales, fumando un cigarrillo en el cenador de su jardín, hablaban de las genialidades de aquel señor de Inguanzo, indignado contra el gobierno de Fernando VII porque no era bastante «neto» y por miedo a los extranjeros no osaba restablecer el saludable Tribunal de la Inquisición.

Lo único que entristecía al jardinero era contemplar la decadencia de su querida catedral. Las rentas del arzobispado y las del cabildo habían sufrido gran merma con la guerra. Había ocurrido lo que en las inundaciones, que, al retirarse, arrastran árboles y casas, dejando el terreno yermo y deshabitado. La Primada perdía muchos de sus derechos; los arrendatarios se hacían dueños valiéndose de los apuros del Estado; los pueblos se negaban a pagar sus servidumbres feudales, como si el hábito de defenderse y hacer la guerra les librase para siempre del vasallaje. Además, las empecatadas Cortes, decretando la abolición de los señoríos, habían cercenado las cuantiosas rentas de la catedral, adquiridas en los siglos en que los arzobispos de Toledo se calaban el casco y andaban con los moros a golpes de mandoble.

Aun así, le restaba una fortuna considerable a la Iglesia Primada, y mantenía su esplendor como si nada hubiese ocurrido; pero el señor Esteban husmeaba el peligro desde el fondo de su jardín, enterándose por los canónigos de las conspiraciones liberales y de los fusilamientos, horcas y destierros a que tenía que apelar el señor rey don Fernando para contener la audacia de los «negros», enemigos de la monarquía y la Iglesia.

—Han probado el dulce —decía—, y volverán, ¡vaya si volverán!, así que les dejen. Durante la guerra nos dieron el primer mordisco, quitando a la catedral más de la mitad de lo suyo, y ahora nos robarán el resto, si es que logran coger la sartén del mango.

El jardinero se indignaba ante la posibilidad de que esto ocurriera. ¡Ay! ¡Y para esto habían peleado con los moros tantos señores arzobispos de Toledo, conquistando villas, asaltando castillos y acotando dehesas, que pasaban a ser propiedad de la catedral, contribuyendo al mayor esplendor del culto a Dios! ¡Y para caer en las manos puercas de los enemigos de todo lo santo habían testado tantos fieles en la hora de la muerte, reinas, magnates y simples particulares, dejando lo más sano de su fortuna a la Santa Iglesia Primada, con el deseo de salvar su alma...! ¿Qué iba a ser de las seiscientas personas, entre grandes y chicos, clérigos y seglares, dignidades y simples empleados, qué comían de las rentas de la catedral...? ¿Y a eso llamaban libertad? ¿A robar lo que no era suyo, dejando en la miseria a un sinnúmero de familias que se mantenían de la «olla grande» del cabildo?...

Cuando los tristes presentimientos del jardinero comenzaron a cumplirse y Mendizábal decretó la desamortización, el señor Esteban creyó morir de rabia. El cardenal Inguanzo procedió mejor que él. Arrinconado en su palacio por los liberales, como su antecesor lo había sido por los absolutistas, tomó el partido de morirse, para no presenciar tantos atentados contra la fortuna sagrada de la iglesia. El señor Luna, que por ser simple jardinero no podía imitar al cardenal, siguió viviendo; pero todos los días tomaba un disgusto al saber que, por cantidades irrisorias, algunos moderados de los que no faltaban a la misa mayor iban adquiriendo hoy una casa, mañana un cigarral, al otro una dehesa, fincas todas pertenecientes a la Primada que habían pasado a figurar en los llamados bienes nacionales. ¡Ladrones! Al señor Esteban le causaba igual indignación esta subasta lenta, que desgarraba en piezas la fortuna de la catedral, que si viera a los alguaciles entrar en su casa de las Claverías para llevarse los muebles de la familia, cada uno de los cuales guardaba el recuerdo de un ascendiente.

Hubo momentos en que pensó abandonar el jardín, marchando al Maestrazgo o a las provincias del Norte en busca de los leales que defendían los derechos de Carlos V y la vuelta a los antiguos tiempos. Tenía entonces cuarenta años; sentíase ágil y fuerte, y aunque su humor era pacífico y nunca había tocado un fusil, le animaba el ejemplo de algunos estudiantes tímidos y piadosos que se habían fugado del Seminario, y, según se decía, peleaban en Cataluña tras la capa roja de don Ramón Cabrera. Pero el jardinero, para no estar solo en su, gran habitación de las Claverías, se había casado tres años antes con la hija del sacristán y tenía un hijo. Además, no podía despegarse de la iglesia. Era un sillar más de la montaña de piedra; se movía y hablaba como un hombre, pero tenía la seguridad de perecer apenas saliese de su jardín. La catedral perdería algo importante si le faltaba un Luna, después de tantos siglos de fiel servicio, y a él le asustaba la posibilidad de vivir fuera de ella. ¿Cómo había de ir por los montes disparando tiros, si para él transcurrían los años sin pisar otro suelo «profano» que el pedazo de calle entre la escalera de las Claverías y la puerta del Mollete?

Siguió cultivando su jardín, con la melancólica satisfacción de considerarse a cubierto de los males revolucionarios al abrigo de aquel coloso de piedra que imponía respeto con su majestuosa vetustez. Podrían cercenar la fortuna del templo, pero serían impotentes contra la fe cristiana de los que vivían a su amparo.

El jardín, insensible y sordo a las tempestades revolucionarias que descargaban sobre la iglesia, seguía desarrollando entre las arcadas su belleza sombría. Los laureles crecían rectos hasta llegar a las barandillas del claustro alto; los cipreses agitaban sus copas como si quisieran escalar los tejados; las plantas trepadoras se enredaban en las verjas del claustro formando tupidas celosías de verdura, y la hiedra tapizaba el cenador central, rematado por una montera de negra pizarra con cruz de hierro enmohecido. En el interior de éste, los clérigos, al terminar el coro de la tarde, leían, a la verdosa claridad que se filtraba entre el follaje, los periódicos del campo carlista o comentaban entusiasmados las hazañas de Cabrera, mientras que en lo alto, indiferentes para las insignificancias humanas, revoloteaban las golondrinas en caprichosa contradanza, lanzando silbidos como si rayasen con su pico el cristal del cielo. El señor Esteban asistía silencioso y de pie a este club vespertino, que traía recelosos a los de la Milicia Nacional de Toledo.

Terminó la guerra y se desvanecieron las últimas ilusiones del jardinero. Cayó en un mutismo de desesperado: no quería saber nada de fuera de la catedral. Dios había abandonado a los buenos; los traidores y los malos eran los más. Lo único que le consolaba era la fortaleza del templo, que llevaba largos siglos de vida y aún podría desafiar a los enemigos durante muchos más.

Solo quería ser jardinero, morir en el claustro alto, como sus abuelos, y dejar nuevos Luna que perpetuasen los servicios de la familia en la catedral. Su hijo mayor, Tomás, tenía doce años y le ayudaba en el cuidado del jardín. Con un intervalo de algunos años había tenido otro, Esteban, que apenas sabía andar y ya se arrodillaba ante las imágenes de la habitación, llorando para que su madre le bajase a la iglesia a ver los santos.

La pobreza entraba en el templo; reducíase el número de canónigos y racioneros. Al morir los empleados anulábanse las plazas, y eran despedidos los carpinteros, los albañiles, los vidrieros, que antes vivían en la Primada como obreros adheridos a ella, trabajando continuamente en su reparación. Si de tarde en tarde era indispensable verificar un trabajo, se llamaban jornaleros de fuera. En las Claverías se desocupaban muchas habitaciones; un silencio de cementerio reinaba allí donde antes se aglomeraba todo un pueblo falto de espacio. *El gobierno de Madrid* —había que ver con qué expresión de desprecio subrayaba el jardinero estas palabras— andaba en tratos con el Santo Padre para arreglar una cosa que llamaban Concordato. Se limitaba el número de los canónigos, como si la Iglesia Primada fuese una colegiata cualquiera. Se les pagaba por el Gobierno, lo mismo que a los empleadillos, y para el sostenimiento y culto de la más famosa de las catedrales españolas, que cuando cobraba el diezmo no sabía dónde encerrar tantas riquezas, se destinaban mil doscientas pesetas mensuales.

—¡Mil doscientas pesetas, Tomás! —decía a su hijo, un chicarrón silencioso a quien no interesaba gran cosa lo que no fuese su jardín—. ¡Mil doscientas pesetas, cuando yo he conocido a la catedral con más de seis millones de renta! ¿Para qué hay con eso? Malos tiempos nos esperan, y si yo fuese otro, os dedicaría a un oficio, a cualquier cosa, fuera de la Primada. Pero los

Luna no pueden desertar, como tantos pillos que han traicionado la causa de Dios. Aquí hemos nacido y aquí hemos de morir hasta el último de la familia.

Y enfurecido contra los clérigos de la catedral, que parecían acoger con buen gusto el Concordato y sus sueldos, satisfechos de salir bien librados de la tormenta revolucionaria, se aislaba en el jardín, cerrando la puerta de la verja y rehuyendo las tertulias de otros tiempos.

Aquel pequeño mundo vegetal no cambiaba. Su sombra verdosa era semejante al crepúsculo que envolvía el alma del jardinero. No era la alegría ruidosa, desbordante de colores y susurros, del huerto al aire libre inundado de Sol; tenía la melancólica belleza del jardín monacal entre cuatro paredes, sin más luz que la que desciende a lo largo de los aleros y las arcadas, ni otras aves que las que revolotean en lo alto mirando con asombro un paraíso en el fondo de un pozo. La vegetación era la misma da los paisajes griegos: laureles, cipreses y rosales, como en los idilios de los poetas helénicos. Pero las ojivas que lo cerraban, los andenes pavimentados con grandes losas berroqueñas, en cuyos intersticios crecía la hierba en festones, la cruz del cenador central, el olor mohoso del hierro viejo de las verjas y la humedad de la piedra de los contrafuertes cubiertos por la verde capa de las lluvias, daban al jardín un ambiente de vetustez cristiana. Los árboles se agitaban al viento como incensarios; las flores, de color pálido, lánguidas, con anémica hermosura, olían a incienso, como si las bocanadas de aire de la catedral con que las impregnaban las cercanas puertas transformasen sus naturales perfumes. El agua de las lluvias, cayendo por las gárgolas y canalones de los tejados, dormía en dos profundas albercas de piedra. El cubo del jardinero rompía un instante la capa verdosa de su superficie, dejando ver el azul negruzco de las grandes profundidades; pero apenas extinguidos los círculos excéntricos de la inmersión, volvían a aproximarse y a confundirse las verdes lentejas, y otra vez desaparecía el agua bajo su mortaja vegetal, sin un estremecimiento, sin un susurro, muerta e inmóvil como el templo en el silencio de la tarde.

En la fiesta del Corpus y en la de la Virgen del Sagrario, a mediados de agosto, la gente acudía con cántaros al jardín y el señor Esteban permitía que los llenasen en las dos cisternas. Era una antigua costumbre que apreciaban los viejos toledanos, haciéndose lenguas de la frescura del agua de la catedral, condenados como estaban el resto del año al líquido terroso del Tajo. Otras veces entraba la gente en el jardín para proporcionar algunas ganancias al señor Esteban. Las devotas le encargaban ramos para sus imágenes o compraban tiestos de flores, creyéndolos preferibles a los de los cigarrales, por ser de la Iglesia Primada. Las viejas pedían ramas de laurel para guisos y medicinas caseras. Estos ingresos, unidos a las dos pesetas que el cabildo había asignado al jardinero después de la fatal desamortización, servían al señor Esteban para sacar la familia adelante. Próximo ya a la vejez había tenido su tercer hijo, Gabriel, un pequeñuelo que a los cuatro años llamaba la atención de las mujeres de las Claverías. Su madre afirmaba con fe ciega que era el «vivo retrato» del Niño Jesús que llevaba en brazos la Virgen del Sagrario. Su hermana Tomasa, casada con el *Azul de la Virgen* y autora de una numerosa familia que ocupaba casi la mitad del claustro alto, hacíase lenguas del talento de su sobrinillo cuando apenas sabía hablar y de la unción infantil con que contemplaba las imágenes.

—Parece un santo —decía a sus amigas—. Hay que ver la seriedad con que repite las oraciones... Gabrielillo llegará a ser algo. ¡Quién sabe si le veremos obispo! Monaguillos he conocido yo, cuando mi padre estaba encargado de la sacristía, que ya usan mitra, y puede que algún día los tengamos en Toledo.

El coro de halagos y alabanzas rodeaba desde sus primeros años al niño como una nube de incienso. La familia vivía para él. El señor Esteban, padre al uso latino, que amaba a sus hijos pero se mostraba con ellos sombrío y amenazador para que creciesen rectos, sentía ante el pequeño un retoñamiento de juventud, y jugueteaba con él, prestándose sonriente a todos sus caprichos. La madre abandonaba las faenas de la casa para no contrariar a Gabriel, y los hermanos estaban pendientes de sus balbuceos. El mayor, Tomás, mocetón silencioso que había reemplazado a su padre en el cuidado del jardín e iba descalzo en pleno invierno por los arriates y las ásperas losas de los andenes, subía con frecuencia manojos de hierbas olorosas para que jugueatease con ellas su hermanillo. Esteban, el segundo, que tenía trece años y gozaba de cierto prestigio entre los monaguillos de la catedral por la escrupulosidad con que ayudaba las misas, asombraba a Gabriel con su sotana roja y el roquete encañonado, y le ofrecía cabos de vela y estampitas de colores sustraídas del breviario de algún canónigo.

Algunas veces le entraba en brazos en el departamento de los gigantones, una vasta sala entre los contrafuertes y los botareles de las naves, atravesada por arbotantes de piedra. Allí estaban los héroes de las antiguas fiestas: el Cid gigantesco, con su espadón, y las cuatro parejas representando otras tantas partes del mundo, enormes figurones con los vestidos apolillados y la cara resquebrajada que habían alegrado las calles de Toledo, pudriéndose ahora en los tejados de la catedral. En un rincón estaba la Tarasca, espantable monstruo de cartón que abría sus fauces asustando a Gabriel, mientras sobre su lomo rugoso giraba locamente una muñeca desmelenada e impúdica, que la religiosidad de otros siglos había bautizado con el nombre de Ana Bolena.

Cuando Gabriel fue a la escuela, todos se asombraron de sus progresos. La chiquillería del claustro alto, que tanto enfadaba al *Vara de plata*, sacerdote encargado de la dirección y buen orden de la tribu establecida en los tejados de la catedral, admiraba al pequeño Gabriel como un prodigio. Aún no sabía andar y ya leía de corrido. A los siete años comenzó a rumiar el latín, dominándole rápidamente, como si en su vida no hubiese hablado otra cosa; a los diez disputaba con los clérigos que frecuentaban el jardín, los cuales se gozaban en oponerle objeciones y dificultades.

El señor Esteban, cada vez más encorvado y débil, sonreía satisfecho ante su última obra. ¡Iba a ser la gloria de la casa! Se llamaba Luna, y podía aspirar a todo sin miedo, pues hasta papas había en la familia.

Los canónigos llevábanse al pequeño a la sacristía, antes del coro, para hacerle preguntas sobre sus estudios. Un clérigo de las oficinas del arzobispado lo presentó al cardenal, quien después de oírle le dio un puñado de almendras y la esperanza de ocupar una beca para que hiciese gratuitamente sus estudios en el Seminario.

Los Luna y sus parientes más o menos cercanos, que formaban casi el total de la población del claustro alto, se regocijaron con este ofrecimiento. ¿Qué otra cosa podía ser Gabriel sino sacerdote? Para aquellas gentes, pegadas desde que nacían al templo, cual excrecencias de la piedra, y que consideraban a los arzobispos de Toledo los seres más poderosos del mundo después del Papa, el único lugar digno de un hombre de talento era la Iglesia.

Gabriel fue al Seminario, y la familia creyó que las Claverías quedaban desiertas. Con la marcha del estudiante acababan en casa de los Luna las veladas, en las que el campanero, el pertiguero, los sacristanes y demás empleados del templo escuchaban la voz clara y bien acentuada de Gabriel, que les leía como un ángel, unas veces las vidas de los santos, otras los periódicos católicos que llegaban de Madrid, y en ciertas noches un *Quijote* con tapas de pergamino y ortografía anticuada, venerable ejemplar que había pasado en la familia de generación en generación.

La vida de Gabriel en el Seminario fue la existencia monótona y vulgar del estudiante laborioso: triunfos en las controversias teológicas, premios a granel y el honor de ser presentado a los compañeros como modelo. De vez en cuando, algún canónigo de los que explicaban en el Seminario entraba en el jardín.

—El muchacho marcha muy bien, Esteban. Es el primero en todo, y además, callado y piadoso como un santo. Será el consuelo de su ancianidad.

El jardinero, cada vez más extenuado y viejo, movía la cabeza. Él solo podría ver el término de la carrera de su hijo desde las alturas, si es que Dios le llamaba a ellas. Moriría antes de su triunfo, pero no se entristecía por esto; quedaba la familia para gozar de la victoria y dar gracias al Señor por su bondad.

Humanidades, teología, cánones, todo lo vencía aquel jovenzuelo con extraordinaria ligereza que asombraba a sus maestros. Le comparaban en el Seminario con los Padres de la Iglesia que habían llamado la atención por su precocidad. Iba a acabar sus estudios muy pronto, y todos le auguraban que Su Eminencia le daría una cátedra en el Seminario antes de cantar misa. Su deseo de saber era insaciable. La biblioteca del Seminario la trataba como cosa propia. Algunas tardes iba a la catedral para perfeccionar sus estudios de música religiosa hablando con el maestro de capilla y el organista. En el aula de oratoria sagrada dejaba estupefactos al profesor y los alumnos por la fogosidad y la convicción con que pronunciaba sus sermones.

—Le llama el púlpito —decían en el jardín de la catedral—. Siente el fuego de los apóstoles. Tal vez sea un San Bernardo o un Bossuet. ¡Quién sabe adonde irá a parar ese muchacho...!

Uno de los estudios que más apasionaban a Gabriel era el de la historia de la catedral y de los príncipes eclesiásticos que la habían regido. Surgía en él el amor vehemente de los Luna por aquella giganta que era su eterna madre. Pero no la admiraba a ciegas; como todos los suyos: quería saber el *por qué* y el *cómo* de las cosas; comprobar en los libros las noticias vagas oídas a su padre con más carácter de leyenda que de hechos históricos.

Lo primero que llamaba su atención era la cronología de los arzobispos de Toledo, una cadena de hombres famosos, santos, guerreros, escritores, príncipes, todos con su cifra detrás del nombre, como los reyes en las dinastías. Habían sido en ciertas épocas los verdaderos monarcas de España. Los reyes godos en su corte no eran más que figuras decorativas, a las que se ensalzaba o se deponía según las exigencias del momento. La nación era una República teocrática, y el verdadero jefe el arzobispo de Toledo.

Gabriel dividía y agrupaba por caracteres la larga lista de prelados famosos. Primeramente los santos, los propagandistas de la edad heroica del cristianismo, los obispos pobres como sus diocesanos, descalzos, fugitivos de la persecución romana y entregando al fin su cabeza al verdugo con el afán de dar nuevo prestigio a la doctrina por el sacrificio de la existencia: San Eugenio, Melando, Pelagio, Patruno y otros nombres que brillaban en el pasado, rompiendo apenas las nieblas de lo legendario. Luego venían los arzobispos de la época goda, los prelados monarcas, que ejercían sobre los reyes conquistadores la superioridad con que el poder espiritual acaba por dominar a la barbarie conquistadora. El milagro les acompañaba para confundir a los arríanos sus enemigos; el prodigio celeste estaba a sus órdenes para asombrar a los rudos hombres de guerra, supeditándolos. El arzobispo Montano, que vive con su mujer, indignado por la murmuración, pone carbones encendidos entre sus vestiduras sagradas mientras dice la misa y no se quema, demostrando con este milagro la pureza de su vida. San Ildefonso, no contento con escribir libros contra los herejes, hace que se le aparezca Santa Leocadia, dejando entre sus dedos un pedazo de manto, y goza el honor de que la misma Virgen descienda del cielo para ponerle una casulla bordada por sus manos. Sigiberto, años después, tiene la audacia de vestirse esta casulla, y es depuesto, excomulgado y desterrado por su temeridad. Los únicos libros que se producen en tal época los escriben los prelados de Toledo. Ellos compilan las leyes, ellos ungen con el óleo santo la cabeza de los monarcas, ellos improvisan rey a Wamba, conspiran contra la vida de Égica, y los concilios reunidos en la basílica de Santa Leocadia son asambleas políticas, en las que la mitra está sobre el trono y la corona del rey a los pies del prelado.

Al sobrevenir la invasión sarracena se reanuda la serie de los arzobispos perseguidos. No temen ya por su vida, como en los tiempos de la intransigencia romana. Los musulmanes no dan martirio y respetan las creencias de los vencidos. Todas las iglesias de Toledo siguen en poder de los cristianos mozárabes, a excepción de la catedral, que se convierte en mezquita mayor. Los obispos católicos son respetados por los moros, lo mismo que los rabinos hebreos, pero la Iglesia es pobre, y las continuas guerras entre sarracenos y cristianos, junto con las represalias que sirven de contestación a la barbarie de la Reconquista, dificultan la vida del culto. Gabriel, al llegar a este punto, soñaba leyendo los nombres oscuros de Cixila, Elipando y Wistremiro. A éste le llamaba San Eulogio «antorcha del Espíritu Santo y luz de España», pero la Historia no decía nada de sus actos. A San Eulogio lo martirizan y matan los moros en Córdoba por su excesivo entusiasmo religioso. Benito, francés de nación, que le sucede en la silla, por no ser menos que sus antecesores, hace que la Virgen le baje otra casulla en una iglesia de su país antes de venir a Toledo.

Tras éstos, surgían en la interesante cronología los arzobispos guerreros; los prelados de cota de malla y hacha de dos filos; los conquistadores, que, dejando el coro a los humildes, montaban en su trotón de guerra y creían no servir a Dios si en el año no añadían algunas aldeas y montes a los bienes de la Iglesia. Llegaban en el siglo XI, con Alfonso VI, a la conquista de Toledo. Los primeros eran franceses, monjes del famoso monasterio de Cluny, enviados por el abad Hugo al convento de Sahagún, y que comenzaban a usar el Don como señal de señorío. A la piadosa tolerancia de los anteriores obispos, acostumbrados al trato con árabes y judíos en la amplia libertad del culto mozárabe, sucedía la feroz intransigencia del cristiano conquistador.

El arzobispo don Bernardo, apenas se ve en la silla de Toledo, aprovecha la ausencia de Alfonso VI para violar sus compromisos. La mezquita mayor sigue en poder de los moros, por pacto solemne del rey, tolerante en materias religiosas como todos los monarcas de la Reconquista. El arzobispo se apodera de la voluntad de la reina, la hace cómplice de sus planes, y una noche, seguido de clérigos y obreros, derriba las puertas de la mezquita, la limpia, la purifica, y por la mañana, cuando acuden los sarracenos a dirigir sus oraciones al Sol naciente, la encuentran convertida en catedral católica. Los vencidos, seguros de la palabra dada por el vencedor, protestan escandalizados, y si no se sublevan es por la intervención del alfaquí Abu-Walid, que confía en que el rey cumplirá sus compromisos. Alfonso VI, en tres días, viene sobre Toledo desde el fondo de Castilla, dispuesto a matar al arzobispo y aun a su propia mujer por este atentado que pone en entredicho su palabra de caballero; pero tan grande es su furia, que los mismos árabes se conmueven; el alfaquí sale a su encuentro para rogarle que respete lo hecho, ya que los perjudicados se conforman, y en nombre de los vencidos le releva de cumplir su palabra, pues la posesión de un edificio no es motivo bastante para que se altere la paz.

Gabriel alababa al leer esto la prudencia y la tolerancia del buen moro Abu-Walid; pero aún admiraba más, con entusiasmo de seminarista, a aquellos prelados fieros, intransigentes y batalladores, que atropellaban leyes y pueblos para mayor gloria de Dios.

El arzobispo don Martín es capitán general contra los moros de Andalucía, conquista villas y acompaña a Alfonso VIII en la batalla de Alarcos. El famoso prelado don Rodrigo escribe la crónica de España, llenándola de prodigios para mayor prosperidad de la Iglesia, y hace historia prácticamente, pasando más tiempo sobre su caballo de guerra que en su silla del coro. En la batalla de las Navas da el ejemplo metiéndose en lo más recio de la pelea, por lo que el rey, después de la victoria, le da el señorío de veinte lugares y el de Talavera de la Reina. Luego, en ausencia del monarca, el belicoso arzobispo echa a los moros de Quesada y de Cazorla y se apodera de vastos territorios, que pasan a ser señorío suyo con el título de *Adelantamiento*. Don Sancho, hijo de don Jaime de Aragón y hermano de la reina de Castilla, estima en más su título de caudillo que la mitra de Toledo, y al ver que los moros avanzan, sale a su encuentro en los campos de Marios, se mete en lo más fuerte del combate y cae muerto por la morisma, que le corta las manos y pone su cabeza en una pica.

Don Gil de Albornoz, el famoso cardenal, marcha a Italia, huyendo de don Pedro el Cruel, y, como experto capitán, reconquista todo el territorio de los papas refugiados en Aviñón; don Gutierre III va con don Juan II a batallar con los moros; don Alfonso de Acuña pelea en las revueltas civiles durante el reinado de Enrique IV; y como digno final de esta serie de prelados políticos y conquistadores, ricos y poderosos como verdaderos príncipes, surgen el cardenal Mendoza, que guerrea en la batalla de Toro y en la conquista de Granada, gobernando después el reino, y Jiménez de Cisneros, que, no encontrando en, la Península moros a quienes combatir, pasa el mar y va a Orán, tremolando la cruz, convertida en arma de guerra.

El seminarista admiraba a estos hombres, agigantados por la nebulosidad de la historia antigua y las alabanzas de la Iglesia. Para él, eran los seres más grandes del mundo después de los papas, y aun alguna vez superiores a éstos. Se asombraba de que en los tiempos presentes fuesen tan ciegos los españoles que no confiaran su dirección y gobierno a los arzobispos de Toledo, que en otros siglos tantas cosas heroicas habían realizado. La gloria y el desarrollo de la patria iban íntimamente unidos a su historia. Su dinastía valía casi tanto como la de los reyes, y en más de una ocasión habían salvado a éstos con sus consejos y su energía.

Detrás de las águilas venían las aves de corral. Después de los prelados de morrión de hierro y cota de malla desfilaban los prelados ricos y fastuosos, que no reñían otros combates que los de los pleitos, litigando con villas, gremios y particulares, para mantener la inmensa fortuna amasada por sus antecesores. Los que eran generosos como Tavera levantaban palacios y protegían al Greco, a Berruguete y otros artistas, creando en Toledo un Renacimiento, eco del de Italia; los avarientos como Quiroga reducían los gastos de la fastuosa iglesia para convertirse en prestamistas de los reyes, dando millones de ducados a aquellos monarcas austriacos en cuyos inmensos dominios no se ponía el Sol, pero que se veían obligados a mendigar apenas retrasaban su viaje los galeones de América.

La catedral era obra de sus príncipes eclesiásticos. Todos habían puesto en ella algo que revelaba su carácter. Los más rudos y guerreadores, el armazón, la montaña de piedra y el bosque de madera que formaban su osamenta; los más cultos, elevados a la sede en época de refinamiento, las verjas de menuda labor, las portadas de pétreo encaje, los cuadros, las joyas que convertían en tesoro su sacristía. La gestación de la giganta había durado cerca de tres siglos. Era como los animales enormes de la época prehistórica, durmiendo largos años en el vientre materno antes de salir a luz.

Cuando sus pilastras y muros surgieron del suelo, el arte gótico aún estaba en su primera época. En los dos siglos y medio que duró su construcción, la arquitectura hizo grandes adelantos. Esta lenta transformación la seguía Gabriel con la vista al visitar la catedral, encontrando el rastro de sus evoluciones. El grandioso templo era un gigante calzado con zapatos toscos y cubierta la cabeza de deslumbrantes penachos. Las bases de las pilastras eran groseras, sin adorno alguno. Subían los haces de columnas con rígida sencillez, marcando el arranque de los arcos con capiteles simples, en los cuales el cardo gótico aún no tiene la exuberante frondosidad del período florido. Pero en las bóvedas, allí donde la catedral estaba al término de su gestación, o sea dos siglos después de comenzada la obra, los ventanales, con sus ojivas multicolores, muestran la magnificencia de un arte en su período culminante.

En los dos extremos del crucero encontraba Gabriel la prueba de los grandes progresos realizados durante los centenares de años que necesitó la catedral para elevarse sobre el suelo. La puerta del Reloj, llamada también de la Feria, con sus rudas esculturas de hierática rigidez y el tímpano cubierto de compactas escenas de la Creación, contrastaba con la puerta del otro extremo del crucero, la de los Leones, o, por otro nombre, de la Alegría, construida doscientos años después, risueña y majestuosa a la par como la entrada de un palacio y revelando ya las carnales audacias del Renacimiento, que pugnaba por aposentarse entre las rigideces de la arquitectura cristiana. Una sirena desnuda, fija a la puerta por su cola enroscada, sirve de llamador.

La catedral, labrada toda en piedra blanca y lechosa de las canteras inmediatas a Toledo, se remonta de un solo esfuerzo desde las bases de las pilastras hasta las bóvedas, sin *triforiums* que corten las arcadas y achaten y hagan pesadas sus naves con ojivas superpuestas. Gabriel veía en ella la dulce oración petrificada subiendo recta al cielo, sin sostenes ni apoyos. La piedra blanda servía para las labores arquitectónicas; otra piedra más blanda aún formaba las bóvedas. En el exterior, los contrafuertes y botareles, así como los arbotantes que como puentes se extienden entre ellos, son de piedra berroqueña durísima, formando un caparazón dorado, oscurecido por los siglos, que protege y sustenta las aéreas delicadezas del interior. Las dos clases de piedra marcan el aspecto de la catedral: oscura y rojiza por fuera, blanca y lechosa por dentro.

En ella encontraba el seminarista muestras de todas las arquitecturas que han florecido en la Península. El gótico primitivo y rudo lo veía Gabriel en las primeras portadas; el florido en la del Perdón y la de los Leones; la arquitectura árabe extiende sus graciosos arcos de herradura en el *triforium* que corre por todo el ábside tras el altar mayor, siendo obra de Cisneros, que quemaba los libros de los musulmanes y restablecía su estilo arquitectónico en pleno templo cristiano. El estilo plateresco mostraba su gracia juguetona en la portada del claustro, y hasta el arte churrigueresco tenía la mayor de sus muestras en el famoso transparente de Tomé, que rompe la bóveda detrás del altar mayor para dar luz al ábside.

En las tardes de asueto, Gabriel abandonaba el Seminario, vagando por la catedral hasta la hora en que se cerraban sus puertas. Le gustaba pasear por las naves, detrás del altar mayor, el sitio más oscuro y silencioso del templo. Allí dormía gran parte de la historia de España. Tras la cerrada puerta de la capilla de los Reyes, guardada por dos heraldos de piedra puestos en jarras, estaban los monarcas de Castilla en sus tumbas coronadas por estatuas de armadura de oro haciendo oración con la espada al cinto. Se detenía ante la capilla de Santiago, mirando a través de las verjas de sus tres arcos ojivales. En el fondo, el santo de las leyendas, vestido de peregrino, con la cuchilla en alto, atropellaba con su caballo a la morisma. Grandes conchas y escudos rojos con una Luna de plata adornaban los muros blancos, subiendo hasta la bóveda. Esta capilla la miraba su padre el jardinero como cosa propia. Era la de los Luna, y aunque alguien hiciese burla del parentesco, allí estaban sus ilustres ascendientes don Álvaro y su mujer, en tumbas monumentales. La de doña Juana Pimentel tenía arrodillados en sus ángulos a cuatro frailes de mármol amarillento, que contemplaban a la noble señora tendida en la parte alta del monumento. La del infeliz condestable de Castilla estaba escoltada por cuatro caballeros santiaguistas envueltos en el manto de la orden, que parecían velar a su Gran Maestre, enterrado sin cabeza en la caja de piedra orlada de góticos junquillos. Gabriel recordaba lo que había oído contar a su padre de la estatua yacente de don Álvaro. En otros tiempos era de bronce, y cuando decían misa en la capilla, al llegar el instante del ofertorio, la estatua, por ocultos resortes, incorporábase, quedando de rodillas hasta que terminaba la ceremonia. Unos decían que la Reina Católica había hecho desaparecer este artificio teatral que turbaba la devoción de los fieles; otros, que eran soldados enemigos del condestable los que en un día de asonada rompieron en piezas la articulada estatua. En el exterior del templo, la capilla de los Luna alzaba sus torreones almenados, formando una fortaleza aislada dentro de la catedral.

El seminarista, a pesar de que su familia consideraba la capilla como suya, sentíase más atraído por la inmediata de San Ildefonso, que guardaba la tumba del cardenal Albornoz. De todo el pasado de la catedral, lo que más excitaba su admiración era la figura novelesca de aquel prelado guerrero, amante de las letras, español por nacimiento e italiano por sus conquistas. Dormía en un rico sepulcro de mármol, brillante y pulido por los años, con un color suave de caramelo. La mano invisible de los siglos había frotado el rostro de la estatua yacente, aplastando la nariz y dando al belicoso cardenal una expresión de ferocidad mongólica. Cuatro leones velaban los restos del prelado. Todo en él era extraordinario y aventurero: hasta la muerte. Su cadáver había sido conducido desde Italia a España, entre rezos y cánticos, llevado en hombros por poblaciones enteras que salían al camino para ganar las indulgencias concedidas por el Papa. Este regreso a la patria después de muerto había durado muchos meses, yendo el buen cardenal a jornadas cortas, de iglesia en iglesia, precedido por un cuadro de Cristo, que adornaba ahora su capilla, y esparciendo sobre las multitudes arrodilladas los olores de su embalsamamiento. Para don Gil de Albornoz no había nada imposible. Era la espada del apóstol que volvía al mundo para imponer la fe. Huyendo de don Pedro el Cruel, se había refugiado en Aviñón, donde vivían otros desterrados más ilustres. Allí estaban los papas arrojados de Roma por un pueblo que, en su pesadilla medióvica, soñaba con restaurar, a la voz de Rienzi, la antigua República de los Cónsules. Don Gil no era hombre para vivir en la risueña corte provenzal. Llevaba la cota de malla bajo la capa, como buen arzobispo de Toledo, y a falta de moros quiso matar herejes. Partió a Italia como caudillo de la Iglesia; los aventureros de Europa y los bandidos del país formaron su ejército: mató e incendió en los campos, entró a saco en las ciudades a nombre de su señor el Pontífice, y al poco tiempo los desterrados de Aviñón podían ocupar de nuevo su trono de Roma. El cardenal español, después de estas campañas que devolvían media Italia al Papado, era rico como un rey y fundaba en Bolonia el famoso Colegio Español. El Papa, conociendo sus rapiñas, quiso pedirle cuentas, y el altivo don Gil presentó un carro cargado de llaves y cerrojos.

—Son —dijo con fiereza— de las ciudades y castillos que gané para el Papado. He ahí mis cuentas.

El irresistible encanto que el hombre de guerra ejerce sobre el débil sentíalo el seminarista ante el cardenal Albornoz, aumentándose aún con la consideración de que tanta bravura y altivez se habían juntado en un servidor de la Iglesia. ¿Por qué no resucitaban hombres como éste en la presente época de impiedad, para el renacimiento del catolicismo...?

Gabriel, en sus paseos por la catedral, admiraba la verja del altar mayor, maravillosa obra de Villalpando, con sus follajes de oro viejo y sus barrotes negruzcos con manchas de estaño. Estas manchas hacían afirmar a los mendigos y guías del templo que la verja era de plata, solo que los señores canónigos la habían pintado de negro para evitar que la robasen los soldados de Napoleón. Detrás de ella lucía el retablo del altar mayor su majestuosa fábrica de un dorado suave y viejo: todo un mundo de figuras representando, bajo calados doseletes, las diversas escenas del drama de la Pasión. Entre el retablo y la verja, el oro parecía chorrear, resbalando por las blancas paredes, marcando con líneas deslumbrantes las junturas de los sillares. Bajo ojivas dentadas, estaban los sepulcros de los reyes más antiguos de Castilla y el del gran cardenal Mendoza.

En los remates de la crestería, una orquesta muda de ángeles góticos, de rígida dalmática y plegadas alas, tañían laúdes, tiorbas y flautas. En la parte central de las pilastras confundíanse con las imágenes de los santos obispos las estatuas de personajes históricos y legendarios. A un lado, el buen alfaquí Abu-Walid, inmortalizado en un templo cristiano por su espíritu tolerante. En el lado opuesto, el misterioso pastor de las Navas que enseñó a los cristianos el camino de la victoria, desapareciendo después como un enviado divino: imagen de mísero villano, con el rostro achatado cubierto por un grosero capuchón. A ambos costados de la verja, como testimonio de la pasada opulencia del templo, los dos púlpitos de ricos mármoles y bronce cincelado.

Gabriel echaba una mirada al coro, admirando su sillería portentosa ocupada por los canónigos, y pensaba con entusiasmo que tal vez lograse algún día sentarse en ella, con gran orgullo de su familia. En su vagar por el templo, deteníase más allá, ante la enorme imagen de San Cristóbal: una pintura al fresco tan mala como imponente; un monigote que ocupaba todo un lienzo del muro, desde el zócalo hasta la cornisa, y que por su tamaño parece el único habitante digno de la catedral. Los cadetes venían por la tarde a contemplarlo, siendo para ellos lo más notable de la Primada aquel coloso de carnes sonrosadas que, con el niño al hombro, adelantaba sus piernas angulosas, apoyándose en una palmera que parecía una escoba. La alegre juventud militar divertíase midiendo los tobillos con el sable y calculando después cuántos «sables» de altura alcanzaba el bendito coloso. Era la aplicación más inmediata que podían hacer de los cálculos matemáticos con que les aburrían en la Academia. El aprendiz de cura irritábase ante la desenvoltura de pájaros traviesos con que pasaban por el templo los aprendices de guerrero.

Algunas mañanas asomábase a la capilla Mozárabe, siguiendo atentamente la anticuada liturgia de los sacerdotes adscritos a ella, fieles guardadores del culto católico de la Edad Media. En las paredes estaban representadas, con vivos colores, las escenas de la conquista de Orán por el gran cardenal Cisneros. Gabriel, escuchando el canto monótono de los sacerdotes mozárabes, recordaba las luchas en tiempo de Alfonso VI entre la liturgia romana y la de Toledo, el culto extraño y el nacional. Los creyentes, para acabar la eterna disputa, habían apelado al «juicio de Dios». El rey nombró el campeón de Roma, y los toledanos confiaron la defensa del rito gótico a la espada de Juan Ruiz, un castellano de orillas del Pisuerga. Triunfó en el combate el breviario gótico, demostrando su superioridad con magníficas cuchilladas; pero aun después de manifestarse por este medio contundente la voluntad de Dios, el rito romano fue poco a poco enseñoreándose del culto, hasta dejar al mozárabe arrinconado en aquella capilla como una curiosidad del pasado.

Por las tardes, cuando terminado el coro se cerraba la catedral, Gabriel subía a las habitaciones del campanero, asomándose a la galería de la puerta del Perdón. Mariano, el hijo del campanero, un muchacho de la misma edad del seminarista, unido a él por el respeto que le inspiraba su sabiduría, lo guiaba en sus excursiones por las alturas del templo. Se apoderaban de la llave de las bóvedas y entraban en este lugar misterioso, al que únicamente subían los obreros de tarde en tarde.

La catedral era fea y vulgar vista desde arriba. En sus primeros tiempos habían quedado las bóvedas de piedra al descubierto, sin más remate que una calada barandilla de aéreo aspecto. Pero las lluvias habían maltratado las bóvedas, amenazando destruirlas, y el cabildo cubrió la catedral con un techo de pardas tejas, que daba a la Iglesia Primada el aspecto de un almacén o de una inmensa casa de vecindad. Las pinas de los botareles parecían avergonzadas asomando sobre la cubierta vulgar; los arbotantes se hundían y desaparecían entre las áridas construcciones de las dependencias adosadas a la catedral; las torrecillas de las escaleras se ocultaban tras aquel lomo de tejas groseras.

Los dos muchachos, resbalando en las cornisas verdosas por las lluvias, seguían los bordes superiores del edificio. Sus pies se enredaban en las plantas silvestres que la fecunda Naturaleza hacía crecer en las junturas de los sillares. Bandadas de pájaros escapaban en tropel, al acercarse ellos, de estos bosques en miniatura. Los relieves escultóricos servían de refugio a los nidos. Cada oquedad de la piedra era un pequeño lago, donde se depositaba el agua de las lluvias y venían a beber los pájaros. A veces, en el pináculo de un botarel alzábase algún avechucho negro e inmóvil como un inesperado remate arquitectónico. Era un cuervo que se alisaba las alas con el pico y permanecía horas enteras al Sol: la gente lo veía desde abajo del tamaño de una mosca.

Las bóvedas causaban en Gabriel una impresión de extrañeza. Nadie podía adivinar la existencia de aquel mundo en lo alto del templo. Cuando años después vio Gabriel las galerías altas, los «telares» de un escenario, se acordó de las bóvedas de su catedral. Caminaban a través del bosque de postes carcomidos que sostenía la techumbre, por senderos angostos, entre las cúpulas de las bóvedas que hinchaban el suelo como blancos y polvorientos tumores. De vez en cuando un agujero, por el que se veía el interior de la catedral, con una profundidad que causaba vértigos. Eran aspilleras verticales, estrechas bocas de pozo, por cuyo fondo pasaban las personas como hormigas sobre las baldosas del templo. Por estos agujeros bajaban las cuerdas de las grandes lámparas y la cadena dorada que sostiene el Cristo sobre la reja del altar mayor. Tornos enormes marcaban en la penumbra sus ruedas dentadas y mohosas, sus manivelas y maromas, como olvidados aparatos de tormento. Era la maquinaria oculta de las grandes representaciones religiosas. Con estos artefactos se izaba el grandioso dosel del Monumento de Semana Santa.

Al deslizarse los rayos del Sol entre los postes, danzaban los átomos de aquel polvo que en capas seculares se extendía sobre las bóvedas. Movíanse al viento, como abanicos de gasa, las telarañas de muchos años. Los pasos de los visitantes provocaban en los rincones oscuros, tras los maderos abandonados, carreras precipitadas y locas de los ratones. Aleteaban en los extremos más sombríos las aves negruzcas que descendían de noche al templo por los agujeros de la bóveda. Como puntos fosfóricos brillaban en la oscuridad los ojos de los mochuelos. Los murciélagos, asustados por la luz, volaban torpemente, rozando con sus alas las caras de los dos jóvenes.

El hijo del campanero, examinando los excrementos perdidos en el polvo, enumeraba todas las aves refugiadas en la cúspide de la montaña de piedra. Esto era de búho, lo otro de mochuelo, lo de más allá de cuervo, y hablaba con respeto de cierto nido de águilas que su padre había visto de joven en aquel sitio: feroces animales que pretendían picarle los ojos, y obligaban al buen campanero a pedir la escopeta al guardia nocturno cada vez que había de visitar las bóvedas.

A Gabriel le gustaba, por su silencio y su imponente soledad, aquel mundo extraño aposentado en la cabeza de la catedral. Era una selva de maderos poblada de bestias lúgubres que vivía olvidada en el interior de la bóveda craneal del templo. El buen Dios tenía una casa para los fieles y un inmenso desván para las bestias del espacio.

La salvaje soledad de las alturas contrastaba con la riqueza de la capilla del Ochavo, llena de reliquias en vasos de oro y arquillas de esmalte y marfil; con la magnificencia del Tesoro, que amontona las perlas y las esmeraldas con tanta profusión como si fuesen guijarros; con la elegante abundancia del guardarropa, lleno de telas sobre las cuales reproducía el bordado todos los matices de la pintura.

Tenía Gabriel dieciocho años cuando perdió a su padre. El viejo jardinero murió tranquilo viendo a toda su familia al servicio de la catedral, sin que se interrumpiese la sana tradición de los Luna. Tomás, el hijo mayor, quedaba encargado del jardín; Esteban, después de largos años de monaguillo y ayudante del sacristán, era silenciario y había agarrado la vara de palo con los siete reales diarios, objeto de todas sus ambiciones. En cuanto al menor, tenía el señor Esteban la convicción de haber engendrado un Padre de la Iglesia, al que le estaba reservado un sitio en el cielo a la derecha de Dios omnipotente.

Gabriel había adquirido en el Seminario esa dureza eclesiástica que hace del sacerdote un guerrero, más atento a los intereses de la Iglesia que a los afectos de la familia. Por esto no se impresionó gran cosa con la muerte de su padre. Desgracias de mayor gravedad traían preocupado al seminarista.

III

Eran los tiempos de la revolución de septiembre. En la catedral y el Seminario había gran revuelo, comentándose de la mañana a la noche las noticias de Madrid. La España tradicional y sana, la de los grandes recuerdos históricos, se venía abajo. Las Cortes Constituyentes eran un volcán, un respiradero del infierno para las negras sotanas que formaban corro en torno del periódico desplegado. Por cada satisfacción que les proporcionaba un discurso de Manterola, sufrían disgustos de muerte leyendo las palabras de los revolucionarios, que asestaban fuertes golpes al pasado. La gente clerical volvía sus miradas a don Carlos, que comenzaba la guerra en las provincias del Norte. El rey de las montañas vascongadas pondría remedio a todo cuando bajase a las llanuras de Castilla. Pero transcurrían los años, venía y se iba don Amadeo, ¡hasta se proclamaba la República! y la causa de Dios no adelantaba gran cosa. El cielo estaba sordo. Un diputado republicano proclamaba la guerra a Dios, le retaba a que le hiciese enmudecer, y la impiedad seguía inmune y triunfante, derramando su elocuencia como una fuente envenenada.

Gabriel vivía en un estado de belicosa excitación. Olvidaba los libros, despreciando su porvenir: ya no pensaba en cantar misa. ¿Qué le importaba su carrera viendo a la Iglesia en peligro y próxima a desvanecerse la poesía soñolienta de los siglos que le había envuelto desde la cuna como una nube perfumada de incienso viejo y rosas marchitas...?

Con frecuencia desaparecían alumnos del Seminario, y los catedráticos contestaban con un guiño malicioso a las preguntas de los curiosos:

—Están «allá»... con los buenos. No pueden ver con calma lo que ocurre. Cosas de chicos... calaveradas.

Y las tales calaveradas les hacían sonreír con paternal satisfacción.

Él pensó ser también de los que huían. Creía que el mundo iba a acabarse. En ciertas ciudades la muchedumbre revolucionaria invadía los templos, profanándolos. Aún no mataban a los sacerdotes, como en otras revoluciones, pero los ministros de Dios no podían salir a la calle con traje talar sin riesgo de ser silbados e insultados. El recuerdo de los arzobispos de Toledo, de aquellos bravos príncipes eclesiásticos guerreadores e implacables con el infiel, enardecía su belicosidad. Él nunca había salido de Toledo, de la sombra de la catedral. España le parecía tan grande como el resto del mundo, y sentía la comezón de ver algo nuevo, de contemplar de cerca las cosas extraordinarias admiradas en los libros.

Un día besó la mano de su madre, sin conmoverse gran cosa ante el temblor de la pobre vieja, casi ciega. El Seminario tenía para él más tiernos recuerdos que la casa de sus padres. Fumó el último cigarro con sus hermanos en el jardín de la catedral, sin revelarles sus propósitos, y por la noche huyó de Toledo con un escapulario del Corazón de Jesús cosido al chaleco y una hermosa boina de seda en el bolsillo, de las confeccionadas por blancas manos en los conventos de la ciudad. El hijo del campanero iba con él. Se incorporaron a las partidas insignificantes que corrían la Mancha, y pasaron después a Valencia y Cataluña, ganosos de empresas más importantes para a causa de Dios y el rey que robar mulas e imponer contribuciones a los ricos.

Gabriel encontró un encanto brutal a aquella existencia errante, siempre en continua alarma, esperando la proximidad de la tropa. Le habían hecho oficial, en atención a sus estudios y a las cartas en que le recomendaban algunos prebendados de la Iglesia Primada, lamentando que un mozo de tanto porvenir teológico fuese a exponer su vida como un simple sacristán.

Luna gustaba de la existencia libre y sin leyes de la guerra con la avidez de un colegial que sale de su encierro; pero no podía ocultar la decepción dolorosa que le producía la vista de aquellos ejércitos de la Fe. Se había imaginado encontrar algo semejante a las antiguas expediciones de las Cruzadas: soldados que peleaban por el ideal, que hincaban la rodilla antes de entrar en combate para que Dios estuviera con ellos, y por la noche, después de ardientes plegarias, dormían con el puro sueño del asceta, y se encontraba con rebaños armados indóciles al pastor, incapaces del fanatismo que corre ciego a la muerte, ganosos de que la guerra se prolongase todo lo posible para mantener la existencia de holganza errante a costa del país, que ellos creían la más perfecta; gentes que a la vista del vino, de las hembras o de la riqueza se desbandaban, hambrientas, atropellando a sus jefes.

Era la antigua vida de horda que surgía en plena civilización; la atávica costumbre de robar el pan y la mujer ajena con las armas en la mano; el celtíbero espíritu de bandería, de lucha intestina que tomaban para resucitar un pretexto político. Gabriel, salvo raras excepciones, no encontraba en aquellas bandas mal armadas y peor vestidas quien pelease por un ideal determinado. Eran aventureros que querían la guerra por la guerra; ilusos deseosos de fortuna; mozos del campo que, en su ignorancia pasiva, habían ido a las partidas como se hubieran quedado en casa a tener otros consejeros; almas sencillas que creían firmemente que en las ciudades quemaban y devoraban a los ministros de Dios, y se habían lanzado al monte para que la sociedad no cayese en la barbarie. El peligro común, la miseria de las marchas interminables para burlar al enemigo, la escasez sufrida en los yermos y picachos que les servían de refugio, los igualaban a todos, entusiastas, escépticos e ignorantes. Todos sentían por igual el deseo de resarcirse de las privaciones, de acallar la bestia que llevaban dentro, irritada y despierta por una vida de bruscos cambios, tan pronto en la abundancia loca y despilfarradora del saqueo, como en las penalidades de la marcha por llanuras interminables, sin ver el menor rastro de vida. Al entrar en los pueblos gritaban: «¡Viva la religión!», pero a la más leve contrariedad, los combatientes de la Fe se hacían esto y aquello en Dios y en todos los santos, no olvidando en sus sucios juramentos ni a los más sagrados objetos del culto.

Gabriel, habituado a esta vida errante, no se escandalizaba. Los antiguos escrúpulos de seminarista desaparecían ahogados bajo la corteza de hombre de horda con que la guerra le endurecía.

Doña Blanca, la cuñada del «rey», pasó ante él como una figura novelesca. En su romanticismo de princesa nerviosa deseaba imitar a las heroínas de la Vendée, y montando un pequeño caballo, el revólver al cinto y la boina blanca sobre la trenza flotante, se puso a la cabeza de aquellas tribus armadas que resucitaban en el centro de la Península la vida y las luchas de los tiempos casi prehistóricos. El revoloteo de la negra amazona de la heroína servía de bandera a los batallones de zuavos, tropa de aventureros franceses, alemanes e italianos, detritus de todas las guerras del globo, que encontraban más grato seguir a una hembra ganosa de notoriedad que engancharse en la Legión extranjera de Argelia.

El asalto de Cuenca, única victoria de la campaña, dejó en la memoria de Gabriel una huella profunda. El tropel de hombres con boina, después de rebasar las murallas débiles como tapias, entraba cual arroyos desbordados por diferentes calles de la ciudad. Los tiros desde las ventanas no lograban detenerles. Todos estaban pálidos, con los labios descoloridos, los ojos brillantes y un temblor homicida en las manos. El peligro arrostrado y la certeza de que por fin eran dueños de una ciudad les enloquecía. Las puertas de los edificios caían a culatazos. Salían hombres despavoridos en mitad del arroyo atravesados por las bayonetas; dentro de las casas veíanse mujeres desgreñadas debatiéndose entre los brazos de los asaltantes, arañándoles con una mano el rostro, mientras con la otra pugnaban por sostener sus ropas.

Luna vio cómo en el Instituto los más montaraces rompían a culatazos los aparatos del gabinete de Física. Clamaban contra aquellas invenciones del demonio, con las cuales creían ellos que se comunicaban los impíos con el gobierno de Madrid, y machacaban contra el suelo con el fusil y con los pies las doradas ruedas de los aparatos, los discos y las primeras pilas de electricidad.

El seminarista contemplaba satisfecho esta destrucción. Él también odiaba, pero con odio reflexivo amamantado en el Seminario, las ciencias positivas y materiales, que al final de todas sus deducciones llegaban fatalmente a la negación de Dios. Aquellos hijos de las montañas, en su santa ignorancia, hacían sin saberlo una gran cosa. ¡Ah, si toda la nación les imitase! En otros tiempos no existían los chirimbolos de la ciencia, y España era más dichosa. Para vivir santamente bastaba con la sabiduría de los sacerdotes y la ignorancia popular, que proporciona una beatífica tranquilidad. ¿Para qué más? Así había permanecido el país durante los siglos más gloriosos de su historia.

Terminó la guerra. Las partidas, acosadas, pasaron del Centro a Cataluña, y por fin, empujadas sobre la frontera, tuvieron que rendir sus armas a los aduaneros franceses. Muchos se acogían al indulto, ganosos de volver a sus casas. Mariano el campanero se fue también. No quería vivir en tierra extranjera; además, su padre había muerto, y no era difícil que le entregasen la torre de la catedral si alegaba los méritos de la familia, sus tres años de campaña por la religión y un balazo que había recibido en una pierna. Casi podía compararse con los mártires del cristianismo.

Gabriel fue a la emigración: «Era un oficial, y no podía jurar fidelidad a la dinastía intrusa». Esto lo declaraba con la arrogancia aprendida en aquella caricatura de ejército, que extremaba las ceremonias del antiguo militarismo, y en el cual los andrajosos, con el sable al cinto, se transmitían las órdenes llamándose siempre «caballero oficial». Pero el verdadero motivo de que Luna no volviese a Toledo era que le gustaba seguir la corriente de los hechos, viendo nuevas tierras y cambiando de costumbres. Regresar a la catedral era quedarse en ella para siempre, renunciar a la vida; y él, que durante la guerra había gustado los encantos mundanales, no quería abandonarla tan pronto. Aún no era mayor de edad: tiempo le quedaba para acabar sus estudios. El sacerdocio era un retiro seguro, al que no tenía prisa de volver. Además, había muerto su madre, y las cartas de sus hermanos no le anunciaban otra variación en la vida soñolienta del claustro alto que el haberse casado el jardinero y andar en relaciones el *Vara de palo* con una muchacha de las Claverías, ya que era contrario a las buenas tradiciones aliarse con gente de fuera de la catedral.

Vivió Luna más de un año en los acantonamientos de los emigrados. Su educación clásica y la simpatía que inspiraba su juventud le abrieron cierto camino. Hablaba en latín con los abates franceses, que gustaban saber cosas de la guerra por aquel joven teólogo y al mismo tiempo le aleccionaban en el idioma del país. Estos amigos eclesiásticos le proporcionaban lecciones de español entre la alta burguesía afecta a la Iglesia. En los momentos de penuria le salvaba su amistad con una condesa vieja y legitimista que le invitaba a pasar algunos días en su castillo, presentando el seminarista belicoso a su tertulia de gentes graves y piadosas como si fuese un cruzado de regreso de Palestina.

El deseo ferviente de Gabriel era ir a París. Su vida en Francia había cambiado radicalmente sus ideas. Experimentaba la misma impresión que si hubiera caído en un planeta nuevo. Acostumbrado a la monótona vida del Seminario y a la existencia nómada de aquella guerra montaraz y sin gloria, le asombraban el progreso material, los refinamientos de la civilización, la cultura y el bienestar de las gentes en la tierra francesa. Recordaba ahora con vergüenza su ignorancia española, aquella prosopopeya castellana, mantenida por mentirosas lecturas, que le hacían creer que España era el primer país del mundo, el pueblo más valiente y más noble, y las demás naciones una especie de rebaños tristes, creados por Dios para ser víctimas de la herejía y recibir soberbias palizas cada vez que intentaban medirse con este país privilegiado que come mal y bebe poco, pero tiene los primeros santos y los más grandes capitanes de la cristiandad.

Cuando Gabriel pudo expresarse en francés y tuvo reunidos unos cuantos francos para el viaje, se trasladó a París. Un abate amigo le había encontrado colocación como corrector de pruebas en una librería religiosa inmediata a San Sulpicio. En este barrio levítico de París, con sus hoteles para curas y familias religiosas, sombríos como conventos, y sus almacenes de imaginería piadosa que infestan el globo de santos charolados y risueños, se verificó la gran transformación de Gabriel.

El barrio de San Sulpicio, con sus calles tranquilas y silenciosas a la española y sus beatas de velo negro que pasan rozando los muros del Seminario, atraídas por el toque de las campanas, fue para el seminarista español lo que el camino de Damasco para el apóstol. El catolicismo francés, culto, razonador y respetuoso con los progresos humanos, aturdió a Gabriel. Su fiera devoción española estaba acostumbrada al desprecio de las ciencias profanas. No había en el mundo más que una sabiduría verdadera: la teología; las demás ciencias eran juegos, buenos cuando más para entretener la eterna infancia de la humanidad. Conocer a Dios y medir la grandeza de su poder era lo único serio a que podían dedicarse los hombres. Las máquinas, los descubrimientos de las ciencias positivas, todo lo que no se relacionaba con la divinidad y la vida futura, eran bagatelas para entretener a gentes locas y sin fe.

Y el antiguo seminarista, que despreciaba el progreso humano desde niño, como una ridícula mentira, quedó estupefacto viendo con qué solemnidad hablaba de él el catolicismo francés. Corrigiendo las pruebas de tanto libro religioso notaba Gabriel el profundo respeto que aquella ciencia despreciada infundía a los buenos abates franceses, de cultura muy superior a la de los canónigos de allá abajo. Es más: hasta notaba cierto encogimiento humilde en los representantes de la religión cuando se encaraban con la ciencia; un deseo de agradar, de no ser rechazados, de infundir simpatía con soluciones conciliadoras para que el dogma no quedase en tierra privado de asiento en aquel tren de rapidísima marcha que llevaba a la humanidad hacia el porvenir con el vértigo de los nuevos descubrimientos. Libros enteros de sacerdotes ilustres estaban dedicados a ajustar y amoldar, aun a riesgo de violentarlas, las revelaciones de los libros santos con los descubrimientos de la ciencia. La Iglesia, anciana venerable que Gabriel había visto en su país inmóvil, con majestad hierática, sin dignarse tocar un solo pliegue de su manto para no perder el polvo de los siglos, se agitaba en Francia queriendo remozarse, arrojaba a un lado las vestiduras de la tradición, como harapos vetustos que la ponían en ridículo, y distendía sus miembros con esfuerzo desesperado, para acoplarse dentro de la moderna armadura de la ciencia, la gran enemiga del ayer, la gran triunfadora del presente, cuya aparición había sido saludada con hogueras y bochornosas abjuraciones.

¿Qué tenía dentro la fatal manzana del Paraíso, que después de seis mil años de maldición la misma Iglesia comenzaba a venerarla, esforzándose por hacerla olvidar las antiguas persecuciones? ¿Por qué la religión, firme como una roca en medio de los siglos, que había desafiado persecuciones, cismas y guerras, se ablandaba por el miedo ante los descubrimientos de unos cuantos hombres, entrando en la corriente loca que buscaba la causa y la explicación de todas las cosas? Teniendo el apoyo secular de la Fe, ¿a qué buscar el auxilio de la Razón para sostener sus tradiciones y justificar sus dogmas?...

Sintió Gabriel la misma fiebre de curiosidad que de niño le había obligado a encorvar su espalda ante los volúmenes encuadernados en pergamino de la biblioteca del Seminario. Quiso conocer el misterioso perfume de aquella ciencia odiada que perturbaba a los sacerdotes de Dios y les hacía renegar indirectamente de las creencias de diecinueve siglos. Deseó saber por qué se descoyuntaban y torturaban los libros sagrados para explicar por épocas geológicas la creación que Dios había realizado en seis días; qué peligro se quería evitar haciendo comparecer a la divinidad ante la ciencia para que explicase sus actos, ajustándolos a las decisiones de ésta; a qué obedecía el miedo instintivo de los autores religiosos a afirmar rotundamente los milagros, justificándolos con intrincados razonamientos, sin atreverse a sostener como prueba decisiva la indiscutibilidad del prodigio sobrenatural.

Por entonces abandonó Gabriel el ambiente tranquilo de la librería religiosa. Su fama de humanista había llegado hasta un editor vecino de la Sorbona que publicaba libros clásicos, y Luna, sin salir de la orilla izquierda del Sena, saltó al Barrio Latino para corregir pruebas en latín y griego. Ganaba doce francos al día: mucho más que aquellos canónigos de Toledo que en otros tiempos le parecían grandes duques. Vivía en un hotelito de estudiantes, cerca de la Escuela de Medicina, y sus discusiones vehementes por la noche, entre el humo de las pipas, con los compañeros de hospedaje, le instruían tanto como los libros de la odiada ciencia. Aquellos estudiantes que le prestaban volúmenes o le indicaban los autores que debía buscar en sus horas libres en la biblioteca de la montaña de Santa Genoveva, reían como paganos ante sus exaltadas afirmaciones de antiguo seminarista.

Durante dos años, el joven Luna no hizo otra cosa que leer. De vez en cuando se permitía acompañar a sus amigos en alguna escapatoria, sumiéndose en la vida alegre y amorosa del barrio. Gastó los codos de sus mangas en las mesas de las cervecerías. La Mimí de Murger pasó varias veces ante él menos melancólica que en la obra del poeta, y el ex seminarista tuvo sus idilios de una tarde de domingo en los bosques inmediatos a París. Pero Gabriel no era un temperamento amoroso; la curiosidad, el ansia de saber, le dominaban, y después de estas escapadas, de las que volvía más fresco, con el cerebro más despierto, como si saliera de un baño que calmaba su juventud, entregábase con mayores ánimos al estudio. La Historia, la verdadera Historia, cuya fría limpidez contrastaba con la intrincada maraña de prodigios de los cronicones leídos en la niñez, abatió gran parte de sus creencias. El catolicismo no fue ya para él la religión única. Ya no partió en dos períodos la historia de la Humanidad, antes y después de la aparición en Judea de unos hombres oscuros que se esparcieron por el mundo predicando una moral cosmopolita sacada de las máximas de los pueblos orientales y de las enseñanzas de la filosofía griega. Las religiones fueron para él invenciones humanas, sometidas a las condiciones de existencia de todo organismo, con su infancia generosa, capaz de ciegos sacrificios, su virilidad absorbente y dominadora, en la que las antiguas dulzuras se convierten en imposiciones autoritarias del poder, y su vejez irremediable, con una lenta agonía que hace que el enfermo, adivinando su próximo fin, se agarre a la vida con el ansia de la desesperación.

La antigua fe intentaba renacer en Luna, pugnando por arrojar lejos las nuevas convicciones que le dominaban; pero las lecturas del día siguiente bastaban para borrar estas reminiscencias que agitaban durante la noche su pensamiento. El cristianismo no era ya para Gabriel más que una de las muchas manifestaciones del pensamiento humano, deseoso de explicarse la presencia del hombre en la tierra y el pavoroso misterio de lo que pueda existir más allá de la muerte. Estos dos problemas venían preocupando al ser humano desde que, salido de la barbarie prehistórica, con una casa que le pusiera al abrigo de las fieras, un vestido que le librase del frío y la tierra cultivada asegurando su nutrición, pudo desarrollar la más tardía de sus facultades: el pensamiento.

Su fe en el catolicismo como religión única desapareció completamente. Al perder sus creencias en el dogma perdió también, como consecuencia lógica, aquella fe en la monarquía que le había llevado a pelear en las montañas. Apreciaba ahora claramente la historia de su país sin prejuicios de raza. Los historiadores extranjeros le mostraban la triste suerte de España, estacionada en el período crítico de su desarrollo, cuando salía joven y vigorosa del fecundo período de la Edad Media, por el fanatismo de sacerdotes e inquisidores y la demencia de unos reyes que, faltos de medios, quisieron resucitar la monarquía de los Césares, agotando al país en esta empresa de locos. Los pueblos que habían roto con el Pontificado, volviendo para siempre la espalda a Roma, eran más prósperos y felices que aquella España que dormitaba como una mendiga a la puerta de la iglesia.

En este período de su evolución intelectual, Gabriel tuvo un ídolo, y muchas tardes abandonaba el trabajo para ir a oírle durante una hora en el Colegio de Francia. Era Ernesto Renán. Luna le admiraba con doble afecto: por su talento y por su historia. Era como de su familia. El grande hombre había pasado también por el Seminario y guardaba aún cierto aspecto clerical, como si hubiera sufrido más hondamente la presión del troquel eclesiástico. Era un rebelde: «los martillos para derribar el templo, dentro del templo se forjaban». Cumplíase la ley fatal de todas las religiones, cuando la fe se desvanece y la gran muchedumbre no siente el fervor de la primera edad.

Gabriel se asombraba viendo cómo iba el sabio desentrañando los orígenes intelectuales del pueblo hebreo, que habían servido de base al cristianismo; cómo desarmaba el inmenso retablo ante el cual había permanecido de rodillas la humanidad diecinueve siglos, pieza por pieza, marcando sus diversas procedencias. El seminarista español se indignaba contra su antigua fe con toda la fogosidad de un temperamento vehemente. ¡Y él había podido creer en todo aquello, considerándolo el resumen de la humana sabiduría! El cristianismo desempeñaba un papel beneficioso en un período de la infancia de la humanidad. Llenaba la vida de los hombres durante la Edad Media, cuando no podía darse un paso fuera de la religión, y en la tierra, asolada por las luchas, no había otra esperanza que el cielo ni más lugar de asilo para el pensamiento que la catedral en la ciudad y el monasterio en el campo. «Las ferias, las reuniones para negocios o placeres —como decía su maestro—, eran fiestas religiosas; las representaciones escénicas eran misterios; los viajes, peregrinaciones, y las guerras, cruzadas.» Pero después se partía la vida: lo religioso a un lado, lo humano a otro. El arte colocaba la Naturaleza sobre el ideal; los hombres pensaban más en la tierra que en el cielo: la Razón nacía; cada uno de sus avances era un paso atrás para la Fe, y llegaba el momento, por fin, en que los clarividentes, los que se inquietaban por el porvenir, pensaban ya en cuál había de ser la nueva creencia que sustituyese a la religión agonizante. Luna no vacilaba: la Ciencia, únicamente la Ciencia ocuparía el hueco de la religión, muerta para siempre.

Influido por el helenismo de su maestro, que fácilmente prendía en él, acostumbrado como estaba al trato diario con los autores griegos, soñaba con que la humanidad del porvenir fuese una inmensa Atenas, una democracia artística y sabia gobernada por grandes pensadores, sin más luchas que las de las ideas ni otra ambición que la de pulir la inteligencia, de costumbres dulces y dedicada a los goces del espíritu y al culto de la Razón.

De sus antiguas creencias, Gabriel solo conservaba la idea de Dios creador con cierto escrúpulo supersticioso. Algo le desconcertaba la astronomía, estudio al que se había entregado con entusiasmo casi infantil, atraído por el encanto de lo maravilloso. Aquel infinito por el que en otro tiempo revoloteaban las legiones de ángeles, y que servía de camino a la Virgen en sus descensos terrenales, se poblaba de pronto de miles de millones de mundos, y cuanto más potentes eran los instrumentos inventados por el hombre, mayor se hacía su número, prolongándose las distancias en una inmensidad que causaba vértigos. Unos cuerpos se atraían a otros girando por el espacio a razón de millares y millones de leguas por minuto, y toda esta nube de mundos caía y caía, sin pasar dos veces por el mismo punto de la silenciosa inmensidad, en la que surgían otros astros y otros y otros, así como iban perfeccionándose los instrumentos de observación. ¿Dónde estaba en este infinito el Dios que fabricaba la tierra en seis días, que se irritaba por el capricho de dos seres inocentes sacados del barro y hechos carne de un soplo, y hacía surgir de la nada el Sol y tantos millones de mundos, sin más objeto que alumbrar este planeta, triste molécula de polvo de la inmensidad?

El Dios de Gabriel, al perder la forma corporal que le habían dado las religiones y difundirse en la creación, perdía todos sus atributos. Al agigantarse para llenar el infinito, confundiéndose con él, se hacía tan sutil, tan impalpable para el pensamiento, que casi era un fantasma. El panteísmo, como decía Schopenhauer, equivale a licenciar a Dios por inútil.

Los estudiantes amigos de Gabriel pusieron en sus manos los libros de Darwin, de Büchner y de Haeckel; y el secreto de la creación natural, que inquietaba su pensamiento después de la abolición de la omnipotencia divina, se desgarró ante sus ojos. Vio cómo había surgido la vida sobre aquella esfera que rodaba centenares de millones de años en el espacio, sufriendo cataclismos y transformaciones. Cuando la vejez enfriaba su corteza, la vida animal asomaba como una consecuencia del medio favorable, ajustándose a las condiciones de éste, comenzando con formas tímidas y microscópicas de existencia, con el musgo que apenas cubre las rocas, con el animal que apenas presenta los vestigios de un organismo rudimentario. Y con este prólogo de la creación natural comenzaba la vida, desarrollándose al través de millones y millones de años, interrumpida a veces por los cataclismos de la tierra agitada por las últimas crisis de su crecimiento, y continuando adelante con la ciega tenacidad que anima a la Naturaleza. Era una cadena infinita de evoluciones, de formas abortadas y de organismos triunfantes por la selección, hasta llegar al hombre, que, por un esfuerzo supremo de la materia que encierra su cráneo, sale de la bestialidad, se despoja de la envoltura animal de sus antecesores, a los que hace sus esclavos, y reina sobre el planeta.

Nada quedó en Gabriel de sus antiguos ideales. Su conciencia fue un campo raso sobre el que había soplado el vendaval. La última creencia, la postrera, que aún se mantenía erguida como un monolito en medio de ruinas, explicando el origen de la creación, se vino abajo. Luna se despidió de Dios como de un fantasma consolador que se interpone entre el hombre y la Naturaleza.

Pero el antiguo seminarista no era capaz de permanecer inactivo con su bagaje de nuevas ideas. Necesitaba creer en algo, dedicar a la defensa de un ideal la fe de su carácter, hacer uso de aquel ardor de proselitismo que había causado admiración en la clase de Elocuencia del Seminario. La sociología revolucionaria se apoderó de él. Primero fue Proudhon con sus audaces escritos; después completaron la obra algunos «militantes» que trabajaban en la misma imprenta que él, viejos soldados de la Commune que acababan de volver del destierro o de las prisiones de Oceanía, y reanudaban su campaña contra la organización social con un ardor acrecentado por los dolores sufridos y el ansia de venganza. Con ellos fue a las reuniones del anarquismo; oyó a Reclús y al ex príncipe Kropotkine, y las palabras del difunto Miguel Bakounine llegaron a él como el evangelio de un San Pablo del porvenir.

Gabriel había encontrado su nueva religión y se entregó por completo a ella, soñando en la regeneración de la humanidad por el estómago. Creyendo en una vida futura, los desgraciados aún tenían el falso consuelo de la felicidad después de la muerte. Pero la religión era mentira, y no, existiendo más vida que la presente. Luna se indignaba contra la injusticia social, que condena a la miseria a muchos millones de seres para la felicidad de unos miles de privilegiados. La autoridad, fuente de todos los males, era para él el mayor de los enemigos. Había que matarla, pero creando antes hombres capaces de subsistir sin amos, sacerdotes y soldados. La dulzura de su carácter, el odio que le inspiraba la violencia después de sus tres años de guerrillero, le hacían apartarse de los nuevos camaradas, que soñaban con hecatombes por la dinamita y el puñal para aterrar al mundo, obligándolo a aceptar por el miedo las nuevas doctrinas. No; él confiaba en la fuerza de las ideas y en la inocente evolución de la humanidad. Había que trabajar como los primeros apóstoles del cristianismo, seguros del porvenir, pero sin prisa por ver realizadas sus ideas; puestos los ojos, en la labor del día, sin pensar en los años y los siglos que tardaría en dar su fruto.

El ardor del proselitismo le hizo abandonar París a los cinco años. Sentía el ansia de ver mundo, de estudiar por sí mismo las miserias sociales y las fuerzas de que disponían los desheredados para su gran transformación. Además, veíase molestado por la vigilancia de la policía francesa, a causa de sus íntimas relaciones con los estudiantes rusos del Barrio Latino, jóvenes de mirada fría y lacias melenas, que osaban implantar en París las venganzas del nihilismo. En Londres conoció a una inglesa joven, enferma, que, movida como él por el ardor de la propaganda revolucionaria, iba de la mañana a la noche por los paseos y los alrededores de los talleres repartiendo folletos y hojas impresas que guardaba en una caja de sombreros siempre pendiente de su brazo. Lucy fue al poco tiempo la compañera de Gabriel. Se amaron sin arrebato, con una pasión fría y calmosa, más por la comunidad de ideales que por la instintiva aproximación del sexo; un amor de revolucionarios, con el pensamiento dominado por la rebeldía contra lo existente, sin dejar sitio a otros entusiasmos.

Luna y su compañera pasaron a Holanda y a Bélgica y se instalaron después en Alemania, siempre viajando de grupo en grupo de compañeros, dedicándose a diversos trabajos, con esa facilidad de adaptación de los revolucionarios universales, que sin dinero corren el mundo sufriendo privaciones y encontrando siempre, en el momento difícil, una mano fraternal que los levanta y los pone de nuevo en camino.

A los ocho años de esta vida, la amiga de Gabriel murió tísica. Estaban en Italia. Luna, al verse solo, se dio cuenta por primera vez del dulce apoyo que le había prestado la compañera de su vida. Olvidó sus entusiasmos revolucionarios para llorar a Lucy, lamentándose del vacío que dejaba en su existencia. No la había amado como aman los demás hombres, pero era su compañera, su hermana; se compenetraban los dos en gustos y aficiones; la miseria en común los había fundido en una sola voluntad. Además, Gabriel sentíase aviejado antes de hora por aquella existencia de aventuras emocionantes y penosas privaciones. En varios sitios de Europa le habían encarcelado por sospechas de complicidad con los terroristas. La policía le había golpeado muchas veces. Comenzaba a serle difícil viajar por el continente, pues su fotografía figuraba con la de muchos compañeros en los centros policíacos de las principales naciones. Era un perro vagabundo y peligroso, que acabaría por ser expulsado a puntapiés de todas partes.

Gabriel no podía vivir solo. Estaba habituado a ver cerca de él unos ojos azules, a oír una voz acariciadora, con inflexiones de pájaro, que le animaba en los momentos difíciles, y no pudo resistir la soledad en tierra extraña después de la muerte de Lucy. Despertóse en él un vehemente amor por la tierra natal. Quería volver a España, de la que tanto se había burlado, y que ahora, a pesar de su atraso secular, le parecía interesante. Pensaba en sus hermanos, que seguían agarrados como plantas a los sillares de la catedral, sin enterarse de lo que ocurría en el mundo, sin buscar noticias suyas, como si lo hubieran olvidado.

Con repentino impulso, como si temiese morir lejos del suelo natal, volvió a España. En Barcelona le proporcionaron los compañeros la dirección de una imprenta, pero antes de ocupar su puesto quiso pasar unos días en Toledo. Volvía envejecido antes de los cuarenta años, hablando cuatro o cinco idiomas y más pobre que salió de allí. Supo que su hermano el jardinero había muerto, y que la viuda refugiada con su hijo en un desván de las Claverías, lavaba ropa para los canónigos. Esteban, el *Vara de palo*, le acogió después de tan larga ausencia con la misma admiración que cuando estaba en el Seminario. Se hacía lenguas de sus viajes y convocaba a toda la gente del claustro alto para que oyera a aquel hombre que iba de una parte a otro del mundo como si fuese su propia casa. En sus preguntas embrollaba dolorosamente la geografía; no reconociendo en ella más que una división: países de herejes y de cristianos.

Gabriel compadecíase de la miseria tranquila de aquella gente; admiraba su mansedumbre de servidores del templo, satisfechos de vegetar y morir en el mismo sitio, sin curiosidad alguna por lo que ocurría más allá de los muros. La iglesia le parecía una gran ruina. Era el caparazón de piedra de un animal en otros tiempos poderoso y fuerte, pero que había muerto hacía más de un siglo, deshaciéndose su cuerpo, evaporándose su alma, sin dejar otro vestigio que aquella envoltura exterior, semejante a las conchas que encuentran los geólogos en los yacimientos prehistóricos, y que por su estructura dejan adivinar las partes blandas del ser extinguido. Viendo las ceremonias del culto, que en otros tiempos le conmovían, sentía impulsos de protesta, deseos de gritar a sacerdotes y acólitos que se retirasen, pues su tiempo había pasado, la fe había muerto, y únicamente por rutina y por miedo a la opinión ajena volvía la gente a aquellos lugares que antes llenaba de la mañana a la noche el fervor religioso.

Al volver a Barcelona, la vida de Gabriel fue un torbellino de proselitismo, de luchas y de persecuciones. Los compañeros le respetaban, viendo en él al amigo de los grandes propagandistas de «la idea», al hombre que había corrido casi toda Europa y se escribía con los revolucionarios más famosos. No se celebraba mitin sin el *compañero* Luna. Aquella elocuencia natural que había causado asombro al iniciarse en el Seminario, se hinchaba y esparcía como un gas embriagador en las reuniones revolucionarias, enardeciendo a la muchedumbre desarrapada, hambrienta y miserable, que sentía estremecimientos de emoción ante la sociedad futura descrita por el apóstol: la ciudad celeste de los soñadores de todos los siglos, sin propiedad, sin vicios, sin desigualdades, donde el trabajo sería un placer y no existiría más culto que el de la ciencia y el arte. Algunos oyentes, los más sombríos, sonreían con gesto compasivo oyendo sus maldiciones a la fuerza y sus himnos a la dulzura y al triunfo por la resistencia pasiva. Era un ideólogo, al que había que oír porque servía a «la causa». Ellos, que eran los hombres, los luchadores, sabrían en silencio aterrar a la sociedad maldita, ya que se mostraba sorda a la voz de la Verdad.

Cuando estallaron bombas en las calles, el *compañero* Luna fue el primer sorprendido por la catástrofe y el primero también en entrar en la cárcel, a causa de la popularidad de su nombre... ¡Oh los dos años pasados en el castillo de Montjuich! En la memoria de Gabriel habían abierto un surco hondo, una herida profunda que no se cerraba, que se estremecía con el más leve recuerdo, turbando su calma, haciéndole temblar con el escalofrío del terror.

Se había apoderado de la sociedad la locura del miedo y atropellaba leyes y respetos humanos para defenderse. La justicia de otros siglos, con sus procedimientos de violencia, resucitaba en plena civilización. Se desconfiaba del juez por culto y escrupuloso y se echaba mano del esbirro, pidiéndole que renovase los antiguos aparatos de tormento.

En el silencio de la noche, Gabriel veía iluminarse su mazmorra; hombres con uniforme le empujaban por la escalera hasta una habitación donde le aguardaban otros con enormes garrotes. Un joven de voz melosa, con insignias de teniente y el aire perezoso de los criollos, le hacía preguntas sobre los atentados ocurridos meses antes abajo en la ciudad. Gabriel nada sabía, nada había visto. Tal vez los terroristas serían compañeros suyos; pero él, fijos los ojos en lo alto, contemplando sus visiones del porvenir, no había llegado a darse cuenta de que germinaba en torno suyo la violencia. Su negativa tenaz indignaba a aquellos hombres; la voz melosa del criollo se atiplaba por la ira, y entre amenazas y blasfemias abalanzábanse todos sobre él, y comenzaba la caza del hombre por toda la mazmorra, cayendo los garrotes sobre su cuerpo, alcanzándole lo mismo en la cabeza que en las piernas, acosándolo en los rincones, siguiéndole cuando con un salto desesperado pasaba al muro opuesto, abriéndose camino con la testa baja. Su espalda resonaba como un cofre vacío bajo los golpes. Algunas veces, la desesperación del dolor enardecía a la víctima; el cordero se volvía fiera, y antes de caer al suelo, gimoteando como un niño bajo la superioridad del número, se arrojaba sobre los verdugos, arañándolos, intentando morderles. Gabriel guardaba un botón del uniforme del criollo, que en una de estas rebeliones de su debilidad había quedado entre sus dedos.

Después, cansados los atormentadores de la inutilidad de sus violencias, le dejaban olvidado en la mazmorra. Un pan y unos trozos de bacalao seco eran su comida. La sed, una sed infernal, le desgarraba las entrañas, le oprimía la garganta y hacía arder su boca. Al principio pedía agua con voz angustiosa por debajo de la puerta. Después ya no quiso suplicar, conociendo de antemano la respuesta: Era un tormento calculado: le ofrecían agua cuanta quisiera, pero luego que delatase los nombres de los culpables, afirmando lo que no sabía. El hambre luchaba en él con la sed; pero temiendo a ésta mucho más, arrojaba a un rincón aquellos alimentos cargados de sal, como si fuesen veneno. Deliraba con el delirio de los náufragos atenaceados por el recuerdo del agua en medio de las olas amargas. Veía en sus pesadillas arroyos claros y murmuradores, ríos inmensos; y buscando frescura para su boca, paseaba la lengua por las paredes mugrientas, sintiendo cierto alivio al contacto de la cal del enjalbegado. La privación y el encierro perturbaban su inteligencia con horribles delirios. Muchas veces, Gabriel se sorprendía viéndose a cuatro patas en medio del calabozo, gruñendo y ladrando frente a la puerta sin saber por qué.

Sus atormentadores parecieron olvidarle. Tenían otros presos a los que acudir. Los carceleros le dieron agua, y pasó meses enteros sin que nadie entrase en su calabozo. Algunas noches oía lejanos y vagos, al través de los gruesos muros, lamentos y sollozos en las mazmorras inmediatas. Una mañana le despertaron varios truenos, a pesar de que un rayo de Sol se filtraba por el ventanillo. Oyendo a los carceleros en el inmediato corredor, comprendió el misterio. Habían fusilado a algunos de los presos.

Luna acogía como una felicidad la esperanza de la muerte. Renunciaba con gusto a aquella sombra de vida dentro de un estuche de piedra, atormentado por el mal físico y el miedo a la ferocidad de los hombres. Su estómago, herido por las privaciones, se negaba muchos días, con horribles náuseas, a recibir el pan áspero y el cazo de rancho. La larga inmovilidad, el enrarecimiento del aire, la escasa nutrición, le habían hecho caer en una anemia mortal. Tosía continuamente, sintiendo cierta opresión en el pecho. Los conocimientos que había adquirido del cuerpo humano, en su afán de estudiarlo todo, no lo permitían engañarse. Moriría como la pobre Lucy.

Después de año y medio de encierro, compareció ante el Consejo de guerra, confundido en un rebaño miserable de viejos, mujeres y hasta adolescentes, todos enflaquecidos y quebrantados por la prisión, con la piel blanca y mate, como de papel mascado, y ese estrabismo en los ojos que da el aislamiento. Gabriel deseaba que le matasen. Al llegar el fiscal en la larga lista de acusación al nombre de Luna, detúvose un instante para lanzarle una mirada feroz. Aquel acusado era de los «teóricos»: aparecía en las declaraciones de los testigos sin intervención directa en los hechos de fuerza y reprobándolos en sus predicaciones; pero no había que olvidar que era uno de los principales propagandistas del anarquismo, y que había pronunciado discursos en todas las sociedades obreras frecuentadas por los autores de los atentados.

Un capitán viejo se inclinó al oído de otro compañero de Consejo, y Gabriel oyó sus palabras:

—A estos señoritos que hacen discursos es a los que hay que sentar la mano, para que escarmienten y no hablen más de Tolstoi, de Ibsen y de todos esos tíos extranjeros que enseñan a tirar bombas.

Gabriel pasó muchos meses aislado en su encierro. Por algunas palabras oídas a los carceleros, pudo ir siguiendo las fluctuaciones de su suerte. Tan pronto se veía conducido con todos sus compañeros de infortunio a los presidios de África, como le auguraban la inmediata libertad o le profetizaban el fusilamiento en masa. Cuando salió, después de dos años, del tétrico castillo, fue para embarcarse con todos sus compañeros de emigración forzosa. Gabriel era una sombra de hombre. Su debilidad le hacía andar vacilante y trémulo como un niño; pero olvidando su mísero estado, se apiadaba de otros compañeros más enfermos que él, con visibles cicatrices de los tormentos sufridos y el sexo atrofiado por bárbaras estrangulaciones. La vuelta a la libertad hacía renacer en él su antigua dulzura, la conmiseración filosófica en que envolvía a todos los hombres, perdonando sus errores. Los más violentos de sus compañeros hablaban al desembarcar en Inglaterra de futuras venganzas contra los verdugos, mientras Gabriel pedía perdón para ellos, ciegos instrumentos empleados por la sociedad en un momento de terror, que creían haberla salvado con su barbarie.

El clima de Londres extremaba la enfermedad de Gabriel, y a los dos años tuvo que trasladarse al continente, a pesar de que el país británico, con su absoluta libertad, era el único suelo donde podía vivir tranquilo e ignorado.

Su existencia fue cruel: siempre fugitivo a través de las naciones de Europa, arrojado de una a otra por la vigilancia policíaca, reducido a prisión o expulsado por la más insignificante sospecha. Era la antigua persecución de los bohemios en la Edad Media, el acosamiento de las gentes independientes, de vida vagabunda, que resucitaba en plena civilización. La enfermedad y el deseo de paz le hicieron volver a España. Con el tiempo se había establecido cierta tolerancia para los emigrados. En España todo se olvida, y aunque la autoridad sea más feroz y menos escrupulosa que en otros pueblos, molesta poco, por la imprevisión y el descuido propios de la raza.

Enfermo y sin un oficio para ganarse la vida, imposibilitado de pedir trabajo en las imprentas, porque su nombre tenía cierta aureola que aterraba a los patronos, Gabriel cayó en la miseria, sin que le bastasen los auxilios con que le socorrían los compañeros. Fue de un extremo a otro de la Península, mendigando entre los suyos y ocultándose de la policía.

Su ánimo decayó. Era un vencido; no podía prolongar la lucha. Solo le restaba morir; pero la muerte misericordiosa acudía lentamente a su llamamiento. Pensó en su hermano, el único afecto que le restaba en el mundo. Recordó aquella familia tranquila de las Claverías entrevista en su último paso por la catedral, y fue en su busca como una última esperanza.

Al volver a Toledo encontraba disuelta la familia feliz. También por aquel rincón silencioso e inmutable había pasado la desgracia.

Pero la catedral, insensible a las vicisitudes humanas, estaba allí como siempre, y a ella se agarraba, ocultándose en sus entrañas para morir tranquilo, sin más anhelo que ser olvidado, pereciendo antes de hora, gustando la amarga felicidad del anonadamiento, dejando en la puerta, como una bestia que se despoja de la piel, aquellas rebeldías que le habían atraído el odio de la sociedad.

Su dicha era no pensar, no hablar, amoldarse a aquel mundo muerto. Sería, entre las estatuas vivientes que poblaban el claustro alto, un autómata más; imitaría a aquellas criaturas que tenían en su ser algo de la aspereza de la piedra berroqueña de los contrafuertes; aspiraría como un bálsamo de tranquilidad la herrumbre de las rejas, que esparcían por el templo el perfume vetusto de los siglos.

IV

Al salir al claustro por las mañanas, poco después de amanecer, la primera persona que veía Gabriel era don Antolín, el *Vara de plata*. Este sacerdote ejercía autoridad a modo de gobernador de la catedral, pues a sus órdenes estaban los servidores laicos y bajo su inspección se hacían todos los trabajos de escasa importancia.

Abajo, en el templo, vigilaba a sacristanes y acólitos, cuidando de que los canónigos y los beneficiados no pudieran quejarse de descuidos en el servicio. Arriba, en el claustro, velaba por el buen orden y las sanas costumbres de las familias, siendo, por la gracia del cardenal-arzobispo, una especie de alcalde de aquel pequeño pueblo.

Ocupaba la mejor habitación de las Claverías. En las grandes fiestas marchaba al frente del cabildo Con capa pluvial y un bastón de plata tan alto como él, que hacía retemblar las losas con sus golpes, y durante la misa mayor y el coro de la tarde rondaba por las naves para evitar las irreverencias de los devotos y las distracciones de los empleados. A las ocho de la noche en invierno y a las nueve en verano cerraba la escalera del claustro alto, guardábase la llave en el bolsillo y toda la población quedaba aislada de la ciudad. Si de tarde en tarde se sentía alguien enfermo durante la noche, era preciso despertar a don Antolín; y hundiendo éste la mano en las profundidades de la sotana, se dignaba restablecer con su llave la comunicación con el mundo.

Tenía cerca de sesenta años; era pequeño y enjuto. La edad apenas si había encanecido un poco sus cabellos, cortados al rape. La frente la tenía espaciosa y cuadrada, sin la más leve curva, como una chapa de hueso con dos aristas a los lados, que se marcaban bajo el gorro de seda que usaba en invierno. Las facciones estiradas, sin una arruga, sin un estremecimiento que delatase emoción; la mandíbula estrecha y aguda como hierro de lanza, y los ojos tan inexpresivos e inmóviles como el rostro, pero con una fijeza fría que desconcertaba.

Gabriel le había conocido en su niñez. Era, según su expresión, un soldado raso de la Iglesia, que en fuerza de años y servicios había llegado a sargento, para no pasar de ahí. Cuando Luna entró en el Seminario, don Antolín acababa de ordenarse de sacerdote, después de pasar su vida en la sacristía de la Primada, donde había comenzado de monaguillo. Por su fe absoluta e irracional, por su adhesión inquebrantable a la Iglesia, le habían sacado adelante en la carrera los señores del Seminario, a pesar de su ignorancia. Era un hijo del terruño; había nacido en una aldea de los montes de Toledo. La Iglesia Primada era para él la segunda casa de Dios, después de San Pedro de Roma, y las ciencias eclesiásticas un haz de rayos de la divina sabiduría que le cegaban, adorándolos con el respeto profundo del ignorante.

Tenía la santa y firme incultura tan apreciada por la Iglesia en otros siglos. Gabriel estaba seguro de que, a nacer el *Vara de plata* en la buena época del catolicismo, hubiese llegado a santo al dedicarse a la vida espiritual, o habría desempeñado un excelente papel en la Inquisición al intervenir en la religiosidad militante. Venido al mundo en la mala época, cuando flaquea la fe y la Iglesia no puede imponerse por la violencia, el buen don Antolín había quedado oscurecido en la baja administración de la catedral, ayudando al canónigo Obrero en la partición y señalamiento de las pesetas que el Estado daba a la Primada, dedicando una larga meditación a cada puñado de céntimos, y esforzándose por que la santa casa, como las familias arruinadas, conservase su buen exterior, sin revelar la miseria.

Le habían prometido varias veces una capellanía de monjas, pero él era de los fieles a la catedral, de los enamorados de la gran solitaria. Le enorgullecía la confianza que el señor arzobispo tenía puesta en él, la amistosa franqueza con que le hablaban canónigos y beneficiados y sus conciliábulos administrativos con el Obrero y el Tesorero. Por esto no podía evitar cierto gesto de superioridad desdeñosa cuando, revestido de la capa pluvial y empuñando la vara de plata, se acercaban a hablarle los curas de los pueblos de paso por la Primada.

Sus vicios eran puramente de eclesiástico. Ahorraba en secreto, con esa avaricia fría y dominadora de la gente de iglesia en todos los tiempos. Su bonete mugriento era siempre de algún canónigo que lo desechaba por viejo; su sotana de un negro verdoso y sus zapatos habían sido antes de algún beneficiado. En las Claverías se hablaba en voz baja del dinero guardado por don Antolín, de sus ahorros, que dedicaba a la usura; préstamos que nunca iban más allá de dos o tres duros a los pobres servidores del templo agobiados por la miseria, y que recobraba con creces cuando a principios de mes pagaba el canónigo Obrero. En él, la avaricia y la usura iban unidas a la más absoluta probidad para los intereses de la iglesia. Perseguía encarnizadamente la menor sisa en la sacristía, y entregaba sus cuentas al cabildo con una minuciosidad que fastidiaba al Obrero. A cada cual lo suyo. La iglesia era pobre, y resultaba un pecado digno del infierno privarla de un solo ochavo. Él, como buen servidor de Dios, era pobre también, y no creía faltarle sacando cierto producto al dinero que había podido reunir en fuerza de contraerse, con dolorosas privaciones, dentro de su miseria.

Vivía con él su sobrina Mariquita, una fea, de facciones hombrunas y frescas carnes, venida de las montañas para cuidar al tío, de cuya riqueza y poder en la Primada se hacían lenguas en la aldea parientes y amigos. En las Claverías llevaba a maltraer a todas las mujeres, abusando de la autoridad absoluta de don Antolín. Las más tímidas formaban en torno de ella a modo de aduladora corte, para atraerse su protección, limpiándola la casa o haciendo la cocina, mientras Mariquita, vestida de hábito y cuidadosamente peinada, único lujo que le permitía su tío, salía al claustro con la esperanza de que subiese algún cadete o se fijasen en ella los forasteros que iban a la torre o a la sala de los gigantones. Ponía los ojos tiernos a todos los hombres; ella, tan áspera e imperiosa con las mujeres, sonreía a cuantos solteros vivían en las Claverías. El *Tato* era gran amigo suyo; le buscaba cuando su tío estaba ausente, riendo sus gracias de aprendiz de torero. Gabriel, con su aspecto enfermizo, su misterioso ensimismamiento y la historia confusa de sus grandes viajes por el mundo, no le inspiraba menos interés. Hasta hablaba con marcada deferencia al viejo *Vara de palo*, por ser hombre y estar viudo. Como decía el perrero, los pantalones volvían loca a la pobre en aquella casa donde la mayor parte de los hombres llevaban faldas.

Don Antolín había conocido a Gabriel siendo niño y le tuteaba. En el cura ignorante subsistía aún el recuerdo de los grandes triunfos alcanzados por Luna en el Seminario, y al verle pobre y enfermo, refugiado en la catedral casi de limosna, su tuteo de superioridad no estaba exento de cierta admiración. Gabriel, por su parte, temía al *Vara de plata*, conociendo su fanatismo intolerante. Por esto se limitaba a escucharle, cuidando de que en sus conversaciones no se deslizara una palabra que revelase su pasado. Sería el primero en pedir su expulsión de la catedral, y él deseaba vivir en ella desconocido y en silencio.

Al encontrarse por las mañanas en el claustro los dos hombres, se abordaban con la misma pregunta:

—¿Cómo va esa salud?

Gabriel se mostraba optimista. Sabía que su dolencia no tenía remedio. Pero aquella vida sosegada y sin emociones, y el cuidado continuo de su hermano, alimentándolo casi a la fuerza a todas horas, como a un pájaro, había puesto un puntal a su salud ruinosa. El curso de la enfermedad era más lento: la muerte tropezaba con obstáculos.

—Estoy mejor, don Antolín... Y ayer, ¿qué tal fue el día?

El *Vara de plata* hundía sus manos sucias y huesosas en las profundidades de la sotana, sacando tres gruesos talonarios, uno rojo, otro verde y el tercero blanco. Pasaba las hojas, consultando los folios de las que llevaba arrancadas. Acariciaba respetuosamente las libretas, como si fuesen más importantes para el culto que los grandes libros del coro.

—¡Día flojo, Gabriel! Estamos en invierno, y ahora viaja poca gente. La gran temporada es en primavera, cuando, según dicen, entran los ingleses por Gibraltar. Van a la feria de Sevilla y vienen después a echar una vista a nuestra catedral. Además, la gente de Madrid sale con el buen tiempo, y aunque a regañadientes, afloja la mosca por ver los gigantones y la Campana Gorda. Da gusto entonces despachar papeletas. Ha habido día, Gabriel, que he recogido ochenta duros. Me acuerdo: fue en el último Corpus. Mariquita tuvo que recoserme los bolsillos de la sotana, que se rompían con el peso de tantas pesetas. Fue una bendición del Señor.

Y miraba tristemente los talonarios, como lamentando que pasasen los días del invierno sin cortar más que alguna que otra hoja. Esta tarea de expender papeletas de entrada para ver las riquezas y curiosidades de la catedral llenaba su pensamiento. Era la salvación de la iglesia, el procedimiento moderno para llevarla adelante, y él se sentía orgulloso de desempeñar esta función, que le convertía en el órgano más importante de la vida del templo.

—¿Ves estas papeletas verdes? —dijo a Gabriel—. Pues son las más caras: dos pesetas cuesta cada una. Con ellas puede verse lo más importante: el Tesoro, la capilla de la Virgen, el Ochavo con sus reliquias, únicas en el mundo. Las de las otras catedrales son porquerías si se comparan con las nuestras; mentiras, inventadas muchas de ellas por la envidia que inspira nuestra Iglesia Primada. ¿Ves estas otras que son rojas? Pues solo cuestan seis reales, y con ellas pueden visitarse las sacristías, el guardarropa, las capillas de don Álvaro de Luna y del cardenal Albornoz, y la Sala Capitular, con sus dos filas de retratos de arzobispos, que son una maravilla. ¿Quién no se rasca el bolsillo por ver tales portentos?

Después añadió, designando el último talonario con cierto desprecio:

—Estas blancas solo valen dos reales. Son para ver los gigantones y las campanas. Se venden muchas entre la gente menuda que viene a la catedral en días de fiesta. ¿Querrás creer que aún hay judíos que protestan y dicen que esto es un robo? El otro día, tres soldados de la Academia, que vinieron con unos «parditos» a ver los gigantones, armaron un escándalo porque no les dejaban entrar por un perro gordo. ¡Como si pidiésemos limosna...! Se van muchos echando pestes contra la iglesia, lo mismo que si fuesen herejes, y en la escalera pintan con carbón cosas abominables o escriben palabras obscenas. ¡Qué tiempos!, ¿eh, Gabriel?...

Luna sonreía silencioso, y animado el *Vara de plata* por este mutismo, que le parecía de conformidad, añadió con cierto orgullo:

—Esto de las papeletas lo inventé yo... Es decir, realmente no fui yo el inventor, pero a mí se debe su establecimiento en esta casa. Tú has corrido mucho y habrás visto en esos países de *extranjis* que todo puede visitarse... pero pagando. El señor cardenal anterior a éste, que en santa gloria esté —y se llevó la mano al bonete—, también había corrido muchas tierras; un «moderno» que, a vivir más tiempo, hubiese acabado por poner luz eléctrica en las naves de la catedral. Yo le oí en cierta ocasión hablar de lo que se hacía en los museos y demás edificios notables allá en Roma y en otras ciudades: la entrada libre a todas horas, pero pagando. Una gran comodidad para el público, que no necesita de recomendaciones para ver las cosas. Y un día que el Obrero y yo nos roíamos las uñas viendo que esas mil y pico de pesetas puercas (¡Dios me perdone!) que nos da el desdichado Estado no bastaban para finalizar el mes, propuse mi idea. ¿Querrás creer que hubo en el cabildo señores que se opusieron? Ciertos canónigos jóvenes hablaron de los mercaderes del templo; tú ya sabes quiénes eran: unos judíos a los que corrió el Señor con la cuerda en la mano por no sé qué perrerías; otros más viejos alegaron que la catedral había tenido abiertas sus maravillas a todos durante siglos, y así había de seguir. Tendrían razón todos los señores, pues no se llega a canónigo sin talento; pero intervino el cardenal difunto, que de Dios goce —otro golpe de bonete—, y el cabildo hubo de aceptar la reforma a regañadientes, y acabará por aplaudirla. ¡A cualquiera le amarga un dulce! ¿Sabes cuánto dinero le entregué al señor cardenal el año pasado? Más de tres mil duros, casi tanto como nos da el Estado pecador. Y esto sin perjuicio para nadie. El público paga, mira y se marcha. De todos modos, son aves de paso, que solo vienen una vez: el que se va ya no vuelve. ¡Y qué son cuatro míseras pesetas, cuando por ellas se ve uno de los templos más gloriosos de la cristiandad, la cuna del catolicismo español, la catedral de Toledo! ¡Como quien dice nada...!

Paseaban los dos hombres por el claustro, siguiendo el lado que a aquella hora matinal caldeaba el Sol. El clérigo se había guardado los talonarios. Sus ojos se fijaban en Gabriel, que creía del caso sonreír de un modo enigmático que don Antolín tomaba por una afirmación. Esto le animó a continuar en sus confidencias.

—¡Ay, Gabriel! No creas que cumplo sin trabajo mis pesados deberes. El cardenal confía en mí, el cabildo me distingue con su afecto, el Obrero no tiene otra esperanza que mi auxilio. Gracias a las papeletas puede ir tirando la catedral y conservar su antiguo aspecto de grandeza, para que venga el público a admirarla. Somos más pobres que las ratas. Y gracias que nos quedan para remediarnos algunas migajas de nuestro pasado. Si el viento o el granizo rompe una vidriera de las naves, podemos echar mano de los vidrios sobrantes que nos dejaron los señores Obreros de otros siglos. ¡Ay, Señor, Dios mío! ¡Y pensar que hubo una época en que el cabildo mantenía a sus expensas, dentro del templo, talleres de pintores de vidrio, de plomeros y qué sé yo cuántos más, pudiendo hacer grandes obras sin buscar auxilio fuera de casa! Si se rompe una casulla, aún nos quedan para componerla tiras bordadas con santos y flores, que son una maravilla. Pero ¿y cuando todo esto se acabe?, ¿cuando se rompa el último vidrio de repuesto y se agoten los retales de la Obrería? Habrá que poner vidrios blancos y baratos en los ventanales para que no entren el viento y la lluvia; la catedral parecerá una casa de huéspedes (¡que el Señor me perdone la comparación!) y los sacerdotes de la Primada alabarán a Dios vestidos como el capellán de una ermita.

Y don Antolín reía sarcásticamente, como si este porvenir por él evocado fuese un absurdo contrario a las leyes eternas.

—Y no creas —continuó— que aquí se despilfarra ni se deja de hacer dinero de todo lo utilizable. El jardín, que tantos años fue de tu familia, lo dio en arrendamiento el cabildo desde la muerte de tu hermano. Veinte duros al año paga tu tía Tomasa para que lo explote su hijo, y eso porque, como sabes, la vieja es gran amiga de Su Eminencia, pues le conoce desde niño. Yo ando como un azacán por el templo y los claustros, vigilándolo todo para que no se hagan trampas, pues aquí hay gente joven y ligera que no es de fiar. Tan pronto estoy en el Ochavo, viendo si tu sobrino el *Tato* ha pedido la papeleta a los forasteros (pues es muy capaz de dejarlos entrar gratis para que le den propina), como subo al claustro para vigilar a ese zapaterín que enseña los gigantones. A mí no me la pegan. Nadie se escapa sin pagar; pero ¡ay! hace tiempo que no celebro; tú me ves a mediodía, cuando se cierra la catedral, leyendo mis Horas apresuradamente por el claustro, pendiente del reloj para bajar así que abren de nuevo el templo y vienen los forasteros a ver el Tesoro. Esto no es vida de católico, y si Dios no me tomase en cuenta que lo hago todo por la gloria de su casa, creo que hasta perdería mi alma.

Pasearon largo rato en silencio los dos hombres. Pero don Antolín no podía callar fácilmente cuando se trataba de la vida económica de la Primada.

—¡Y pensar, Gabriel —continuó—, que siendo lo que hemos sido en otros tiempos, nos vemos así...! Tú y la mayoría de los que aquí viven no tenéis idea de lo rica que ha sido esta casa. Tanto como un rey, y en algunos tiempos, más. De muchacho sabías tú, como nadie, la historia de nuestros gloriosos arzobispos, pero de la fortuna que amasaron para Dios, ni una palabra. A vosotros los sabios no os da por estas «materialidades». ¿Conoces las donaciones que reyes y grandes señores hicieron en vida a nuestra catedral y las herencias que le dedicaron en la hora de la muerte? ¡Qué has de conocer! Yo lo sé todo; me he enterado en la Obrería, en el Archivo, en la Biblioteca. Cada uno a lo que le interesa, y yo, que con el señor Obrero he rabiado más de una vez ante los apuros de la casa, me consuelo pensando en lo que tuvo cuando aún no habíamos nacido. Hemos sido muy ricos, Gabriel, pero muy ricos. El arzobispo de Toledo podía colocarse en la mitra una corona o dos, y no digo tres porque pienso en el Sumo Pontífice... Primero, la escritura de dotación a la catedral hecha por el rey Alfonso VI a raíz de haber conquistado Toledo. La hicieron en una ermita, después de elegido el obispo don Bernardo, y yo la he visto con mis pecadores ojos en el Archivo: un pergamino con letras góticas, que figura a la cabeza de los Privilegios de esta Santa Iglesia. El buen rey da a la catedral nueve villas, y si quisiera te podría citar los nombres, varios molinos y un sinnúmero de viñas, casas y tiendas en la ciudad, y termina diciendo, con su largueza de caballero cristiano: «Esto, pues, de tal manera lo doy, y concedo a esta Santa Iglesia y a ti, Bernardo, Arzobispo, por libre y perfecta donación, que por homicidio ni por otra alguna calumnia en ningún tiempo se pierdan. Amén». Después, don Alfonso VII nos da ocho pueblos al otro lado del Guadalquivir, varios hornos, dos castillos, las salinas de Belinchón y el diezmo de toda la moneda que se labrase en Toledo, para el vestuario de los prebendados. El octavo del mismo nombre suelta sobre la catedral otra lluvia de donaciones, ciudades, aldeas y molinos: Illescas es nuestra, y una gran parte de Esquivias, así como la apoteca de Talavera. Después viene el batallador prelado don Rodrigo, que conquista a los moros mucha tierra; la catedral posee un principado, el Adelantamiento de Cazorla, con poblaciones como Baza, Niebla y Alcaraz... Y dejando a los reyes, ¡no hay poco que decir de los grandes señores, nobles como príncipes, que mostraron su generosidad con la Iglesia Primada...! Don Lope de Haro, señor de Vizcaya, no contento con costear la construcción del templo desde la puerta de los Escribanos hasta el coro, nos regala la villa de Alcubilete, con sus molinos y pesquerías, y deja dotación para que en el coro, al rezarse las completas, arda esa vela que llaman «la Preciosa», y que se coloca en el águila de bronce del gran atril. Don Alfonso Tello de Meneses nos da cuatro castillos en las riberas del Guadiana, y como él, otros grandes señores nos conceden diezmos, derechos de peaje y ¡qué sé yo cuántas riquezas más...! Hemos sido poderosos, Gabriel. El territorio de esta diócesis era más grande que un principado. La catedral tenía propiedades en la tierra, en el aire y en el mar. Nuestros dominios se extendían por toda la nación, de punta a punta, y no había provincia donde no poseyésemos algo. Todo contribuía a la gloria del Señor y a la decencia y bienestar de sus ministros; todo pagaba a la catedral: el pan al cocerse en el horno, el pez al caer en la red, el trigo al pasar por la muela, la moneda al saltar del troquel, el viandante al seguir su camino. Los rústicos, que entonces no pagaban contribuciones e impuestos, servían a su rey, y salvaban la propia alma dándonos la mejor gavilla de cada diez, con lo cual los graneros de la Iglesia Primada eran insuficientes para contener tanta abundancia. ¡Qué tiempos aquéllos! Había fe, Gabriel, y la fe es lo principal en la vida. Sin fe no hay virtud, ni decencia... ni nada.

Se detuvo un momento, jadeante por su discurso, echando el aliento a la cara de Luna. El clérigo estaba tan impregnado del ambiente de la catedral, que en su cuerpo parecían resumirse todos los olores del templo: su sotana tenía el perfume mohoso de la piedra vieja y las rejas herrumbrosas; por su boca parecían respirar los canalones y las gárgolas la rancia humedad de los desvanes.

Con la rápida evocación de las riquezas pasadas, enardecíase don Antolín hasta indignarse.

—Y habiendo sido tan ricos, Gabriel, hoy nos vemos en la miseria, y yo, hijo mío, un sacerdote del Señor, tengo que ir de un lado a otro con estas papeletas para que vivamos todos, como si fuese un revendedor de entradas de toros, como si la casa de Dios fuera un teatro, teniendo que aguantar a extranjeros herejes que entran sin santiguarse, mirándolo todo con gemelos. ¡Y yo debo sonreírles, porque pagan y nos proporcionan los postres para el triste cocido! ¡Ca... rape! ¡Jesús me valga! Iba a decir una barbaridad.

Y don Antolín siguió lanzando indignadas lamentaciones, hasta que al pasar frente a la puerta de su casa asomó Mariquita el abultado y feo rostro.

—Tío, basta de paseo. Se enfría el chocolate.

Aun después de desaparecer el sacerdote dentro de su casa, siguió la sobrina sonriendo amablemente a Luna.

—¿Usted gusta, don Gabriel?

Con sus ojos audaces de loba hambrienta invitaba a Luna a entrar. Le gustaba el porte «aseñorado», como ella decía, de aquel hombre, la soltura que le daba su antiguo trato con el mundo. Además, sobre su imaginación de mujer ejercía cierto encanto el misterioso pasado de Gabriel, su altivez silenciosa, la vaga fama de sus aventuras y aquella sonrisa un tanto compasiva y desdeñosa con que escuchaba a las gentes del claustro alto.

Se retiró la insinuante Mariquita y siguió Gabriel sus paseos por el claustro, después de apurar el jarrito de leche que todas las mañanas le subía su hermano.

A las ocho salía don Luis, el maestro de capilla, siempre con el manteo terciado teatralmente y el sombrero de teja echado atrás como una aureola sobre su enorme cabeza. Tarareaba con aire distraído, agitado perpetuamente por su nerviosa movilidad. Preguntaba con alarma si habían tocado ya a coro, asustado por las amenazas de multa a causa de su retraso. Gabriel sentíase atraído por este artista eclesiástico que vegetaba despreciado en las últimas capas de la Iglesia, pensando más en la música que en el dogma.

Por las tardes subía Gabriel al camaranchón que habitaba el maestro de capilla en el piso superior de la casa de los Luna. La habitación contenía toda la fortuna del artista: una cama de hierro, que era aún la del Seminario, un armónium, dos bustos de yeso de Beethoven y Mozart y un montón enorme de paquetes de música, de partituras encuadernadas, de hojas sueltas de papel pautado, pero tan grande, tan revuelto y confuso, que con frecuencia se desplomaba, invadiendo con blanco aleteo hasta los últimos rincones.

—En esto se le van los cuartos —decía el *Vara de palo* con acento de bondadosa reconvención—. Nunca tendrá un céntimo. Apenas coge la paga, ¡a pedir más papelotes a Madrid! Más le valdría, don Luis, comprarse un sombrero nuevo, aunque fuese modestito, para que los señores del coro no se burlasen de la cobertura que lleva en la cabeza.

En las tardes de invierno, después del coro, el músico y Gabriel se refugiaban en aquella habitación. Los canónigos, huyendo del viento frío o de la lluvia, daban su paseo diario por las galerías del claustro alto, con el afán de no privarse de este ejercicio a que estaba acostumbrada su metódica existencia. El agua del cielo golpeaba los vidrios de la ventana del camaranchón. A la claridad triste y gris de la tarde hojeaba el maestro los cuadernos o hacía correr sus manos sobre el armónium, conversando con Gabriel, que se sentaba en la cama.

Enardecíase el músico hablando de sus adoraciones artísticas. En mitad de una peroración entusiasta callaba, inclinándose ante el armónium, y las melodías del instrumento llenaban el cuarto, descendiendo por la escalera hasta llegar a los paseantes del claustro como un eco lejano. De repente, cesaba de tocar en el pasaje más interesante y reanudaba su charla, como temiendo que en su continua distracción se le evaporasen las ideas.

El silencioso Luna era el único auditorio que había encontrado en la catedral, el primero que le escuchaba largas horas sin burlarse ni tenerlo por loco; antes bien, mostraba con sus breves interrupciones y preguntas el gusto con que le oía. El final de la conversación todas las tardes era el mismo: la grandeza de Beethoven, ídolo del sacerdote artista.

—Le he amado toda mi vida —decía el maestro de capilla—. A mí me educó un fraile jerónimo, un exclaustrado viejo, que, después de abandonar el convento, corrió algo de mundo como profesor de violoncelo. Los Jerónimos fueron los grandes músicos de la Iglesia. Usted no sabrá esto; yo tampoco lo sabría si poco después de nacer no me hubiese tomado bajo su protección aquel santo hombre, que fue para mí un verdadero padre. Parece que cada orden religiosa se dedicaba en sus buenos tiempos a una especialidad. Unos, creo que los benedictinos, anotaban libros viejos; otros fabricaban licores para las damas; los de más allá tenían unas manos de oro para jaulas de pájaros, y los Jerónimos estudiaban siete años de música, dedicándose cada uno al instrumento de su preferencia. A ellos se debe que se conservara en las iglesias de España un poco, un poquito nada más, de buen gusto musical. ¡Y qué orquestas, según me contaba mi padrino, formaban los Jerónimos en sus conventos! Para las señoras era una gloria ir los domingos por la tarde al locutorio, donde encontraban a los buenos Padres, cada uno de los cuales resultaba un profesorazo instrumentista. Eran los únicos conciertos de aquella época. Con la pitanza asegurada, sin tener que preocuparse de casa ni vestido y teniendo el amor al arte por toda obligación, figúrese usted, Gabriel, qué musicotes podrían salir. Por eso, cuando echaron a los frailes de sus conventos, los Jerónimos no salieron mal librados. Nada de mendigar misas por las iglesias ni vivir de gorra con las familias devotas. Tenían para ganarse el pan un arte estudiado concienzudamente, y se colocaron enseguida en las catedrales como organistas y maestros de capilla. Los cabildos se los disputaban. Algunos fueron más audaces, y ganosos de ver de cerca aquel mundo musical que se les aparecía dentro de sus conventos como un paraíso fantástico, entraron en las orquestas de los teatros, viajaron, hicieron sus calaveradas allá por Italia, transformándose de tal modo, que ni en cien años los hubiera reconocido su antiguo prior. Uno de éstos fue mi padrino. ¡Qué hombre! Era un buen cristiano, pero de tal modo se había entregado a la música, que en él quedaba muy poco del antiguo fraile. Cuando le anunciaban, que pronto se restablecerían los conventos, levantaba los hombros con indiferencia. Le interesaba más una sonata nueva. Pues bien, Gabriel: aquel hombre tenía frases que han quedado en mi memoria para siempre. Un día, siendo yo niño, me llevó en Madrid a una reunión de músicos amigos que ejecutaban para ellos solos el famoso *Septimino*. ¿Lo conoce usted? La obra más «fresca» y más graciosa de Beethoven. Recuerdo a mi padrino saliendo de la audición ensimismado, con la cabeza baja, tirando de mí, que apenas podía seguir sus grandes zancadas. Cuando llegamos a casa, me miró fijamente, como si yo fuese una persona mayor. «Oye, Luis —me dijo—, y acuérdate bien de esto. En el mundo no hay más que un "Señor": Nuestro Señor Jesucristo, y dos "señoritos": Galileo y Beethoven...»

El músico miró amorosamente el busto de yeso que desde una rinconera contemplaba el cuartucho con entrecejo de león y ojos huraños de sordo.

—Yo no conozco a Galileo —continuó don Luis—. Sé que fue un sabio, un genio de la ciencia. No soy más que un músico y entiendo poco de estas cosas. Pero a Beethoven lo adoro, y creo que mi padrino se quedó corto. Es un dios, es el hombre más extraordinario que ha producido el mundo. ¿No lo cree usted así, Gabriel?

Vibrantes sus nervios por el entusiasmo, poníase de pie y paseaba por la habitación, pisoteando los papeles esparcidos por el suelo.

—¡Ah, cómo le envidio a usted, Gabriel, que ha corrido mundo y ha oído tan buenas cosas! La otra noche no pude dormir pensando en lo que usted me contó de su vida en París: aquellas tardes de los domingos, tan hermosas, corriendo después de almorzar, unas veces a los conciertos de Lamoreux, otras a los de Colonna, dándose un hartazgo de sublimidad... ¡Y yo aquí encerrado, sin otra esperanza que dirigir alguna misita rossiniana en las grandes festividades...! Mi único consuelo es leer música, enterarme por la lectura de las grandes obras que tantos tontos oirán en las ciudades dormitando o aburriéndose. Ahí tengo en ese montón las nueve sinfonías del

«Hombre», sus innumerables sonatas, su misa, y con él a Haydn, a Mozart, a Mendelssohn, a todos los grandes tíos, en una palabra. Hasta tengo a Wagner. Los leo, toco en el armónium lo que es posible, ¿y qué...? Es como si a un ciego le describieran con gran elocuencia el dibujo de un cuadro y sus colores. Enterrado en este claustro, sé, como el ciego, que hay en el mundo cosas muy hermosas... pero de oídas.

El maestro de capilla guardaba del año anterior un recuerdo de felicidad, y hablaba de él con entusiasmo. Por indicación del cardenal-arzobispo había ido a Madrid a formar parte de un tribunal de oposiciones para organistas.

—Fue la gran temporada, Gabriel: la mejor de mi vida. Una noche conocí a Wagner, pero sin tapujos, como quien dice en su propia salsa. Vestido con ropas de un violinista amigo que algunas veces toca en las fiestas de Toledo, oí *La Walkiria* en el paraíso del Real. Otra noche asistí a un concierto. La gran noche, Gabriel, ¡como quien dice nada! La *Novena Sinfonía* de este tío feo, de este sordo mal genio que está escuchándonos.

Y de un salto, el músico llegó hasta el busto, besándolo con humildad infantil, como un niño acaricia al padre ceñudo e imponente.

—Usted conoce la *Novena Sinfonía*, ¿verdad, Gabriel? ¿Y qué experimentó usted al oírla...? A mí, con la música me ocurren cosas raras: cierro los ojos y veo paisajes desconocidos, caras extrañas; y es notable que tantas veces como oigo las mismas obras se repiten idénticas visiones. Si hablo de esto con las gentes de abajo, me llaman loco. Pero usted es de los míos, y no temo que se burle. Hay pasajes musicales que me hacen ver el mar, azul, inmenso, con olas de plata (y eso que yo nunca he visto el mar); otras obras desarrollan ante mí bosques, castillos, grupos de pastores y rebaños blancos. Con Schubert veo siempre dúos de amantes suspirando al pie de un tilo, y ciertos músicos franceses hacen desfilar por mi imaginación hermosas señoras que pasean entre parterres de rosales vestidas de color violeta, siempre violeta. Y usted, Gabriel, ¿no ve cosas?

El anarquista asintió. Sí; también despertaba en él la música un mundo fantástico, de visiones más bellas que la realidad.

—Yo —continuó el sacerdote— me acuerdo de lo que me hizo ver la *Novena*, lo veo ahora con solo tararear algunos de sus pasajes. ¡Oh, aquel *scherzo* tan gracioso, con sus originales trémolos de timbal! Me parece, oyéndolo, que Dios y su corte de santos han salido del cielo a dar un paseo, dejando a los angelitos dueños de la casa. ¡Amplia libertad!, ¡juerga general! La celeste chiquillería, sin respeto alguno, salta de nube en nube, se entretiene en deshojar sobre la tierra las guirnaldas de flores que han dejado olvidadas las santas. Uno abre el compartimiento de la lluvia y la hace caer sobre el mundo; otro se acerca a la llave de los truenos y la toca: ¡redoble espeluznante que turba el jugueteo y los pone en fuga! Pero vuelven otra vez y continúa la ronda graciosa, repitiéndose de nuevo las ruidosas travesuras cortadas por los truenos. ¿Y el *adagio*? ¿Qué me dice usted de él? ¿Conoce algo más dulce, más amoroso y de tan divina serenidad? Los seres humanos no llegarán a hablar así por más progresos que hagan. Juntos todos los amantes famosos, no encontrarían las inflexiones de ternura de aquellos instrumentos que parecen acariciarse. Oyéndolo, pensaba en esos techos pintados al fresco con figuras mitológicas. Veía desnudeces, carnes jugosas de suaves curvas, algo así como Apolo y Venus requebrándose sobre un montón de nubes de color de rosa a la luz de oro del amanecer.

—Capellán, que se cae usted —dijo Gabriel—. Eso no es muy cristiano.

—Pero es artístico —dijo con sencillez el músico—. Yo me ocupo poco de religión. Creo lo que me enseñaron, y no me tomo el trabajo de averiguar más. Solo me preocupa la música, que alguien ha dicho que será «la religión del porvenir», la manifestación más pura del ideal. Todo lo que es hermoso me gusta y creo en ello como en una obra de Dios. «Creo en Dios y en Beethoven», como dijo su discípulo... Además, ¿qué religión tiene la grandeza de la música? ¿Conoce usted el último cuarteto que escribió Beethoven? Se sentía morir, y al borde de la partitura escribió esta pregunta aterradora: «¿Es preciso?». Y más abajo añadió: «Sí; es preciso, es preciso». Era necesario morir, siendo un genio, abandonar la vida cuando aún llevaba en la cabeza tantas sublimidades, pagar el tributo a la renovación humana, sin consideración a su majestad de semidiós. Y entonces escribió este lamento, esta despedida a la vida, cuya grandeza no puede ser igualada por ningún canto, por ninguna palabra de la religión.

El músico se sentó ante el armónium, y durante largo rato hizo sonar el último lamento del genio, su queja dolorosa al transponer el umbral de la vida, no desesperada y temblona por el miedo a lo desconocido, sino de una melancolía varonil, que se sumerge en la eterna sombra con la confianza de que la nada roerá inútilmente su gloria.

Estas tardes de comunión artística en aquel rincón de la catedral adormecida ligaban a los dos hombres con un afecto creciente. El músico hablaba, hojeaba cantando sus partituras, o hacía sonar el armónium; el revolucionario le escuchaba silencioso, sin interrumpir a su amigo más que con la tos de su pecho enfermo. Eran tardes de dulce tristeza, en las que se compenetraban aquellos dos hombres: el uno, soñando con salir de la cárcel de piedra de la catedral para ver el mundo; el otro, de regreso de la vida, herido y desalentado, contento del oscuro reposo de la hermosa ruina y guardando con prudente silencio el secreto de su pasado. El arte brillaba para ellos como un rayo de Sol en el ambiente gris y monótono de la catedral.

Al encontrarse en el claustro por las mañanas, el diálogo era siempre parecido entre los dos amigos.

—A la tarde, ¿eh? —decía misteriosamente el maestro de capilla—. Tengo papeles frescos. Vamos a paladear una novedad que me traerán hoy. Además, escribí anoche una cosita.

Y el anarquista contestaba afirmativamente, contento de servir en cierto modo de entretenimiento a aquel paria del arte, que veía en él su único auditorio y le agasajaba para retenerlo.

Mientras duraban los oficios divinos, Gabriel paseaba solo por el claustro. Todos los hombres estaban en la catedral, excepto el zapatero que enseñaba los gigantones. Cansado de la charla de las mujeres asomadas a las puertas de las Claverías, subía a la habitación del campanero, su antiguo camarada de armas, o descendía al jardín por la monumental escalera de Tenorio cuando estaba abierta o por el arco del Arzobispo atravesando la calle.

Gustábale pasar una hora entre los árboles. Encontraba en el jardín iguales recuerdos de su familia que en la habitación de arriba. Fatigado, además, de tropezar siempre en sus paseos con muros de piedra que le recordaban la cárcel, necesitaba la movilidad de la vegetación acariciada por el viento, forjándose la ilusión de que vivía libre en plena campiña.

En el cenador, donde había visto a su padre en otra época, casi inmóvil por la vejez, voceando a su hijo mayor, que acogía resignado todas sus indicaciones, encontraba ahora a la tía Tomasa haciendo calceta y siguiendo con ojos vigilantes el trabajo de un mocetón que había tomado a su servicio. La tía de Gabriel era la persona más importante de las Claverías. Su palabra valía tanto como la de don Antolín. El *Vara de plata* la temía, inclinándose ante la poderosa protección que todos adivinaban detrás de la pobre mujer. En los tiempos que su padre, abuelo materno de Gabriel, era sacristán de la catedral, ejercía las funciones de monaguillo un chicuelo, sobrino de cierto beneficiado que acabó por costearle la carrera en el Seminario. El monaguillo de medio siglo antes era ahora príncipe de la Iglesia y cardenal-arzobispo de Toledo. La vieja Tomasa y él se habían conocido de niños, peleándose en el claustro alto por la posesión de una estampita o haciendo jugarretas a los mendigos que ocupaban la puerta del Mollete. El imponente don Sebastián, que hacía temblar con una mirada al cabildo y a todos los curas de la diócesis, mostrábase alegre, fraternal y confianzudo cuando de tarde en tarde veía a Tomasa. Era el único recuerdo vivo que quedaba de su infancia en la catedral. Besábale la vieja el anillo con gran reverencia, pero a continuación le hablaba como a un individuo de su familia, faltándole poco para tutearle. El cardenal, rodeado a todas horas por el temor y la adulación, necesitaba de vez en cuando el trato franco y descuidado de la jardinera. Según afirmaban las gentes de la catedral, la señora Tomasa era la única que podía decirle las verdades cara a cara a Su Eminencia. Y los vecinos de las Claverías sentían halagado su orgullo de parias cuando veían al príncipe eclesiástico arrastrar su sotana de vivos rojos por los andenes de piedra para sentarse en el cenador y charlar más de una hora con la vieja, mientras los familiares permanecían respetuosamente de pie en la puerta de la verja.

A Tomasa no le enorgullecía este honor. Para ella, el príncipe eclesiástico no era más que un compañero de la infancia que había tenido cierta suerte. A lo sumo, era don Sebastián, sin pasar más adelante en tratamientos y fórmulas de respeto. Pero su familia sabía aprovecharse de esta amistad, especialmente su yerno, el *Azul de la Virgen*, un camándulas, según decía la vieja, que hacía dinero hasta de las telarañas del templo; una hormiga insaciable que, valiéndose de la amistad del cardenal y su suegra, iba adquiriendo nuevos privilegios, sin que sacerdotes y sacristanes osasen la menor protesta contra él viéndole tan bien protegido.

Gabriel gustaba mucho del trato con su tía. Era la única persona nacida en el claustro que parecía haberse librado del influjo adormecedor del templo. Amaba a la catedral como su casa solariega, pero no parecían imponerle gran respeto los santos de las capillas ni las dignidades humanas que se sentaban en el coro. Reía con la alegría de una vejez sana y plácida; sus sesenta años, como ella afirmaba, estaban limpios de todo daño al semejante. Su lenguaje era algo irrespetuoso y libre, como de mujer que ha visto mucho y no cree en las majestades humanas ni en las virtudes inexpugnables. El fondo de su carácter era la tolerancia, la compasión para todos los defectos, pero se indignaba contra los que pretendían ocultarlos.

—Todos son hombres, Gabriel —decía a su sobrino, hablando de los señores de la catedral—. Don Sebastián es hombre también. Todos pecadores, y con mucho que responder ante Dios. No pueden ser de otra manera, y yo los excuso. Pero créeme, sobrino; muchas veces me dan ganas de reír cuando veo a la gente arrodillada ante ellos. Yo creo en la Virgen del Sagrario y un poquito en Dios; ¿pero en esos señores? ¡Si los conocieran como yo...! Pero, en fin, todos hemos de vivir, y lo malo no es tener defectos, sino ocultarlos, hacer la comedia como el sinvergüenza de mi yerno, que ahí donde lo ves, grandote como un castillo, se da golpes de pecho, besa el suelo lo mismo que las beatas, está deseando mi muerte, creyendo que guardo algo en mi arcón, y quita lo que puede del cepillo de la Virgen, y roba las velas y hace trampas en el cobro de las misas, y ya estaría en la calle si no fuese por mí, que pienso en mi hija, siempre enferma, y en los pobrecitos de mis nietos.

Cuando Gabriel bajaba a verla en el jardín, le recibía con el mismo saludo:

—¡Hola, estantigua! Hoy tienes mejor cara; te vas apañando. Parece que tu hermano te sacará adelante con tantos cuidados.

Luego venía la comparación entre su vejez sana y vigorosa y aquella juventud arruinada que se defendía tenazmente de la muerte.

—Aquí ves mis sesenta años: ni una enfermedad en toda mi vida. Verano e invierno, nunca oigo las cuatro en la cama; tengo la dentadura completa y como lo mismo que cuando don Sebastián venía con su sotana roja de monago a quererme quitar una parte del almuerzo. Vosotros los Luna siempre habéis sido flojuchos; tu padre, antes de llegar a mi edad, no podía menearse y se quejaba del reúma y de la humedad de este jardín. En él estoy yo, y nada: me encuentro lo mismo que cuando no bajaba de las Claverías. Nosotros los Villalpando somos de hierro: por algo descendemos de aquel famoso Villalpando que hizo la reja del altar mayor y la Custodia y un sinnúmero de maravillas. Debía ser un gigantón, a juzgar por la facilidad con que retorcía y moldeaba toda clase de metales.

La ruina física de Gabriel despertaba en ella honda conmiseración, evocando al mismo tiempo maliciosas suposiciones.

—¡Lo que te habrás divertido por esos mundos!, ¿eh, sobrino? Para ti, la guerra fue una perdición. Ahora estarías en tu silla del coro, y ¡quién sabe si llegarías a ser otro don Sebastián! La verdad es que él, de muchacho, dio menos que hablar que tú en el Seminario, y no era un prodigio de sabiduría... Pero viste mundo, le tomaste el gusto a esos países donde dicen que hay unas señoronas muy guapas, con cada sombrero como un quitasol. Tú estás hecho ahora un mamarracho de feo, pero antes eras guapo; te lo digo yo, que soy tu tía, y ¡claro!, así has vuelto de enfermo y desmirriao. Has vivido muy aprisa. ¡A saber qué cosas habrás hecho por el mundo, camastrón! ¡Y tu pobre madre que te criaba para santo! ¡Buena santidad nos dé Dios...! No me lo niegues, no te hagas el bueno: las mentiras me enfadan. Te has divertido, y has hecho bien; has cogido por los pelos todas las ocasiones. Lo malo es cómo te has quedado, cómo has vuelto por aquí, que da lástima verte. He conocido a muchos como tú. Yo no sé qué tienen las gentes de Iglesia, qué espíritu malo llevan dentro, que cuando se echan a la vida es para no parar, y arden y arden sin prudencia alguna hasta que no queda ni el cabo. Como tú han pasado muchos por el Seminario.

Una mañana, Gabriel hizo a su tía una pregunta que llevaba preparada mucho tiempo sin osar formularla. Quería saber qué era de su sobrina Sagrario y lo que había ocurrido en casa de su hermano.

—Usted que es tan buena, tía, usted me lo dirá. Todos parece que teman hablar de eso. Hasta mi sobrino el *Tato*, que es tan parlanchín y despelleja a todos los de las Claverías, calla cuando le pregunto algo. ¿Qué ocurrió, tía...?

Se ensombreció el rostro de la vieja.

—Una gran desgracia, hijo; lo que nunca se había visto en el claustro alto. Las locuras del mundo entraron en la catedral, y fueron a hacer nido justamente en la casa más honrada, más antigua y más respetable de las

Claverías. Todos somos buenos; al fin, gentes que no hemos visto el mundo ni por un agujero y vivimos aquí como en conserva; pero los Luna habéis sido de lo bueno lo mejor; y no digamos de los Villalpando, que os vienen a la zaga. ¡Ay, si tu madre levantase la cabeza! ¡Si tu padre viviera...! Yo a quien doy toda la culpa es a tu hermano, por buenazo, por simple, por esa maldita manía de todos los padres, que desafían el peligro con la esperanza de colocar bien a las hijas...

—Pero ¿cómo fue, tía? ¿Qué pasó entre mi sobrina y el cadete?

—Lo que pasa con frecuencia en el mundo y aquí no había ocurrido nunca. Mil veces le sermoneé a tu hermano: «Mira, Esteban, que ese señorito no es para tu hija». Muy simpático, muy vivaracho, llevando el uniforme de la Academia como nadie y capitaneando el grupo más endiablado de cadetes en sus calaveradas por toda la ciudad. Además, hijo de una gran familia; señorones adinerados que nunca le dejaban ir por Toledo con el bolsillo vacío. Y ella, la pobre Sagrario, bobita de amor, chalada por su cadete, orgullosa cuando paseaba los domingos por Zocodover o el Miradero entre su madre y aquel novio tan apuesto que le envidiaban las señoritas de la ciudad. La hermosura de tu sobrina hacía hablar a todo Toledo. Las del Colegio de Doncellas Nobles la apodaban por envidia «la sacristana de la catedral»; pero ella, la pobrecita, solo vivía para su cadete, y parecía querer bebérselo con sus ojazos azules. El bestia de tu hermano lo dejaba entrar en su casa, muy orgulloso del honor que hacía a la familia. Ya sabes, Gabriel: la eterna ceguera de ciertos toledanos de medio pelo, que aceptan como una gloria el noviazgo del cadete con la niña, a pesar de que son rarísimos los casos en que estos amores llegan al matrimonio. Aquí no hay mujer que posea un mediano palmito y se escape de haber tenido su miaja de encariñamiento por unos pantalones colorados. Hasta yo misma recuerdo que de chica me atusaba el pelo y me estiraba la falda cuando oía arrastrar un sable por las losas del claustro. Es una ceguera que pasa de madres a hijas, y eso que ellos, los malditos, tienen sus primas o sus novias allá en su tierra, y a ellas vuelven así que salen de la Academia.

—Bueno, tía; pero ¿en qué paró lo de mi sobrina?

—Cuando el tal señorito salió teniente, su familia consiguió que lo destinaran a Madrid. La despedida fue cosa de teatro. Yo creo que hasta el bragazas de tu hermano y la simple de su mujer (que en gloria esté) lloraron como si fueran ellos la novia. Los muchachos se cogían las dos manos, y así se estaban las horas, mirándose en los ojos como si quisieran comerse. Él estaba más tranquilo: prometía venir todos los domingos, escribir todos los días. Al principio así lo hizo; pero después pasaron las semanas sin viaje y el cartero subió con menos frecuencia a las Claverías, hasta que llegó a no subir... Se acabó: el señorito teniente tenía en Madrid otras ocupaciones. Tu pobre sobrina se puso perdida: se desvanecieron los Colores de su cara; ya no era aquel albaricoque fresquito, de piel fina, que daba ganas de morderlo. Lloraba por los rincones como una Magdalena... y un día, la muy loca, voló... y hasta ahora...

—Pero ¿adónde fue? ¿No la buscaron?

—Tu hermano se puso perdido. ¡Pobre Esteban! Algunas noches lo sorprendimos en ropas menores en el claustro alto, tieso como un poste, mirando al cielo fijamente con unos ojos que parecían de vidrio. No había que hablarle de buscar a la chica: se enfurecía. El escándalo estaba dado, y no quería agravarlo recogiéndola, haciendo entrar a una perdida en la Iglesia Primada, en la honrada casa de los Luna. Más de un año estuvimos en las Claverías como aplastados por este suceso. Parecía que todos llevábamos luto. ¡Ya ves: ocurrir esto en la catedral, aquí, donde pasan los años en santa tranquilidad, sin que nos digamos una palabra más alta que la otra...! Yo me acordé entonces de ti. Parecía imposible que de los Luna, tan tranquilos y formalotes, hubiese podido salir una muchacha con redaños bastantes para escapar a ese Madrid, donde nunca había estado, juntándose con su hombre, sin miedo a Dios y a las gentes. ¿A quién podía parecérsele la mosquita muerta? A su tío, a Gabriel, que iba para santo, y sin embargo, después de hacer la guerra como un lobo, rodaba por el mundo lo mismo que los gitanos.

Gabriel no protestó del concepto que la tía se forjaba de su pasado.

—Y después de la fuga, ¿qué ha sabido usted de la chica?

—Al principio, mucho; después, ni una palabra. Vivían en Madrid los dos juntos, recatándose de la gente, en santa tranquilidad, como si fuesen marido y mujer. Esto duró algún tiempo, y yo misma, al saber tales cosas, dudaba de mi malicia, pensando si el muy condenado se habría vuelto buena persona y acabaría casándose con Sagrario. Pero al año se terminó todo. Él estaba cansado y la familia intervino para que la calaverada no cortase el porvenir del muchacho. Hasta buscaron a la policía para que, amenazando a la chica, no molestase más al oficialete con sus terquedades de abandonada. Luego... nada sé de cierto. De vez en cuando me han dicho algo los que van a Madrid. La han visto algunos, pero mejor hubiese sido que no la vieran. Una vergüenza, Gabriel; una deshonra para vuestra familia, que es la mía. Esa infeliz es lo peor de lo peor. Me han dicho que ha estado muy enferma; creo que aún lo está; figúrate: ¡esa vida!, ¡y durante cinco años!, ¡lo que le habrá ocurrido a la infeliz...! ¡Y pensar que es la hija de mi hermana!

La señora Tomasa hablaba con voz conmovida.

—Después, Gabriel, ya sabes lo que ocurrió aquí. Se murió tu pobre cuñada, no sabemos de qué. Fue cosa de pocos días; tal vez de vergüenza, pues murió diciendo que ella era la culpable de todo. La partía el corazón ver cómo había quedado tu hermano después del suceso. Siempre ha sido Esteban poco cosa, pero luego de lo de su hija quedó como imbécil... ¡Ay, muchacho! También me ha tocado algo a mí. Así como me ves, tan alegre, tan satisfecha de vivir, a ratos se me clava aquí en la frente el recuerdo de esa infeliz, y como mal y duermo peor, pensando que una criatura que al fin lleva mi sangre va perdida por el mundo, sirviendo de juguete a los hombres, sin que nadie la ampare, como si estuviera sola, como si no tuviese familia.

La señora Tomasa se pasó por los ojos la punta del delantal. Temblaba su voz, y por sus mejillas enjutas de vieja caían las lágrimas.

—Tía, usted es muy buena —dijo Gabriel—, pero debía preocuparse más de esa infeliz. Había que recogerla, que salvarla; traerla aquí... Hay que ser misericordioso con las debilidades ajenas, y más aún cuando la víctima es carne nuestra.

—¡Ay, hijo! ¿A quién se lo dices? Mil veces he pensado en esto, pero me da miedo tu hermano. Es un pedazo de pan, pero se vuelve una fiera cuando le hablan de su hija. Aunque la encontrásemos y se la trajésemos, no querría admitirla. Se indigna como si le propusieran un sacrilegio. No podría sufrir con calma su presencia en la casa que fue de vuestros padres. Además, aunque no lo dice, teme el escándalo de todos los vecinos de las Claverías, que conocen lo ocurrido. Esto es lo más fácil de arreglar. Ya se cuidarán todos de no abrir la boca estando yo de por medio. Pero tu hermano me da miedo. No me atrevo.

—Yo la ayudaré —dijo con firmeza Gabriel—. Busquemos a la chica, y una vez la tengamos, me encargaré yo de Esteban.

—Dificilillo es encontrarla. Hace tiempo que nada sé de ella. Sin duda los que la ven se privan de decirlo por no darnos disgusto. Pero yo averiguaré... Veremos, Gabriel... pensaremos en ello.

—¿Y los canónigos? ¿Y el cardenal? ¿No se opondrán a que la pobre muchacha vuelva a las Claverías?

—¡Bah! La cosa ocurrió hace tiempo y pocos se acuerdan. Además, la muchacha podemos llevarla a un convento, para que esté recogidita y tranquila, sin escándalo de nadie.

—No; eso no, tía. Es un remedio cruel. No tenemos derecho para salvar a esa pobre a costa de su libertad.

—Dices bien —afirmó la vieja tras corta reflexión—. A mí, esto de los monjíos nunca me ha gustado gran cosa. ¿Dónde mejor que al lado de la familia, para convertirse con el buen ejemplo? La traeremos a casa, si está arrepentida y desea tranquilidad. A la primera que en las Claverías hable algo de ella, le arranco el moño. Mi yerno tal vez finja escandalizarse, pero ya le arreglaré yo la cuenta. Más valiera que no hiciese la vista gorda ante los paseos que Juanito, ese cadete sobrino de don Sebastián, da por el claustro cuando mi nieta se asoma a la puerta. El muy mentecato sueña nada menos que con emparentar con el cardenal y que su hija sea generala. Bien podía acordarse de la pobre Sagrario. En cuanto a don Sebastián, descansa, Gabriel. Nada dirá, si es que conseguimos traer a la chica. ¿Y por qué había de decir...? Hay que tener caridad con el semejante, y ellos más que nadie. Porque al fin, créeme, Gabriel... ¡hombres!, ¡nada más que hombres!

V

Las gentes de la Primada acogían con obstinado silencio la menor alusión al prelado reinante. Era costumbre tradicional en las Claverías: Gabriel recordaba haber visto lo mismo en su infancia.

Si se hablaba del arzobispo anterior, aquella gente, habituada a la murmuración, como todos los que viven en cierto aislamiento, soltaba la lengua comentando su historia y sus defectos. A prelado muerto no había que temerle. Además, era un halago indirecto al arzobispo vivo y sus favoritos hablar mal del difunto. Pero si en la conversación surgía el nombre de Su Eminencia reinante, todos callaban, llevándose la mano a la gorra para saludar, como si el príncipe de la Iglesia pudiese verlos desde el inmediato palacio.

Gabriel, oyendo a sus compañeros del claustro alto, recordaba el juicio funeral de los egipcios. En la Primada no se decía verdad sobre los prelados, ni osaba nadie publicar sus faltas, hasta que la muerte se apoderaba de ellos.

A lo más que se atrevían era a comentar las desavenencias entre los señores canónigos, a llevar la lista de los que se saludaban en el coro o se miraban entre versículo y antífona como perros rabiosos próximos a morderse, o a hablar con asombro de cierta polémica que el Doctoral y el Obrero sostenían en los papeles católicos de Madrid, durante tres años, sobre si el Diluvio fue universal o parcial, contestándose los artículos con cuatro meses de plazo.

En torno de Gabriel se había formado un grupo de amigos. Le buscaban, sentían la necesidad de su presencia, experimentaban esa atracción que, aun permaneciendo silenciosos, ejercen los que han nacido para pastores de hombres. Por las tardes se reunían en las habitaciones del campanero, saliendo, cuando el tiempo era bueno, a la galería de la portada del Perdón. Por las mañanas, la tertulia era en casa del zapatero que enseñaba los gigantones, un hombrecillo amarillento y enfermo, con eternos dolores de cabeza que le obligaban a llevar varios pañuelos arrollados a guisa de turbante.

Era el más pobre de las Claverías. No tenía empleo y enseñaba los gigantones sin retribución alguna, con la esperanza de conseguir la primera plaza que vacase, y agradeciendo mucho a los señores del cabildo que le diesen casa gratuita, en consideración a que su mujer era hija de un antiguo servidor de la catedral. El hedor del engrudo y de la suela húmeda infestaba su casa con el ambiente agrio de la miseria. Una fecundidad desesperante agravaba esta pobreza. La mujer, flácida, triste y con grandes ojos amarillentos, presentaba todos los años un chiquitín agarrado a sus ubres desmayadas. Por el claustro se deslizaban a lo largo de las paredes, con la melancolía del hambre, varios chicuelos de cabeza enorme y delgado cuello, siempre enfermos y sin llegar nunca a morirse, afligidos por extrañas dolencias de la anemia, por bultos que surgían y desaparecían en la cara, y costras asquerosas que cubrían sus manos.

El zapatero trabajaba para las tiendas de la ciudad, sin adelantar gran cosa. Desde que salía el Sol sonaba su martillo en el silencio del claustro. Esta manifestación única del trabajo profano atraía a todos los desocupados a la habitación mísera y maloliente. Mariano, el *Tato* y un pertiguero que también vivía en el claustro eran los que con más frecuencia encontraba Gabriel sentados en las desvencijadas silletas del zapatero, tan bajas, que podían tocar con las manos el suelo de ladrillos rojos y polvorientos.

Muchas veces, el campanero corría a la torre para hacer los toques ordinarios, pero su sitio vacío lo ocupaba un viejo manchador del órgano y gentes de la sacristía, que subían atraídas por lo que se hablaba de esta reunión entre el personal menudo de la Primada. El objeto de la tertulia era oír a Gabriel. El revolucionario quería callar y escuchaba distraídamente las murmuraciones sobre la vida del culto; pero sus amigos deseaban saber cosas de aquellas tierras que había corrido, con una curiosidad de seres encerrados y aislados del mundo. Al oírle describir la hermosura de París o la grandeza de Londres, abrían sus ojos como niños que escuchan un cuento fantástico.

El zapatero, con la cabeza baja, sin dejar su trabajo, seguía atentamente la relación de tantas maravillas. Todos convenían en lo mismo cuando callaba Gabriel. Aquellas ciudades eran más hermosas que Madrid. ¡Y mire usted que Madrid...! Hasta la zapatera, de pie en un rincón, olvidando la enfermiza prole, escuchaba a Luna con asombro, animándose su rostro con una pálida sonrisa, asomando la mujer al través de la bestia resignada de la miseria cuando Luna describía el lujo de las grandes damas en el extranjero.

Todos los siervos del templo sentían removerse sus espíritus endurecidos e insensibles como la piedra de los muros ante estas evocaciones de un mundo lejano que jamás habían de ver. Los esplendores de la civilización moderna les conmovían más sinceramente que las bellezas del cielo descritas en los sermones. En el ambiente agrio y polvoriento de la casucha, veían desarrollarse con los ojos de la imaginación ciudades fantásticas, y preguntaban cándidamente sobre los alimentos y costumbres de las gentes de por allá, como si los creyesen seres de distinta especie.

Por las tardes, a la hora del coro, cuando trabajaba solo el zapaterillo, Gabriel, cansado de la monotonía silenciosa de las Claverías, bajaba al templo.

Su hermano, con manteo de lana, golilla blanca y vara larga, como un alguacil antiguo, estaba de centinela en el crucero, para evitar que los curiosos pasasen entre el coro y el altar mayor.

Dos cartelones de oro viejo, con letras góticas adosadas a las pilastras, anunciaban que estaba excomulgado quien hablase en alta voz o hiciese señas en el templo. Pero esta amenaza de siglos anteriores no impresionaba a las escasas gentes que acudían a las vísperas y charlaban tras una pilastra con los servidores de la catedral. La luz de la tarde, filtrándose por los ventanales, extendía sobre el pavimento grandes manchas tornasoladas. Los sacerdotes, al pisar esta alfombra de luz, aparecían verdes o rojos, según el color de las vidrieras. En el coro cantaban los canónigos para ellos mismos en la triste soledad del templo. Sonaban como detonaciones los golpes de las cancelas al cerrarse, dejando paso a algún clérigo retrasado. En lo alto del coro gangueaba el órgano de vez en cuando, intercalándose en el canto llano; pero sonaba perezosamente, con desmayo, por pura obligación, y parecía lamentarse de su esfuerzo en la penumbra solitaria.

Gabriel no acababa de dar la vuelta a la catedral sin que se le uniera su sobrino el perrero, abandonando su conversación con los monaguillos o con el mozo de recados de la secretaría del cabildo, que tenía su asiento fijo en la puerta de la Sala Capitular.

A Luna le divertían las picardías del *Tato*, la confianza y el descuido con que iba por el templo, como si el haber nacido en él le privase de todo sometimiento de respeto. La entrada de un perro en las naves le producía alborozo.

—Tío —decía a Luna—, va usted a ver cómo me abro de capa.

Tirando de los extremos de la chaqueta, avanzaba hacia el can con contoneos y saltos de lidiador. El animal, conociéndole de antiguo, buscaba su salida por la puerta más inmediata, pero el *Tato* le cortaba el paso, lo acosaba nave adentro fingiendo perseguirlo, lo lidiaba de capilla en capilla, hasta que, acorralándolo, podía largarle unas cuantas patadas. Los ladridos lastimeros alteraban el canto de los canónigos, y el *Tato* reía, mientras que allá, en la reja del coro, torcía el gesto el buen Esteban, amenazándole con la vara de palo.

—Tío —dijo una tarde el travieso perrero—, usted que cree conocer bien la catedral, ¿a que no ha visto las cosas «alegres» que tiene?

Guiñaba los ojos y acompañaba este gesto con un ademán obsceno para indicar que eran algo más que «alegres» las tales cosas.

—A mí —continuó— me interesan las bromas que se permitían los antiguos; no hay una que se me escape. Venga usted, tío, y se divertirá un rato. Usted, como todos los que creen conocer la catedral, habrá pasado muchas veces junto a esas cosas sin verlas.

El *Tato*, siguiendo el coro por su parte exterior, condujo a Gabriel al testero, enfrente de la puerta del Perdón. Bajo el medallón grandioso que sirve de respaldo al Monte Tabor, obra de Berruguete, se abre la capillita de la Virgen de la Estrella.

—Fíjese usted en esa imagen, tío. ¿Hay una igual en todo el mundo? Es una gachí, una chavala que volvería locos a los hombres si parpadease.

Para Gabriel, no era esto un descubrimiento. Desde pequeño conocía aquella imagen de mujer hermosa y sensual, con sonrisa mundana, el cuerpo inclinado, la cadera saliente, y en los ojos una expresión de alegría retozona, como si fuese a bailar.

El niño, en sus brazos, también reía, y echaba mano al rebocillo de la hermosa como si quisiera descubrirla el pecho. La imagen, de piedra pintada, estofada y dorada, tiene un manto azul sembrado de estrellas de oro, que es lo que la da el título de Virgen de la Estrella.

—Usted que ha leído tanto, tío, tal vez no sepa la historia de esta capilla, mucho más antigua que la catedral. Aquí tenían los laneros, cardadores y tejedores de Toledo su patrona antes de que se construyera el templo, y únicamente cedieron el terreno con la condición de que serían dueños absolutos de la capilla y harían en ella lo que les viniese en gana, así como en todo el pedazo de la catedral hasta las pilastras inmediatas. ¡Los líos que trajo esto! En los días que hacían fiesta a la Virgen, no reparaban que los canónigos estuviesen en el coro, y con rabeles, tiorbas y desaforados cantos turbaban los oficios. Si los canónigos les pedían silencio, contestaban que los obligados a callar eran los del coro, pues ellos estaban en su casa, mucho más antigua que la catedral. ¿Sabe usted esto, tío?

—Sí; ahora lo recuerdo. El arzobispo Valero Losa les puso pleito a principios del siglo XVIII. Mira su tumba al pie del altar. Perdió el pleito, murió del disgusto, y mandó que lo enterrasen aquí para que le pisaran los insolentes laneros después de muerto, ya que lo habían vencido en vida. La soberbia de estos príncipes eclesiásticos les impulsaba a la más orgullosa modestia... Pero ¿todo esto es lo que me querías enseñar?

—Cosas mejores verá usted. Digamos adiós a la Virgen. Pero ¡fíjese usted! ¡Qué cara! Tiene los ojos adormilaos. La gran jembra. Yo me paso las horas mirándola. Es mi novia... ¡Las noches que sueño con ella...!

Avanzaron algunos pasos hacia la puerta grande de la catedral, para abarcar mejor con la vista todo el testero exterior del coro. Sobre los tres huecos o capillas que lo perforan corre una faja de relieves antiguos, obra de un oscuro imaginero medioeval, representando las escenas de la Creación. Gabriel reconocía sus esculturas groseras como contemporáneas de la puerta del Reloj y de las primeras obras de la catedral.

—Vea usted. En los primeros medallones, Adán y Eva van desnudos como gusanos. Pero el Señor los arroja del Paraíso. Tienen que vestirse para ir por el mundo, y mire lo que hacen apenas se ven con ropas. Fíjese en el quinto medallón, a nuestra derecha. ¡Qué buen humor tendría el tío que hizo eso!

Gabriel miró por primera vez con atención aquellos relieves olvidados. Era el naturalismo simple de la Edad Media; la confianza con que los artistas representaban sus concepciones profanas en aquella época de idealidad; el deseo de perpetuar el triunfo de la carne en cualquier rincón ignorado de los monumentos místicos, para testificar que la vida no había muerto. Eva estaba caída entre los árboles, con sus ropas en desorden, y Adán sobre ella, con un gesto de locura sexual, la cogía los brazos para dominarla, y pegaba la boca a su pecho con tal avidez, que lo mismo podía besar que morder.

El *Tato* sentíase orgulloso ante la sorpresa de su tío.

—¡Eh!, ¿qué tal? Eso lo he descubierto rodando por la iglesia. Los señores canónigos cantan todos los días al otro lado de esa pared, sin sospechar que sobre sus cabezas hay tales alegrías. ¿Y las vidrieras, tío? Fíjese usted bien. Al principio ciegan tantos colores, se confunden las figuras, el plomo corta los monigotes y no se adivina nada. Pero yo he pasado tardes enteras estudiándolas, y me las sé al dedillo. Son historias, cosas de su época que pintaron ahí los vidrieros, y cuyo intríngulis se ha perdido, sin que haya cristiano que pueda pillarlo.

Y señalaba los ventanales de la segunda nave, por los que se filtraba la luz de la tarde con un tono acaramelado.

—Mire usted allí —prosiguió el perrero—. Un señor con capa roja y espada sube por una escalera de cuerda. En la ventana le espera una monja. Parece cosa del *Don Juan Tenorio* que representan por Todos Santos. Más allá, esos dos que están en la cama y gente que llama a la puerta. Deben ser los mismos pájaros y la familia que los sorprende. Y en la otra vidriera, fíjese usted bien: gachos en pelota, prójimas sin más vestidura que la mata de pelo; cosas, en fin, de los tiempos en que la gente no tenía vergüenza y andaba con la cara en alto... y la otra cara al aire.

Gabriel sonreía ante las necedades que los caprichos del arte antiguo inspiraban al perrero.

—Pues en el coro, tío, también hay algo que ver. Vamos allá: ya acaban los oficios y salen los canónigos.

Luna sentía el anonadamiento de la admiración siempre que entraba en el coro. Aquella sillería alta, obra en un lado de Felipe de Borgoña y en otro de Berruguete, le embriagaba con su profusión de mármoles, jaspes y dorados, estatuas y medallones. Era el espíritu de Miguel Ángel que resurgía en la catedral toledana.

El perrero examinaba la sillería baja, huroneando en los relieves góticos los descubrimientos realizados por su malsana curiosidad. Esta primera sillería a ras de tierra, donde se sentaban los clérigos de categoría más ínfima, era anterior en medio siglo a la sillería alta; pero en estos cincuenta años dio el arte el gran salto desde el gótico rígido y duro a las suavidades y el buen gusto del Renacimiento. La había tallado Maestre Rodrigo en la época que la España cristiana, conmovida de entusiasmo, asistía a los últimos esfuerzos de los Reyes Católicos para completar la Reconquista. En los respaldos y en los tableros de los frisos, cincuenta y cuatro cuadros tallados reproducían los principales incidentes de la conquista de Granada.

El *Tato* no miraba estos planos de roble y nogal con tropeles de jinetes y racimos de soldados escalando los muros de las ciudades moras. Le interesaban más los brazos de las sillas, los pasamanos de las escaleras que conducen a la sillería alta, los salientes que separan los asientos y sirven para reclinar la cabeza, cubiertos de animales y seres grotescos: perros, monos, aves, frailes y pajecillos, todos en posturas difíciles, rarísimas y obscenas. Cerdos y ranas se acoplaban en monstruosos ayuntamientos; los monos, con gesto innoble, se retorcían en lúbricos espasmos, y pajecillos entrelazados en posición contraria hundían la cabeza en la cruz de las calzas del compañero. Era un mundo de caricaturas de la lujuria, de gestos simiescos y estremecimientos satíriacos, en el que asomaba la pasión carnal con la mueca de la animalidad más grotesca.

—Mire usted, tío. Como gracioso, éste es el más notable.

Y el *Tato* enseñaba a Gabriel la figurilla rechoncha de un fraile predicando con enormes orejas de burro.

Cuando salieron del coro, Gabriel vio cerca del gran fresco de San Cristóbal al maestro de capilla. Acababa de cerrar una puertecilla inmediata al coloso, que conduce por una escalera de caracol al archivo de música. El artista llevaba bajo el brazo un gran libro con tapas polvorientas, que mostró a Gabriel.

—Me lo llevo arriba. Ya oirá usted algo: vale la pena.

Y pasando su vista del librote a la puertecilla inmediata, exclamó:

—¡Ay, ese archivo, Gabriel, qué pena da! Cada vez que lo visito salgo triste. Por ahí han pasado los bárbaros. Todos los libros de música tienen páginas arrancadas, recortes allí donde existía una letra pintada, una viñeta, algo bonito. La vieja música duerme bajo el polvo. Los señores canónigos no la quieren, no la entienden, ni son capaces de dedicar unas cuantas pesetas para que se oiga en las grandes fiestas. Les basta para salir del paso con cualquier pedazo rossiniano; y en cuanto al órgano, lo único que les importa es que toque lento, muy lento. Cuanta más lentitud, más religiosidad, aunque el organista toque una habanera.

Seguía mirando la puertecilla del archivo con ojos melancólicos, como si fuese a llorar sobre la ruina de la música.

—Y ahí dentro, Gabriel, hay obras notabilísimas que no deben morir mientras en el mundo exista el arte. Nosotros en música profana no somos gran cosa, pero crea usted que España ha sido algo en autores religiosos... Esto se sobrentiende que es si realmente existe música profana y música religiosa, que lo dudo; para mí, solo hay música, y no sé cuál será el guapo que marque la separación, detallando dónde acaba la una y empieza la otra... Tras esa pared del San Cristóbal duermen mutilados, con mortaja de polvo, los grandes músicos españoles. Mejor es que duerman. ¡Para oír lo que se canta en este coro! Ahí está Cristóbal Morales, que hace tres siglos fue maestro de capilla en esta catedral y veinte años antes que Palestrina comenzó la reforma de la música. En Roma compartió la gloria con el famoso maestro. Su retrato está en el Vaticano, y sus *Lamentaciones*, sus motetes, su *Magníficat*, duermen aquí olvidados hace siglos. Ahí Victoria... ¿Lo conoce usted? Otro de la misma época. Los contemporáneos envidiosos le llamaban «el mono de Palestrina», tomando todas sus obras por imitaciones, después de su larga estancia en Roma; pero crea usted que en vez de plagiar al italiano tal vez lo superó. Aquí está Rivera, un maestro toledano del que nadie se acuerda, y tiene en el archivo un volumen entero de Misas; y Romero de Ávila, el que mejor estudió el canto mozárabe; y Ramos de Pareja, un músico nada menos que del siglo XV, que escribió en Bolonia su libro *De Música Tractatus*, y destruyó el sistema anticuado de Guido de Arezzo, descubriendo el «temperamento de los sonidos»; y el monje Ureña, que añade la nota *si* a la escala; y Javier García, que en el siglo pasado reformaba la música, encaminándola hacia Italia (¡Dios le perdone!), sendero trillado del que aún no hemos salido; y Nebra, el gran organista de Carlos III, un señor que un siglo antes de nacer Wagner empleaba ya en España la disonancia musical. Al escribir el *Réquiem* para los funerales de doña Bárbara de Braganza, presintiendo la extrañeza de instrumentistas y cantantes ante su música revolucionaria, puso en el margen de las *particellas*: «Se advierte que este papel no está equivocado». Su *Letanía* fue tan célebre, que estaba prohibido copiarla, bajo pena de excomunión; pero trabajo inútil, pues hoy a quien excomulgarían es al que se acordase de ella. Crea usted, Gabriel, que ese archivo es un panteón de grandes hombres, pero panteón al fin, en el que nadie resucita.

Luego añadió, bajando la voz:

—La Iglesia ha sido siempre poco amante de la música. Para comprenderla y sentirla hay que nacer artista, y ya sabe usted lo que son todos estos señores que cobran por cantar en el coro... sin saber música. Cuando le veo a usted, Gabriel, sonreír ante las cosas religiosas, adivino en su gesto lo mucho que se calla, y le doy la razón. Yo he tenido curiosidad por saber la historia de la música en la Iglesia; he seguido paso a paso el largo calvario del arte infeliz, llevando a cuestas la cruz del culto al través de los siglos. Usted habrá oído hablar muchas veces de música religiosa, como si fuese una cosa aparte, creada por la Iglesia. Pues bien, es una mentira: la música religiosa no existe.

El perrero se había alejado al oír que el maestro de capilla, de infatigable locuacidad cuando hablaba de su arte, acometía el tema de la música. Él tenía formada su opinión sobre don Luis, y la decía a todos en el claustro alto. Era un *guillati*, que solo sabía tocar tristezas en su armónium, sin que se le ocurriera alegrar a los pobres de las Claverías con algo bailable, como le pedía la sobrina del *Vara de plata*.

El sacerdote y Gabriel pasearon hablando por las silenciosas naves. No se veían más personas que un grupo de gente de la casa en la puerta de la sacristía y dos mujeres arrodilladas ante la reja del altar mayor rezando en voz alta. Comenzaba a extenderse por la catedral la penumbra de las rápidas tardes de invierno. Los primeros murciélagos descendían de las bóvedas, revoloteando entre el bosque de columnas.

—La música eclesiástica —dijo el artista— es una verdadera anarquía. En la Iglesia todo es anárquico. Crea usted que de la unidad del culto católico en toda la tierra hay mucho que decir. El cristianismo, al formarse como religión, no inventó ni una mala melopea. Toma a los judíos sus cánticos y el modo de cantarlos: una música primitiva y bárbara, que si se conociera ahora, nos taladraría los oídos. Fuera de Palestina, allí donde no había judíos, los primeros poetas cristianos, San Ambrosio, Prudencio y otros, adaptaron sus nuevos himnos y los salmos a las canciones populares que estaban en boga en el mundo romano, o sea a la música griega. Parece que esto de «música griega» signifique una gran cosa, ¿verdad, Gabriel? Los griegos fueron tan grandes en las artes plásticas y en la poesía, que todo lo que lleva su nombre parece envuelto en un ambiente de belleza indiscutible. Pues no señor; la tal música griega debía ser una cencerrada. La marcha de las artes no ha sido paralela en la vida de la humanidad. Cuando la escultura tenía un Fidias y había llegado a la cumbre, la pintura no pasaba de ese carácter casi rudimentario que aún puede apreciarse en Pompeya y la música era un balbuceo infantil. La escritura no podía perpetuar la música; eran tantos los «modos», musicales como los pueblos, y casi toda ella quedaba al arbitrio del ejecutante. No pudiendo fijarse en el pergamino lo que cantaban bocas e instrumentos, el progreso era, pues, imposible. Por esto ha habido un Renacimiento para la escultura, para la pintura y la arquitectura, y al resurgir de nuevo las artes después de la Edad Media, encontraron la música en la misma infancia que la habían dejado al abandonar el mundo antiguo.

Gabriel asentía con movimientos de cabeza a las palabras del maestro de capilla.

—Ésta fue la primitiva música cristiana —continuó don Luis—. Confiados a la tradición y transmitiéndose de oído, los cantos religiosos se desfiguraban y corrompían. En cada iglesia se cantaba de distinto modo. La música religiosa era un galimatías. Los místicos tendían a la unidad rígida, al hieratismo, y San Gregorio publicó en el siglo VI su *Antifonario*, un centón de todas las melodías litúrgicas, purificándolas según su criterio. Fue una mezcla de dos elementos: el griego, pero oriental y floreado, algo así como la malagueña actual, y el romano, grave y rudo. Las notas se expresaban con letras, se seguían los tonos frigio, lidio, etc., y continuaba el laberinto de la música griega, aunque muy movida, con *fioritudes*, suspiros y aspiraciones. El centón se perdió, y mucho lo lamentan los que quieren volver a lo antiguo, creyéndolo lo mejor. A juzgar por los fragmentos que quedan, si ahora se ejecutase la tal música nada tendría de religiosa, tal como se entiende hoy la religiosidad en el arte, pues sería un canto como el de los moros, o los chinos, o algunos griegos cismáticos que aún persisten en las liturgias antiguas. El arpa era el instrumento del templo hasta que apareció el órgano en el siglo X, un instrumento tosco y bárbaro que había que tocar a puñetazos, y al que le daban aire con odres hinchados. Guido de Arezzo hizo un arreglo musical sobre la base del centón; un arreglo nada más, y esto bastó para que le colgasen al benedictino la invención del pentagrama. Siguió usando las letras de Boecio y San Gregorio como notas, y solo las puso en dos líneas con tres colores distintos. Continuaba el embrollo anárquico. Aprender música malamente costaba entonces doce años, y no se lograba que cantores de ciudades distintas entendiesen el mismo papel. San Bernardo, seco y austero como su tiempo, encontró absurdo este canto, por ser poco grave. Era un hombre refractario al arte. Quería las iglesias desmanteladas, sin adornos arquitectónicos, y en música le parecía la mejor la más lenta. Él fue el padre del canto llano, el que afirmó que la música es tanto más religiosa cuanto más pausada. Pero en el siglo XIII, los cristianos encontraron aburridísimo este canto. Las catedrales eran el punto de distracción, el teatro, el centro de vida en aquella época. Al templo se iba a orar un poco a Dios y a divertirse, olvidando las guerras, violencias y tropelías del exterior. Otra vez entró la música popular en la Iglesia, y se entonaron en las catedrales las canciones en boga, que casi siempre eran obscenas. El pueblo tomó parte en la música religiosa, cantando en diversas tesituras, cada cual como mejor le parecía, siendo estos los primeros intentos del canto polifónico o de voces concertadas. La religión era entonces alegre, popular, democrática, como diría usted, Gabriel; aún no había Inquisición ni sospechas de herejía que agriasen el ánimo con el fanatismo y el miedo. Los instrumentos groseros de aire y de cuerda que entretenían a los artesanos en las ciudades y a los labriegos en las siegas entraron en el templo, y el órgano fue acompañado por violas, violines, trompetas, gaitas, flautas, guitarras y tiorbas. El canto llano era el litúrgico en casi toda Europa, pero los fieles lo despreciaban por incomprensible y alternábanlo con canciones. En las grandes fiestas se entonaban himnos religiosos, adaptándolos a la música de las melodías populares que estaban en boga, tales como *La canción del hombre armado*; *Morenica, dame un beso*; *No sé qué me bulle*; *Duélete de mí, señora*; *Mal haya quien vos casó*, y otras del mismo estilo... ¿Y Roma?, preguntará usted; y la Iglesia, ¿qué decía ante tal desorden...? La Iglesia vivió sin criterio artístico; no lo tuvo jamás. No pudo crear una arquitectura propiamente hierática, como otras religiones, ni una pintura ni una escultura que fuesen obra suya, y menos una música. Fue adaptándose al medio, fue aceptando y apropiándose, con una absorbencia falta de originalidad, lo que no era obra suya, sino del humano progreso. El estilo grecorromano, el bizantino, el gótico, el Renacimiento, todos entraron en sus construcciones; pero el arte cristiano puro y original no existe, no existió nunca. En música, mucho hablar de «gravedad», de «unción», de «tradiciones gregorianas», palabras huecas, sin sentido exacto, vaguedades que ocultan la falta de criterio artístico. ¿Cuáles son los linderos de lo religioso y lo profano? Desde el siglo XVI al XVIII estuvieron los críticos cuestionando sobre esto, y la Iglesia les dejó hablar, aceptándolo todo sin criterio. De vez en cuando, Roma se hacía oír con alguna bula papal de la que nadie hacía caso, pues el Pontífice no podía decir: lo religioso en arte es esto, y lo profano lo otro. Recibió Palestrina el encargo de reformar la música eclesiástica: el Papa mostrábase dispuesto a no dejar más que el canto llano o a suprimirlo también si era necesario. La misa del papa Marcelo y otras melodías fueron el resultado de esta orientación, pero no se adelantó gran cosa. Fue preciso, para que la música se purificara dentro del templo, que comenzase el gran movimiento musical en el mundo profano con el italiano Monteverde, con el francés Rameau y los alemanes Sebastián Bach y Haendel. ¡Qué época tan grandiosa, amigo Gabriel! ¡Qué tíos los que vienen detrás, Gluck, Haydn, Mozart, Mehul, Boieldieu, y sobre todos, nuestro buen amigo Beethoven...!

Calló unos instantes el maestro de capilla, como si el nombre de su ídolo le impusiera religioso silencio. Luego continuó:

—Toda esta avalancha de arte pasó por la Iglesia, y ella, según su costumbre, fue apropiándose lo que era más de su gusto. En cada país tomó el culto católico la música más en arreglo con sus tradiciones. En España, estábamos saturados, desde los tiempos de Palestrina, de género italiano, y la música alemana y la francesa no llegaron a nosotros. Fuimos primeramente fuguistas y contrapuntistas, y después del *Stabat mater* de Rossini, nos dimos tal atracón de melodía teatral, que no nos han quedado ganas de gustar un nuevo plato. La música religiosa en España ha marchado paralelamente con la ópera italiana, cosa que ignoran esos señores canónigos que se indignarían si en una misa les tocase algo de Beethoven, por considerarlo profano, y escuchan con unción mística fragmentos que han rodado hace años por los teatros de Italia. ¿Y el canto llano?, preguntará usted. El canto llano tiene su nido en esta Primada. Aquí se conservó y purificó durante siglos. Lo mejor fue recogiéndolo Toledo, y de los libros de esta catedral han salido los corales de todas las iglesias de España y las Américas. ¡Pobre canto llano! Hace tiempo que ha muerto. Ya lo ve usted, Gabriel: ¿quién viene a la catedral a las horas del coro? Nadie, absolutamente. Los maitines son rezados, y todos los oficios se entonan en medio de la mayor soledad. El pueblo creyente no conoce ya la liturgia, no la estima, la tiene olvidada; solo se siente atraído por las novenas, triduos y ejercicios, lo que se llama culto tolerado y extralitúrgico. Ha habido que renunciar a las prácticas del catolicismo español antiguo, sano, francote y serio: un catolicismo como si dijéramos de panllevar, para atraer a la gente, dándole cantos bonitos en lengua común. Los jesuitas, con su astucia, adivinaron que había que dar al culto una atracción teatral, mezclar la liturgia con la opereta, y por eso sus iglesias, doradas, alfombradas y floridas como tocadores, se ven llenas, mientras las viejas catedrales suenan a hueco como tumbas. No han proclamado en voz alta la necesidad de una reforma, pero la han llevado a la práctica aboliendo el canto en latín, que no es grato al vulgo, sustituyéndolo con toda clase de romanzas y con versos dulzones. Esto es una abdicación de la Iglesia, una confesión de la anarquía musical en que ha vivido y vive, un reconocimiento de que su antigua liturgia es impotente para conmover al pueblo, y que ha muerto ya. En las iglesias, fuera del *Tantum ergo* de la reserva, nada se canta en latín. Sermón e himnos son en el idioma del país. Lo mismo que en un templo protestante. Para la masa devota que cree sin discurrir, son las exterioridades las que diferencian a las religiones entre sí, y no era preciso que se achicharrase a tanta gente en las hogueras, y que media Europa fuese a la greña en la famosa guerra de los Treinta años, y que los papas lanzasen excomunión sobre excomunión, para venir a parar a la postre en que una iglesia católica y otra evangélica solo se diferencian en una imagen y unos cuantos cirios, pues el culto en ambas partes es igual... Pero vámonos, Gabriel; van a cerrar.

El campanero corría por las naves agitando su llavero, que asustaba a los murciélagos, cada vez más numerosos. Las dos devotas habían desaparecido. Solo quedaban en la catedral el maestro de capilla y Gabriel. Por una nave baja avanzaban los vigilantes nocturnos, que iban a ocupar sus puestos hasta la mañana siguiente, precedidos por el perro.

Los dos amigos salieron al claustro, guiados en la penumbra de las naves por el vago resplandor de las vidrieras. Afuera, un rayo de Sol enrojecía el jardín y el claustro de las Claverías.

—Lo repito —continuó el sacerdote artista, mirando la puerta por donde habían salido—. Ahí dentro no se ama al arte ni se le entiende. El templo solo ha prestado un servicio a la música, y esto sin quererlo. La necesidad de tener instrumentistas y cantores para el culto le hizo sostener las capillas y colegios de seises que sirvieron para la enseñanza musical en una época falta de escuelas. Fuera de esto, nada. Los que representamos el arte en las catedrales somos tan despreciados como los ministriles de las antiguas capillas, tañedores de chirimías, bajoncillos y bajones. Para los canónigos, es griego puro todo lo que duerme en los archivos de música, y nosotros los artistas eclesiásticos formamos raza aparte, estamos, cuando más, un peldaño por encima de los sacristanes. El maestro, el organista, el tenor, el contralto y el bajo formamos la capilla. Somos clérigos como los canónigos, llegamos a beneficiados por oposición, hemos estudiado como ellos las ciencias religiosas, y además somos músicos; pues a pesar de esto, cobramos casi la mitad del sueldo de un canónigo, y para recordarnos a todas horas nuestra ínfima condición, nos hacen sentar en la sillería baja. Los únicos que en el coro sabemos música ocupamos el último lugar. El chantre es, por derecho, el jefe de los cantores; y el chantre es un canónigo cualquiera, que nombra Roma sin oposición y que no conoce ni una nota del pentagrama. ¡La anarquía, amigo Gabriel! ¡El desprecio de la Iglesia por la música, que ha sido siempre su esclava, nunca su hija! Por algo en los conventos de monjas la organista y las cantoras son siempre las más despreciadas y se las llama «las sargentas». El cantar conforme a reglas es en la Iglesia oficio bajo. Para todo hay dinero en el templo; a todo alcanzan los fondos de fábrica, menos a la música. Los canónigos nos tienen por locos que vamos disfrazados con hábito eclesiástico. Cuando llega el Corpus o la fiesta de la Virgen del Sagrario, yo sueño siempre con una gran misa digna de la catedral, pero el Obrero me ataja pidiéndome algo italiano y sencillo: asunto de media docena de instrumentistas buscados en la misma ciudad; y tengo que dirigir a unos cuantos chapuceros, rabiando al oír cómo suena la orquesta ratonil bajo esas bóvedas que se construyeron para algo más grande. En resumen, amigo Luna: esto está muerto... pero bien muerto. Aún no hemos desaparecido; nos ven, pero es de cuerpo presente.

Las lamentaciones del maestro de capilla no sorprendieron a Gabriel. Todos en la catedral se quejaban de la vida mísera y sórdida que arrastraba el culto. Unos, como el *Vara de plata*, lo achacaban a la impiedad del tiempo; otros, como el músico, hacían responsable a la misma Religión, aunque no osaban decirlo en alta voz. El respeto a la Iglesia y sus altos poderes, aprendido desde la niñez, imponía silencio a la población de la catedral. Los más de los servidores del templo vivían moralmente en pleno siglo XVI, en una atmósfera de servilismo y de miedo supersticioso a los superiores, presintiendo lo injusto de su condición, pero sin atreverse a dar forma en el pensamiento a sus vagos intentos de protesta.

Únicamente por la noche, en el silencio del claustro alto, aquellos matrimonios que se reproducían y morían entre las piedras de la catedral osaban repetirse las murmuraciones del templo, la interminable maraña de chismes que crecía sobre la monótona existencia eclesiástica, lo que los canónigos murmuraban contra Su Eminencia y lo que el cardenal decía del cabildo, guerra sorda que se reproducía a cada elevación arzobispal; intrigas y despechos de célibes amargados por la ambición y el favoritismo; odios atávicos que recordaban la época en que los clérigos elegían a sus prelados, mandando sobre ellos, en vez de gemir, como ahora, bajo la férrea presión de la voluntad arzobispal.

Todos en el claustro alto conocían estas luchas. Llegaban hasta ellos los comentarios que se permitían los canónigos en la sacristía; pero los humildes servidores guardaban un silencio receloso cuando se repetían estas murmuraciones en su presencia, temiendo ser delatados por el vecino, que tal vez ambicionaba su puesto. Era el terror de los siglos de Inquisición que aún vivía en aquel pequeño mundo paralizado.

El perrero era el único que no mostraba miedo y hablaba en público del cabildo y del cardenal. ¡A él qué...! Casi deseaba que lo echasen de «aquella cueva», para dedicarse a su afición favorita, volviendo a la plaza de Toros sin protesta de la familia. Además, le entusiasmaba hablar mal de los señores del coro, que le habían dado más de un pescozón cuando era monaguillo.

Ponía motes a todos los canónigos, y señalándolos uno por uno a Gabriel, le contaba los secretos de su vida. Conocía la casa donde cada prebendado iba a pasar la tarde después del coro, los nombres de las señoras o de las monjas que les rizaban las sobrepellices, y las rivalidades sordas y feroces entre estas admiradoras del cabildo que se esforzaban por vencerse blanqueando y planchando la batista canonical.

A la salida del coro señalaba al chantre, un prebendado obeso, con el rostro cubierto de placas rojas.

—Mírelo usted, tío —decía a Gabriel—. Esa caspa que tiene en la cara es un recuerdo del pasado. Corrió mucho, sin fijarse dónde ponía el pie... ¡Pues con esa facha, todavía presume de conquistador! La otra tarde le decía en el claustro a un capellán de la capilla de los Reyes: «Esos capitancitos profesores de la Academia creen que en punto a mujeres se comen lo mejor de Toledo; pero donde está la Iglesia, ¡boca abajo los seglares...!»

Después reía señalando a un grupo de sacerdotes jóvenes, cuidadosamente afeitados, con las mejillas azules y sonrosadas y manteos de seda que al revolotear esparcían un fuerte olor de almizcle. Eran los pollos del cabildo, los canónigos jóvenes, que hacían con frecuencia viajes a Madrid para confesar a sus protectoras, ancianas marquesas, que en fuerza de influencias, les habían conquistado una silla en el coro. En la puerta del Mollete se detenían un instante para arreglarse los pliegues del manteo y lanzarse a la calle.

—¡Ya salen «a hacer» señoras! —decía el *Tato* en su argot canallesco—. ¡Brrum! ¡Paso a don Juan Tenorio...!

Cuando ya no salían más canónigos, el perrero hablaba a su tío del cardenal.

—Está estos días dado a los demonios. En palacio no hay quien le aguante. La dichosa fístula le trae loco.

—Pero ¿es verdad que tiene esa dolencia? —preguntó Gabriel.

—¡Anda! Todo el mundo lo sabe. Pregúnteselo usted a tía Tomasa. Hasta dicen que si son tan amigos es porque ella le fabrica cierta untura que le sienta como de mano de ángel. Lleva un perro rabioso agarrado a salva sea la parte, y por eso tiene ese genio insufrible. La mañana que se levanta de mal teque, tiembla el palacio y después toda la diócesis. Es un hombre bueno, pero cuando le muerde detrás la mala bestia, hay que huir. Yo le he visto en días de pontifical, con la mitra puesta, mirarnos a todos con tales ojos, que le faltaba muy poco para soltar el báculo y emprendernos a bofetadas. Lo que dice la tía: ¡si no bebiera...!

—Entonces son ciertas las murmuraciones del cabildo.

—Emborracharse, no señor. A cada cual lo suyo: una copita ahora y otra después, y una tercera si le visita un amigo y hay que obsequiarlo. Son costumbres que se trajo de Andalucía cuando fue obispo allá. Pero nada de juergas. Copeo fino y reposado: para ayudar las fuerzas nada más. Y el vino de primera, tío; lo sé por un familiar suyo. ¡De a cincuenta duros la arroba! Se lo guardan, de lo mejor de la Mancha, en una cuba del tiempo del francés. Un jarabe que calienta el estómago y lo templa como si fuese un órgano. Pero a Su Eminencia se le va más abajo, y le hace rabiar como un condenado. Lo que dice tía Tomasa: los médicos le arreglan, y él se encarga de enfermar otra vez con ese vinillo de gloria.

El *Tato*, en medio de su cinismo burlón, mostraba cierto afecto por el prelado.

—No crea usted, tío, que es un cualquiera; dejando aparte su mal genio, resulta todo un hombre. Ahí donde le ve usted, con su cabecita blanca y sonrosada como un polluelo de cría, que aún parece más pequeña sobre el corpachón enorme, ¡lleva cada cosa dentro de ella...! Ha hablado mucho en Madrid, y los papeles impresos se ocupaban de él como si fuese el Guerra. Su sabiduría encuentra remedios para todo. ¿Le hablan de la miseria que hay en el mundo? Pues receta al canto: pan para los pobres, caridad en los ricos y mucha Doctrina cristiana para todos; así no se pelearán los hombres por si tú tienes más que yo, y habrá en el mundo conformidad y decencia, que es lo que hace falta. ¿Qué tal, tío? ¿Se ríe usted? Pues a mí me gusta la receta de Su Eminencia, especialmente lo del pan, pues el Catecismo maldito si hace falta, ya que todos lo aprendemos de pequeños.

El perrero mostraba cada vez más entusiasmo hablando de su príncipe.

—¿Y como hombre? Todo un barbián. Nada de hipocresía y de llevar la cabeza baja. Bien se le conoce que fue soldado en su juventud. Tía Tomasa se acuerda de haberle visto en el claustro con casco de crines, charreteras de sargento y un chafarote que armaba gran estrépito. Él no se asusta de nada, ni se escandaliza, ni hace aspavientos. El año pasado recaló aquí cierta portuguesita, que traía locos a los cadetes con sus medias de seda y sus grandes sombreros. Usted conoce a Juanito y sabe que es hijo de un sobrino de Su Eminencia que murió hace tiempo. Pues el muchacho paseó su uniforme por Zocodover del brazo de la portuguesa para dar envidia a los compañeros de la Academia. Un día, la muchacha se presentó en palacio, y la servidumbre, viéndola con tales lujos, la dejó paso franco, creyendo que era una señora de Madrid. Su Eminencia la recibió con sonrisa paternal, oyéndola sin pestañear. Me lo contó un paje amigo, que estaba presente. La pájara iba a quejarse al cardenal de su sobrino el cadete, que la había entretenido dos días sin darla un céntimo. Su Eminencia sonrió con modestia: «Señora: la Iglesia es pobre, pero no quiero que por ese calavera sufra el buen nombre de la familia. Tome y remedíese». Y le largó dos duros. La portuguesa, animada por la buena acogida, quiso chillar, creyendo que aterraría a don Sebastián con el escándalo. Pero hubo que ver a Su Eminencia cuando le entró la furia. «Chico, llama a la policía», gritó al paje. Y tal era su cara, que la portuguesita salió de estampía, dejando sobre la mesa las dos rodajas de plata.

Gabriel reía escuchando esta historia.

—Todo un hombre, créame usted, tío... Yo le quiero porque tiene al cabildo en un puño; no es como su antecesor, aquel sopitas con leche, que solo sabía rezar y temblaba ante el último canónigo. ¡Que le vayan a éste con roncas! Tiene redaños para entrar una tarde en el coro y limpiarlo a palos con el báculo. Hace más de dos meses que no baja a la catedral ni le ven los canónigos. La última vez que una comisión de éstos fue a palacio, la servidumbre tembló. Iban a proponerle no sé qué reforma en la Primada y comenzaron diciendo: «Señor: el cabildo opina...». Don Sebastián les interrumpió, hecho un basilisco: «El cabildo no puede opinar nada; el cabildo no tiene sentido común». Y les volvió la espalda, dejándoles hechos de piedra. Después, dijo a gritos, pegando puñetazos en los muebles, que ha de hacer lo posible para que todas las vacantes de la catedral se cubran con lo peorcito del clero; que entren en el cabildo los curas borrachos, estafadores, etc. «Quiero reventar al cabildo —gritaba—, quiero ensuciarlo; así aprenderá a hablar menos de mí; quiero cubrirlo, sí señor, cubrirlo de...» Y ya se figurará usted, tío, de qué quiere Su Eminencia cubrir a los canónigos. El pobre tiene razón. ¿Por qué se han de meter los del coro en si don Sebastián vive así o asá y tiene estos líos o los otros? ¿No les deja él hacer lo que quieren? ¿Les dice acaso una palabra de sus visiteos escandalosos, a pesar de que todo Toledo los conoce?

—¿Y los canónigos qué dicen del cardenal?

—Hablan de que Juanito es su nieto, y que su padre, que murió, y aparecía como sobrino de Su Eminencia, era un hijo que tuvo de cierta señora cuando fue obispo en Andalucía. Pero esto no parece irritar mucho a don Sebastián. Otra cosa le enfurece, hasta inflamarle la fístula y ponerlo hecho un demonio: que hablen de doña Visitación.

—¿Y quién es esa señora?

—¡Anda! ¡Ésta es buena! ¿Usted aún no conoce a doña Visitación, cuando en la catedral y fuera de ella no se habla de otra persona? Pues la sobrina de Su Eminencia, que vive con él en palacio. Ella es la que manda. Don Sebastián, tan terrible como es, se convierte en un ángel cuando la ve. Rabia, grita y casi muerde, en los días que le pica la maldita enfermedad; pero se presenta doña Visita, y enseguida se contiene; sufre en silencio, gime como un niño, y basta que ella le diga una palabrita dulce o le haga un mimo, para que a Su Eminencia se le caiga la baba de gusto... ¡La quiere mucho!

—¿Pero ella es...? —preguntó con extrañeza Gabriel.

—¡Claro que es lo que usted piensa! ¿Qué otra cosa puede ser? Estaba en el Colegio de Doncellas Nobles desde niña, y apenas vino a Toledo el cardenal, la sacó, llevándosela a palacio. ¡Qué enamoramiento tan ciego el de don Sebastián! Y el caso es que la cosa no lo vale: una señoritinga delgaducha y pálida; ojos grandes y buen pelo: eso es todo. Dicen que canta, que toca el piano, que lee y sabe muchas cosas de las que enseñan en ese colegio tan rico; que tiene la gracia de Dios para traer chalao a Su Eminencia. A la catedral pasa algunas veces por el arco, hecha una beatita, con hábito y mantilla, acompañada de una criadota fea.

—No será lo que creéis, muchacho.

—¡Anda! Todo el cabildo lo asegura, y los canónigos más formales lo creen a pie juntillas. Hasta los que son amigos y favoritos de Su Eminencia y le llevan recados de lo que aquí se murmura contra él no lo niegan con mucha calor. Y don Sebastián se indigna, se enfurece cada vez que una murmuración de éstas llega a sus oídos. Si le dijeran que en el coro iban a dar un baile, se irritaría menos que cuando sabe que llevan en lenguas a doña Visita.

El perrero calló un instante, como si dudase en soltar algo grave.

—Esa señora es muy buena. Todos los de palacio la quieren porque les habla dulcemente. Además, si hace uso de su gran poder sobre el cardenal, es para evitarles las chillerías de Su Eminencia, que muchas veces, en sus ratos de dolor furioso, quiere arrojar copas y platos a la cabeza de los familiares. ¿Por qué se han de meter con ella? ¿Les hace algún daño acaso? Cada uno en su casa, y al que sea malo ya lo castigará Dios.

Se rascó la sien, como vacilando una vez más.

—En cuanto a lo que doña Visita es cerca del cardenal —añadió—, no me cabe duda alguna. Tengo datos, tío. Sé de buena tinta cómo viven. Un familiar los ha visto muchas veces besándose. Es decir, besándose los dos, no. Ella era quien besaba, y don Sebastián acogía con una sonrisa de angelón sus mimos de gatita. ¡El pobre está tan viejo...!

Y el *Tato* acababa sus confidencias con suposiciones obscenas.

Esta murmuración contra el cardenal, que subía desde la sacristía hasta el claustro, irritaba al hermano de Gabriel. El *Vara de palo*, soldado raso de la Iglesia, no podía escuchar con calma los ataques a sus superiores. Para él todo eran calumnias. Lo mismo que de don Sebastián, habían hablado los canónigos de todos los arzobispos anteriores, lo que no impedía que después de muertos fuesen unos santos. Cuando sorprendía al *Tato* repitiendo en las Claverías los chismes de abajo, le amenazaba con toda su autoridad de jefe de la familia.

Esteban se entristecía viendo el estado de salud de su hermano. Alababa la conducta de éste, siempre prudente, acogiendo con un silencio respetuoso las costumbres de la catedral, sin que se le escapase una palabra reveladora de su pasado; le enorgullecía la atmósfera de admiración que rodeaba a su hermano, el afán con que la gente sencilla del claustro escuchaba sus viajes, pero le apenaba la enfermedad de Gabriel, la certeza de que la muerte había puesto en él su mano, y únicamente por los cuidados de que le rodeaba iba retardando el momento de la posesión.

Había días en que el silenciario sonreía satisfecho viendo a Gabriel de buen color y oyendo con menos frecuencia su tos dolorosa.

—Muchacho, eso va bien —decía alegremente.

—Sí —contestaba Gabriel—; pero no te forjes ilusiones. Estoy bien agarrado. Ésa vendrá a su hora. Tú eres quien la repele. Pero un día podrá más que tú.

La certeza de que la muerte acabaría por vencerlo enardecía a Esteban, haciéndole redoblar los cuidados. Apelaba a la superalimentación como único remedio, y siempre que se aproximaba a Gabriel, era con algo en las manos.

—Cómete esto... Bebe lo que te traigo.

Y luchaba con aquel organismo quebrantado, con el estómago descompuesto por la miseria, con los pulmones heridos y el corazón sujeto a desarreglos en el funcionamiento, con la máquina humana desvencijada por una vida de sufrimientos y emociones.

El constante velar sobre el enfermo había trastornado la vida económica de Esteban. Su mezquino sueldo y la pobre ayuda del maestro de capilla apenas si bastaban para aquella boca que consumía más que todos los de la casa juntos. A fines de mes, Esteban impetraba el auxilio del *Vara de plata* para acabar los últimos días, ingresando de este modo en la grey sumisa y miserable amarrada a la usura del sacerdote. Otras veces, el maestro de capilla, viviendo por un instante en la realidad, le entregaba unas cuantas pesetas, sacrificando el goce de adquirir una nueva partitura.

Gabriel adivinaba las privaciones a que se sometía el hermano, y quería contribuir a los gastos de la casa. Pero ¿qué trabajo podía encontrar en su aislamiento dentro de la catedral? Anheló un puesto al servicio del templo, cobrar a principios de mes unas cuantas pesetas de manos del *Vara de plata*, para no ser tan gravoso a su hermano. Pero todas las plazas estaban ocupadas; solo la muerte podía abrir huecos, y eran muchos los hambrientos que aguardaban la ocasión, alegando derechos de familia.

Su impotencia para ser útil al hermano y que el sacrificio de éste resultase menos costoso era lo que apenaba a Gabriel, turbando la monótona placidez de su existencia. Preguntaba a Esteban qué podría hacer para no estar inactivo, y el hermano le respondía con su expresión bondadosa:

—Cuidarte, nada más que cuidarte. Tú no tienes otra obligación que la de guardar tu salud. Yo estoy aquí para lo demás.

Llegó Semana Santa, y Gabriel encontró ocasión para ganarse algunos jornales. Iban a levantar en la catedral el famoso Monumento entre el trascoro y la puerta del Perdón. Era una fábrica pesada y complicadísima, de estilo suntuoso y barroco, que había costado a principios de siglo una fortuna al segundo cardenal de Borbón. Un verdadero bosque de maderos formaba el andamiaje del Monumento; la riqueza del cardenal había hecho un despilfarro de solidez y suntuosidad, y para armar el sagrado catafalco se necesitaban muchos días y no pocos obreros.

Gabriel se avistó con don Antolín, pidiéndole un sitio en la obra. Eran siete reales diarios que podía entregar a su hermano durante dos semanas, y él, que estaba habituado en otros tiempos a ver retribuido su trabajo con largueza, acogía este jornal como una fortuna inesperada.

El *Vara de palo* protestó con indignación. Gabriel estaba enfermo y no debía comprometer su escasa salud con los esfuerzos del trabajo. ¿Qué iba a hacer, tosiendo y ahogándose a cada instante, en aquella tarea pesadísima de transportar maderos y acoplarlos? El enfermo le tranquilizó. Ya sabía él lo que eran los trabajos en el templo; todo se hacía con parsimonia, sin premuras de tiempo. Los obreros al servicio de la Iglesia trabajan con la calma perezosa y la lenta prudencia que parecen envolver todos los actos de la religión. Además, el *Vara de plata*, conociendo su estado, le reservaba el trabajo menos penoso: colocaría tornillos y clavijas, alinearía los candelabros de la escalinata, arreglaría los tapices; confiaban en él como hombre de buen gusto que había visto mucho en sus viajes.

Gabriel trabajó dos semanas en el Monumento. Este período de relativa actividad pareció causarle cierto bienestar. Se movía, se agitaba dando órdenes a sus compañeros de trabajo; iba del templo a lo alto de las Claverías, donde se guardaba el Monumento, y al verse cubierto de polvo, con los miembros fatigados por este incesante ir y venir, se hacía la ilusión de que estaba sano.

En estas dos semanas no entró en la casa del zapatero y casi perdió de vista a sus contertulios. El campanero y los amigos le admiraban. ¡Un hombre de tanta sabiduría, y trabajaba, como cualquiera de ellos, para ayudar a su hermano!

La señora Tomasa le detuvo una mañana junto a la verja del jardín.

—Hay noticias, Gabriel. Creo saber dónde está nuestra pájara. No te digo más; pero prepárate a ayudarme. El día que menos lo pienses la ves en la catedral.

Terminó la erección del Monumento. Toda la parte de la iglesia entre el coro y la puerta del Perdón estaba ocupada por la vistosa y pesada fábrica. Los toledanos acudían a admirar, según costumbre tradicional, la escalinata cubierta de filas de apretadas luces, los legionarios romanos de alabastro apoyados en sus lanzas, y la cortina riquísima, de innumerables pliegues, que bajaba desde la bóveda hasta la plataforma del Monumento.

El Jueves Santo por la tarde estaba Gabriel contemplando lo que en cierto modo era su obra, confundido en el grupo de devotos. La catedral sonreía con su inmaculada blancura, a pesar de los velos negros que cubrían imágenes y altares. Los rosetones luminosos borraban con sus chorros de colores el aspecto fúnebre de la ceremonia religiosa. En el coro gemía una voz de tenor las lamentaciones y trinos de los profetas orientales. Estos lamentos por la muerte de Cristo se perdían sin eco en el templo medioeval, monumento democrático de una época que Introdujo en todas las expansiones religiosas su alegría de vivir al amparo de los muros, mientras la muerte y la desolación corrían los campos.

Gabriel sintió que le tiraban de la chaqueta, y al volverse vio a la jardinera.

—Ven, sobrino. Ya la tenemos ahí. Te espera en el claustro.

Al salir, la señora Tomasa le mostró una mujer adosada al zócalo de piedra del jardín, encogida, envuelta en un mantón raído, con el pañuelo de la cabeza echado sobre los ojos.

Gabriel no la hubiese conocido nunca. Recordaba la carita sonrosada dos años antes, y miraba con asombro un rostro de juventud ajada, huesoso, los pómulos salientes, las ojeras profundas, y unos ojos de escasas cejas, sin pestañas, con las pupilas todavía hermosas, pero empañadas por vidriosa opacidad. Todo revelaba en ella la miseria y el desaliento. La falda era de verano, y por debajo asomaban unas botas rotas, mucho más grandes que sus pies.

—Saluda, muchacha —dijo la vieja—; es tu tío Gabriel; un ángel de Dios, a pesar de sus calaveradas. A él debes que yo te haya buscado.

La jardinera empujaba a Sagrario hacia su tío. Pero la joven bajaba la cabeza, encorvando la espalda y retrocediendo, como si no pudiera resistir la presencia de un individuo de su familia. Se cubría el rostro con el mísero mantón, ocultando sus lágrimas.

—Tía, vamos a casa —dijo Gabriel—. Esta criatura no está bien aquí.

En la escalera del claustro hicieron pasar delante a la joven, que subía con la cabeza oculta, sin mirar, como si sus pies marchasen instintivamente por aquellos peldaños.

—Hemos llegado esta mañana de Madrid —dijo la jardinera mientras subían—. La he tenido en una posada, haciendo tiempo para traerla por la tarde a la catedral. Es la mejor hora: Esteban está en el coro y tú tendrás tiempo para arreglar esto... Tres días he pasado allá. ¡Ay, Gabriel, hijo mío! ¡Qué cosas he visto! ¡En qué lugar estaba esa pobre chica! ¡Qué infiernos hay para las pobres mujeres! ¡Y aún dicen que somos cristianos! ¡Un demonio es lo que somos...! Gracias que yo tengo mis conocimientos en la corte: gentes de campanillas que han estado en la catedral y se acuerdan de la jardinera. De todo he necesitado, hasta de dinero, para sacar a esa infeliz de las garras del diablo.

El claustro alto estaba desierto. Al llegar a la puerta de los Luna, la muchacha, cual si despertase de su marcha soñolienta, se hizo atrás con expresión de terror, como si dentro de la habitación le aguardase un gran peligro.

—Entra, mujer, entra —dijo la tía—. Es tu casa: alguna vez habías de volver.

Y la empujó, hasta hacerla pasar la puerta. Dentro, en el recibimiento, cesó su llanto. Miraba en derredor con asombro, asustada sin duda de haber llegado hasta allí. Sus ojos lo examinaban todo con estupefacción, como admirados de que cada objeto estuviera en el mismo sitio que cinco años antes, con una regularidad que hacía dudar de si realmente había transcurrido el tiempo. Nada cambiaba en aquel pequeño mundo, que parecía petrificado a la sombra de la catedral. Ella era la que, abandonándolo en plena juventud, volvía aviejada y enferma.

Hubo entre las tres personas un largo silencio.

—Tu cuarto, Sagrario —dijo al fin Gabriel con dulzura—, está lo mismo que lo dejaste. Entra en él y no salgas hasta que yo te llame. Ten calma y no llores. Confía en mí. Me conoces poco, pero la tía ya te habrá dicho le que me intereso por tu suerte... Tu padre va a venir. Ocúltate y calla. Te lo repito: no salgas hasta que yo te llame.

Al quedar solos la jardinera y su sobrino, oyeron los sollozos ahogados de la muchacha, que rompía a llorar viéndose en su antiguo cuarto. Después sonó el ruido de su cuerpo cayendo sobre la cama, y el estertor de su llanto fue haciéndose cada vez más ahogado.

—¡Pobrecilla! —dijo la vieja, a la que faltaba muy poco para llorar también—. Es buena y está arrepentida de sus pecados. De haberla buscado su padre cuando la abandonó aquel tunante, menos vergüenza y miserias habría sufrido. ¿Y su salud? Yo creo, Gabriel, que ésa está peor que tú... ¡Los hombres! ¡Con su honor y demás mentiras! Lo honrado es tener caridad, compasión al semejante, y no hacer mal a nadie. Eso lo dije el otro día al sinvergüenza de mi yerno, que se indignó viendo que marchaba a Madrid en busca de la chica. Habló de la honra de la familia, de que si Sagrario regresaba no podrían vivir en la catedral las personas decentes, y él no permitiría que su hija se asomase a la puerta de la casa; y el muy ladrón todos los días le roba cera a la Virgen y estafa a las devotas tomando dinero por misas que nunca se dicen. Así le luce el pelo y está tan gordo... con tanto honor.

La vieja, después de un corto silencio, miró a Gabriel con indecisión.

—Qué, ¿nos lanzamos a la pelea? ¿Llamo a Esteban...?

—Sí, llámelo. Estará en la catedral. Y usted, ¿se atreve a presenciar la entrevista...?

—No, hijo; allá vosotros. Ya conoces a Esteban y me conoces a mí. O tendría que echarme a llorar, o acabaría arañándolo por su testarudez. Tú solo te arreglarás mejor. Para eso te ha dado Dios ese talentazo tan mal empleado.

Se fue la vieja, y Gabriel permaneció solo más de media hora, viendo por los vidrios de una ventana el claustro abandonado. La catedral estaba más silenciosa que de costumbre. La muerte anual de Dios esparcía en la tribu levítica de los tejados un ambiente de tristeza más intenso que el del interior de la iglesia. Los niños de las Claverías y las mujeres estaban abajo, contemplando el Monumento. Las habitaciones parecían abandonadas. Gabriel vio pasar por frente a la ventana a su hermano, que al momento apareció en la puerta.

—¿Qué quieres, Gabrielillo? ¿Qué te pasa? La tía me ha alarmado con el recadito. ¿Es que estás peor?

—Siéntate, Esteban. Estoy bien; tranquilízate...

El *Vara de palo* se sentó, mirando con asombro a Gabriel. Le alarmaba su seriedad inexplicable, el silencio prolongado, en el que parecía coordinar sus pensamientos, cual si no supiera cómo empezar...

—¡Habla, hombre! ¡Rompe de una vez! Me tienes intranquilo.

—Hermano —dijo Gabriel con gravedad—, bien sabes que he respetado ese misterio de tu vida con el que me encontré al volver aquí. Me dijiste: «Mi hija ha muerto»; me manifestaste deseos de que nunca te hablara de ella, y puedes decir si alguna vez he tocado tu vieja herida con la menor alusión.

—Bien, ¿y qué? ¿Adonde vas a parar? —dijo Esteban, tornándose sombrío al oír estas palabras—. ¿A qué viene hablarme en un día tan sagrado como el de hoy de cosas que me hacen daño...?

—Esteban, no es fácil que nos entendamos si te aferras a tus preocupaciones. No pongas ese gesto; óyeme con calma; no te muevas como un autómata a impulsos de los mismos hilos que movieron a nuestros abuelos y tatarabuelos. Sé hombre y obra con arreglo a tus pensamientos propios... Tú y yo tenernos diversas creencias. Dejo aparte las religiosas, que son para ti un consuelo, y bien sabes que las mías me las callo para no hacer imposible mi vida aquí. Pero aparte de esto, tú crees que la familia es una obra de Dios, una institución de origen sobrenatural, y yo creo que es una institución humana, basada en las necesidades de la especie. Al que falta a las leyes de la familia, al que deserta de su bandera, tú lo condenas para siempre, lo sentencias a la muerte del olvido; yo compadezco su debilidad y lo perdono. Entendemos el honor de un modo distinto. Tú eres el honor castellano: aquel honor tradicional y bárbaro, más cruel y funesto que la misma deshonra; Un honor teatral, cuyos impulsos no arrancan nunca de los sentimientos humanos, sino del miedo al qué dirán, del deseo de aparecer muy grande y muy digno a los ojos de los demás antes que a los de la propia conciencia.

Para la esposa adúltera, la muerte, el asesinato vengador; para la hija fugitiva, el desprecio, el olvido; ése es vuestro evangelio. Yo tengo otro: para la esposa que olvida sus deberes, el desprecio y el olvido; y para el pedazo de nuestras entrañas que huye, el amor, el apoyo, la dulzura, hasta lograr que vuelva a nosotros... Esteban, estamos separados por nuestras creencias; un montón de siglos se alza entre nosotros; pero eres mi hermano, me quieres y te quiero, sabes que solo deseo tu bien, que llevo como tú ese apellido de familia que en tanto estimas, que amé a nuestros pobres padres como tú pudiste amarlos, y en nombre de todo esto te digo que esta situación debe acabar, que no debes vivir insensible y petrificado en lo que llamas tu dignidad, sin que te turbe el recuerdo de una hija tuya que rueda por el mundo como un guiñapo. Tú tan bueno, que me has recogido en el trance más difícil de mi vida, ¿cómo puedes dormir, cómo puedes comer, sin que amargue tu existencia el pensamiento de tu hija perdida? ¿Qué sabes de ella ahora? ¿No puede morir de hambre mientras tú comes? ¿No es fácil que esté en un hospital, mientras tú tienes la casa donde vivieron tus padres...?

Esteban contrajo el rostro con una expresión sombría oyendo a su hermano.

—Es inútil que te esfuerces, Gabriel. Nada conseguirás. ¿Te he negado algo? ¿No estoy dispuesto a todo por mi hermano? Pero no me hables de ésa; me ha causado mucho daño; ha roto mi vida: no sé cómo no he muerto. ¿Has pensado bien en lo que es ser la familia de los Luna durante siglos el espejo de la catedral, el respeto hasta de los mismos arzobispos, y de repente verse uno entre los últimos, expuesto a las risas de todos, pudiendo mirarle con compasión hasta el último monaguillo? ¡Lo que yo he sufrido! ¡Las veces que he llorado de rabia, a solas en esta habitación, después de oír lo que se murmuraba a mis espaldas! Y luego —añadió quedamente, como si el dolor empañase su voz—, ¡aquella infeliz mártir que murió de vergüenza, mi pobre mujer, que se fue del mundo por no ver mi dolor ni sufrir el desprecio de los demás...! ¿Y quieres que yo olvide esto...? Además, Gabriel, yo no sé expresar lo que siento tan bien como tú. Pero el honor... es el honor. Es vivir yo en esta casa sin tener que avergonzarme; dormir por la noche sin miedo a ver en la oscuridad los ojos de nuestro padre que me preguntan, por qué permanece una mujer perdida bajo el mismo techo que se conquistaron los

Luna con siglos de servicios a la iglesia de Dios; es evitar que la gente se ría de nuestra familia... Que digan en buena hora: «Esos Luna, ¡qué desgraciados son!», pero que no digan nunca que los Luna son una familia falta de vergüenza. Por nuestro cariño, hermano, déjame: no me hables más de esto. Esas malas doctrinas te han envenenado el alma: no solo has dejado de creer en Dios, sino que tampoco crees ya en el honor.

—¿Y qué es eso? —dijo Gabriel, enardeciéndose—. Tú mismo no lo sabes. «El honor es el honor.» Pues bien, los hijos son los hijos. Tu, hombre de preocupaciones, no te paras a considerar lo que son esos seres, continuación de nuestra propia existencia. Tu religión hace a los hijos fruto de Dios, y sin embargo, creéis ser mejores y más perfectos cuando repeléis y maldecís esos regalos del cielo apenas os causan una contrariedad. No, Esteban; el amor a los hijos y la conmiseración para sus faltas deben estar por encima de todas las preocupaciones. Esa vida eterna del alma, promesa mentida de todas las religiones, solo es una verdad por los hijos. El alma muere con el cuerpo, no es más que una manifestación de nuestro pensamiento, y el pensamiento es una función cerebral; pero los hijos perpetúan nuestro ser a través de las generaciones y los siglos; ellos son los que nos hacen inmortales, ya que guardan y transmiten algo de nuestra personalidad, así como nosotros heredamos la de nuestros antecesores. El que olvida a los seres que son obra suya, es más digno de execración que el que abandona la vida suicidándose. Las contrariedades de la existencia, las leyes y costumbres inventadas por los hombres, ¿qué son ante el instintivo afecto por los seres que han salido de nosotros y perpetúan la variedad infinita de nuestras habitudes y pensamientos? Aborrezco a los miserables que, por no turbar la paz burguesa del matrimonio, abandonan los hijos que tuvieron fuera de su casa. La paternidad es la más noble de las funciones animales, pero las bestias tienen más valor y más dignidad que el hombre para cumplirla. Ningún animal de clase superior abandona o desconoce a su cachorro, y sois muchos los hombres que volvéis la espalda al hijo, por miedo a lo que las gentes puedan decir. Si teniendo yo un hijo me enamorara locamente de la mujer más hermosa del mundo y ésta me exigiera que lo olvidase, ahogaría mi pasión para no abandonar al pequeñuelo. Si faltara mi hijo a todas las leyes humanas y le condujeran al patíbulo, hasta él le acompañaría yo, desafiando la execración de las gentes, sin que por un momento negase que era obra mía. Estamos unidos para siempre al ser que damos vida: es un compromiso de solidaridad que contraemos ante la especie al trabajar por su conservación. El que rompe la cadena y huye, es un cobarde.

—¡No me convencerás, Gabriel! —gritó con energía Esteban—. ¡No quiero...! ¡No quiero!

—Lo repito: es una cobardía lo que haces. Ya que el honor pesa tanto en ti, ese honor anticuado y cruel que arregla los conflictos de la vida derramando sangre, ¿por qué no buscaste al que te robó la hija?, ¿por qué no le mataste, como un padre de comedia antigua? Eres un hombre pacífico, que no ha aprendido el arte de asesinar, y aquel individuo es un profesional de las armas; si te hubieses vengado sin regla alguna, apelando a lo que crees tu derecho, su familia poderosa se hubiera ensañado en ti. No te has vengado, por instinto de conservación, por miedo al presidio y a todos los castigos inventados por la sociedad; has tenido miedo, a pesar de tu indignación, y ese miedo lo truecas en crueldad para el ser más débil. Tu cólera solo cae sobre la hija... Vamos, Esteban; eso no es digno de un padre.

El *Vara de palo* movía obstinadamente la cabeza.

—No me convencerás; no quiero oírte. Esa mujer no volverá aquí. ¿No me abandonó? Pues que siga su camino.

—Te abandonó a impulsos de ese instinto que llevan en sí todos los seres sanos: el instinto de la conservación de la especie, que embellece la poesía llamándolo amor. Si te hubiese abandonado después de recibir la bendición de un hombre ante un altar, te mostrarías satisfecho y la recibirías con los brazos abiertos tantas veces como viniera a verte. Te abandonó para ser engañada, para caer en la miseria y la vergüenza; y viéndola infeliz, ¿no merece tu conmiseración, más aún que si la vieses dichosa? Reflexiona, Esteban, en la manera como cayó tu pobre hija. ¿Qué le habías enseñado para defenderse de la malicia del mundo? ¿Qué armas tenía para conservar incólume eso que llamas honor? Vosotros, tú y tu mujer, la dabais ejemplo del respeto que merece el dinero y un nacimiento elevado dejando entrar en vuestra casa a aquel muchacho, acogiendo como un honor que un señorito se fijase en vuestra hija. La pobre lo amó viendo en él un resumen de todas las perfecciones humanas. Cuando surgieron los inevitables resultados de la desigualdad social, ella no quiso renunciar: fue una de esas naturalezas nobles que se sublevan contra los prejuicios del mundo, aun a riesgo de sufrir todas las amarguras de su rebelión, y cayó vencida. ¿A quién puede culparse? A su ignorancia; a su vida de aislamiento lejos del mundo; a vosotros, que no la enseñasteis más, y cegados por la ambición la dejabais soñar junto al precipicio; a todos, menos a ella. ¡Infeliz! Con creces ha pagado su noble fiereza contra las preocupaciones sociales. Es una muerta en el combate social: un cuerpo que hay que levantar; y tú, que eres el padre, debes ser el primero en cumplir esta obra de justicia.

Esteban, con la cabeza baja, seguía haciendo movimientos negativos.

—Hermano —dijo Gabriel con cierta solemnidad—, ya que te aferras tenazmente a tu negativa, solo me resta decirte una cosa: si tu hija no viene, yo me voy... Cada uno tiene sus escrúpulos. Tú temes las murmuraciones de la gente; yo me temo a mí mismo, a lo que el pensamiento pueda echarme en cara en los momentos de soledad. Desde que soy tu huésped, pienso a todas horas en tu hija: desde que conocí lo ocurrido en esta casa, me propuse que la infeliz víctima volviese a ti. ¿No quieres que vuelva? Pues yo soy el que se va. Sería un ladrón si comiese tu pan, mientras un ser que es carne de tu carne sufre hambre; si me dejase cuidar en mi enfermedad, mientras esa infeliz tal vez está peor que yo y no encuentra en el mundo una mano que la sostenga. Si ella no vuelve, yo no soy tu hermano: soy un intruso que usurpa la parte de cariño y de bienestar que corresponde a otro ser. Hermano, cada uno tiene su moral: la tuya es la enseñada por los curas; la mía me la he creado yo mismo, y aunque menos aparatosa, tal vez sea más rígida. Y en nombre de mi moral, yo te digo: Esteban, hermano mío, o tu hija viene, o yo me voy. Volveré al mundo, a ser perseguido como una bestia rabiosa; al hospital, a la cárcel, a morir como un perro en la cuneta de una carretera; no sé lo que será de mí; lo único que sé de cierto es que me voy mañana, hoy mismo, para no disfrutar de un minuto más de lo que no es mío. Yo, que considero un robo inicuo la usurpación de los bienes de la tierra por una minoría de privilegiados, no puedo retener a sabiendas un bienestar que pertenece por derecho natural a una criatura infeliz. Únicamente podría disfrutarlo compartiéndolo con ella.

Esteban se había puesto de pie, con ademán desesperado.

—Pero ¿estás loco, Gabriel? ¿Quieres dejarme? ¿Y lo dices con esa tranquilidad? Tu presencia aquí es la única alegría de mi vida después de tantas desgracias. Me he acostumbrado a verte, necesito cuidarte, eres mi única familia; antes no tenía ninguna aspiración, vivía sin esperanza; ahora tengo una: verte sano y fuerte. ¿Y me dices con esa frescura que te vas...? No, no te irás... Eso me faltaba: tras la hija, el hermano... ¡Que me maten de una vez! ¡Señor Dios, llévame contigo...!

Y el sencillo servidor del templo levantaba sus manos con expresión de súplica, mientras sus ojos se empañaban con lágrimas.

—Ten calma, Esteban. Hablemos como hombres, sin exclamaciones y llantos. Mírame a mí: estoy sereno, y no creas por ello que es menos cierto que me iré hoy mismo si no accedes a mi súplica.

—Pero ¿y ésa?, ¿dónde está, que con tanto interés abogas por ella? —preguntó Esteban—. ¿Es que la has visto y la has hablado? ¿Es que está en Toledo? ¿La has traído acaso, con tu audacia de incrédulo, a la misma catedral...?

Gabriel, viéndolo lloroso y quebrantado por su amenaza de marcharse, creyó llegado el momento decisivo, y abrió la puerta del cuarto de Sagrario.

—Sal, muchacha; pide perdón a tu padre.

El *Vara de palo* vio arrodillada a una mujer en el centro de aquel cuarto en el que nunca entraba, por miedo a recordar lo pasado.

Su mirada fue de extrañeza. Después fijó sus ojos en Gabriel, como si no adivinase quién era aquella mujer. ¿Qué farsa había preparado su hermano?

Con un impulso brutal, agarró las manos de la mujer y las separó de su rostro, mirándola fijamente. Aun así, no la reconoció. Pasó mucho tiempo contemplándola, en medio de un silencio penoso. Poco a poco, en las facciones desfiguradas por la enfermedad fueron marcándose para él las antiguas líneas. En los ojos lacrimosos y sin pestañas vio algo que le recordó la mirada azul de la hija perdida. Los labios amoratados, con profundas grietas, se movían quejumbrosos, murmurando siempre la misma palabra:

—¡Perdón...!, ¡perdón!

A la vista de aquella ruina, el padre sintió que se venía abajo su coraje. Sus ojos expresaron una tristeza inmensa, anonadadora.

Retrocedió de espaldas hasta la puerta de la habitación seguido por la joven, que avanzaba de rodillas tendiéndole las manos.

—Hermano, está bien —dijo con desaliento—. Puedes más que yo: cúmplase tu voluntad. Que se quede, ya que así lo quieres. ¡Pero que no la vea...! Quedaos: quien se va soy yo.

VI

La máquina de coser sonaba desde el alba hasta la noche en la casa de los Luna. Este ruido metálico y el martilleo del zapatero eran las únicas manifestaciones de trabajo que turbaban el sagrado silencio del claustro alto.

Cuando Gabriel abandonaba el lecho al salir el Sol, después de una noche de penosa tos, encontraba ya en la salita de entrada a Sagrario preparando la máquina para la diaria labor. Desde el día siguiente de su vuelta a la catedral había quitado la funda a la máquina, dedicándose al trabajo con tenacidad taciturna, como un medio de pasar inadvertida en las Claverías y que la gente la perdonase su pasado. La vieja jardinera le proporcionaba labores, y el ruido del pespunte sonaba en la antigua habitación, mezclándose muchas veces con las melodías del armónium del maestro de capilla.

El *Vara de palo* pasaba por su casa como una sombra. Permanecía en la catedral o en el claustro bajo, no subiendo a su habitación más que en casos de necesidad. Comía con la cabeza baja, para no mirar a su hija, que estaba sentada al otro extremo de la mesa y parecía próxima a prorrumpir en llanto viéndose ante él. Un silencio penoso envolvía a la familia. Don Luis era el único que, en su inconsciencia de hombre distraído, no se percataba de la situación, y charlaba alegremente con Gabriel de sus esperanzas y de sus entusiasmos musicales. Todo lo encontraba natural, nada le sorprendía; la vuelta de Sagrario al hogar no le había causado la menor extrañeza.

Esteban huía una vez terminada la comida, para no volver a casa hasta la noche. Después de la cena se encerraba en su cuarto, dejando a su hermano y a su hija en la sala de entrada. La máquina volvía a agitarse y don Luis tecleaba el armónium, hasta que sonaban las nueve y el *Vara de plata* cerraba la escalera de la torre, agitando su manojo de llaves con un ruido que equivalía al antiguo toque de cubre-fuego.

Gabriel se indignaba contra la tenacidad de su hermano.

—Vas a matar a la chica. Lo que haces no es digno de un padre.

—No puedo, hermano: me es imposible mirarla. Bastante hago con tolerar en nuestra casa estas cosas. ¡Ay!, ¡si supieras cómo me duelen las miradas de la gente...!

En realidad, había sido menor de lo que él esperaba el escándalo producido en las Claverías por la vuelta de Sagrario. Estaba tan afeada por la enfermedad y las penalidades, se notaba en ella tal fatiga, que ninguna mujer sintió animosidad contra ella. La protección enérgica de su tía Tomasa imponía respeto. Además, aquellas hembras simples, de pasiones instintivas, no podían sentir ante su fealdad la envidia hostil que inspiraban años antes su hermosura y el noviazgo con el cadete. Hasta Mariquita, la sobrina del *Vara de plata*, encontraba cierta satisfacción para su amor propio protegiendo con una tolerancia desdeñosa a aquella infeliz que en otro tiempo atraía la atención de todos los hombres que visitaban el claustro alto.

La curiosidad solo turbó la calma de las Claverías durante una semana. Poco a poco, las mujeres dejaron de asomarse a la puerta de los Luna para ver a Sagrario inclinada ante la máquina, y la muchacha siguió su vida laboriosa y triste.

Gabriel salía poco de la habitación. Pasaba los días enteros al lado de la joven, queriendo reemplazar con su presencia el hostil alejamiento del padre. Le dolía que se viese en su propia casa tan despreciada y sola como en el mundo. Algunas veces entraba a verles la tía Tomasa, animándolos con sus optimismos de anciana alegre. Le placía la conducta de su sobrina: trabajar mucho para no ser gravosa al testarudo de su padre y ayudar al sostenimiento de la casa, que bien lo necesitaba. Pero no por esto había que matarse trabajando. Calma y buen humor; este mal tiempo otro traería. Allí estaba ella, para arreglarlo todo con el endemoniado Gabriel. Y alegraba la sombría habitación con sus risotadas y sus palabras enérgicas de vieja sana.

Otras veces invadían la casa los amigos de Gabriel, abandonando la tertulia del zapatero. No podían resistir la ausencia de Luna: necesitaban oírle, consultarle, y hasta el mismo zapatero, cuando el trabajo no era urgente, abandonaba su mesilla, y oliendo a engrudo, con el mandil plegado en la cintura y la cabeza en turbantada de pañuelos, venía a sentarse junto a la máquina de Sagrario.

La joven fijaba con admiración los tristes ojos en su tío. De pequeña había oído hablar a sus padres, siempre con cierto respeto, de aquel pariente extraordinario que corría lejanas tierras. Lo recordaba como una vaga sombra atravesando su amorosa embriaguez, cuando pasó unos cuantos días en la catedral, antes de establecerse en Barcelona, asombrándolos a todos con las relaciones de sus viajes y sus costumbres de extranjero. Ahora volvía

127

a verle, envejecido, enfermo como ella, pero ejerciendo sobre los que le rodeaban la influencia misteriosa de sus palabras, que eran como música sobrenatural para aquella gente de espíritu petrificado.

En medio de su tristeza, Sagrario no tenía otro placer que escuchar a Gabriel. Ella era igual a aquellos hombres sencillos que olvidaban sus ocupaciones para buscar a Luna, con el ansia de oír de su boca cosas nuevas. Gabriel era el mundo moderno que durante muchos años había pasado lejos de la catedral, sin rozarla siquiera, y entraba por fin, asombrando y conmoviendo a un puñado de seres que aún vivían en el siglo XVI.

La aparición de Sagrario había causado cierto trastorno en la vida de Luna. Era más comunicativo; olvidaba la reserva que se había impuesto al refugiarse en el regazo de piedra de la iglesia; ya no se esforzaba por callar, ocultando sus pensamientos. La presencia de una mujer parecía animarle, despertando su antiguo ardor de propagandista. Sus compañeros veían un Gabriel más locuaz y dispuesto a comunicarles las «cosas nuevas» que trastornaban el orden tradicional de sus pensamientos y muchas noches turbaban su sueño.

Hablaban, discutían, consultando a Luna para que esclareciese sus confusas ideas, y sobre la voz de los hombres resaltaba el repiqueteo de la máquina de coser, siempre en actividad, como un eco del universal trabajo que agitaba al mundo, mientras la calma de la nada esparcía su silencio por las entrañas de piedra del templo.

Todos aquellos hombres, habituados a las faenas de la iglesia, lentas, regulares, calmosas y con largos intervalos de descanso, admiraban la nerviosa actividad de Sagrario.

—Se va usted a matar, criatura —decía el viejo manchador del órgano—. Sé bien lo que es eso. Algo parecido hago yo, ¡dale que dale a los fuelles! Y cuando es una misa de mucha música, de esas que le gustan a don Luis, acabo por renegar del órgano y de quien lo inventó, pues me rompo los brazos.

—¡El trabajo! —dijo el campanero con énfasis—. ¡El trabajo es un castigo de Dios! Ya sabéis su origen. Fue la pena eterna que el Señor impuso a nuestros primeros padres al arrojarlos del Paraíso. Es una cadena que siempre llevaremos arrastrando.

—No, señor —repuso el zapatero—. El trabajo es la mayor de las virtudes, según he leído en los periódicos. Nada de castigo. La ociosidad es madre del vicio, y el trabajo una virtud. ¿No es así, don Gabriel?

Y el zapaterillo miraba al maestro, aguardando sus palabras con la misma ansiedad del sediento que espera el agua.

—El trabajo —dijo Gabriel— no es castigo ni virtud; es una ley dura a que estamos sometidos para la conservación personal y de la especie humana. Sin el trabajo no existiría la vida.

Y con la misma entonación ardorosa con que en otros tiempos conmovía a las muchedumbres en las reuniones de protesta contra la sociedad, describía a aquella media docena de hombres y a la triste costurera, que cesaba de mover la máquina para escucharle, la grandeza del trabajo universal, que todos los días fatigaba a la tierra para vencerla y obligarla a sustentar a los humanos.

Era un combate, cada veinticuatro horas, con las fuerzas ciegas de la Naturaleza. El ejército del trabajo se extendía por todo el globo: arañaba los continentes, saltaba a las islas, surcaba el mar, descendía a las entrañas del suelo. ¿Cuántos eran sus soldados? ¡Quién podía contarlos! Millones y millones. Al romper el día nadie faltaba a la lista: las bajas eran reemplazadas, los claros que la miseria y la desgracia abrían en sus filas se llenaban inmediatamente. Apenas comienza a salir el Sol, sopla su humo la chimenea de la fábrica, el martillo rompe la piedra, la lima muerde el metal, rasga el arado la tierra, se enciende el horno, mueve la bomba su pistón, suena el hacha en el bosque, corre la locomotora entre chorros de vapor, chirría la grúa en el puerto, corta el navío las espumas y tiembla en su estela el barquichuelo de pesca arrastrando las redes. Nadie falta a la revista del trabajo: todos corren, impulsados por el miedo al hambre, desafiando el peligro, no sabiendo si llegarán a la noche, si el Sol que se eleva sobre sus cabezas será el último de su vida. Y esta concentración diaria de fuerzas humanas ocurre en la primera luz del alba en todas partes del mundo, allí donde los hombres se han juntado formando pueblos y constituyendo sociedades, o donde viven en el aislamiento entregados a sus fuerzas. El cantero rompe la piedra con su martillo, y al vencerla se envenena tragando el polvo en invisibles partículas; cada martillazo se lleva un fragmento de su vida. El minero desciende al infierno de los tiempos modernos, sin más guía que la chispa de su linterna, y arranca de las capas de las primeras edades reliquias de la infancia de la tierra, los árboles carbonizados que dieron sombra a las monstruosas bestias de la prehistoria. Lejos del Sol y de la vida, desafía a la muerte, lo mismo que el albañil, que, despreciando el vértigo, trabaja con los pies sobre frágil tabla, admirado por las aves, que extrañan la presencia en el espacio de un animal sin alas.

El obrero de las fábricas, convertido por un progreso desviado y fatal en esclavo de la máquina, vive junto a ella como una rueda más, como un resorte de carne, luchando su cansancio físico con la musculatura de hierro que no se fatiga, embrutecido diariamente por la cadencia ensordecedora de los pistones y las ruedas, para darnos los innumerables productos de la industria que resultan indispensables en la vida de la civilización.

Y estos millones y millones de hombres que sostienen la existencia de la sociedad, que combaten por ella con las fuerzas de la Naturaleza ciegas y crueles, que todas las mañanas vuelven a la lucha, viendo en este monótono y continuo sacrificio la única misión de su existencia, forman la inmensa familia de los asalariados, viviendo de las sobras de una minoría privilegiada, contentándose para subsistir con pequeñísimas cantidades de lo que aquélla desprecia, y sometida a un tipo remunerador siempre el más bajo, sin esperanza de ahorro y de emancipación.

—Esa minoría egoísta —decía Gabriel al llegar a este punto— es la que ha falseado la verdad, queriendo persuadir a la mayoría de los explotados de que el trabajo es una virtud y que la única misión del hombre sobre la tierra es la de trabajar hasta que perezca. Esta moral, inventada por los grandes capitalistas, abusa de la ciencia, afirmando que los cuerpos solo viven sanos dedicándose al trabajo y que la inacción es mortal; pero se callan lo que la ciencia añade, o sea que el trabajo excesivo destruye a los hombres con una rapidez infinitamente mayor que si viviesen en holganza. Digan en buena hora que el trabajo es una necesidad dolorosa para la conservación de la vida, pero no digan que es una virtud, pues el reposo y la dulce inactividad son más gratos al hombre y a todos los animales que el movimiento y la fatiga. La fábula del Paraíso, la sentencia del Dios bíblico imponiendo el castigo de sudar de fatiga para ganar la subsistencia, demuestra que en todos los tiempos la moral natural consideró el reposo como el estado más grato al hombre, y que el trabajo debe reputarse como un mal indispensable para la existencia, pero mal al fin. Con arreglo al instinto de conservación, la humanidad solo debía trabajar lo necesario para la subsistencia. Pero como la inmensa mayoría de ella no trabaja solo para sí, sino para el provecho de una minoría de explotadores, éstos la exigen que trabaje todo cuanto pueda, aunque perezca por exceso de esfuerzo, y así ellos se enriquecen acaparando el sobrante de producción. Su interés es que el hombre trabaje más de lo que necesita para él; que produzca más de lo que exigen sus necesidades. En ese sobrante está su riqueza, y para lograrlo ha inventado una moral monstruosa y antihumana, que, por medio de la religión y aun de la filosofía, ensalza la fatiga, diciendo que el trabajo es la más hermosa de las virtudes y la inactividad la fuente de todos los vicios... A esto hay que preguntar: si la ociosidad es un vicio en los pobres, ¿por qué aparece entre los ricos como un signo de distinción y hasta de elevación de espíritu? Si el trabajo es la mayor de las virtudes, ¿por qué se afanan los capitalistas en amontonar riquezas para librarse ellos y librar a sus descendientes de la práctica de tal virtud? ¿Por qué esa sociedad que ensalza el trabajo con los más poéticos conceptos relega al trabajador a la última fila? ¿Por qué acoge con más entusiasmo a cualquier soldado que estuvo en la batalla tal o cual, que al viejo obrero que ha pasado sesenta años practicando el trabajo, sin que nadie se fije en él ni le agradezca tanta virtuosidad...?

Los servidores de la catedral movían la cabeza con muestras de asentimiento oyendo a su maestro. Le admiraban como admiran siempre las gentes sencillas a los que descienden hasta ellas para ejercer el apostolado de las nuevas ideas.

El continuo roce con Gabriel hacía germinar en sus cerebros, petrificados por el ambiente tradicional, un musgo de ideas semejante a las microscópicas vegetaciones con que las lluvias del invierno cubrían los contrafuertes berroqueños del templo. Habían vivido hasta entonces resignados con la vida que les rodeaba, moviéndose como sonámbulos en la frontera indecisa que separa el alma del instinto, y la inesperada presencia de aquel fugitivo de las batallas sociales era el empellón que, los lanzaba en pleno pensamiento, caminando a tientas, sin más luz que la del maestro.

—Vosotros —añadía Gabriel— no sufrís la esclavitud del trabajo como los que viven en plena explotación moderna. La Iglesia no os exige grandes esfuerzos, el servicio de Dios no os destruye por medio de la fatiga, pero os mata de hambre. Existe una desigualdad monstruosa entre lo que ganan los que cantan sentados en el coro y vosotros que prestáis al culto el esfuerzo de vuestros brazos. No moriréis de cansancio, es verdad; cualquier obrero de las ciudades reiría de lo poco fatigosos que son vuestros oficios; pero languidecéis de miseria. En ese claustro se encuentran los mismos niños anémicos de los barrios obreros. Veo lo que coméis y lo que cobráis. La Iglesia paga a sus servidores como en la época de la fe: cree que aún está en los tiempos en que los pueblos enteros se lanzaban al trabajo con la esperanza de ganar el cielo y levantaban catedrales sin más recompensa positiva que el caldero de rancho y las bendiciones del obispo. Y mientras vosotros, seres de carne que necesitáis nutriros, engañáis vuestro estómago y el de vuestras mujeres e hijos con patatas y pan, abajo, las imágenes de palo se cubren de perlas y oro, con un lujo estúpido, sin que se os ocurra preguntar por qué el ídolo que no siente necesidades ha de ser rico, mientras vosotros no podéis satisfacer las vuestras viviendo en la miseria.

Se miraban con asombro los oyentes, cual si les deslumbrasen estas palabras. Dudaban un momento, como asustados, y después la fe del creyente iluminaba sus rostros...

—¡Es verdad! —decía el campanero con voz sombría.

—¡Es verdad! —repetía el zapatero, poniendo en sus palabras toda la amargura de aquella vida de miseria que venía arrastrando con una familia cada vez mayor, y sin otro auxilio que el trabajo ineficaz.

Sagrario callaba, no comprendiendo muchas de las afirmaciones de su tío, pero las acogía todas como buenas, por ser de él, sonando en sus oídos cual música deliciosa.

La fama de Gabriel se difundía entre el personal humilde del templo. Los domésticos de la Primada se hacían lenguas de su sabiduría. Los clérigos fijábanse en él, y más de una vez el canónigo bibliotecario, al pasearse por el claustro alto en las tardes lluviosas, había intentado hacer hablar a Luna. Pero el fugitivo, por un resto de prudencia, mostrábase con las sotanas, como él decía, fríamente cortés y reservado, temiendo que le expulsarán si manifestaba su pensamiento.

Solo un clérigo de los que veía en el claustro alto le había inspirado confianza. Era un jovencito de aspecto miserable, con los hábitos raídos; un cura de monjas de uno de los innumerables conventos de Toledo. Tenía siete duros al mes por todo medio de vida y una madre vieja a quien mantener, sencilla labradora que se había quitado el pan de la boca para dar carrera al hijo.

—Ya ve usted, Gabriel —decía el curita—. Tanto sacrificio, para venir a ganar menos de lo que gana un gañán en mi pueblo. ¿Y para esto me ordenaron con tanto aparato? ¿Para esto canté misa en medio de gran pompa, como si al desposarme con la Iglesia me uniese con la riqueza?

Su miseria le hacía un esclavo de don Antolín. En el último tercio del mes se presentaba casi todos los días en el claustro para ablandar con sus ruegos al *Vara de plata* y decidirle a un préstamo de unas cuantas pesetas. Adulaba a Mariquita, que no podía mostrarse esquiva con él a pesar de su sotana.

—Es muy bien parecido —decía a las mujeres de las Claverías, con el entusiasmo que le inspiraba todo hombre—. Me gusta verle al lado de don Gabriel y oírles cuando hablan paseando por el claustro. Parecen dos grandes señores. Su madre le puso Martín, sin duda porque se parece al San Martín de ese pintor que llaman el Greco y que está en no recuerdo qué parroquia.

El halagar a don Antolín era empresa más ardua, y el pobre curita sufría mucho para tener propicio al avaro, que se irritaba si no le devolvían a tiempo sus préstamos mezquinos. El *Vara de plata*, en su afán autoritario, gustaba de tener bajo su voluntad a un sacerdote, a un igual, para que viesen en las Claverías que no mandaba únicamente en la gente menuda. Don Martín era para él un criado con sotana, al que hacía comparecer todas las tardes con diversos pretextos. Se satisfacía teniéndolo horas enteras paseando frente a su casa, con la obligación de escucharle y apoyar todas sus palabras.

Algunas veces, Gabriel sentía lástima ante la dependencia moral en que vivía el pobre joven, y abandonando a su sobrina, salía al claustro para unirse a ellos. No tardaban los amigos en buscarle; y ahora el campanero, después el manchador, luego el pertiguero, el perrero o el zapaterín, iban agregándose al grupo de que era núcleo el *Vara de plata*. A don Antolín le gustaba verse rodeado por tanta gente, no creyendo que fuese Gabriel quien la atraía, sino su autoridad, que inspiraba miedo y respeto.

No reconociendo igualdad más que en Luna, solo a él dirigía su palabra, como si los demás no tuvieran otro deber que escucharle en silencio. Si alguno hablaba, fingía no oírlo y seguía dirigiéndose a Gabriel. Mariquita, desde la puerta de su casa, arrebujada en un mantón, los seguía con la vista, participando del orgullo de su tío al ver que todos se agrupaban en torno de él, acompañándolo en sus paseos por el claustro. La proximidad de tanto hombre parecía marearla.

—¡Tío...! ¡Don Gabriel...! —decía con voz mimosa—. Entren ustedes; dentro de casa estarán mejor; miren que, aunque hace Sol, la tarde es fría.

Pero el tío no prestaba atención a estas palabras y seguía paseando por el lado del claustro bañado por el Sol, hablando campanudamente de su tema favorito: de la pobreza presente de la catedral y su grandeza en otros tiempos.

—Este claustro en que estamos —decía—, ¿creen ustedes que lo edificaron para que sirviera de refugio a la gente seglar y humilde que hoy lo habita? No señor; la iglesia, aunque generosa, no hubiera levantado estas habitaciones, con sus patios interiores y sus columnitas, para los *Varas de palo*, el pertiguero, etc. Este claustro, que había de ser tan grande y hermoso como el de abajo, lo comenzó el cardenal Cisneros —don Antolín se llevó la mano al bonete— para que viviesen en él, sujetos a reglas conventuales, los canónigos de la catedral. Pero tenían mucho dinero los canónigos de entonces, eran unos grandes señores, y no podían vivir aquí encerrados. Todos protestaron; el cardenal, que tenía malas pulgas, quiso meterlos en cintura, y uno de ellos fue con la queja a Roma, enviado por sus camaradas. Cisneros, como era gobernador del Reino, puso guardias en todos los puertos, y el canónigo emisario fue hecho prisionero al ir a embarcarse en Valencia. Total, que los señores del cabildo, después de un gran pleito se salieron con la suya, viviendo fuera de la Primada, y las Claverías quedaron sin concluir, con este techo bajo y esta barandilla, todo provisional... Pero aun siendo como es este claustro, han vivido reyes en él. Aquí pasó varios días el gran monarca Felipe II. ¡Qué tiempos aquéllos! Teniendo palacios a su disposición, los reyes preferían vivir en estos cuartos, por estar dentro de la catedral, cerca de Dios... A tales monarcas, tales pueblos. Por esto España fue más grande entonces que nunca, y éramos los amos del mundo, y había dinero y grandeza, y se vivía feliz en la tierra, con la certeza de alcanzar el cielo después de muerto.

—Eso es verdad —dijo el campanero—. Aquéllos eran los buenos tiempos, y por que volviesen fuimos muchos a tiros en las montañas. ¡Ay, si hubiera triunfado don Carlos! ¡Si no hubiésemos tenido traidores...! ¿Verdad, Gabriel? Tú, que hiciste la guerra lo mismo que yo, podrás decir si tengo razón.

—Calla, Mariano —dijo Gabriel sonriendo tristemente—. No sabes lo que dices. Tú te batiste y diste tu sangre por una causa que aún no conoces a estas horas. Fuiste a la guerra tan ciego como yo. No pongas esa cara de asombro, no intentes protestar. Y si no, vamos a ver: ¿qué deseabas tú al batirte por don Carlos?

—¿Yo? Pues ante todo, que le diesen a cada cual lo suyo. ¿Le pertenece a su familia la corona? Pues que se la den.

—¿Y eso es todo? —preguntó Luna con displicencia.

—Eso es lo de menos. Lo que yo quería y quiero es que la nación tenga un buen amo, un señor recto, excelente católico, que, sin monsergas de leyes ni de Cortes, nos gobierne a todos con el pan en una mano y el palo en la otra. Al pillo, ¡garrotazo!, y al honrado, «¡Vengan esos cinco!, ¡usted es mi amigo...!» Un rey que no permita que el rico atropelle al pobre y se burle de él, que no deje que nadie se muera de hambre queriendo trabajar... Vamos, creo que me explico.

—¿Y eso crees tú que existía en otra época y que tu rey va a restaurarlo? Esos siglos que os pintan como de grandeza y bienestar son justamente los más malos de nuestra historia, la causa de la decadencia española, el principio de todos nuestros males.

—¡Alto ahí, Gabrielillo! —dijo el *Vara de plata*—. Tú sabrás mucho, has viajado y leído más que yo, pero eso no cuela. Estoy algo enterado de la cuestión y no voy a permitir que abuses de la ignorancia de Mariano y todos éstos. ¿Cómo puedes decir que aquellos tiempos fueron malos y que ellos tienen la culpa de lo que ahora nos ocurre? El verdadero culpable es el liberalismo, el descreimiento de la época, el haberse metido el demonio en nuestra casa. España, cuando duda de sus reyes y no tiene fe en el catolicis-

135

mo, es como un cojo que suelta las muletas y se viene al suelo. Sin el trono y el altar no somos nadie; y la prueba la tienes en lo que nos está pasando desde que tuvimos revoluciones. Nos quitan las islas; no pintamos nada entre los demás pueblos; los españoles, que son los hombres más valientes del mundo, se ven derrotados; no hay una peseta, y todos esos señores que charlan en Madrid votan nuevas contribuciones y siempre estamos entrampados. ¿Cuándo se vio esto en otros tiempos? ¿Cuándo...?

—Se vieron cosas peores, más vergonzosas —dijo Luna.

—Tú estás loco, muchacho. Esos viajes te han corrompido; hasta creo que tienes muy poco de español. ¡Miren ustedes que negar lo que todo el mundo sabe, lo que enseñan hasta en las escuelas...! ¿Y los Reyes Católicos eran cualquier cosa? No necesitas libros para saberlo. Entra en el coro y verás en la sillería baja todas las batallas que los religiosos monarcas ganaron a los moros con el apoyo de Dios. Conquistaron Granada y arrojaron a los infieles que nos tuvieron siete siglos en la barbarie. Después vino el descubrimiento de América. ¿Quién podía hacer eso? Nosotros y nadie más que nosotros: aquella buena reina que empeñaba sus joyas para que el bendito Colón realizara su viaje. Esto no me lo negarás, me parece. ¿Y el emperador Carlos V? ¿Qué tienes que decir de él? ¿Conoces un hombre más extraordinario? Les pegó a todos los reyes de Europa; medio mundo era suyo: «el Sol no se ponía nunca en sus dominios»; los españoles éramos los amos de la tierra. Esto tampoco podrás negarlo. Y no digamos nada de don Felipe II, un monarca tan sabio, tan astuto, que hacía bailar a su gusto a los reyes de Europa como si les tirase de un hilillo... Todo para mayor gloria de España y esplendor de la religión. De victorias y grandezas no digamos. Si su padre venció en Pavía, él reventaba a los enemigos en San Quintín. ¿Y qué me dices de Lepanto? Abajo, en la sacristía, están guardadas las banderas de la nave que montaba don Juan de Austria. Tú las has visto: una de ellas lleva la imagen de Jesús crucificado, y son tan grandes, tan grandes, que al colgarlas del *triforium* hay que recoger las puntas para que no toquen el suelo. ¿Tampoco fue nada lo de Lepanto...? ¡Vamos, Gabriel, que hay que estar loco para negar ciertas cosas! Si ha habido que matar moros para que no se apoderasen de Europa, poniendo en peligro la fe cristiana, ¿quién lo ha hecho? Los españoles. Que los turcos amenazaban con apoderarse de los mares: ¿quién les salía al paso? España con su don Juan. Y para descubrir un mundo nuevo, los barquitos de España; y para dar la vuelta a la tierra, otro español, Magallanes; y para todo lo grande, nosotros, siempre nosotros, en aquella época de religión y bienestar. ¡Y no digamos de sabiduría! Aquellos siglos produjeron los hombres más famosos de España, grandes poetas y eminentísimos teólogos. Nadie les ha igualado después. Y para demostrar que la religión es fuente de toda grandeza, los más ilustres escritores llevaban hábitos de sacerdote... Adivino lo que podrás argüirme. Que tras unos monarcas tan gloriosos, vinieron otros menos grandes y comenzó la decadencia. También sé algo de esto: lo he oído decir al bibliotecario de la catedral y a otras personas de gran ciencia. Pero esto nada significa. Son designios de Dios, que pone a prueba a los pueblos, lo mismo que a las personas, haciéndoles bajar de la altura, para remontarles de nuevo si ve que perseveran en el buen camino... Pero no hablemos de esto. Si hubo decadencia, nada queremos saber de ella. Deseamos el pasado glorioso, los brillantes siglos de los Reyes Católicos, de don Carlos y de los dos Felipes, y a ellos nos dirigimos cuando hablamos de que España vuelva a sus buenos tiempos.

—Pues esos siglos, don Antolín —dijo Gabriel con calma—, son los de la decadencia española; en ellos se inicia nuestra ruina. No me extraña su indignación: usted repite lo que le han enseñado. Gentes hay por ahí de mayores estudios, que no se irritan menos si les tocan lo que llaman nuestros siglos de oro. Es culpa de la educación que se da en este país. La Historia es una mentira; para saberla tan mal, mejor sería ignorarla. En las escuelas se enseña el pasado del país con un criterio semejante al del salvaje, que aprecia los objetos por el brillo, no por su valor y utilidad. España ha sido grande y estuvo en camino de ser la primera nación del mundo por méritos sólidos y positivos que no hubiesen podido quebrantar los azares de la guerra y la política. Pero esto fue antes de esos siglos que usted ensalza, antes de los monarcas extranjeros; en la Edad Media, que hacía presagiar muchas esperanzas, desvanecidas después al consolidarse la unidad nacional. Nuestra Edad Media produjo un pueblo culto, industrioso y civilizado como ninguno de los del mundo. Se amontonaron en ella los materiales para construir una nación grande; pero llegaron arquitectos de fuera y levantaron este edificio, cuyos primeros años de existencia asombran a usted con el esplendor de la novedad, pero entre cuyas ruinas caminamos ahora.

Gabriel olvidaba toda prudencia en el ardor de la discusión. No le inspiraba miedo el *Vara de plata* con su gesto de inquisidor incapaz de razonamientos; quería convencerle; sentía el ardor, el impulso irresistible de sus tiempos de proselitismo, y hablaba sin recatar sus pensamientos, sin buscarles ningún disfraz por consideración al ambiente que le rodeaba. Don Antolín le oía con asombro, fija en él su mirada fría. Los otros escuchaban presintiendo confusamente lo extraordinario de tales ideas emitidas en el claustro de una catedral. Don Martín, el cura de las monjas, a espaldas de su avariento protector, mostraba en sus ojos la avidez simpática con que acogía las palabras de Luna.

Describía éste al pueblo hispano-romano, sobre el que había pasado la invasión goda sin causar gran mella. Antes bien, el conquistador se había empapado de la degeneración bajo-latina, quedando sin fuerzas, corrompiéndose en luchas teológicas e intrigas de dinastía semejantes a las de Bizancio. La regeneración no llegaba a España por el Norte, con las hordas de bárbaros, se presentaba por la parte meridional, con los árabes invasores. Al principio eran muy pocos, y sin embargo, bastaban para vencer a Ruderico y sus corrompidos próceres. El instinto de la nacionalidad cristiana revolviéndose contra los invasores, el repliegue de toda el alma española a los riscos de Covadonga para caer de nuevo sobre el conquistador, era una mentira. La España de entonces recibió con agrado a las gentes que venían de África; los pueblos se entregaban sin resistencia; un pelotón de jinetes árabes bastaba para que se abriesen las puertas de una ciudad. Era una expedición civilizadora, más bien que una conquista, y una corriente continua de emigración se estableció en el Estrecho. Por él pasaba aquella cultura joven y vigorosa, de rápido y asombroso crecimiento, que vencía apenas acababa de nacer: una civilización creada por el entusiasmo religioso del Profeta, que se había asimilado lo mejor del judaísmo y la cultura bizantina, llevando además consigo la gran tradición india, los restos de la Persia y mucho de la misteriosa China. Era el Oriente que entraba en Europa, no como los monarcas asirios, por la Grecia, que les repelía, viendo en peligro su libertad, sino por el extremo opuesto, por la España, esclava de reyes teólogos y obispos belicosos, que recibía con los brazos abiertos a los invasores. En dos años se enseñorearon de lo que luego costó siete siglos arrebatarles. No era una invasión que se contiene con las armas: era una civilización joven que echaba raíces por todos lados. El principio de la libertad religiosa, eterno cimiento de las grandes nacionalidades, iba con ellos. En las ciudades dominadas, aceptaban la iglesia del cristiano y la sinagoga del judío. La mezquita no temía a los templos que encontraba en el país: los respetaba, colocándose entre ellos sin envidia ni deseo de dominación. Del siglo VIII al XV se fundaba y se desarrollaba la más elevada y opulenta civilización de Europa en la Edad Media. Mientras los pueblos del Norte diezmábanse en guerras religiosas y vivían en una barbarie de tribu, la población de España se elevaba a más de treinta millones, revolviéndose y amasándose en ella todas las razas y todas las creencias, con una infinita variedad engendradora de poderosas vibraciones sociales, semejante a la del moderno pueblo americano. Vivían confundidos cristianos y musulmanes, árabes puros, sirios, egipcios, mauritanos, judíos de tradición hispánica y judíos de Oriente, dando lugar a los cruzamientos y mesticismos de mozárabes, mudéjares, muladíes y hebraizantes. Y en esta fecunda amalgama de pueblos y razas entraban todas las ideas, costumbres y descubrimientos conocidos hasta entonces en la tierra; todas las artes, ciencias, industrias, inventos y cultivos de las antiguas civilizaciones, brotando del choque nuevos descubrimientos y creadoras energías. La seda, el algodón, el café, el papel, la naranja, el limón, la granada, el azúcar, venían con ellos de Oriente, así como las alfombras, los tisúes, los tules, los adamasquinados y la pólvora. Con ellos también la numeración decimal, el álgebra, la alquimia, la química, la medicina, la cosmología y la poesía rimada. Los filósofos griegos, próximos a desaparecer en el olvido, se salvaban siguiendo al árabe invasor en sus conquistas. Aristóteles reinaba en la famosa Universidad de Córdoba. Nacía el espíritu caballeresco entre los árabes españoles, apropiándoselo después los guerreros del Norte, como si fuese una cualidad de los pueblos cristianos. Mientras en la Europa bárbara de los francos, los anglonormandos y los germanos el pueblo vivía en chozas y los reyes y barones anidaban en castillos de rocas ennegrecidos por las hogueras, comidos por parásitos, vestidos de estameña y alimentados como los hombres prehistóricos, los árabes españoles levantaban sus fantásticos alcázares, y, como los refinados de la antigua Roma, reuníanse en los baños para conversar sobre cuestiones científicas o literarias. Si algún monje del Norte sentía la comezón del saber, venía a las universidades árabes o las sinagogas judaicas de España, y los reyes de Europa se creían salvos en sus enfermedades si, en fuerza de oro, podían proporcionarse un médico hispánico.

Y cuando poco a poco el elemento autóctono se separa del invasor y surgen las pequeñas nacionalidades cristianas, los árabes y los antiguos españoles —si es que después del incesante cruzamiento de sangre puede marcarse un límite entre las dos razas— pelean caballerescamente, sin exterminarse luego de la victoria, estimándose mutuamente, con grandes intervalos de paz, como si quisieran retrasar el momento de la definitiva separación y uniéndose muchas veces para empresas comunes. Un régimen de libertad impera en los Estados cristianos. Surgen las Cortes mucho antes que en los países septentrionales de Europa, y los pueblos españoles se gobiernan y regulan sus gastos por sí mismos, viendo solo en el monarca un jefe militar. Los municipios son pequeñas repúblicas, con sus magistrados electivos. Las milicias ciudadanas realizan el ideal del ejército democrático. La Iglesia, compenetrada con el pueblo, vive en paz con las otras religiones del país; una burguesía inteligente crea en el interior poderosas industrias y arma en las costas la primera marina de la época, y los productos españoles son los más apreciados en todos los puertos de Europa. Existían ciudades tan populosas como las modernas capitales del mundo; poblaciones enteras eran inmensas fábricas de tejidos; se cultivaba todo el suelo de la Península.

Los Reyes Católicos marcaron el apogeo de las fuerzas nacionales y el principio de su decadencia. Su reinado fue grande porque se prolongó hasta él el impulso de las energías incubadas por la Edad Media; fue execrable porque su política torció los derroteros de España, impulsándonos al fanatismo religioso y a las ambiciones de un cesarismo universal. Adelantados en dos o tres siglos al resto de Europa, era España para el mundo de entonces lo que es Inglaterra para nuestra época. De seguir la misma política de tolerancia religiosa, de confusión de razas, de trabajo industrial y agrícola, con preferencia a las empresas militares, ¿dónde estaríamos ahora?

Gabriel hacía esta pregunta interrumpiendo su calurosa descripción del pasado.

—El renacimiento —continuó Luna— fue más español que italiano. En Italia renacieron las bellas letras de la antigüedad y el arte grecorromano; pero no todo el Renacimiento fue literario. El Renacimiento representa el surgir a la vida de una sociedad nueva, con cultivos, industrias, ejércitos, conocimientos científicos, etc. ¿Y esto quién lo hizo sino España, aquella España árabe-hebreo-cristiana de los Reyes Católicos? El Gran Capitán enseñó al mundo el arte de guerrear moderno; Pedro Navarro fue un ingeniero asombroso; las tropas españolas las primeras en usar las armas de fuego, creándose así la infantería, que democratizó la guerra, dando superioridad al pueblo sobre los nobles jinetes cubiertos de hierro. España fue quien descubrió la América.

—¿Y te parece poco todo eso? —interrumpió don Antolín—. ¿No convienes en lo mismo que yo decía? ¿Se han visto nunca en España tantas grandezas juntas como en la época de aquellos reyes que por algo se llamaron Católicos?

—Reconozco que fue un gran período de nuestra historia, el último verdaderamente glorioso, el postrer rayo que lanzó antes de extinguirse la única España que ha marchado por el buen camino. Pero antes de morir los Reyes Católicos ya empieza la decadencia al descuartizarse el cuerpo joven y robusto de la España árabe, cristiana y hebrea. Tiene usted razón, don Antolín: por algo se llamaban Católicos aquellos reyes. Establece la Inquisición doña Isabel con su fanatismo de hembra. La ciencia apaga su lámpara en la mezquita y la sinagoga y oculta los libros en el convento cristiano, viendo que es llegada la hora de rezar más que de leer. El pensamiento español se refugia en la sombra, tiembla de frío y soledad, y acaba por morir. Lo que resta de él se dedica a la poesía, a la comedia, a los escarceos teológicos. La ciencia es un camino que conduce a la hoguera. Después sobreviene una nueva calamidad, la expulsión de los judíos hispánicos, tan compenetrados con el espíritu de este país, tan amantes de él, que aún hoy, después de cuatro siglos, esparcidos por las riberas del Danubio o del Bósforo, son españoles y lloran en viejo castellano la patria perdida:

Perdimos la bella Sión;
perdimos también
España, nido de consolación.

Aquel pueblo que había dado a la ciencia de la Edad Media un Maimónides y era el sostenedor de la industria y el comercio hispánicos, salió en masa de nuestro país. España, engañada por su extraordinaria vitalidad, se abría las venas para contentar al naciente fanatismo, creyendo sobrellevar sin peligro esta pérdida. Después viene lo que un escritor moderno llama «el cuerpo extraño» interponiéndose en nuestra vida nacional: los Austrias que reinan y España que pierde para siempre su carácter y muere.

—Gabriel —interrumpió el sacerdote—, eso que dices son disparates. La verdadera España empieza con el Emperador y sigue igualmente gloriosa con don Felipe II. Ésa es la España castiza que debe servirnos de ejemplo y a la cual queremos volver.

—No; la España castiza, la España española, sin mezcla de extranjerismo, es la de los cristianos mezclados con árabes, moros y judíos, la de la tolerancia religiosa, la del engrandecimiento industrial y agrícola y los municipios libres, la que muere bajo los Reyes Católicos. Lo que viene luego es la España teutónica y flamenca, convertida en una colonia de Alemania, sirviendo como un soldado mercenario bajo banderas extranjeras, arruinándose en empresas que nada le interesaban, derramando la sangre y el oro por los compromisos del llamado Sacro Imperio Romano Germánico. Comprendo el encanto que ejerce el Emperador sobre los caracteres estacionarios, adoradores del pasado. ¡Una gran persona el tal don Carlos! Valeroso en el combate, astuto en la política, alegre y campechano como un burgomaestre de su país; gran comedor, gran bebedor y aficionado a tomar por el talle a las muchachas. Pero no había en él nada de español. La herencia de su madre solo la apreciaba como buena para explotarla. España es una sierva del germanismo, pronta a dar cuantos hombres se la pidan y a satisfacer empréstitos y tributos. Toda la vida exuberante almacenada en este suelo por la cultura hispano-árabe durante siglos la absorbe el Norte en menos de cien años. Desaparecen los municipios libres; sus defensores suben al cadalso en Castilla y en Valencia; el español abandona el arado y el telar para correr el mundo con el arcabuz al hombro; las milicias ciudadanas se transforman en tercios que se baten en toda Europa sin saber por qué ni para qué; las ciudades industriosas descienden a ser aldeas; las iglesias se tornan conventos; el clérigo popular y tolerante se convierte en fraile, que copia, por imitación servil, el fanatismo germánico; los campos quedan yermos por falta de brazos; sueñan los pobres con hacerse ricos en el saqueo de una ciudad enemiga, y abandonan el trabajo; la burguesía industriosa se convierte en plantel de covachuelistas y golillas, abandonando el comercio como ocupación vil, propia de herejes, y los ejércitos mercenarios de España, tan invictos y gloriosos como desarrapados, sin más paga que el robo y en continua sublevación contra los jefes, infestan nuestro país con un hampa miserable, de la que salen el espadachín, el pordiosero con trabuco, el salteador de caminos, el santero andante, el hidalgo hambrón y todos los personajes que después recogió la novela picaresca.

—¡Pero Gabriel de los demonios! —dijo, indignado, el *Vara de plata*—, ¿negarás que don Carlos, que edificó el Alcázar de Toledo, y don Felipe II, que vivió en este mismo claustro, fueron dos grandes reyes...?

—No lo niego: fueron dos hombres extraordinarios, dos grandes monarcas; pero mataron a España para siempre. Fueron dos extranjeros, dos alemanes. Felipe II se revistió de un falso españolismo para continuar la política germánica de su padre. Esta máscara nos causó gran daño, pues aún quedan hoy muchos que la admiran como la más castiza representación del españolismo. Hay para volverse loco ante las absurdas conjeturas y las faltas de verdad que inspiran aquella época. Muchos católicos sueñan con canonizar a Felipe II por la crueldad fría con que exterminaba a los herejes: el tal rey no tenía otro catolicismo que el suyo; era un heredero del cesarismo germánico, eterno martillo de los papas. Arrastrado por la soberbia, bordeaba continuamente el cisma y la herejía. Si no rompió con el Pontificado fue porque, temiendo éste que los soldados de España, que habían entrado dos veces en Roma, se quedasen en ella para siempre, se allanaba a todas sus imposiciones. El padre y el hijo nos robaron la nacionalidad y disfrazados con ella, derrocharon nuestra vida en sus planes puramente personales de resucitar el cesarismo de Carlomagno y hacer la religión católica a su gusto e imagen. Hasta mataron la antigua religiosidad española, tolerante y culta por su continuo roce con el mahometismo y el hebraísmo: aquella Iglesia hispánica, cuyo sacerdote vivía en paz dentro de las ciudades con el alfaquí y el rabino, y que castigaba con penas morales a los que por exceso de celo turbaban el culto de los infieles. La intolerancia religiosa, que los historiadores extranjeros creen un producto espontáneo del suelo español, nos fue importada por el cesarismo germánico. Era el fraile alemán, que llegaba con su brutalidad devota y su locura teológica, no templada, como en España, por la cultura semita. Con su intransigencia provocaba la revolución de la Reforma en los países del Norte; y arrojado de ellos, venía aquí a renovar en tierra nueva su incultura y su fanatismo. El terreno estaba bien preparado. Al morir las ciudades libres, aquellos municipios que eran republicanos, murió el pueblo. La simiente extranjera produjo en poco tiempo una inmensa selva: la selva de la Inquisición y del fanatismo, que aún subsiste. Cortan y cortan los leñadores modernos, pero son pocos y caen fatigados; los brazos de un hombre pueden poco ante troncos de cuatro siglos. El fuego, únicamente el fuego podrá acabar con esa vegetación maldita.

Don Antolín abría los ojos con asombro. Ya no se indignaba: parecía aterrado por las palabras de Luna.

—¡Gabriel!, ¡hijo mío! —exclamó—. Eres más verde de lo que yo creía. Piensa en dónde estás; fíjate en lo que dices. Estamos en la Iglesia Primada de las Españas...

Pero Luna había tomado impulso al remover sus recuerdos históricos y no se detenía, arrastrado por su ardor de propagandista. Le animaba la antigua fiebre oratoria y hablaba como en los mítines, cuando no podía contener su palabra entre los aplausos, las protestas y el oleaje de la muchedumbre resistiendo a la Policía.

El asombro del sacerdote sirvió para excitarle más.

—Felipe II —continuó— era un extranjero, alemán hasta los huesos. Su gravedad taciturna, su pensamiento tardo y penetrante, no eran españoles: eran flamencos. La impasibilidad con que recibía los reveses que arruinaban a la nación era la de un extraño que no estaba ligado por ningún afecto a esta tierra. «Mejor quiero reinar sobre cadáveres que sobre herejes», decía. Y cadáveres eran, realmente, los españoles, condenados a no pensar o a mentir, ocultando su pensamiento. Los antiguos oficios habían desaparecido. Fuera de la Iglesia no existía otro porvenir que ser aventurero en aquella América que de nada servía a la nación, pues la convertían en una caja de caudales del rey, o ser soldado de oficio en Europa, batiéndose por la reconstitución del Sacro Imperio Germánico, por la supeditación del Papa al Emperador y por la extinción de la Reforma religiosa, empresas que en nada interesaban a España, y eran, sin embargo, sangrías sueltas por las que se escapaba su vida. Los menestrales desaparecían, tragados por los ejércitos, y las ciudades se llenaban de inválidos y veteranos arrastrando la roñosa tizona, única prueba de la valía personal. Extinguiéronse los gremios y la clase media; solo hubo nobles, orgullosos de ser criados de los reyes, y un populacho que pedía pan y espectáculos, como el romano, contentándose con la sopa de los conventos y las quemas dé herejes organizadas por la Inquisición.

Después sobrevenía la ruina. Tras los cesares grandes, fatales para España, venían los chicos: el fanático Felipe III, que daba el golpe de misericordia expulsando a los moriscos; Felipe IV, un degenerado con aficiones literarias, que escribía versos y cortejaba monjas, y el miserable Carlos II.

—Nunca ha habido en España tanta religiosidad, don Antolín —decía Luna—. La Iglesia era dueña de todo. Los tribunales eclesiásticos juzgaban hasta al mismo rey, pero la justicia seglar no podía tocarle un pelo de la ropa al último sacristán, aunque cometiese los mayores delitos en la vía pública. Solo la Iglesia podía juzgar a los suyos. Según cuenta Barrionuevo en sus *Memorias*, frailes armados hasta los dientes arrebataban a la justicia del rey, en pleno día y en medio de la plaza Mayor de Madrid, al pie de la horca, a uno de los suyos sentenciado por asesinato. La Inquisición no satisfecha con achicharrar herejes, juzgaba y castigaba... a los contrabandistas de ganado. Los hombres de letras refugiábanse aterrados en la amena literatura, como último albergue del pensamiento. Limitábanse a producir novelas picarescas o comedias en las que se ensalzaba un honor fiero que solo existía en la imaginación de los poetas, mientras reinaba la mayor corrupción en las costumbres. Los grandes ingenios españoles ignoraban o fingían ignorar lo que la revolución decía más allá dé las fronteras. Quevedo, que era el más audaz, solo osaba decir:

Con la Inquisición...
¡Chitón!

triste epitafio del pensamiento español, que prefería perecer, ya que la verdad no podía decirse. Para vivir tranquilos y sustentarse en una época de incultura, los poetas buscaban la sombra de la Iglesia y se cubrían con sus hábitos. Lope de Vega, Calderón, Moreto, Tirso de Molina, Mira de Amescua, Tárrega, Argensola, Góngora, Rioja y otros, eran sacerdotes, muchos de ellos después de una vida borrascosa. Montalbán fue cura y empleado de la Inquisición, y hasta el pobre Cervantes, en la vejez, hubo de tomar el hábito de San Francisco. España tenía once mil conventos, con más de cien mil frailes y cuarenta mil monjas, y a esto había que añadir ciento sesenta y ocho mil sacerdotes y los innumerable servidores dependientes de la Iglesia, como alguaciles, familiares, carceleros y escribanos del Santo Oficio, sacristanes, mayordomos, buleros, santeros, ermitaños, demandaderos, seises, cantores, legos, novicios, ¡y qué sé yo cuánta gente más...! En cambio, la nación, desde treinta millones de habitantes, había bajado a siete millones en poco más de dos siglos. Las expulsiones de judíos y moriscos por la intolerancia religiosa; la Inquisición con el miedo que inspiraba; las continuas guerras en el exterior; la emigración a América con la esperanza de enriquecerse sin trabajo; el hambre, la falta de higiene, el abandono de los campos, habían realizado esta rápida despoblación. Las rentas de España llegaron a bajar a catorce millones de ducados, mientras las del clero ascendían a ocho millones. La Iglesia poseía más de la mitad de la fortuna nacional. ¡Qué tiempos!, ¿en, don Antolín?

El *Vara de plata* le escuchaba fríamente, como si hubiese formado un concepto definitivo de Luna y no hiciera gran caso de sus palabras.

—Por malos que fuesen —dijo con lentitud—, no serían peores que los presentes. Al menos, nadie robaba a la Iglesia. Cada uno se contentaba con su pobreza, pensando en el cielo, que es la única verdad, y el culto de Dios tenía lo que le corresponde. ¿Es que tú, acaso, no crees en Dios...?

Gabriel eludió la respuesta, y siguió hablando de aquellos tiempos.

Fue un período de barbarie, de estancamiento, mientras Europa se desenvolvía y progresaba. El pueblo que iba al frente de la civilización se quedó entre los últimos. Los reyes, impulsados por el orgullo español y por las pretensiones heredadas de los cesares germánicos, acometían la loca aventura de dominar toda Europa, sin más base que una nación de siete millones de habitantes y unos tercios mal pagados y hambrientos. El oro de América iba a parar a los bolsillos de los holandeses, y en esta empresa, digna de Don Quijote, recibía la nación golpe tras golpe. España era cada vez más católica, más pobre y más bárbara. Ansiaba conquistar el mundo, y tenía en su interior regiones enteras deshabitadas. Muchos de los antiguos pueblos habían desaparecido; se borraban los caminos; nadie en España sabía con certeza la geografía del país, y en cambio, pocos ignoraban la situación del cielo y del purgatorio. Los parajes de alguna feracidad no estaban ocupados por granjas, sino por conventos, y al borde de las escasas carreteras vivaqueaban las partidas de bandoleros, refugiándose, al verse perseguidos, en los monasterios, donde les apreciaban por su religiosidad y por las muchas misas que encargaban para sus almas pecadoras.

La incultura era atroz. Los reyes estaban aconsejados por clérigos hasta en asuntos de guerra. Carlos II, ante la oferta de que tropas holandesas guarnecieran las plazas españolas de Flandes, consultó el asunto con teólogos, como un caso de conciencia, porque esto podía facilitar la difusión de la herejía, y acabó por preferir que cayesen en poder de los franceses, que, aunque enemigos, al fin eran católicos. En la Universidad de Salamanca, el poeta Torres de Villarroel no encontraba ni una sola obra de geografía, y cuando hablaba de matemáticas, los discípulos le decían que eran cosas de sortilegio, ciencia del diablo que únicamente podía entenderse untándose con el ungüento que usan los brujos. Los teólogos de la corte repelían el plan de un canal para unir el Tajo con el Manzanares, diciendo que la obra era contra la voluntad de Dios, pues con decir éste «fiat», los dos ríos se hubieran unido, y que por algo estaban separados desde el principio del mundo. Los médicos de Madrid pedían a Felipe IV que se dejara la basura en las calles, «porque siendo muy sutil el aire de la ciudad, ocasionaría grandes estragos si no se impregnaba del vaho de las inmundicias». Y un siglo después, un teólogo famoso de Sevilla retaba en un acto público a que discutiesen con él esta tesis: «Más queremos errar con San Clemente, San Basilio y San Agustín, que acertar con Descartes y Newton».

Felipe II había amenazado con pena de muerte y confiscación de bienes al que publicase libros extranjeros o circulase los manuscritos; sus sucesores prohibieron a los españoles escribir sobre materias políticas. Falto el pensamiento de expansión, se dedicó a las artes y la poesía. El teatro y la pintura llegaron a un nivel casi superior al de los otros pueblos. Fueron la válvula de escape del genio nacional; pero esta primavera del arte fue efímera, y en mitad del siglo XVII sobrevino una decadencia grotesca y envilecedora.

La pobreza en aquellos dos siglos fue horrible. El mismo Felipe II, con ser señor del mundo, sacó a la venta los títulos de nobleza por seis mil reales, añadiendo al margen del decreto «que no se reparase mucho en la calidad y origen de las personas». En Madrid, el pueblo asaltaba las panaderías, disputándose el pan a puñaladas. El presidente de Castilla recorría los lugares de la provincia, acompañado del verdugo, para despojar a los labradores de sus escasas cosechas. Los recaudadores de tributos, no encontrando qué cobrar en los pueblos, arrancaban las techumbres de las casas, vendiendo las maderas y las tejas. Las familias huían al monte al ver en lontananza a los representantes del rey; los pueblos quedaban desiertos y caían en ruinas. El hambre entraba hasta en el palacio real, y Carlos II, señor de España y de las Indias, no podía algunos días dar de comer a la servidumbre. El embajador de Inglaterra y el de Dinamarca tenían que salir con criados armados a buscar pan en las cercanías de Madrid.

Y mientras tanto, los innumerables conventos, dueños de más de la mitad del país y únicos poseedores de la riqueza, mostraban su caridad repartiendo la sopa a aquellos que aún tenían fuerzas para ir a buscarla, y fundando hospicios y hospitales, donde la gente moría de miseria, pero segura de entrar en el cielo. En las ciudades no había más establecimientos prósperos y ricos que los conventos y los hospitales. La antigua industria había desaparecido. Segovia, famosa por sus paños, que ocupaba en su fabricación cerca de cuarenta mil personas, apenas si tenía quince mil habitantes, y tan olvidados de tejer la lana, que cuando Felipe V quiso restablecer la fabricación tuvo que traer obreros alemanes.

—Y así Sevilla, y Valencia, y Medina del Campo, famosas por su feria y sus industrias —continuaba Gabriel—. Sevilla, que en el siglo XV poseía dieciséis mil telares de seda, llegó en el XVII a no tener más que sesenta y cinco.

Bien es verdad que, en cambio, su clero catedral era de ciento diecisiete canónigos y tenía sesenta y ocho conventos con más de cuatro mil frailes y catorce mil clérigos en la diócesis. ¿Y Toledo? A fines del siglo XV empleaba cincuenta mil obreros en sus tejidos de seda y de lana y sus talleres de armas, y a más los curtidores, los plateros, los guanteros y los joyeros. A fines del XVII no tenía apenas quince mil habitantes. Todo muerto, todo arruinado; veinticinco casas de familias ilustres pasaron a poder de los conventos; no había más ricos en la ciudad que los frailes, el arzobispo y la catedral. España estaba tan exangüe al acabar los Austrias, que se vio próxima a ser repartida entre las potencias de Europa, como Polonia, otro pueblo católico como el nuestro. La discordia entre los reyes fue lo único que nos salvó.

Si tan malos fueron aquellos tiempos, Gabriel —dijo el *Vara de plata*—, ¿cómo los españoles mostraban tanta conformidad? ¿Por qué no hacían pronunciamientos y sublevaciones como en esta época de perdición?

—¿Qué habían de hacer? El despotismo de los dos cesares había impuesto a los españoles una ciega obediencia a los reyes, como representantes de Dios. El clero los educaba en esta creencia, por la comunidad de intereses entre la Iglesia y el Trono. Hasta los poetas más ilustres corrompían al pueblo, ensalzando el servilismo monárquico en sus comedias. Calderón afirmaba que la hacienda y la vida del ciudadano no pertenecían a éste, pues eran del rey. Además, la religión lo llenaba todo, era el único fin de la existencia, y los españoles, pensando siempre en el cielo, acababan por acostumbrarse a las miserias de la tierra. No dude usted que el exceso de religiosidad nos arruinó y estuvo próximo a matarnos como nación. Aún ahora arrastramos las consecuencias de esta enfermedad que ha durado siglos... Para salvar de la muerte a este país, ¿qué hubo que hacer? Llamar al extranjero; y vinieron los Borbones. Miren ustedes si habríamos llegado abajo, que ni militares teníamos. En esta tierra, a falta de otros méritos, desde la época celtíbera siempre hemos contado con caudillos de pelea. Pues bien; en la guerra de Sucesión hubo que traer generales ingleses y franceses y hasta oficiales, pues no había un español que supiera apuntar un cañón ni mandar una compañía. No había quien sirviera para ministro, y extranjeros fueron todos los gobernantes con Felipe V y Fernando VI; extranjeros los que vinieron a restaurar las perdidas industrias, a roturar las tierras abandonadas, a establecer los antiguos riegos y fundar colonias en los páramos frecuentados por fieras y bandidos. España, que había colonizado medio mundo a su manera, era a su vez descubierta y colonizada por los europeos. Los españoles aparecían como pobres indios guiados por su cacique el fraile y adornados los harapos con escapularios y milagrosas reliquias. El anticlericalismo era el único remedio para tanta ruina, y este espíritu vino con los colonizadores extranjeros. Felipe V quiso suprimir la Inquisición y acabar la guerra naval con las naciones musulmanas, que duraba mil años, despoblando las costas del Mediterráneo con el miedo a los piratas berberiscos y turcos. Pero los indígenas se revolvían contra toda reforma de los colonizadores, y el primer Borbón tuvo que desistir, viendo en peligro su corona. Después, sus sucesores inmediatos, con mayores raíces en el país, se atrevieron a continuar su obra. Carlos III, para civilizar a España, solo tuvo que meter mano a la Iglesia, limitando sus privilegios y sus rentas, cuidando las cosas de la tierra y olvidando las del cielo. Se vio el mismo espectáculo que en nuestro siglo, cuando los gobiernos tocan los intereses eclesiásticos. Los obispos protestaron, hablando en pastorales y cartas de «las persecuciones de la pobre Iglesia, saqueada en sus bienes, ultrajada en sus ministros y atropellada en sus inmunidades»; pero el país despertó, gozando el único período próspero que se conoce en los tiempos modernos antes de la desamortización. Europa estaba regida entonces por reyes filósofos y Carlos III era uno de ellos. El eco de la revolución inglesa vibraba aún en el mundo. Los monarcas querían ser amados, no temidos, y en casi todas las naciones luchaban con el embrutecimiento de las masas, imponiendo las reformas progresivas de real orden y casi por la fuerza. Pero el gran mal del sistema monárquico es la herencia, el poder vinculado en una familia. Un hombre de buen sentido y rectas intenciones puede engendrar un imbécil: tras Carlos III reinó Carlos IV, y por si esto no fuese suficiente, al año de morir aquel monarca estalló la Revolución francesa, con sus audacias, que volvieron locos a todos los reyes de Europa. A los Borbones de España se les fue la cabeza, para no recobrarla ya más. Descarrilaron, se salieron del camino, abrazándose de nuevo a la Iglesia, como única salvación ante el peligro revolucionario, y todavía no han vuelto ni volverán a la buena ruta. Jesuitas, frailes y obispos tornaron a ser los consejeros de palacio, y aún lo son ahora, como en los tiempos en que Carlos II consultaba los planes militares y políticos con una junta de teólogos. Hemos tenido revoluciones mentidas que han derrocado las personas, no las ideas. Algo hemos adelantado, pero a saltitos, tímidamente, con desordenados retrocesos, como el que avanza con miedo, y de repente, al más leve ruido, echa a correr hacia el punto de partida. La transformación ha sido más exterior que interna. La gente vive aún con el alma del siglo XVII. Perdura en ella el miedo, la cobardía que inspiraba la hoguera inquisitorial. Los españoles tienen médula de esclavo; sus arrogancias y energías son exteriores. No en balde se viven tres siglos de servidumbre eclesiástica. Hacen revoluciones, son capaces de rebelarse, pero se detendrán siempre ante el umbral de la Iglesia, que fue su señora por la fuerza y continúa siéndolo sin ella. No hay miedo de que entren aquí: esté usted tranquilo, don Antolín; y eso que, en justicia, tendrían muchas cuentas que pedirla sobre el pasado. ¿Es porque son religiosos como en otras épocas? Usted sabe que no, y se queja con razón viendo cómo se extinguen, sin el auxilio popular, las antiguas grandezas de la Iglesia.

—Eso es verdad —dijo el *Vara de plata*—. No hay fe: nadie es capaz de hacer un sacrificio por la casa de Dios. Solo en la hora de la muerte, cuando entra el miedo, se acuerdan algunos de ayudarnos con su fortuna.

—No hay fe; ésa es la verdad. El español, después de aquella fiebre religiosa que casi le produjo la muerte, vive en una indiferencia interna, no por reflexión científica, sino por debilidad de pensamiento. Sabe que irá al cielo o al infierno; lo cree así porque se lo han enseñado; pero se deja llevar por la corriente de la vida, sin esfuerzo alguno por escoger un sitio u otro. Es el hombre que más práctica la religión y menos piensa en ella. Ni duda ni cree. Acepta lo establecido, viviendo en un sonambulismo intelectual. Si alguna vez el pensamiento, desvelándose, le sugiere una crítica, la ahoga al momento por el miedo. La inquisición aún vive entre nosotros; no tememos a la hoguera, pero nos causa pavor el «qué dirán». La sociedad estacionada y refractaria a toda innovación es el Santo Oficio moderno. El que desentona, saliéndose de la general y monótona vulgaridad, se atrae las iras sordas de la gran masa escandalizada y sufre el castigo. Si es pobre, se le somete a la prueba del hambre cortándole los medios de vida; si es independiente, se le quema en efigie, creando el vacío en torno de él. Hay que ser correcto, acatar lo establecido, y de aquí que, ligados unos a otros por el miedo, no surja una idea original, no exista un pensamiento independiente, y hasta los sabios se guarden para ellos las conclusiones que sacan del estudio, sometiéndose en la vida vulgar a los mismos usos y preocupaciones de los imbéciles. Mientras esto siga, es tarea inútil la de los revolucionarios en este país. Podrán cambiar aparentemente la faz del suelo, pero al hundir el azadón encontrarán la piedra de los siglos siempre unida y compacta. El carácter nacional, al perder la fe religiosa, no ha cambiado. La fe ha muerto, pero queda el cadáver, con apariencias vitales, ocupando el mismo sitio, obstruyendo el paso con su dureza de momia. Los mismos revolucionarios sostienen, con su deseo de no desentonar, este simulacro de vida. Imitan el respeto y la tolerancia de los vencedores de otros países, pero no aprenden antes el ímpetu irrespetuoso y anonadador con que otros pueblos derrumbaron y patearon el pasado sin misericordia ni escrúpulos. Pobre y arrinconada está la Iglesia, don Antolín, comparándola con lo que fue en otros siglos; pero no tema usted que se agrave su situación. La marea ha llegado a su mayor altura y no pasará de ahí. Mientras en este país tenga miedo la gente a decir lo que piensa, y se escandalice ante una idea nueva, y tiemble por lo que dirá el vecino, ríanse de las revoluciones, pues por muchas que estallen no les llegará a ustedes el agua a la boca.

Don Antolín reía escuchando esto.

—Pero hombre, Gabrielillo, debes de estar loco. Esos viajes y esas lecturas te han trastornado. Al principio me indignaba, creyéndote de los que desean una revolución para quitarnos lo poco que nos queda y proclamar a la pendanga de la República, suprimiendo el presupuesto eclesiástico. Pero veo que vas más allá; con nada te conformas, todo te parece pésimo... y esto me hace gracia. No eres enemigo terrible, porque tiras de muy lejos. Me parece que andas tan mal de la cabeza como del pecho... Pero hombre, ¿aún te parecen poca cosa las revoluciones que hemos tenido? ¿Y aún crees que el país está tan salvaje como en esos siglos que has pintado a tu manera...? Pues yo —añadió el sacerdote con ironía— oigo hablar mucho de los progresos del país, y sé que hay ferrocarriles, y que los alrededores de las ciudades se pueblan de chimeneas, y hasta muchos impíos celebran esto, comparándolas con los campanarios de las iglesias.

—¡Bah! —exclamó Gabriel con expresión de indiferencia—. Algo hay de esos adelantos. Las revoluciones políticas han puesto a España en contacto con Europa. La corriente progresiva ha cogido a este país, arrastrándolo como arrastra a los pueblos asiáticos y oceánicos. Hoy nadie se libra de ella. Pero nosotros vamos río abajo, inertes y sin fuerzas; si avanzamos, es por la corriente, no por nuestro vigor, mientras otros pueblos más fuertes nadan y nadan, alejándose cada vez más. ¿En qué hemos contribuido a este progreso? ¿Dónde están nuestras manifestaciones de vida moderna? Los ferrocarriles, escasos y malos, son obra de extranjeros, y a ellos pertenece su propiedad; entre los rieles crece la hierba, lo que demuestra que aún sigue la santa calma de aquellos tiempos de carromatos y galeras aceleradas. Las industrias más importantes, la metalurgia y las minas, de extranjeros son también, o de españoles que están supeditados a ellos, viviendo de su protectora misericordia. La industria vegeta a la sombra de un proteccionismo bárbaro que encarece el género, fomentando sus defectos, y aun así no encuentra capital. El dinero sigue guardado en los campos en forma de tesoro, en el fondo de una tinaja, o se dedica a la usura en las poblaciones, lo mismo que en pasados siglos. Los más audaces se atreven a dedicarlo a la compra de los valores públicos, y los gobiernos continúan el despilfarro, seguros de que encontrarán siempre quienes les presten y ensalzando este crédito como una manifestación de la prosperidad del país. Hay en España dos millones de hectáreas de tierra sin cultivar, veintiséis millones de secano y solo un millón de regadío. Este cultivo de secano, que viene a ser toda nuestra agricultura, es un llamamiento que la desidia española hace al hambre; una demostración perpetua del fanatismo, que confía en la rogativa y en la lluvia del cielo más que en los adelantos de los hombres. Los ríos ruedan hacia los mares por cerca de comarcas abrasadas, desbordándose en el invierno no para fecundar, sino para arrastrarlo lodo en el ímpetu de la inundación. Hay piedra para iglesias y nuevos convenios, nunca para diques y pantanos. Se levantan campanarios y se cortan árboles, que atraen la lluvia. Y no me arguya usted de nuevo, Antolín, que la Iglesia es pobre y de nada tiene la culpa. Los pobres son ustedes, los de la Iglesia rancia y tradicional, los de la religión a la española, pues en esto hay modas, y los fieles se van con lo más reciente; pero ahí están los jesuitas, la manifestación más moderna del catolicismo, la «última novedad», que con su Corazón de Jesús y demás idolatrías a la francesa levantan palacios e iglesias en todas partes, desviando el dinero que antes iba a las catedrales y siendo la única demostración de la riqueza del país. Pero volvamos a nuestro progreso. Peor aún que la sequedad, es para nuestra agricultura la ignorancia y la rutina del pueblo labrador. Toda invención y aplicación científica la rechazan, creyéndola mala. «Los tiempos pasados eran los buenos. Así cultivaban mis abuelos y así debo hacerlo yo.» La ignorancia se ve convertida en gloria nacional. Y no hay que esperar por ahora el remedio. En otros países salen de las universidades y de las escuelas superiores los reformistas, los combatientes del progreso. Aquí solo producen los centros de enseñanza un proletariado de levita ansioso de vivir, que asalta las profesiones y puestos públicos sin otro deseo que el de abrirse paso y que esta situación continúe. Se estudia (si es que se estudia) durante unos cuantos años, no para saber, sino para adquirir un diploma, un pedazo de papel que autorice a ganarse el pan. Se aprende lo que declama el catedrático, sin curiosidad alguna de ir más allá. Los profesores son en su mayoría médicos y abogados que ejercen su carrera, van una hora todos los días a sentarse en la cátedra, repitiendo como un fonógrafo lo que dijeron en años anteriores, y vuelven enseguida a sus enfermos y sus pleitos, sin enterarse de lo que se escribe y se dice por el mundo después que ellos ganaron su puesto. La cultura española es de segunda mano, puramente exterior, «traducido del francés», y aun esto para la exigua minoría que lee, pues el resto de los llamados intelectuales no tienen otra biblioteca que los textos en que estudiaron de muchachos y se enteran de los adelantos del pensamiento europeo... por los periódicos. Los padres, con el afán de asegurar cuanto antes el porvenir de sus hijos mediante una carrera, los envían a los centros de enseñanza apenas saben hablar. El estudiante-hombre de otros países, en toda la plenitud de su razón, no existe aquí. Las universidades se llenan de niños; en los institutos solo se ven pantalones cortos. El español, al afeitarse por primera vez, es ya licenciado y va para doctor. La nodriza acabará por sentarse al lado del catedrático. Y esos niños que reciben el bautismo de la ciencia a la edad en que otros países se juega al trompo, y afirmándose en el título que pregona su ciencia ya no estudian más, son los intelectuales que han de dirigirnos y salvarnos, los que mañana serán legisladores y ministros. ¡Vamos, hombre, que hay para reír!

Gabriel no reía, pero el *Vara de plata* y los demás celebraban sus palabras. Toda crítica contra los tiempos presentes alegraba al sacerdote.

—¡Qué demonio de hombre! —decía a Gabriel—. Tú, en tu locura, tienes para todos.

—Este país está agotado, don Antolín. Aquí nada queda en pie. Es incalificable el número de ciudades que han desaparecido desde que comenzó nuestra decadencia. En otros países guardan cuidadosamente las ruinas del pasado como páginas de piedra de la Historia. Las limpian, las conservan, las sostienen y fortifican, y abren caminos para que todos puedan contemplarlas. Aquí, por donde ha pasado el arte romano, el bizantino, el árabe, el mudéjar, el gótico y el Renacimiento, todas las artes de Europa, los hierbajos y matorrales cubren las ruinas en los campos, ocultándolas y desfigurándolas, y la barbarie de las gentes las mutila en las ciudades. Se piensa a todas horas en el pasado, y sin embargo, se desprecian sus restos. ¡Qué país de sueño y de abandono! España no es un pueblo, es un museo desordenado y polvoriento de cosas viejas que atrae a los curiosos de Europa. En él, hasta las ruinas están arruinadas.

Los ojos de don Martín, el cura joven, se fijaban en Gabriel. Parecían hablarle expresando el entusiasmo con que acogía sus palabras. Los otros oyentes, silenciosos y cabizbajos, no experimentaban menos el encanto de aquellas afirmaciones, que tan audaces resultaban en el ambiente reposado y rancio del claustro. Don Antolín era el único que reía, encontrando graciosísimas, por lo disparatadas, las ideas de Gabriel. Comenzaba a atardecer. El Sol había desaparecido tras de los tejados de la catedral. La sobrina del *Vara de plata* volvía a llamarles desde la puerta de su clavería.

—Ahora vamos, muchacha —dijo el cura—. Tengo que decirle antes una razón a este señor.

Y dirigiéndose a Luna, continuó:

—Pero, ¡hombre de Dios...! y no debía llamarte así, porque estás empecatado. Tú todo lo encuentras mal. La Iglesia española, rancia, como tú dices, ha quedado empobrecida, ¡y aún te parece poca revolución! ¿Qué es lo que tú quieres?, ¿qué es lo que deseas para que esto se arregle? Suéltanos tu secreto y vámonos, que ya va picando el frío.

Y reía, mirando a Gabriel con lástima paternal, como si fuese un niño.

—¡Mi remedio! —exclamó Luna, sin hacer caso del gesto del sacerdote—. Yo no tengo remedio alguno. Es la marcha de la humanidad la que lo ofrece. Todos los pueblos de la tierra han pasado por las mismas evoluciones. Primero fueron regidos por la espada, después por la fe, y ahora por la ciencia. Nosotros hemos sido gobernados por guerreros y sacerdotes, pero nos detuvimos en el pórtico de la vida moderna, sin fuerza ni deseo para tomar la mano de la ciencia, que era la única que podía guiarnos. De aquí nuestra situación triste. Ciencias son hoy la agricultura, las industrias, las artes y los oficios, la cultura y el bienestar de los pueblos... hasta la misma guerra. Y España vive lejos del Sol de la ciencia. Cuando más, conoce un reflejo pálido, frío y debilitado que le llega de países extraños. La enfermedad de la fe nos ha dejado sin fuerzas; somos como esos seres que, después de sufrir una dolencia en su juventud, quedan anémicos para siempre, sin reconstitución posible, condenados a prematura vejez.

—¡Bah!, ¡la ciencia! —dijo el *Vara de plata* yendo hacia su casa—. Conozco eso. Es la eterna música de todos los enemigos de la religión. No hay mejor ciencia que amar a Dios y sus obras. Buenas tardes.

—Muy buenas, don Antolín. Pero no lo olvide usted; aún no hemos salido de la fe y la espada. A ratos, nos dirige una o nos arrea la otra. Pero de la ciencia, ni una palabra. Ni siquiera ha regido España durante veinticuatro horas.

VII

Gabriel, después de esta tarde, evitó las reuniones en el claustro para no discutir con el *Vara de plata*. Estaba arrepentido de su audacia. Al quedar solo había reflexionado sobre los peligros a que se exponía emitiendo sus ideas con tanta libertad. Le aterraba el ser expulsado de la catedral, corriendo de nuevo el mundo, a la ventura. Se reprendía, echándose en cara su afán de chocar con los prejuicios del pasado. ¿Qué iba a conseguir cambiando el pensamiento de aquella pobre gente? ¿En qué podía pesar, para la emancipación de la humanidad, la conversión de aquellos hombres agarrados como moluscos a las piedras del pasado...?

La catedral era para Gabriel un gigantesco tumor que hinchaba la epidermis española como rastro de antiguas enfermedades. Nada había que hacer allí. No era un músculo capaz de desarrollo: era un absceso que aguardaba la hora de ser extirpado o de disolverse por los gérmenes mortales que llevaba en su interior. Él había escogido como refugio aquella ruina, y debía callar, ser prudente, para que no le echasen en cara su ingratitud.

Además, su hermano Esteban, rompiendo el mutismo frío en que se había encerrado desde la llegada de su hija, le aconsejaba prudencia.

Don Antolín le había llamado, relatándole a su modo la conversación con Gabriel.

—Tiene unas ideas del demonio, Esteban —dijo el sacerdote—, y las expone en esta santa casa con la mayor tranquilidad, como si estuviera en uno de esos clubs infernales que hay en los países extranjeros. ¿Dónde ha estado tu hermano para aprender tales cosas? Jamás había oído herejías tan enormes... Dile que lo olvido todo porque le conocí de pequeño, porque recuerdo que fue la gloria de nuestro Seminario, y especialmente porque está enfermo y sería inhumano hacerle salir de la catedral. Pero que no se repita el escándalo. ¡Chitón! Que se guarde todas esas monstruosidades en la cabeza, si es que tiene gusto en perder su alma. Pero en esta santa casa, y sobre todo delante del personal, ni una palabra, ¿lo entiendes?, ni una palabra. No faltaba más sino que en la Iglesia Primada se diesen *metinges*... Además, tu hermano debe de pensar que al fin está comiendo en estos momentos el pan de la Iglesia, pues de ella vives tú que le mantienes, y que no es muy digno después de esto hablar de la obra más sabia de Dios, queriendo encontrarla defectos.

Esta última consideración fue la que más impresionó a Gabriel, lastimando su dignidad. Don Antolín decía bien. Él no era más que un parásito de la catedral, y al refugiarse en su regazo le debía gratitud y silencio. Callaría. ¿No había convenido al ocultarse allí en que había muerto...? Viviría como el cadáver animado, que era para ciertas órdenes religiosas la suprema perfección humana. Pensaría como todos, o más bien, no pensaría: vegetaría, hasta que llegase su última hora, como las plantas del jardín o los hongos de los contrafuertes del claustro.

Procuró evitar todo encuentro con sus amigos y admiradores de las Claverías. No visitó más la habitación del zapatero, y cuando veía a los camaradas rondar por el claustro con la intención de meterse en la casa de los Luna, dejaba sola a Sagrario, subiéndose al camaranchón del maestro de capilla.

Los servidores de la catedral sentábanse en torno de la máquina de coser, esperando en vano que bajase el maestro, satisfechos, ya que no le veían, de estar cerca de él, mirando su asiento abandonado y conversando con la muchacha, que se expresaba con ingenua admiración al hablar de su tío. El maestro de capilla alegrábase al ver que le visitaba de nuevo Luna. Era su único admirador. Al eclipsarse durante una buena temporada, el pobre artista había sufrido la amargura de la soledad, desesperándose con furia infantil, como si un público inmenso le volviera la espalda. Mimaba a Gabriel como si fuese la mujer amada. A pesar de su distracción, fijábase en sus toses, recomendándole remedios fantásticos imaginados por él; se inquietaba por los progresos de la enfermedad, temblando ante la idea de que la muerte le arrebatase su único auditorio.

Iba dando a conocer a Luna toda la música que había estudiado durante su ausencia. Cuando el enfermo tosía mucho, cesaba de tocar el armónium y emprendía con su amigo largas conversaciones, siempre sobre su preocupación eterna: el arte musical.

—Gabriel —dijo el maestro una tarde—, usted que es tan observador y sabe tanto, ¿no se ha fijado en que España es triste y no tiene el «dulce sentimentalismo» de la verdadera poesía...? No es melancólica, es triste, con su tristeza huraña y brutal. O ríe a carcajadas o llora rugiendo; no tiene la sonrisa suave, la alegría inteligente que distingue al hombre de la bestia. Si ríe, es de dientes afuera; su interior es siempre lóbrego, con una oscuridad de caverna, en la que se agitan las pasiones como fieras encerradas que buscan la salida.

—Sí, dice usted bien; España es triste —contestó Luna—. Ya no va vestida de negro, con el rosario en la empuñadura de la espada, como en otros siglos, pero por dentro sigue de luto y su alma es lóbrega y fiera. La pobre ha pasado tres siglos sufriendo las angustias inquisitoriales de quemar o ser quemada, y aún le dura el pasmo de esta vida de zozobra. Aquí no hay alegría.

—No la hay, no. Esto se ve en la música mejor que en otra manifestación de su vida. Los alemanes bailan el vals voluptuoso y alegre, o con el *bock* en la mano entonan el *Gaudeamus igitur*, el himno estudiantil a la gloria de la vida material, libre de cuidados. El francés canta entre carcajadas espontáneas y danza con los miembros sueltos, saludando con una risotada sus posturas de una fantasía simiesca. Los ingleses convierten la gimnasia en baile, con la alegría de un cuerpo sano satisfecho de su fuerza. Y todos estos pueblos, cuando sienten la dulce tristeza de la poesía, cantan el *lied*, la romanza, la balada, algo suave que adormece el alma y habla a la imaginación... Aquí, las danzas populares tienen mucho de sacerdotal, recuerdan la tiesura hierática de los bailarines sagrados o el frenesí ondulante de la sacerdotisa, que acaba por caer ante el ara con los ojos extraviados y la boca llena de espuma. ¿Y los cantos? Son hermosísimos, como producto de varias civilizaciones, pero tristones, desesperados, lóbregos, reveladores del alma de un pueblo enfermo, que no halla mejor diversión que ver derramar sangre humana y patalear jacos moribundos en el redondel de un circo. ¡La alegría española! ¡El regocijo andaluz...! Deje usted que me ría. Una noche, en Madrid, asistí a una fiesta andaluza, lo más típico, lo más español. Íbamos a divertirnos mucho. ¡Vino y más vino! Y conforme circulaban las cañas, los entrecejos más fruncidos, las caras más tristes, los gestos duros. «¡Ole!, ¡venga de ahí! ¡Esto es la alegría del mundo!» Y la alegría no asomaba por ninguna parte. Los hombres se miraban con torvo ceño, las mujeres pataleaban y chocaban las manos, con la mirada perdida en una estúpida vaguedad, como si la música les vaciase el cráneo. Las bailadoras ondulaban como serpientes erguidas. Tenían la boca apretada, la mirada dura, graves, altivas, inabordables, como bayaderas que estuviesen actuando en un rito sagrado. De vez en cuando, sobre el ritmo monótono y soñoliento, una canción áspera y estridente como un rugido, como el grito del que cae con las tripas cortadas. ¿Y la poesía? Lúgubre como un calabozo, hermosa a veces, pero como puede serlo el canto de un preso asomado a la reja. Puñaladas a la mujer traidora, ofensas a la madre lavadas con sangre, lamentos contra el juez que envía a presidio a los caballeros de calañés y faja, adioses del reo que ve en la capilla la luz del último amanecer; toda una poesía patibularia y mortal, que encoge el corazón y roba la alegría. Hasta los himnos a la hermosura de la mujer tienen sangre y bravatas... Y ésta es la música que divierte al pueblo en sus momentos de expansión y la que seguirá «alegrándole» tal vez durante siglos... Somos un pueblo triste, Gabriel: lo llevamos en la médula; no sabemos cantar si no es amenazando o llorando, y la canción es más hermosa cuando tiene más suspiros, hipos dolorosos y estertores de agonía.

—Es verdad. El pueblo español forzosamente ha de ser así. Creyó a ojos cerrados en sus reyes y sacerdotes como únicos representantes de Dios, y se moldeó a su imagen y semejanza. Su alegría es la del fraile: una alegría grosera, de chistes sucios, palabras gruesas y carcajadas como regüeldos. Nuestras novelas picarescas son cuentos de refectorio inventados a la hora de la digestión, con los hábitos sueltos, las manos cruzadas en la panza y la triple barbilla sobre el escapulario. Esa risa surge siempre de los mismos resortes: la miseria grotesca, los piojos, el bacín barnizado que tiene el hidalgo por todo mueble, las tretas del hambre para quitarle al compañero la provisión de mendrugos; las mañas para cazar bolsas de aquellas damas tapadas que ejercían la prostitución en los templos y sirvieron de modelo a nuestros poetas del siglo de oro para pintarnos un mundo mentiroso del honor: la mujer esclava, entre rejas y celos, más deshonesta y viciosa que la hembra moderna con toda su libertad... La tristeza española es obra de sus reyes, de aquellos sombríos enfermos que soñaban con apoderarse del mundo, mientras su pueblo perecía de hambre. Al ver que los hechos no correspondían a sus esperanzas, tornábanse hipocondríacos y desesperadamente fanáticos, creyendo sus fracasos castigos de Dios y entregándose a una devoción cruel para aplacar a la Divinidad. Cuando Felipe II conoce el naufragio de la *Invencible*, la muerte de tantos miles de hombres, el dolor de media España, no pestañea. «La envié a pelear con los hombres, no contra los elementos.» Y sigue su rezo: en El Escorial. La tristeza impasible y feroz de los monarcas gravita sobre la nación. Por algo fue el negro durante varios siglos el color favorito de la corte de España. Los bosques sombríos de los sitios reales, las arboledas oscuras del invierno, fueron y son sus paseos favoritos. Sus palacios de campo tienen techumbres negras, torres achatadas, con veletas y tétricos claustros, como si fuesen monasterios.

Gabriel, encerrado en aquel cuartucho, sin más oyente que el maestro de capilla, olvida la discreción que se había impuesto para conservar su existencia tranquila en la catedral. Podía hablar sin miedo en presencia del artista, y hablaba ardorosamente de los reyes españoles y de la tristeza que habían infiltrado en el país.

La melancolía era el castigo impuesto por la Naturaleza a los déspotas de la decadencia occidental. Cuando un rey tenía cierta predisposición artística, como Fernando VI, en vez de gustar la alegría de vivir, moría de tristeza escuchando las arias de tiple con que le arrullaba femeninamente Farinelli. Cuando nacían con los oídos del espíritu cerrados a cal y canto para las voces de la belleza, pasaban la existencia en los bosques inmediatos a Madrid, persiguiendo, escopeta en mano, a las reses cornudas y bostezando de fastidio en los descansos de la caza, mientras las reinas se alejaban cogidas del brazo de algún guardia de corps.

No se vive impunemente durante tres siglos en marital contacto con la Inquisición, ejerciendo el poder como simples delegados del Papa, bajo las inspiraciones de obispos, jesuitas, confesores y órdenes monásticas, que solo dejaron a la monarquía española su apariencia de poder, haciendo de ella una aplastante república teocrática. La tristeza del catolicismo penetró hasta la médula de los reyes españoles. Mientras cantaban las fuentes en Versalles entre ninfas de mármol, y los caballeros de Luis XIV mariposeaban, con sus trajes multicolores, impúdicos como paganos, en torno de las bellezas pródigas de sus cuerpos, la corte de España, vestida de negro, con el rosario al cinto, asistía al quemadero y se ceñía la cinta verde del Santo Oficio, honrándose con el cargo de alguacil de los achicharradores

161

de herejes. Mientras la humanidad, enardecida por el soplo carnal del Renacimiento, admiraba a Apolo y rendía adoración a las Venus descubiertas por el arado entre los escombros de las catástrofes medioevales, el tipo de suprema belleza para la monarquía española era el ajusticiado de Judea, el Cristo polvoriento y negruzco de las viejas catedrales, con la boca lívida, el tronco contraído y esquelético, los pies huesosos y derramando sangre, mucha sangre, el líquido amado por las religiones cuando apunta la duda, cuando la fe flaquea y, para imponer el dogma, se echa mano a la espada.

Por esto la monarquía española ha bostezado de tristeza, transmitiendo la melancolía de una a otra generación. Es la realeza católica por excelencia. Si de vez en cuando surgió algún ser alegre y satisfecho de la vida, fue porque en el líquido azul de las arterias maternales penetró una inyección de savia plebeya, como penetra el rayo de Sol en la habitación del enfermo.

Don Luis escuchaba a Gabriel, acogiendo sus palabras con gestos afirmativos.

—Sí; somos un pueblo gobernado por la tristeza —dijo el artista—. Dura aún en nosotros el sombrío humor de aquellos siglos negros. Muchas veces he pensado en lo difícil que sería entonces la existencia para un espíritu despierto. La inquisición acechando las palabras, queriendo adivinar los pensamientos. La conquista del cielo como único ideal de la vida. ¡Y esta conquista cada vez más difícil! Había que entregar el dinero a la Iglesia para salvarse; la pobreza era el estado perfecto. Y además del sacrificio del bienestar, la oración a todas horas, la visita diaria al templo, la vida de cofradía, las disciplinas en la bóveda de la parroquia, la voz del hermano del Pecado Mortal interrumpiendo el sueño para recordar la cercanía de la muerte; y unidas a esta existencia de continua inquietud, la incertidumbre de la salvación, la amenaza de caer en el infierno por la más leve falta, sin aplacar nunca por completo al Dios torvo y vengativo. Y a más de esto, la amenaza material: el terror de la hoguera inspirando la cobardía y el envilecimiento a los hombres ilustrados.

—Así se comprende —dijo Gabriel— la cínica confesión del canónigo Llorente al explicar por qué fue secretario del Santo Oficio: «Tocaban a asar, y para no ser asado, me puse de parte del asador». A los hombres inteligentes no les quedaba otro remedio. ¿Cómo resistir y rebelarse? El rey, dueño de vidas y haciendas, no era más que un servidor de obispos, frailes y familiares. Los monarcas de España, a excepción de los primeros Borbones, fueron unos criados de la Iglesia. En pueblo alguno se ha visto tan palpablemente como en este país la solidaridad entre la religión y la monarquía. La religión logra existir sin los reyes, pero la monarquía no puede vivir sin la religión. El guerrero afortunado, el conquistador que funda un trono, no necesita del sacerdote: le basta con su espada y el prestigio de sus hazañas. Pero al aproximarse la hora de la muerte, piensa en sus herederos, que no dispondrán como él de la gloria y el miedo para hacerse respetar, y entonces, atrayéndose al sacerdote, toma a Dios por aliado misterioso que velará por la conservación del trono. Los fundadores de dinastías imperan «por la gracia de la Fuerza», y sus descendientes reinan «por la gracia de Dios». El monarca y la Iglesia lo fueron todo para el pueblo español. La fe les hacía esclavos, con una cadena moral que no podía romper revolución alguna. Su lógica era indestructible. Al crecer en un Dios personal que se ocupaba de las cosas menudas del mundo y concedía su gracia al rey para que reinase, les tocaba obedecer a éste, so pena de ir al infierno. Los que se hallaban bien caídos en el mundo engordaban alabando al Señor, que crea los reyes para evitar al hombre el trabajo de gobernarse; los que sufrían consolábanse pensando que la vida es una prueba pasajera, después de la cual alcanzarían un huequecito en el cielo. La religión es el mejor auxiliar de la monarquía. Si no hubiese existido antes de los reyes, éstos la habrían inventado. La prueba está en que en tiempos de duda como los presentes siguen aferrados al catolicismo, que es el más fuerte puntal de su trono. En buena lógica, debían decir los monarcas: «Yo soy rey porque tengo la fuerza, porque me apoya el ejército». Pero no señor; prefieren continuar la antigua farsa, diciendo: «Yo el rey, por la gracia de Dios». El tirano pequeño no abandona el regazo del déspota grande. Le es imposible sostenerse por sí mismo.

Calló un buen rato Gabriel. Se ahogaba; su pecho agitábase con los estertores de una tos cavernosa. El maestro de capilla se aproximó a él alarmado.

—No hay que asustarse —dijo Luna reponiéndose—. Es lo de todos los días. Estoy enfermo y no debía hablar tanto. Además, estas cosas me excitan. Me irrito ante los absurdos de la monarquía y de la religión, no solo en mi país, sino en todo el mundo... Y sin embargo, he sentido lástima, profunda

163

conmiseración ante un ser de sangre real. ¿Querrá usted creerlo...? Le vi de cerca, en una de mis correrías por Europa. No sé cómo la policía que vigilaba su carruaje no me repelió lejos de allí, creyendo en un posible atentado. Y lo que yo sentía era compasión, pensando en los reyes que llegan tarde a un mundo que no cree en el origen divino, en esos últimos retoños que surgen del tronco carcomido y agotado de una dinastía, llevando en su pobre savia los vicios de las ramas muertas... Era un joven, enfermo como yo, no por azares de su existencia, sino enfermo desde la cuna, condenado desde antes de nacer a luchar con el mal que le infiltraron con la vida. Figúrese usted, don Luis, que en estos momentos fuese yo poderoso, y por conservar mis intereses engendrase un hijo. ¿No sería un atentado premeditado fríamente contra el porvenir...?

Y el revolucionario describía al joven enfermo: su cuerpo delgado fortalecido artificialmente por la higiene y la gimnasia; sus ojos empañados y macilentos en el fondo de profundas ojeras, y la mandíbula inferior colgante y como muerta, sin esa energía que la mantiene pegada al cráneo.

¡Pobre adolescente! ¿Para qué había nacido? ¿Qué iba a dejar de su paso por el mundo? ¿Por qué la Naturaleza, que muchas veces niega su fecundidad a seres fuertes, se había mostrado pródiga en el ayuntamiento sin amor de un tísico moribundo? De nada le servía tener caballos, carrozas, servidores uniformados que le saludasen y papanatas que le dieran vivas. Mejor hubiese sido para él no asomar al mundo, permanecer en el limbo de los privilegiados que no llegan a formarse. Semejante al escudero de Don Quijote, que, cuando al fin se vio en las abundancias de Barataria, tuvo al lado un doctor Recio para contrariar sus apetitos, el pobre ser no podía gozar en completa libertad las dulzuras de la escasa vida que le restaba.

—Le pagan miles de duros —añadía Gabriel— por cada minuto de su existencia; pero el oro no puede proporcionarle una gota de sangre nueva que sanee el veneno hereditario de sus venas. Le rodean hermosas mujeres; pero si siente subir a lo largo del espinazo el alegre cosquilleo de la juventud, la savia de la primavera de la vida, la predisposición genésica de una familia que solo fue notable y alcanzó victorias en las luchas de amor, ha de permanecer frío y austero ante la mirada vigilante de su madre, que sabe que el apasionamiento carnal puede acabar rápidamente con una vida débil y macilenta. Y como fin de tantas privaciones, de una abstinencia triste y dolorosa... la muerte inevitable. ¿Para qué habrá nacido el pobre ser...? A veces las grandezas de la tierra equivalen a una maldición. La razón de Estado es el más cruel de los tormentos para un enfermo: le obliga a sonreír, a fingir una salud que no tiene. Hablar de la enfermedad del rey es un crimen, y los cortesanos, los que viven a la sombra del trono, consideran un sacrilegio, un crimen digno de castigo, la menor alusión a la salud del monarca, como si éste no fuese un ser humano, puesto, como todos, bajo la advocación de la muerte.

—No me preocupa la política —dijo el maestro de capilla—; lo mismo me importan reyes que repúblicas: yo soy un súbdito del arte. No sé lo que la monarquía será en esos otros países que usted ha visto, pero en España noto que es cosa muerta. Se tolera como una de tantas creaciones del pasado, pero no inspira entusiasmo y nadie está dispuesto a sacrificarse por ella. Yo creo que hasta la misma gente que vive a su sombra y tiene sus particulares intereses confundidos con los del trono siente más el fervor en la boca que en el corazón.

—Así es, don Luis —dijo Gabriel—. Hace cerca de un siglo que la monarquía murió en España. El último rey amado y popular fue Fernando VII. A tal pueblo, tal monarca. Después la nación se ilustró, emancipándose de las tradiciones, pero los reyes no han progresado; antes bien, han retrocedido, apartándose cada vez más de aquella tendencia reformadora y anticlerical de los primeros Borbones. Si hoy, al educar a un príncipe, dijeran sus maestros: «Queremos hacer de él un Carlos III», se escandalizarían hasta las piedras de palacio. Los Austrias han resucitado, como esas plantas parásitas que al ser arrancadas reaparecen después de algún tiempo. Si en la vivienda de los reyes se buscan ejemplos del pasado, se recuerda a los cesares austriacos. ¡El olvido más completo para los primeros Borbones, que mataron moralmente a la Inquisición, expulsaron a los jesuitas y fomentaron la prosperidad material del país! Se reniega de la memoria de aquellos ministros extranjeros que vinieron a civilizar a España, siendo maestros de Aranda y Floridablanca. Jesuitas, frailes y clérigos ordenan y dirigen, como en los mejores tiempos de Carlos II. Haber tenido por consejero a un conde de Aranda, amigo de Voltaire, es una vergüenza del pasado, sobre la que se hace el silencio... Sí,

165

don Luis, dice usted bien: la monarquía es cosa muerta. Entre el país y ella hay la misma relación que entre un vivo y un cadáver. La secular pereza española, la resistencia a cambiar de postura, el miedo a lo desconocido que sienten todos los pueblos estacionarios, son las causas de que aún continúe esa institución que ni siquiera tiene, como en otras naciones, el éxito militar y el agrandamiento del territorio como justificaciones de su existencia.

Con esto cesó la conversación aquella tarde en el cuartucho del músico.

Gabriel se vio atraído de nuevo por el afecto de sus admiradores de las Claverías. Le acechaban, le seguían, doliéndose de sus ausencias. No podían vivir sin él, según declaraba el zapatero. Se habían acostumbrado a escucharle; sentían el afán de «ilustrarse», y rogaban al maestro que no los abandonara.

—Ahora nos juntamos en la torre —decía el campanero—. El *Vara de plata* ve con malos ojos nuestras reuniones, y hasta ha llegado a amenazar al zapatero con echarlo de las Claverías si continúan en su casa las tertulias. Conmigo no se meterá: ya conoce mi carácter. Además, si él manda en el claustro, yo mando en mi torre. Soy capaz, si viene a molestarnos con su espionaje, de echarlo escaleras abajo. ¡El demonio del avaro...!

Y añadía con expresión cariñosa, que contrastaba con su carácter rudo y taciturno:

—Ven, Gabriel: te esperamos en mi casa. Cuando te canses de hacer compañía a tu sobrina y de oír a ese loco de don Luis, sube un rato. No podemos pasar sin tu palabra. Don Martín está entusiasmado desde que te oyó la otra tarde. Desea verte; dice que iría de un extremo a otro de Toledo por escucharte. Quiere que le avise así que te decidas a reunirte con los amigos; y eso que don Antolín, hablando con él, te puso de loco y de hereje que no había por dónde cogerte... Él sí que es un bárbaro, que, después de estudiar una carrera, solo sirve para vender papeletas y explotar a los pobres.

Luna frecuentó las reuniones de casa del campanero. Acompañaba a su sobrina gran parte de la mañana arrullado por el tictac de la máquina, que le producía una dulce somnolencia, viendo cómo la tela pasaba bajo la aguja a pequeños saltos, esparciendo ese perfume químico de los tejidos nuevos.

Contemplaba a Sagrario, siempre triste, entregada al trabajo con tenacidad taciturna. Cuando de tarde en tarde levantaba la cabeza para arreglar el hilo y su mirada se encontraba con la de Gabriel, animábase su cara con una pálida sonrisa. En el aislamiento en que los había dejado la indignación del padre, sentían la necesidad de aproximarse, como si les amenazara un peligro. La enfermedad los unía. Gabriel lamentaba la suerte de la pobre joven, viendo cómo la había devuelto al mundo después de su fuga del hogar. Las consecuencias de su mal la martirizaban de vez en cuando con horribles dolores que ella procuraba ahogar. Si sonreía, sus dientes se mostraban ennegrecidos y rotos por la absorción del mercurio, entre unos labios de triste color de violeta. Su cabeza se había despoblado en algunos puntos, ocultándose la calvicie bajo largos mechones de pelo rubio, restos de su pasada hermosura, que ella peinaba con arte. Su piel blanca y aterciopelada tenía manchas rojas, extrañas excoriaciones, que a veces se hinchaban formando abscesos. A pesar de esto, la juventud, con su fuerza primaveral, aún asomaba y florecía por entre estas ruinas de la antigua belleza, dando luz a sus ojos y encanto a su sonrisa.

Muchas noches, Gabriel, al revolverse en su lecho sin poder dormir, tosiendo y bañado en frío sudor el pecho y la cabeza, oía en el cuarto inmediato los quejidos de su sobrina, tímidos, sofocados, para que en la casa no se enterasen de sus dolores.

—¿Qué tenías anoche? —preguntaba Gabriel a la mañana siguiente—. ¿De qué te quejabas?

Y Sagrario, después de varias negativas, acababa por confesar sus padecimientos.

—Son los huesos, que me duelen. Un dolor horrible que me espeluzna apenas me meto en la cama. Parece que me los arrancan pedazo a pedazo... Y usted, ¿cómo está? Toda la noche le oí toser: parecía que se ahogaba.

Y los dos inválidos de la vida se olvidaban de la propia dolencia para pensar en la del otro, estableciéndose entre sus almas una corriente de conmiseración amorosa, atrayéndose, no por el apasionamiento del sexo, sino por la simpatía fraternal que les inspiraba su desgracia.

Muchas veces, Sagrario alejaba a su tío. Le dolía verle inmóvil, a corta distancia de ella, tosiendo dolorosamente, contemplándola como si hubiese hecho de ella un objeto de adoración.

—Levántese de ahí —decía alegremente la muchacha—. Me pone nerviosa verle siempre tan quietecito, haciéndome compañía, cuando usted lo que necesita es vida y movimiento. Váyase con los amigos; en la habitación del campanero le estarán esperando. Luego hablan de mí, creyendo que soy quien le retengo en casa. ¡A paseo, tío! ¡A hablar de esas cosas que tanto le animan, y que los pobres oyen con la boca abierta! Tenga cuidado al subir los escalones. Despacito y con paradas, para que no le agarre el demonio de la tos.

Gabriel pasaba las últimas horas de la mañana en la habitación del campanero. Las paredes, de antiguo enjalbegado, estaban adornadas con grabados amarillentos que representaban episodios de la guerra carlista, recuerdos de la campaña montaraz que años antes enorgullecía a Mariano, y de la que ya no hablaba ahora.

Allí encontraba Gabriel a todos sus admiradores. Hasta el zapatero trabajaba por las noches para no privarse de esta reunión. Don Martín, el cura, subía también, recatándose para que no le viera el *Vara de plata*. Era una pequeña comunidad que se agrupaba en torno del apóstol enfermo con el fervor que inspira lo desconocido.

Gabriel contestaba a las preguntas de aquellos hombres, reveladoras muchas veces de la simplicidad de su pensamiento. Cuando le acometía la tos, le rodeaban, mostrando en sus rostros la alarma. Hubiesen querido, aun a costa de su vida, devolverle la salud. Luna, arrastrado por el entusiasmo, había acabado por relatarles su vida y sus sufrimientos. El prestigio del martirio vino a hacer más ardoroso el fervor de aquella gente. Su apocamiento de hombres sedentarios, tranquilos y seguros dentro de la catedral, admiraba las aventuras y los tormentos de aquel luchador. Era para ellos un mártir de la nueva religión de los humildes y los oprimidos. Además, su inocencia le convertía en una víctima de la injusticia social, que odiaba cada vez más.

Para ellos no había otra verdad qué la palabra de Gabriel. El campanero, más rudo y silencioso que los otros, era, sin embargo, el más audaz en la conversación. Su entusiasmo por Gabriel, que databa de la niñez, su fidelidad de perro acompañante, le hacían caminar a saltos, aceptando de un golpe los ideales más lejanos.

—Yo soy lo que tú seas, Gabriel —decía con firmeza—. ¿No eres anarquista? Pues también seré yo eso... Al fin, creo que siempre lo he sido. ¿No quieres que viva el pobre, que el rico trabaje, que cada uno posea lo que gane y que todos nos ayudemos? Pues eso es lo que yo pensaba, a mi modo, cuando íbamos por el mundo con el fusil y la boina... En cuanto a la religión, que antes nos volvía locos, ahora me tiene sin cuidado. Me convenzo, oyéndote, de que es algo así como una pamplina inventada por los listos para que los infelices nos conformemos con las miserias de la tierra esperando el cielo. No está mal discurrido. Al fin, los que mueren y no encuentran el cielo no vendrán a quejarse.

Un día, Gabriel quiso subir al departamento de las campanas. Era bien entrada la primavera, hacía calor, y el cielo, de un intenso azul, parecía atraerle.

—No he visto la Campana Gorda desde que era niño —dijo—. Subamos: contemplaré Toledo por última vez.

Y acompañado de sus admiradores, casi llevado en alto por ellos, subió lentamente la estrecha escalerilla espiral. Arriba, el viento tibio pasaba murmurando entre las grandes rejas que servían de jaulas a las campanas. Del centro de la bóveda pendía la famosa *Gorda*, un vaso gigantesco de bronce con todo un costado rajado por ancha grieta. El badajo que había hecho la rotura, cincelado y enorme como una columna, estaba debajo de ella, y otro más ligero ocupaba su cavidad para los toques. Los tejados de la catedral, negruzcos y vulgares, extendíanse a los pies de Gabriel. Enfrente, sobre una colina, alzábase el Alcázar, más alto y enorme que el templo, como si guardase el espíritu del emperador que lo construyó. César del catolicismo, campeón de la fe, pero que ansiaba tener la Iglesia a sus pies.

La ciudad esparcía sus techumbres en torno de la catedral. Las casas desaparecían entre el oleaje de torres, cúpulas y ábsides. Era imposible volver la vista a punto alguno sin tropezar con parroquias, iglesias, conventos y antiguos hospitales. La religión había absorbido al Toledo industrioso de otros siglos, y aún guardaba bajo su caparazón de piedra a la ciudad muerta. En algunos campanarios ondeaba un banderín rojo con un cáliz blanco. Era la señal de que un nuevo cura había cantado su primera misa.

—Nunca he subido aquí —dijo don Martín, sentándose al lado de Gabriel en unos maderos— que no haya visto esas banderas. El reclutamiento eclesiástico no cesa jamás. Siempre hay ilusos para llenar sus filas. Los que sienten la fe son los menos; los más, entran en el mundo eclesiástico porque ven la Iglesia todavía triunfante y dominadora en apariencia y creen que dentro de ella les aguarda una carrera prodigiosa... ¡Infelices! Yo también fui conducido al altar, entre música y gritos oratorios, como si marchase al triunfo. El incienso esparcía nubes ante mis ojos; mi familia lloraba de emoción viéndome nada menos que ministro de Dios. Y al día siguiente de todo este aparato teatral, cuando se apagan las luces e incensarios y la iglesia recobra su aspecto vulgar, la vida mísera y la intriga para ganarse el pan: ¡siete duros al mes por aguantar a todas horas a unas pobres mujeres con el humor agriado por el encierro, vulgares como criadas de servicio, que pasan la vida averiguando en el locutorio lo que ocurre en la ciudad y fabricando porquerías dulces para obsequiar a los señores canónigos y a las familias protectoras de la casa...! ¡Y aún hay curas que envidian, que ladran de hambre contra mí por la dichosa capellanía de monjas, y me tienen como un adulador del palacio arzobispal, no comprendiendo de otra manera que siendo tan joven haya pescado esta prebenda que me permite vivir en Toledo con siete durazos mensuales...!

Gabriel aprobaba con movimientos de cabeza las lamentaciones del cura.

—Sí; son ustedes unos engañados. La hora de las grandes fortunas dentro de la Iglesia pasó ya. Los pobres muchachos que ahora visten la sotana soñando con la mitra me causan el efecto de esos emigrantes que marchan a países lejanos, famosos por largos siglos de explotación, y los encuentran más esquilmados aún que su propio país.

—Tiene usted razón, Gabriel; la época de la Iglesia dominante pasó ya. Aún tiene en sus ubres leche suficiente para todos; solo que son muy pocos los que se agarran a ellas y se hartan hasta reventar, mientras los demás mugen de hambre. Hay para morir de risa cuando hablan de igualdad y del espíritu democrático de la Iglesia. Una mentira: en ninguna institución impera un despotismo tal cruel. En los primeros tiempos, papas y obispos eran elegidos por los fieles y desposeídos del poder cuando lo empleaban mal. Ahora existe la aristocracia de la Iglesia, o sea de canónigo para arriba, y el que llega a calarse una mitra, a ése ni Dios le tose ni hay quien le pida cuentas. En el mundo laico quedan cesantes los empleados, se separa a los ministros, se degrada a los militares... hasta se destrona a los reyes. Pero ¿quién exige responsabilidad al Papa o a los obispos una vez se ven ungidos y en correspondencia más o menos frecuente con el Espíritu Santo? Si pide usted justicia, le envían ante tribunales formados igualmente por aristócratas de la Iglesia. No hay poder más absoluto en la tierra: ni el del Gran Turco, que en cierto modo es responsable, por el miedo a las revoluciones del serrallo. Aquí, en el serrallo de la Iglesia, todos somos menos que hembras. Y si surge un cura que, cansado de persecuciones, siente renacer el hombre dentro de la sotana y le larga una puñalada a su tirano, lo declaran loco. ¡El colmo de la hipocresía! Quieren demostrar que en la Iglesia se vive en el mejor de los mundos y solo la falta de razón puede rebelarse contra su régimen.

Calló un buen rato don Martín, como si reconcentrase su memoria, y añadió:

—Ríase usted también de la pobreza actual de la Iglesia en España. Le ocurre lo que a los grandes señores arruinados que aún tienen para vivir con holgura y se consideran miserables recordando su pasada opulencia. La Iglesia tiene la nostalgia de aquellos siglos en que poseía la mitad de la riqueza española. Pobre es, si piensa en aquellos tiempos; pero si se compara con el catolicismo de las naciones modernas, resulta, como en los siglos anteriores, la institución más favorecida y que mejor bocado se lleva del Estado. Cuarenta y un millones arranca del presupuesto, y aún le parece poca cosa esta cifra, que resulta una enormidad en un país que dedica nueve millones a la enseñanza y un millón al socorro de los desgraciados. Mantenerse en correspondencia con Dios les cuesta a los españoles cinco veces más que aprender a leer. Pero esto de los cuarenta y un millones es un tapaojos. La miseria de mi situación me ha hecho curioso: he querido saber lo que cobra el clero en España y lo que llega a manos de nosotros, los soldados rasos. Las peticiones y pensiones de la Iglesia forman una selva intrincada, aparte de los cuarenta y un millones. No hay ministerio adonde no lleguen sus raíces; su ramaje se extiende por todos los patios, corredores y tejados del edificio de la nación. Cobra del Ministerio de Estado por las misiones extranjeras, que de nada sirven; del de la Guerra y del de Marina por el clero castrense; del de Instrucción pública y del de Justicia. Cobra para sostener el boato del romano Pontífice, pues le mantenemos su embajador en España, que es como si yo me diese el lujo de tomar criados, imponiendo al vecino la obligación de mantenerlos; cobra por reparación de templos, por bibliotecas episcopales, por la colonización de Fernando Poo, por imprevistos, y ¡qué sé yo cuántos capítulos suplementarios! Y hay que tener en cuenta lo que paga el pueblo español a la Iglesia voluntariamente, aparte de lo que le da el Estado. La Bula de la Santa Cruzada produce más de dos millones y medio de pesetas todos los años; además, hay que tener en cuenta lo que las parroquias sacan de sus fieles, y las utilidades anuales de las órdenes religiosas por su ministerio y oficios (ésta sí que es partida gorda), y el presupuesto eclesiástico de los ayuntamientos y las diputaciones... En fin, que la Iglesia, hablando a todas horas de su «pobreza», saca del Estado y del país más de trescientos millones de pesetas todos los años: casi el doble de lo que cuesta el ejército; y eso que en las sacristías se quejan de los tiempos modernos, diciendo que todo se lo comen los militares y que ellos tienen la culpa de cuanto ocurre, por haberse ido con la maldita libertad. ¡Trescientos millones, Gabriel! Lo tengo bien calculado. ¡Y yo, que formo parte de esta institución, tengo siete duros al mes, y la mayoría de los vicarios de España cobran menos que un guardia de Consumos y miles de clérigos andan a salto de mata, de sacristía en sacristía, buscando una misa para poner al fuego el pucherete, y si no salen a las carreteras cuadrillas de clérigos a robar, es porque tienen miedo a la Guardia civil, y tras dos días de hambre llega un tercero en el que pueden comer un mendrugo! Siempre hay una migaja para entretener el hambre. Ninguna sotana cae en medio de la calle desfallecida de necesidad, pero son muchos los clérigos que pasan la existencia engañando al estómago, figurándose que se nutren, hasta que llega una dolencia cualquiera que les saca del mundo... ¿Adonde va, pues, todo ese dinero? A la aristocracia de la Iglesia, a la verdadera casta sacerdotal, pues nosotros, dentro de la religión, somos gente de escalera abajo. ¡Qué engaño, Gabriel! Renunciar al amor y a la familia; huir de los placeres profanos, del teatro, los conciertos y el café; ser mirados por los hombres, aun por los que la echan de religiosos, como unos seres extraños, una especie intermedia entre la hembra y el macho; arrastrar faldas, ir vestidos en todo tiempo como un mamarracho lúgubre, y a cambio de tantos sacrificios ganar menos que los que pican piedra en las carreteras. Vivimos descansados, ciertamente que no nos caeremos de un andamio; pero nuestra miseria es mayor que la de muchos obreros, y no podemos confesarla ni ponernos a implorar limosna, por el prestigio, del hábito. Además, ¿por qué habían de socorrernos si no préstamos ninguna utilidad práctica y costamos tan caros al país...? Al terminar la dominación religiosa en España, solo nosotros, los de abajo, hemos sufrido las consecuencias. El sacerdote es pobre, el templo es pobre también; pero el príncipe de la Iglesia conserva sus miles de duros al año y el Estado Mayor eclesiástico sigue tranquilo en sus cánticos, viendo que no peligra la pitanza. La revolución, hasta ahora, solo ha perjudicado a la plebe eclesiástica. El poder de la Iglesia ha terminado, ya no vive; lo que vemos es su cadáver, pero un cadáver enorme, que costará de remover, y cuya conservación devora mucho dinero.

—Es verdad: la Iglesia ha muerto. Lo que combatimos son sus restos. El vulgo cree que aún vive porque la ve y la toca: ignora que una religión tiene en su vida los siglos por minutos y que pasan generaciones y generaciones entre su defunción y su entierro. Siglos antes de nacer Jesús ya estaba muerto el paganismo. Los poetas de Atenas se burlaban en la escena de los dioses olímpicos, los filósofos los despreciaban. Sin embargo, aún necesitó el cristianismo muchos años de propaganda y el apoyo político de los Césares para acabar con él. Y ni aun así acaba, pues los dogmas son como los hombres, que al morir perpetúan algo de su ser en la familia que les sucede. Las religiones no desaparecen repentinamente, por escotillón; se extinguen lentamente, infiltrando una parte de sus creencias y sus ritos en la religión que las reemplaza. Hemos nacido en uno de estos períodos de transformación: asistimos a la muerte de todo un mundo de creencias. ¿Cuánto durará la agonía? ¡Quién sabe! Dos siglos, tal vez menos; lo que tarde a cristalizar en la humanidad una nueva manifestación de su incertidumbre y su miedo ante el gran misterio de la Naturaleza. Pero la muerte es segura, indiscutible. ¿Qué religión ha sido eterna? Los síntomas de defunción se ven por todas partes. ¿Dónde está la fe que arrastraba a la muchedumbre belicosa de cruzados? ¿Dónde el fervor que levantaba catedrales con seráfica paciencia durante doscientos años para albergar una hostia bajo una montaña

173

de piedra? ¿Quién se azota hoy y martiriza su carne y vive en el desierto, pensando a todas horas en la muerte y el infierno...? En España, tres siglos de intolerancia, de excesiva presión clerical, han hecho de nuestra nación la más indiferente en materias religiosas. Se siguen las ceremonias del culto por rutina, porque hablan a la imaginación, pero nadie se toma el trabajo de conocer el fundamento de las creencias que profesa; se acepta todo sin reflexionar; se vive a gusto, con la seguridad de que a última hora basta morir entre sacerdotes, con un crucifijo en la mano, para salvar el alma. Tanto apretaron en otros tiempos curas, frailes e inquisidores, que la máquina de la fe saltó en mil pedazos, y no hay quien arregle este artefacto, que requiere la cooperación de todos... Y esto fue una fortuna, amigo don Martín. Un siglo más de intolerancia religiosa, y España hubiera quedado como esos musulmanes de África que viven en la barbarie por su excesiva religiosidad, después de haber sido los árabes civilizadores de Córdoba y Granada.

—¿Sabe usted —dijo el joven cura—, por qué el catolicismo conserva sus apariencias de poder? Porque desde muy antiguo tiene tomadas en los países latinos todas las avenidas por donde ha de pasar necesariamente la vida humana.

—Es verdad. Ninguna religión ha sido tan cautelosa como ésta; ninguna se ha emboscado mejor para salir al encuentro del hombre; ninguna ha escogido con tanto acierto, en los momentos de dominación, las posiciones para hacerse fuerte cuando llegase la decadencia. Imposible moverse sin tropezar con ella. Sabe desde muy antiguo que el hombre, mientras se ve sano, en la plenitud de su fuerza vital; es, por instinto, irreligioso. Cuando vive bien, le preocupa poco la llamada existencia eterna. Únicamente cree en Dios y le teme en la hora de la suprema cobardía, cuando la muerte le abre la oscuridad sin fondo de la nada, y él, en su orgullo de bestia racional, se subleva contra la completa supresión de su ser. Quiere que su alma sea inmortal, y acepta las fantasías religiosas de cielos e infiernos. La Iglesia, que teme la irreligiosidad de la salud, ocupa, como usted dice, todas las avenidas de la vida, para que el hombre no se acostumbre a existir sin ella, llamándola únicamente a la hora de la muerte. Los muertos le producen mucho dinero, son su mejor finca; pero quiere igualmente reinar sobre los vivos. Nada se escapa a su despotismo y su espionaje. Se injiere en todas las cosas de los humanos, desde las grandes a las insignificantes; interviene en la vida pública y en la íntima; bautiza al que viene al mundo, acompaña al niño a la escuela, monopoliza el amor, declarándolo vergonzoso y abominable cuando no se somete a su bendición, y divide la tierra en dos categorías: la sagrada para el que muere en su seno, y el estercolero al aire libre para el hereje. Interviene en el traje, declarando cuál es el porte honesto y cristiano y cuáles las galas escandalosas; da reglas para las secretas expansiones en el lecho matrimonial, y hasta se introduce en la cocina, creando un arte culinario del catolicismo, que reglamenta lo que se debe comer, lo que no debe mezclarse, y anatematiza ciertos manjares que, siendo buenos el resto del año, resultan el más horrendo de los sacrilegios en determinados días. Acompaña al hombre desde el nacimiento y no lo abandona ni aun después de depositarlo en la tumba. Lo conserva agarrado por el alma y le hace peregrinar por el espacio, pasándolo de destino en destino, ascendiéndolo camino del cielo, con arreglo a los sacrificios que se imponen sus sucesores en beneficio de la Iglesia. Mayor y más completo despotismo no lo imaginó ningún tirano.

Era mediodía. El campanero había desaparecido. Se oyó el chirriar de cadenas y poleas y un trueno sordo hizo temblar toda la torre. Vibraron el metal y la piedra, y hasta pareció conmoverse el éter del espacio. Acababa de tocar la Campana Gorda, ensordeciendo a los que estaban junto a ella. Momentos después, en el frontero Alcázar resonó el marcial estruendo de trompetas y tambores.

—Vámonos —dijo Gabriel—. Ese Mariano podía habernos avisado, para evitar la sorpresa.

Y añadió, sonriendo irónicamente:

—Siempre lo mismo. Los parásitos son los que más brillan y más ruido meten. Lo que no pueden prestar en utilidad lo dan en estruendo.

Llegó la festividad del Corpus sin que el menor incidente alterase la vida tranquila de la catedral. De vez en cuando se hablaba en el claustro alto de la salud de Su Eminencia. Sus graves disgustos en el cabildo le obligaban a guardar cama. Hasta había tenido un ataque que hacía temer por su vida.

—Es cosa del corazón —afirmaba el *Tato*, que estaba bien enterado de los asuntos de palacio—. Doña Visita llora como una Magdalena, y maldice a los canónigos viendo a don Sebastián tan malucho.

El *Vara de palo*, al sentarse o la mesa con la familia, hablaba de la decadencia de la fiesta del Corpus, tan famosa en el Toledo de otros tiempos. Su afán por lamentarse le hacía olvidar el áspero silencio que se había impuesto en presencia de su hija.

—No vas a conocer nuestro Corpus —decía a Gabriel—. Del que aún alcanzamos nosotros, solo quedan los famosos tapices que se colocan en el exterior de la catedral. Los gigantones ya no los alinean ante la puerta del Perdón, y la procesión es cualquier cosa.

El maestro de capilla también se lamentaba.

—¿Y la misa, señor Esteban? ¡Vaya una misa para festividad tan solemne! Cuatro instrumentos de fuera de casa, y una misita rossiniana de las más ligeras, con objeto de no gastar mucho. Para esto más valdría tocar solo el órgano.

La víspera de la fiesta, la música de la Academia de Infantería tocaba por la noche ante la catedral, según antigua costumbre. Todo Toledo acudía a la serenata, que era un acontecimiento en la vida monótona de la ciudad. De la provincia y de Madrid llegaban forasteros para la corrida de toros del día siguiente.

Mariano el campanero invitó a los amigos a oír la serenata en la galería grecorromana de la fachada principal. A la hora en que se apagaban las luces en las Claverías y don Antolín cerraba la puerta de la calle, Gabriel y sus amigos deslizábanse cautelosamente hasta la habitación del campanero. Sagrario fue también, a instancias de su tío, que tuvo casi que arrancarla de la máquina. Algún rato de esparcimiento había de gozar; la convenía asomarse al mundo de tarde en tarde; se estaba matando con aquella vida de abrumadora laboriosidad.

Todos se sentaron en la galería. El zapatero había llevado a su mujer, siempre con un pequeñuelo agarrado a la flácida ubre. El *Tato* hablaba con entusiasmo al manchador y al pertiguero de la corrida del día siguiente, y Mariano permanecía de pie junto a su admirado camarada, mientras su mujer, una hembra tan bravía como él, hablaba con Sagrario.

Los hombres lamentaban que no estuviese presente don Martín. Debía andar por abajo, entre el gentío que llenaba la plaza, pensando sin duda con terror en que había de levantarse antes del alba para decir la misa a las monjas.

El palacio del Ayuntamiento estaba adornado con guirnaldas de luces, que reverberaban sobre la fachada de la catedral, dando a la piedra un resplandor rojizo de incendio.

Por entre los arbolillos paseaban grupos de muchachas con flores y blusas blancas, como si fuesen la primera aparición del verano. Los cadetes las seguían con la mano en la empuñadura del sable, moviendo su talle esbelto y los anchos pantalones a la turca. El palacio arzobispal estaba cerrado. Por encima del resplandor rojizo de la plaza abarcaba la vista una gran extensión de espacio, un cielo de verano, oscuro, límpido y profundo, matizado por el polvo brillante de las estrellas.

Cuando cesó la música y comenzaron a apagarse las luces, los habitantes de la catedral sintieron cierta pereza en abandonar sus asientos. Estaban bien allí. La noche era calurosa, y ellos, habituados al encierro y el silencio de las Claverías, sentían la alegría de la libertad permaneciendo en aquel balcón, con Toledo a sus pies y la inmensidad del espacio ante sus ojos.

Sagrario, que no había salido del claustro alto desde que volvió a la casa paterna, contemplaba el cielo con admiración.

—¡Cuántas estrellas! —murmuró, como si soñase.

—Esta noche han aumentado —dijo el campanero—. El cielo de estío parece un campo de estrellas, en el que aumenta la cosecha con el buen tiempo.

Gabriel se reía de la simplicidad de sus compañeros. Todos ellos admiraban a Dios, tan previsor y cuidadoso, que había fabricado la Luna para que alumbrase a los hombres por las noches, y las estrellas para que la oscuridad no fuese absoluta.

—Entonces —preguntó Gabriel—, ¿por qué no hay Luna siempre, ya que la hicieron para alumbrarnos?

Se hizo un largo silencio. Todos reflexionaban sobre la pregunta de Gabriel. El campanero, por tener más confianza con el maestro, osó preguntarle lo que todos ellos pensaban. ¿Qué era el cielo?, ¿qué había más allá de aquel azul...?

La plaza había quedado desierta y en la oscuridad. No había más luz que el difuso resplandor de los astros esparcidos en el espacio como polvo de oro. De la inmensa bóveda parecía descender una calma religiosa, una majestad abrumadora que penetraba en el alma de aquellas gentes sencillas. El infinito comenzaba a embriagarles con el mareo de su grandeza.

—Vosotros —dijo Gabriel— tenéis los ojos cerrados para la inmensidad. No podéis comprenderla. Os han enseñado un origen del mundo mezquino y rudimentario, el que imaginaron unos cuantos judíos haraposos e ignorantes en un rincón del Asia, y que, escrito en un libro, ha sido aceptado hasta nuestros días. Ese Dios personal, semejante a nosotros en su forma y sus pasiones, es un artesano de gigantesca talla que trabaja seis días y forma todo lo existente. El primer día «crea la luz» y el cuarto el Sol y las estrellas. ¿De dónde salía, pues, la luz si aún no se había creado el Sol? ¿Es que hay distinción entre una y otro...? Parece imposible que hayan podido aceptarse tales absurdos durante siglos.

Los oyentes movían la cabeza en señal de asentimiento. El absurdo les aparecía palpable, como siempre que hablaba Gabriel.

—Si queréis penetrar en el cielo —continuó Luna—, habéis de despojaros del concepto humano de la distancia. El hombre todo lo mide por su talla y las dimensiones las concibe por el alcance de sus ojos. Esta catedral nos parece gigantesca porque bajo de sus naves somos como hormigas; y sin embargo, la catedral, vista de lejos, es una insignificante verruga; comparada con el pedazo de suelo que llamamos España, es menos que un grano de arena, y sobre la superficie de la Tierra, es un átomo... nada. Nuestra vista nos hace considerar como alturas que dan el vértigo treinta o cuarenta metros. En este momento creemos estar muy altos porque nos hallamos cerca de los tejados de la catedral, y toda esta distancia vale tan poco para lo infinito como la indecisión de la hormiga que titubea sobre un guijarro, no sabiendo cómo descender. Nuestra vista es corta. Nosotros, que medimos por metros, que solo podemos concebir distancias breves, tenemos que hacer un gran esfuerzo de imaginación para abarcar el infinito. Aun así, se nos escapa, y hablamos de él muchas veces como de una expresión falta de sentido. ¿Cómo haceros entender la inmensidad del mundo...? No creeréis, como creían nuestros abuelos, que la Tierra está inmóvil y es plana, y que el cielo es una cúpula de cristal donde Dios hincó las estrellas como clavos de oro y pasea el Sol y la Luna para iluminarnos. Sabréis que la Tierra es redonda y gira en el espacio.

—Sí, algo sabemos de eso —dijo el campanero con acento de duda—. Así nos lo enseñaron en la escuela. Pero ¿realmente crees tú que se mueve?

—Porque en vuestra pequeñez de seres humanos no podéis sentir ese movimiento, porque a vuestra vista de topos microscópicos se escapa el inmenso engranaje del mundo, no dudéis de él. La Tierra gira. Sin moveros de donde estáis, en veinticuatro horas habéis dado la vuelta completa al globo. Sin separar los pies del suelo corremos todos cuatrocientas leguas cada hora, velocidad que no alcanzan los trenes más rápidos. ¿Os asombráis? Pues aún corremos más sin saberlo. Nuestro planeta no solo gira sobre sí mismo, sino que al mismo tiempo circula en torno del Sol a razón de cien mil kilómetros por hora. Cada segundo recorremos treinta mil metros. Jamás inventarán los hombres una bala de cañón tan rápida. Vosotros vais por la inmensidad agarrados a un proyectil que marcha vertiginosamente, y engañados por vuestra pequeñez, creéis vivir inmóviles en una catedral muerta... ¡Y estas velocidades no son nada comparadas con otras! El Sol, a cuyo alrededor giramos, cae y cae en el vacío, llevando pegados por la atracción a sus flancos a la Tierra y los otros planetas. Va por la inmensidad, arrastrándonos; marcha hacia lo desconocido, sin tropezar con otros cuerpos, encontrando siempre espacio para caer con una rapidez cuyo cálculo da vértigos, y esto dura miles y millones de siglos, sin que él y la Tierra, que le sigue en su fuga, pasen dos veces por el mismo sitio.

Escuchaban todos a Gabriel con la boca abierta por el asombro. Sus ojos brillantes parecían extraviados por el vértigo.

—Hay para volverse locos —murmuraba el campanero—. ¿Qué es pues, el hombre, Gabriel?

—Nada; como nada es también esta tierra que nos parece tan grande y que hemos poblado de religiones, Imperios y revelaciones de Dios. ¡Ensueños de hormiga!, ¡menos aún! El mismo Sol, que nos parece inmenso comparado con nuestro globo, no es más que un átomo de la inmensidad. Eso que llamáis estrellas son otros soles como el nuestro, rodeados de planetas semejantes a la Tierra, y que por su pequeñez resultan invisibles. ¿Cuántos son? El hombre perfecciona sus instrumentos ópticos, y conforme avanza en el campo del cielo, descubre más y más. Los que apenas se marcaban en el infinito se aproximan al inventarse un nuevo anteojo, y tras ellos surgen en la negrura del espacio otros y otros, y así por los siglos de los siglos. Son incontables: están tan compactos como las moléculas del humo de una chimenea o del vapor de una nube. Nuestra pequeñez infinita nos hace apreciar las colosales distancias que existen entre ellos. Unos son mundos habitados como el nuestro; otros lo fueron y ruedan solitarios en el espacio, esperando una nueva evolución de la vida; muchos están naciendo. Y sin embargo, todos esos mundos no son más que corpúsculos del humo luminoso de lo infinito. El espacio está poblado de hornos que arden millones, trillones y cuatrillones de siglos, esparciendo luz y calor. La Vía Láctea no es más que una nube de astros que forman a nuestra vista una masa, pero que guardan entre sí distancias en las cuales podrían moverse tres mil soles como el nuestro, con todos sus planetas, sin tropezarse...

Gabriel recordaba la marcha de los sonidos y de la luz. Su rapidez era insignificante comparada con las distancias de la inmensidad. El Sol más cercano al nuestro estaba tan lejos, que para ir un sonido de nosotros a él necesitaría tres millones de años. El mismo sonido, para llegar a la estrella Polar, invertiría cuatrocientos mil siglos. ¡Y el pobre ser humano jamás podría viajar con la velocidad del sonido...!

Aquellos soles huían como el nuestro hacia lo ignorado, con vertiginosas velocidades, pero estaban tan lejos, que transcurrían tres y cuatro mil años sin que la humanidad advirtiese que se hubieran movido en el espacio una distancia mayor que el tamaño de una uña. Las dimensiones de lo infinito causaban la locura. El Sol era una burbuja de gas inflamado; la Tierra, una imperceptible molécula de arena.

El rayo luminoso de la estrella Polar necesita medio siglo para llegar a nuestros ojos. Podía haber desaparecido hace cuarenta y nueve años, y sin embargo, verla aún en el espacio. Y esta estrella era de las vecinas. El telescopio llegaba a alcanzar mundos tan remotos, que el rayo de luz llegaba hasta la lente después de un viaje de tres mil años.

Y todos estos mundos incontables nacían, se transformaban y morían como los seres. En el espacio no había reposo, lo mismo que en la tierra.

Unas estrellas se apagaban, otras brillaban macilentas, otras lucían con el estallido de vida de la juventud. Los planetas muertos disolvíanse en incendios de la materia para formar nuevos mundos. Era una renovación incesante de formas, en períodos de millones de millones de siglos, que representaban para su existencia lo que las limitadas docenas de años de nuestra vida. Y más allá de las incalculables distancias, el espacio, siempre el espacio por todos lados, con nuevos torbellinos de mundos, sin límite ni barrera.

Gabriel hablaba en medio de un silencio solemne. Los oyentes cerraban los ojos, como si les atolondrase tanta grandeza y sintieran el mareo de las alturas. Seguían con la imaginación las descripciones de Gabriel. Su espíritu limitado quería poner un término al infinito; en su sencillez, se imaginaban tras las distancias incalculables una bóveda de materia firmísima, con millones de leguas de espesor. Pero la obra fantástica algún término había de tener. ¿Qué había detrás de ella? Y la barrera creada por la imaginación caía repentinamente, y otra vez volaban por el espacio, siempre infinito, siempre con nuevos mundos.

Gabriel hablaba de ellos y de su vida con absoluta seguridad. El análisis espectral delataba en los astros la misma composición de la Tierra. Si en nuestro átomo había surgido la vida, forzosamente existía también en los otros cuerpos celestes, aunque fuese con distintas formas. En algunos planetas se habría extinguido ya; en otros estaría por nacer; pero seguramente aquellos millones de mundos habían tenido o tenían una vida.

Las religiones, queriendo explicar el origen del mundo, palidecían y se achicaban ante la inmensidad. Eran como la torre de la catedral, que cubría con su mole una gran parte del cielo, ocultando millones y millones de mundos. Y sin embargo, era de una pequeñez insignificante, comparada con la inmensidad que ocultaba; menos que la parte infinitesimal de una molécula: nada. Así eran las religiones. Parecían grandes porque estaban muy próximas al hombre, ocultándole la inmensidad. Cuando éste miraba por encima de ellas, abarcando con la vista el infinito, se reía de su soberbia de liliputienses.

—Entonces —preguntó tímidamente el viejo manchador, señalando a la catedral—, ¿qué es lo que nos enseñan ahí dentro?

—Nada —contestó Gabriel.

—¿Y qué somos nosotros los hombres? —dijo el perrero.

—Nada.

—¿Y los gobernantes, las leyes y las costumbres de la sociedad? —preguntó el campanero.

—Nada, nada.

Sagrario fijó en su tío los ojos, agrandados por la contemplación profunda del cielo.

—¿Y Dios? —preguntó con voz dulce—. ¿Dónde está Dios?

Gabriel púsose de pie. Su figura, apoyada en el balaustre de la galería recortábase negra y vigorosa sobre el espacio estrellado.

—Dios somos nosotros y todo lo que nos rodea. Es la vida, con sus asombrosas transformaciones, siempre muriendo en apariencia y renovándose hasta lo infinito. Es esa inmensidad que nos espanta con su grandeza y no cabe en nuestro pensamiento. Es la materia, que vive animada por la fuerza que reside en ella, con absoluta unidad, sin separación ni dualidades. El hombre es Dios; el mundo es Dios también.

Calló un instante, para añadir con energía:

—Pero si me preguntáis por el Dios personal inventado por las religiones a semejanza del hombre, que saca el mundo de la nada, dirige nuestras acciones, guarda las almas clasificándolas por sus méritos y comisiona hijos para que bajen a la tierra y la rediman, buscadlo en esa inmensidad, ved dónde oculta su pequeñez. Aunque fueseis inmortales, pasaríais millones de siglos saltando de astro en astro, sin dar jamás con el rincón que oculta su majestad de déspota destronado. Ese Dios vengativo y caprichoso surgió del cerebro del hombre, y el cerebro es el órgano más reciente del ser humano, el último en desarrollarse... Cuando inventaron a Dios, la Tierra existía millones de años.

VIII

En la mañana del Corpus, la primera persona que vio Gabriel al salir al claustro fue don Antolín, que repasaba sus talonarios, alineándolos sobre el borde de piedra de la balaustrada.

—Hoy es un gran día —dijo Luna queriendo halagar al *Vara de plata*—. Se prepara el gran ingreso: vendrán forasteros.

Don Antolín miró a Gabriel fijamente, como dudando de su sinceridad. Pero vio que no se burlaba, y contestó con cierta satisfacción:

—No se prepara mal la fiesta. Son muchos los que desean ver nuestros tesoros. ¡Ay, hijo! ¡Bien lo necesitamos! Tú, que te alegras de nuestro mal, puedes estar satisfecho. Vivimos en horrible estrechez. Nuestra fiesta del Corpus vale poco, comparada con la de otros tiempos, y sin embargo, ¡cuántas economías hay que hacer en la Obrería para pagar los cuatro ochavos que cueste este extraordinario!

Quedóse silencioso largo rato don Antolín, mirando fijamente a Luna, como si acabara de ocurrírsele una idea extraordinaria. Al principio fruncía el seno, cual si la repeliese, mas poco a poco su rostro fue aclarándose con una sonrisa maliciosa.

—A propósito, Gabriel —dijo con un acento meloso que tenía algo de agresivo—. Recuerdo que, cuando lo del Monumento de Semana Santa, me hablaste de que necesitas ganar dinero para tu hermano. Hoy tienes una ocasión: poca cosa será, pero algo es algo. ¿Quieres ser de los que llevan la carroza del Sacramento?

Gabriel fue a contestar con altivez al malicioso cura: adivinaba su intención de molestarle. Pero inmediatamente le tentó el deseo de vencer al *Vara de plata* aceptando su proposición. Quiso asombrarle accediendo a su disparatada idea. Además, pensó en que sería este sacrificio digno de la generosidad que con él tenía su hermano. Ya que no podía ayudarle con grandes auxilios de dinero, demostraría sus deseos de trabajar. Los escrúpulos de amor propio desvanecíanse en él ante la esperanza de llevar a casa un par de pesetas.

—Tú no querrás —siguió diciendo el sacerdote con acento burlón—. Eres demasiado «verde», y tu dignidad sufriría mucho paseando al Señor por las calles de Toledo.

—Pues se equivoca usted. Como querer, sí que quiero; pero el trabajo es demasiado pesado para un enfermo.

—Por esto que no quede —dijo don Antolín con resolución—. Lo menos serán diez dentro del carro, y los hay forzudos de verás. Tú irías para completar el número. Ya te recomendaría yo para que te guardasen ciertas consideraciones.

—Pues trato hecho, don Antolín. Cuente usted conmigo. Yo estoy para ganarme un jornal siempre que se presente.

Acababa de decidirle su deseo de salir de la catedral, de pasar, sin que nadie reparase en él, por las calles de Toledo, que no había visto desde que se encerró en el templo. Además, cosquilleaba fuertemente su vanidad la irónica situación que resultaba de ser él, con sus rotundas negaciones religiosas quien pasease ante la muchedumbre devota el Dios del catolicismo.

Este espectáculo le hacía sonreír. Casi era un símbolo. De seguro que el *Vara de plata* se regocijaba también, viendo en esto un pequeño triunfo de la religión, que obligaba a sus enemigos a llevarla en hombros. Pero él lo consideraba de distinto modo: dentro del carro eucarístico representaría la duda y la negación ocultas en el interior de un culto esplendoroso por su pompa exterior, pero vacío de fe y de ideales.

—Quedamos de acuerdo, don Antolín. Dentro de un rato bajaré a la catedral.

Se despidieron. Y Gabriel, después de digerir tranquilamente la leche que le sirvió su sobrina, bajó al templo, sin decir nada a la familia del trabajo que pensaba realizar. Temía la protesta de su hermano.

En el claustro bajo volvió a encontrarse con el *Vara de plata*. Hablaba con la jardinera, mostrándola escandalizado un haz de espigas con una cinta roja. Lo había recogido en la pila de agua bendita junto a la puerta de la Alegría. Todos los años, el día del Corpus, encontraba igual ofrenda en el mismo sitio. Un desconocido dedicaba a la iglesia el primer trigo del año.

—Debe ser un loco —decía el sacerdote—. ¿A qué conduce esto? ¿Qué significa este haz? ¡Si al menos fuese una carretada de gavillas, como en los buenos tiempos del diezmo...!

Y mientras arrojaba con desprecio las espigas en un arriate del jardín, Gabriel pensaba con admiración en la fuerza atávica que hacía resucitar en pleno templo católico la ofrenda gentílica, el homenaje a la Divinidad de los primeros frutos de la tierra fecundada por el verano.

El coro había terminado y comenzaba la misa cuando Gabriel entró en la catedral. La gente menuda comentaba a la puerta de la sacristía el gran incidente de la fiesta. Su Eminencia no había bajado al coro ni asistiría a la procesión. Decíase que estaba enfermo; pero los de la casa sonreían recordando que en la tarde anterior había ido de paseo hasta la ermita de la Virgen de la Vega. Era que no quería ver al cabildo. Estaba en un acceso de furor contra él, y demostraba su desprecio negándose a presidirlo en el coro.

Gabriel recorrió las naves. La concurrencia de fieles era mayor que otros días, pero aun así, la catedral parecía desierta. En el crucero, arrodilladas entre el coro y el altar mayor, veíanse varias monjas de almidonadas y picudas tocas cuidando de algunos grupos de niñas vestidas de negro, con lazos rojos o azules, según el colegio a que pertenecían. Unos cuantos militares de la Academia, gruesos y calvos, oían la misa de pie, apoyando el rostro sobre el pecho de su guerrera. En esta concurrencia diseminada y distraída por la música, destacábanse las señoritas del Colegio de Doncellas Nobles, jóvenes apenas entradas en la pubertad o soberbias mujeres en toda la amplitud del desarrollo femenil, que miraban con ojos de brasa: todas con traje de seda negra, mantilla de blonda montada sobre la peineta y vistosos golpes de rosas, como damas aristocráticas de gracia manolesca escapadas de un cuadro de Goya.

Gabriel vio a su sobrino el *Tato* vestido con ropón de escarlata, como un noble florentino, dando golpes en las losas con la vara para asustar a los perros. Discutía con un grupo de pastores de la sierra: hombres negruzcos y retorcidos como sarmientos, con chaquetones pardos y abarcas y polainas; hembras con pañuelos rojos y faldas mugrientas y remendadas que pasaban de generación a generación. Habían bajado de las montañas para ver el Corpus de Toledo, y andaban por las naves de la catedral con el asombro en los ojos, asustados de sus propios pasos, temblando cada vez que rugía el órgano, como si temieran ser expulsados de aquel mágico palacio igual a los de los cuentos. Las mujeres señalaban con un dedo los ventanales de colores, los rosetones de las portadas, los guerreros dorados del reloj de la puerta de la Feria, las tuberías de los órganos, y quedaban inmóviles, con la boca abierta, en estúpida contemplación. El perrero, con sus vestiduras rojas, les parecía un príncipe, y turbados por el respeto, no lograban comprender sus palabras. Cuando el *Tato* amenazó con su bastón a un mastín que se pegaba a las piernas de sus amos, aquella gente sencilla se decidió a salir del templo antes que abandonar al fiel compañero de su vida selvática.

Gabriel miró por la verja del coro. La sillería alta y la baja estaban ocupadas. Era día de gran fiesta, y no solo los canónigos y beneficiados estaban en sus asientos, sino los sacerdotes de la capilla de los Reyes y los prebendados de la capilla Mozárabe, las dos pequeñas iglesias que vivían aparte, con tradicional autonomía, dentro de la catedral de Toledo.

Luna vio en medio del coro a su amigo el maestro de capilla, con sobrepelliz rizada, moviendo una pequeña batuta. En torno de él se agrupaban hasta una docena de músicos y cantores, cuyos sonidos y voces quedaban ahogados cada vez que desde lo alto los acompañaba el órgano. El sacerdote dirigía con un gesto de resignación, mientras la música perdíase, débil y anonadada, en la soledad de las naves gigantescas.

En el altar mayor, sobre su cuadrada carroza, estaba la famosa custodia ejecutada por el maestro Villalpando: un templete gótico, primorosamente calado, que brillaba con el temblor del oro a la luz de los cirios, y de labor tan sutil y aérea, que al menor movimiento estremecíase, meciendo sus remates como manojos de espigas.

Iban llegando a la catedral los invitados a la procesión: señores de la ciudad con traje negro; profesores de la Academia en traje de gala, con todas sus condecoraciones; oficiales de la Guardia civil con su uniforme que recordaba el de los soldados de principios de siglo. Por las naves avanzaban, contoneándose con ligeros saltitos, los niños vestidos de ángeles: unos ángeles a la Pompadour, con casaca de brocado, zapatos de tacón rojo, chorrera de blondas alas de latón colgadas de los omoplatos y una mitra con plumas sobre la peluca blanca. La Primada sacaba para la fiesta su vestuario tradicional. Los uniformes de gala de los servidores del templo eran todos del siglo XVIII, la última época de su prosperidad. Los dos hombres que habían de guiar la carroza iban con rizos empolvados y calzón y casaca negros, como los abates del último siglo; los pertigueros y *varas de palo* se adornaban con golillas almidonadas y pelucas; el brocado y el terciopelo cubría a toda la gente de las Claverías, que apenas podía comer. Hasta los acólitos llevaban dalmática de oro.

El altar mayor estaba adornado con los tapices del *Tanto monta*, los famosos paños de los Reyes Católicas, con emblemas y escudos, regalo de Cisneros a la catedral. El obispo auxiliar decía la misa, y él y sus diáconos ayudantes sudaban bajo las casullas y capas tradicionales, bordadas, recamadas, con gruesos y deslumbrantes realces, abrumadoras como armaduras antiguas.

Conmovíase la catedral con la proximidad de la procesión. Sonaban las puertas de las sacristías al abrirse y cerrarse con estrépito; iba la gente atareada de un lado a otro. En aquella vida reposada y monótona, el incidente anual de una procesión que había de recorrer varias calles causaba iguales trastornos y ocupaciones que una expedición aventurada a países lejanos.

Al terminar la misa, el órgano comenzó a rugir una marcha desordenada y ruidosa, algo así como una danza salvaje, mientras se ordenaba la procesión. Fuera de la catedral sonaban las campanas. La música de la Academia había cesado de tocar un pasodoble en la misma puerta Llana, y se oían las voces de mando de los oficiales y el choque unísono de las culatas al quedar inmóviles las compañías de cadetes.

Don Antolín, con su gran vara de plata y una capa pluvial de brocado blanco, iba de un lado a otro, reuniendo a los empleados del templo. Gabriel lo vio aproximarse sudoroso y congestionado.

—A tu puesto: ya es hora.

Y lo llevó al altar mayor, junto a la custodia. Gabriel y ocho hombres más se introdujeron dentro del armazón levantando un paño de los que cubrían sus costados. Habían de encorvarse dentro del artefacto. Su misión era empujarlo para que se deslizara sobre las ruedas ocultas. A ellos solo les correspondía dar el impulso: fuera, los dos servidores de peluca blanca y traje negro eran los encargados de los timones delantero y trasero, guiando la carroza eucarística por las tortuosas calles. Gabriel fue colocado por sus compañeros en el centro. Él avisaría cuándo había que detenerse o emprender la marcha. La custodia monumental iba montada sobre una plataforma con un gran contrapeso; entre ésta y la carroza quedaba un palmo de espacio abierto, por donde asomaba Gabriel sus ojos, transmitiendo las indicaciones del timonel delantero.

—¡Atención...! ¡Marchen! —dijo Gabriel, obedeciendo a una señal exterior.

Y el carro sagrado comenzó a moverse con lentitud por el plano inclinado de madera que cubría los peldaños del altar mayor. Al pasar la verja hubo que detenerse. La gente se arrodillaba, y abriendo paso en ella don Antolín y sus *varas de palo*, avanzaban los canónigos con sus largas vestiduras rojas, el obispo auxiliar con mitra dorada, y las dignidades con mitras blancas de lino sin adorno alguno. Se arrodillaron todos ante la custodia, calló el órgano, y acompañados por el carraspeo de un trombón, entonaron un cántico adorando el Sacramento. El incienso se elevaba en nubecillas azules en torno de la custodia, velando el brillo del oro. Cuando cesó el cántico, volvió a sonar el órgano y la carroza púsose de nuevo en marcha. Temblaba toda ella desde la base a la cúspide, y el movimiento hacía sonar como un cascabeleo de plata las campanillas pendientes de sus adornos góticos. Gabriel caminaba agarrado a una traviesa del carro, con la vista fija en los timoneles, sintiendo en sus piernas el roce dé los que empujaban aquel artefacto semejante a los carros de los ídolos indostánicos.

Al salir de la catedral por la puerta Llana —la única del templo que está al nivel de la calle—, Gabriel pudo abarcar con su vista toda la procesión. Veía los jinetes de la Guardia civil rompiendo la marcha, los timbaleros de la ciudad vestidos de rojo, y las cruces de las parroquias agrupadas sin orden en torno de la manga de la catedral, enorme, pesadísima, como un globo cubierto de figuras bordadas. Después todo el centro de la calle libre, flanqueado por dos filas de clérigos y militares con cirios; los diáconos con incensarios, asistidos por los ángeles rococós que llevaban las navetas del asiático perfume, y los canónigos con sus capas históricas de gran valor. A espaldas del Sacramento se agrupaban las autoridades, y el batallón de los cadetes cerraba la marcha, fusil al brazo, al aire las rapadas cabezas, meciéndose al compás de la marcha.

Gabriel aspiraba con delicia el aire de la vía pública. Él, que había visto las mayores capitales de Europa, admiraba las calles de aquella ciudad antigua después de su largo encierro en la catedral. Le parecían populosas, y hasta experimentaba ese mareo que las grandes agitaciones modernas causan en los habituados a una vida sedentaria.

Los balcones mostrábanse colgados con antiguos tapices y mantones de Manila; las calles estaban entoldadas, con el pavimento cubierto por una capa de arena para que la carroza eucarística pudiera deslizarse sobre los agudos guijarros.

En las cuestas, la custodia avanzaba trabajosamente. Sudaban, jadeantes, los hombres ocultos en el carro. Gabriel tosía, con el espinazo dolorido por el encierro en la movible mazmorra, y la majestad de la marcha turbábase con las voces de mando del canónigo Obrero, que, con vestiduras rojas y una vara en la mano, dirigía la procesión, reprendiendo muchas veces, por sus movimientos desordenados, a los timoneles y a los que impulsaban el catafalco.

Aparte de estas penalidades, Gabriel estaba satisfecho de su escapatoria extraordinaria a través de la ciudad. Reía pensando en lo que hubiera dicho la muchedumbre arrodillada con veneración, de conocer al que asomaba sus ojos por debajo de la custodia. Aquellos oficiales de calzón blanco y peto rojo, que con la espada al costado y el bicornio sobre el muslo escoltaban a Dios, tenían sin duda noticias de su existencia; alguno habría oído hablar de él, y tal vez guardaba su nombre en la memoria como el de un enemigo de la sociedad. ¡Y el réprobo repelido por todos, refugiado en un hueco de la catedral, como las aves aventureras que anidaban en sus bóvedas, era el que guiaba el paso de Dios por las calles de la religiosa ciudad...!

A más de mediodía volvió la custodia a la Primada. Gabriel, al pasar junto a la puerta del Mollete, vio adornados los muros exteriores con los famosos tapices. Terminados los cánticos de despedida, los sacerdotes se despojaban rápidamente de sus vestiduras, buscando la puerta a la desbandada, sin saludarse. Iban a comer más tarde que de costumbre; aquel día extraordinario turbaba su existencia. La iglesia, tan ruidosa e iluminada durante la mañana, despoblábase rápidamente, cayendo en el silencio y la penumbra.

Esteban se indignó al ver salir a Gabriel de la carroza eucarística.

—Te vas a matar: eso no es para ti. ¿Qué capricho ha sido el tuyo?

Gabriel reía. Sí, era un capricho, pero no se arrepentía de él. Había dado un paseo por la ciudad sin ser visto, y su hermano tendría para atender dos días a su manutención. Él deseaba trabajar, no serle gravoso.

El *Vara de palo* se enternecía.

—Pero borrego, ¿te pido algo? ¿Necesito yo otra cosa sino que vivas tranquilo y te mejores?

Y como si quisiera corresponder a este sacrificio con otro que agradase a su hermano, al subir a las Claverías no puso la cara torva y habló a su hija durante la comida.

Por la tarde, el claustro alto quedó casi desierto. Don Antolín bajó apresuradamente con los talonarios, regocijándose al saber que eran muchos los forasteros que le aguardaban. El *Tato* y el campanero se deslizaron furtivamente por la escalera de la torre vestidos con sus mejores ropas. Iban a los toros. Sagrario, obligada al reposo para santificar la fiesta, había pasado a la casa del zapatero. Mientras él enseñaba los gigantones a criadas, soldados de la Academia y parditos del campo, la sobrina de Luna ayudaba a remendar la ropa a aquella pobre mujer abrumada por la miseria y el exceso de hijos.

Cuando el maestro de capilla y el *Vara de palo* bajaron al coro, Gabriel salió al claustro. Solo vio en él a un cadete que paseaba con la mano en la empuñadura del sable, poniéndolo casi horizontal, como las rabitiesas tizonas de otros tiempos. Luna le reconoció por sus anchos pantalones y su talle de avispa, que hacía afirmar al *Tato* que el tal cadete usaba corsé. Era Juanito, el sobrino del cardenal. Con frecuencia paseaba por el claustro esperando una ocasión para hablar con Leocadia, la hermosa hija del sacristán de la Virgen. De los padres no había nada que temer; pero el futuro guerrero tenía cierto respeto a la abuela Tomasa, que veía con malos ojos estas relaciones y amenazaba con hacérselas saber a su tío el cardenal.

Gabriel había hablado varias veces con el cadete. Cuando el muchacho le encontraba en el claustro, pegábase a él buscando conversación, para justificar con estas pláticas su presencia en las Claverías. Luna se asombró al verle allí en tarde de fiestas.

—Pero ¿no va usted a los toros? —le preguntó—. Todos los de la Academia deben estar en la plaza.

Juanito sonreía, acariciándose el bigote. Era su gesto favorito, y levantaba con satisfacción la manga, adornada con galones de sargento. No era un cadete cualquiera: era un «galonista», y esto, aunque fuese poca cosa para el que sueña con el generalato, siempre resultaba un paso adelante... No, no iba a los toros; era un aficionado de verdad, pero se sacrificaba por hablar toda una tarde con la novia a la puerta de su casa, en el silencio de las Claverías. La abuela había bajado al jardín, y el *Azul de la Virgen* no tardaría en salir, dejándole el campo libre, como si no se enterase de nada. ¡La gran tarde, amigo Gabriel! Él tenía ocupaciones más serias e importantes que las de los novatos de la Academia, que pasaban los domingos en los cafés o paseando como unos bobos. Su novia se la envidiaban todos en el Alcázar: hasta los profesores.

—¿Y cuándo es el casamiento? —dijo alegremente Gabriel.

El «galonista» contestó con expresión de hombre importante. Había que hacer antes muchas cosas: convencer a su tío, lo que no era fácil, y seguir los impulsos de su buena estrella, hasta llegar a cierta altura. Él estaba reservado para grandes cosas. Era asunto de pocos años.

—Yo, amigo Luna, soy de la madera de los generales jóvenes. Es la buena sombra de la familia. Mi tío cuenta que, siendo monaguillo, tenía la certeza de llegar a cardenal; y ha llegado. Yo ascenderé muy aprisa. Además, ya sabe usted que un arzobispo de Toledo no es cualquier cosa, y que el tío tiene relaciones en palacio y manda en el Ministerio de la Guerra lo mismo que si fuese un general. ¡Como que es más militar que cura! Para probarlo, ahí está lo único que ha escrito: una plegaria a la Virgen, para que la reciten los soldados antes de entrar en fuego.

—Y usted, Juanito, ¿siente realmente la vocación militar?

—Mucho. Desde que supe leer y abrir libros, quise ser igual a los grandes capitanes que veía en las láminas, erguidos sobre el caballo, con la espada en la mano, arrogantes y hermosos. Crea usted que en esta carrera nadie entra sin vocación. En los seminarios hay encerrados muchos contra su voluntad, pero a nadie lo dedican a militar por la fuerza: el que viene a la Academia es porque le sale de dentro.

—¿Y todos están tan seguros del éxito como usted?

—¡Oh, todos! —dijo sonriendo el sobrino del cardenal—. Solo que la inmensa mayoría no tiene las mismas probabilidades de hacer carrera. Pero con tantos como somos, no hay ni uno que piense en la posibilidad de quedarse vegetando de capitán en un regimiento de reserva, o morir de viejo llegando, cuando más, a comandante. Todos vemos primeramente la juventud realizada por el uniforme, por las aventuras (porque ya sabe usted que las mujeres se pirran por nosotros), por la alegría de vivir, querido y respetado en todas ocasiones, un palmo por encima del paisano; después, cuando se aproxima la vejez y engorda uno y empieza a quedarse calvo, la faja de general, la política, y ¡quién sabe si la cartera de Guerra! Éste es el pensamiento de todos. No hay quien no crea que en el porvenir le aguarda una faja, y no tendrá más que descolgarla para ponérsela en la cintura. Yo sé ciertamente que me espera. Los demás se lo imaginan... y así vamos viviendo.

Gabriel sonreía oyendo al cadete.

—Son ustedes unos engañados, lo mismo que esos pobres muchachos que entran en el Seminario creyendo que les espera la mitra o una gran prebenda al otro lado de la puerta. Es la seducción que aún ejercen después de muertas las grandes cosas que fueron. Vamos a ver... aparte del resultado material de la carrera, ¿por qué son ustedes militares...?

—¡Por la gloria! —dijo el cadete campanudamente, recordando las arengas del coronel-director de la Academia—. ¡Por la patria, cuya defensa nos está confiada! ¡Por el honor de nuestra bandera!

—¡La gloria! —dijo Gabriel irónicamente—. Conozco eso. Muchas veces, viéndoles a ustedes tan jóvenes, tan inexpertos, tan llenos de vanas esperanzas, he rehecho en mi interior lo que bien podría llamarse la psicología del cadete. Adivino lo que ustedes han pensado antes de entrar en la Academia y preveo la desilusión amarga y aplastante que les aguarda a la salida. Los relatos de guerras y la marcialidad artística del uniforme han seducido su niñez. Después las lecturas belicosas de una poesía irresistible: Bonaparte, con su banderita, pasando el puente de Arcole entre las nubes de metralla, grande como un dios; luego, nuestros generales de ir por casa: Espartero en Luchana, O'Donnell en África, y sobre todos, Prim, el caudillo casi legendario, guiando con su sable los batallones en Castillejos: «Yo quiero ser lo mismo —dicen los muchachos—; adonde llega un hombre, bien puede alcanzar otro». El entusiasmo se toma por predestinación, y cada uno se cree fabricado por Dios para ser un caudillo famoso. Mientras se vive aquí en Toledo, se sueña con la gloria, con empresas arriesgadas, con batallas gigantescas y triunfos ruidosos. Pero cuando con las dos estrellas en la manga se va a un regimiento, lo primero que sale a recibirles en la puerta del cuartel, casi antes que el saludo del centinela, es la realidad fea y antipática. El que soñaba con cubrirse de gloria y ser caudillo famoso antes de los treinta años, no pensando más que en combinaciones estratégicas y originales fortificaciones, tiene que ocuparse del lavado y adecentamiento de unos cuantos mozos cerriles que llegan del campo oliendo a excesiva salud; probar el rancho, hablar de calzoncillos y camisas y calcular la duración de borceguíes y alpargatas. El que nunca entró en la cocina de su casa y fue cuidado minuciosamente por su mamá, despreciando como cosas de mujeres todo lo que no fuese dar voces de mando y alinear soldados, lo primero con que tropieza en el ejército es con la necesidad de ser cocinero, sastre, zapatero, etcétera, aguantando muchas veces repulsas de sus superiores porque no demuestra pericia en estas faenas.

—Es verdad —dijo riendo Juanito—; pero sin eso no puede haber ejército, y el ejército es necesario.

—No discutamos si es necesario o no. Yo quiero decir únicamente que ustedes (y si usted no, porque entra con buen pie, sus compañeros) son unos engañados, que se preparan sin saberlo el fracaso de la vida, lo mismo que esos otros jóvenes que, más pobres o menos enérgicos, corren a entrar en la Iglesia. La Iglesia terminó porque ya no hay fe; la gloria militar ha acabado para siempre en España porque no hay guerras de conquista, y nuestro carácter de potencia batalladora se perdió, afortunadamente, hace siglos. Si tenemos aún alguna guerra, es civil o colonial; guerras que podríamos llamar zompas, sin brillo y sin provecho, en las que mueren los hombres tan bien como en las Termópilas o en Austerlitz, pues solo una vez se pierde la vida, pero sin el consuelo de la fama y de la admiración pública, sin la aureola de eso que llaman gloria. Han nacido ustedes demasiado tarde. El brillo de otros siglos les atrae con su espejismo, pero llegan con retraso al llamamiento. Ustedes son los guerreros de un pueblo que forzosamente ha de vivir en paz; como los seminaristas son los futuros sacerdotes de un

193

país en el que ya no se hacen milagros, ni hay fe, sino rutina y pereza de pensamiento.

—Pero si ya no hemos de tener guerras exteriores, si acabaron las conquistas, servimos, al menos, para defender la integridad del suelo español, para guardar la casa. ¿Es que usted cree —añadió amoscado el cadete— que no somos capaces de morir por la patria?

—No lo dudo; es para lo único que servimos los españoles: para morir muy heroicamente, pero morir al fin. Nuestra historia hace dos siglos no contiene más que muertes heroicas. «Gloriosa derrota de tal parte.» «Heroico desastre de tal otra.» Por tierra y por mar hemos causado estupefacción en el mundo, arrojándonos con los ojos cerrados en el peligro, presentando la cabeza sin huir, con el estoicismo del chino. Pero las naciones no son grandes por su desprecio a la muerte, sino por su habilidad para conservar la vida. Los polacos fueron terror de los turcos y unos de los mejores soldados de Europa, y Polonia hace tiempo que no existe... Si una gran potencia europea pudiera invadirnos (fíjese usted en que digo «pudiera», pues en estos asuntos no es lo mismo querer que poder), desde aquí sé yo lo que ocurriría. Los españoles sabrían morir, pero tenga usted la seguridad de que los invasores no necesitarían más allá de dos batallas campales para acabar con todos nuestros medios de guerra. Y esto que puede deshacerse en un par de días, ¡cuántos sacrificios cuesta al país...!

—Entonces —dijo irónicamente el cadete—, habrá que suprimir el ejército y dejar indefensa la nación.

—Hoy por hoy, no hay que esperar que esto ocurra. Mientras Europa esté armada y hasta la más pequeña nación tenga un ejército, España lo tendrá también. No es ella quien va a dar el ejemplo, ni este ejemplo serviría de nada. Es como si para remediar la injusticia social iniciase el sacrificio uno que solo tuviese unos cuantos miles de pesetas, renunciando a ellas...

Tras un largo silencio, Gabriel habló con dulzura, en vista del gesto irónico y casi agresivo del cadete.

—A usted le duelen indudablemente mis afirmaciones. Crea usted que lo siento, pues no me gusta herir las creencias de nadie, y más aquellas que forman el ideal de nuestra vida. Pero la verdad es la verdad. A usted no le importa nada la cuestión social, ¿no es cierto? Ni la conoce, ni le habrá preocupado un solo instante. Lo mismo les ocurrirá a todos sus compañeros de profesión, y sin embargo, lo que ustedes sufren en su prestigio, en su amor a la patria y a su bandera, no tiene otra causa que el desarreglo social que hoy impera en el mundo. La riqueza lo es todo; el capital es el señor de la tierra. La ciencia rige a la humanidad como sucesora de la fe, pero los ricos se han apoderado de sus descubrimientos y los monopolizan para perpetuar su tiranía. En el mundo económico se han hecho dueños de las máquinas y demás progresos, empleándolos como cadenas para esclavizar al obrero, obligándolo a un exceso de producción y limitando su jornal a lo estrictamente necesario. En la vida de las naciones ocurre lo mismo. Hoy la guerra no es más que una aplicación de la ciencia. Los pueblos más ricos se han apoderado de los mayores adelantos del arte de exterminar; tienen rebaños de acorazados, miles de cañones monstruosos, pueden mantener millones de hombres sobre las armas, con todos los perfeccionamientos modernos, sin que se quebrante su fortuna. A los pueblos pobres solo les queda el recurso de callar o indignarse inútilmente, como lo hacen los desheredados ante los detentadores de la propiedad. El pueblo más cobarde del globo, o el más sedentario, puede ser guerrero invencible o conquistador glorioso si tiene dinero. El valor caballeresco terminó con la invención de la pólvora, y la fiereza de raza ha muerto para siempre con el advenimiento del industrialismo. Si resucitase el Cid, estaría en presidio, se habría dedicado a ladrón de carreteras, no pudiendo acoplarse a las desigualdades e injusticias de la vida moderna. Si el Gran Capitán fuese ahora ministro de la Guerra, veríamos cómo se las arreglaba, aun con este presupuesto militar que agobia a la nación, para poner sus tercios en condiciones de sostener de nuevo una batalla en Italia. Es el dinero, ¡el maldito dinero! quien mata la parte más hermosa del soldado, el valor personal, la iniciativa, la originalidad, así como anula al obrero, convirtiendo su existencia en un infierno.

El cadete escuchaba con atención a Gabriel, comprendiendo por primera vez que en las grandes potencias militares había algo más que las aficiones belicosas del monarca y el valor de los ejércitos. Veía de repente la riqueza como base y resorte de todas las empresas guerreras.

—Entonces —dijo con expresión pensativa—, si los extranjeros dejan de atacarnos, no es porque nos tengan miedo...

—No; si nos permiten vivir tranquilos, es porque esas potencias omnipotentes, con sus ambiciones y celos, guardan cierto equilibrio. Son como los grandes capitalistas, que, ocupados en enormes concepciones de explotación, dejan por descuido y desprecio que existan en torno de ellos industrias modestas. ¿Cree usted que Suiza y Bélgica y otros países pequeños viven tranquilos enclavados entre grandes potencias porque poseen un ejército? Lo mismo existirían aunque no tuviesen un soldado. Y España, por su poderío militar, no es más que cualquiera de las pequeñas naciones de Europa. La pobreza económica y la escasez de población nos obligan a la humildad. Hay hoy dos categorías de ejércitos: los organizados para la conquista y los que solo sirven para guardar el orden interior, que no son más que una gendarmería en grande, con cañones y generales. El de España, por mucho que cueste y por más que lo agranden, no sale de esta última clasificación.

—Y aunque solo sea eso —dijo el cadete—, ¿no es algo? Guardamos el orden interior; velamos por la tranquilidad de la patria...

—Pues eso puede hacerse con menos gente y menos dinero. Además, ¿y la gloria? Ustedes, jóvenes llenos de ilusiones, exuberantes de acometividad, con energías para empresas nuevas, ¿se resignan con esa profesión de vigilantes y cuidadores de un pueblo? Su porvenir es tan monótono como el de un clérigo de la catedral. Todos los días lo mismo: amaestrar hombres para que se muevan de este modo o el otro, jugar al dominó o al billar en un café, pasear el uniforme o echar un sueño en el sillón del cuarto de banderas. No puede haber para ustedes otro suceso extraordinario que un motín contra el impuesto de Consumos, una huelga, un cierre de tiendas protestando de los impuestos, y hacer fuego entonces sobre una muchedumbre armada de piedras y palos. Si alguna vez manda usted en su vida disparar, tenga la certeza de que será contra españoles. Los gobiernos no quieren ejército: saben que es inútil para la defensa exterior de la nación, pues la fortuna nacional no permite su mantenimiento, y les basta con una organización embrionaria, que vive en pleno desorden, agitada por incesantes y contradictorias reformas, copiando los adelantos extranjeros, como una muchacha pobre imita las galas de la gran señora. Crea usted que nada tiene de agradable vivir una existencia de apocamiento y monotonía, sin otra gloria que fusilar al obrero que protesta o al pueblo que se queja.

—Pero ¿y la libertad?, ¿y el progreso político? —preguntó el cadete—. Yo he oído a un capitán viejo de la Academia, que si en España existe el régimen liberal es por el ejército.

—Mucho hay de eso —dijo Gabriel—. Es indudablemente el servicio más importante que el ejército ha prestado a España. Sin él, ¡quién sabe en lo que hubiesen parado las guerras civiles, en este país tan estacionario y tímido ante las reformas! Lo repito: no desconozco este servicio, pero crea usted que las guerras civiles entre la libertad y el absolutismo político no se repetirán, como no podrían reproducirse con éxito las guerrillas de la Independencia. Los medios de comunicación y los progresos militares han matado la guerra de montaña. El máuser, que es el arma del día, necesita llevar tras de sí un parque bien provisto, tener almacenes de cartuchos a la espalda, y esto es incompatible con la guerra de partidas.

—Pero reconocerá usted que de algo servimos y que préstamos a la nación un buen servicio.

—Lo reconozco dentro del actual orden de cosas. Pero aún lo reconocería mejor si fuesen ustedes menos. Consumen la mejor parte del presupuesto, y sin embargo viven ustedes en una miseria decente y disimulada, pedo miseria al fin. Un teniente gana menos que ciertos obreros, y tiene que costearse uniformes vistosos, ir limpio, y frecuentar, cuando necesita esparcimiento, los mismos lugares que los ricos. Solo ve ante él largos años de espera y de oculta miseria, sobrellevada con dignidad, hasta que un ascenso le proporciona unos cuantos duros más al mes. Ustedes sufren arrastrando esta vida de proletarios de la espada, y la nación productora se queja viéndoles inactivos, y olvida otros gastos superfluos para fijarse únicamente en los militares. Créame usted: para ejército moderno, son ustedes muy pocos y mal organizados; para guardia interior, sobran muchos y son caros. No es de ustedes la culpa. Es de su Vocación que llega tarde, cuando España está muerta, por fortuna, para las empresas aventureras. Si resucita, ha de seguir una dirección que no será ciertamente la de la espada. Por esto digo que yerran el camino los jóvenes que buscan la gloria allí donde creyeron encontrarla sus antepasados.

La aparición del *Vara de plata* cortó el diálogo. Corría, pálido de emoción, jadeante, agitando su manojo de llaves.

—Va a venir Su Eminencia —dijo apresuradamente—. Ya está en el arco. Quiere pasar la tarde en el jardín. ¡Es un capricho...! Hoy dicen que está inaguantable.

Y corrió a abrir la escalera de Tenorio, que ponía en comunicación las Claverías con el claustro bajo.

El cadete se alarmó ante la inesperada proximidad de su tío. No quería que le encontrase allí: temía el carácter del cardenal; y huyó hacia la escalera de la torre. Se marchaba a los toros; sacrificaba a la novia antes que encontrarse con don Sebastián.

Gabriel, al quedar solo en el claustro, se arrimó a una columnilla, aguardando de lejos el paso del temible príncipe de la Iglesia. Le vio salir por la puerta que conducía al departamento de los gigantones. Iba seguido por dos familiares. Luna pudo examinarle bien por primera vez. Era enorme, y a pesar de su edad, se mantenía erguido. Sobre la negra sotana con ribetes rojos descansaba la cruz de oro. Se apoyaba en un bastón de mando con cierta marcialidad, y las borlas de oro de su sombrero caían sobre su nuca grasienta, de una piel rosada y cubierta de pelos blancos. Sus ojos pequeños y penetrantes miraban a todos lados con la esperanza de encontrar un descuido, algo que contraviniese las reglas establecidas, para estallar en gritos y amenazas que diesen salida al mal humor y a la ira reconcentrada que fruncían su entrecejo.

Desapareció por la escalera de Tenorio precedido por don Antolín, que, después de abrir las verjas, se había puesto a sus órdenes, trémulo de miedo. El silencio y la soledad de las Claverías no se alteraron. Parecía que la gente oculta en las casas quedaba inmóvil, adivinando el peligro que pasaba.

Gabriel, asomado a la barandilla, vio cómo el cardenal salía al claustro bajo, recorriendo dos de sus galerías hasta llegar a la puerta del jardín. Un ligero ademán del prelado bastó para que se detuvieran los familiares, y él avanzó solo por la avenida central, dirigiéndose al cenador, donde Tomasa dormitaba entre los muros de hojas con la calceta en las manos.

La vieja despertó con el ruido de pasos. Al ver al prelado, dio un grito de sorpresa:

—¡Don Sebastián! ¡Aquí usted...!

—He querido visitarte —dijo el cardenal con sonrisa bondadosa, sentándose en una silla—. No siempre habías de ser tú la que me buscases. Te debo muchas visitas, y aquí estoy.

Hundiendo una mano en las profundidades de la sotana sacó una petaca de oro, encendiendo un cigarrillo. Extendía sus piernas con la complacencia del que se ve un momento en libertad, acostumbrado a todas horas a imponerse con el ceño adusto de la dominación.

—Pero ¿no estaba usted enfermo? —preguntó la jardinera—. Yo pensaba pasar esta tarde a palacio para preguntar a doña Visita por su salud.

—Calla, tonta; nunca me he sentido mejor: especialmente desde esta mañana. La bofetada que he dado a «ésos» no asistiendo al coro por no rozarme con ellos me ha puesto de un humor magnífico. Para que conste mejor mi intención, he venido a verte. Quiero que sepan que estoy bien, que lo de la enfermedad no es cierto. Que se enteren todos en Toledo que el arzobispo no quiere ver a sus canónigos, y que esto lo hace por dignidad, no por soberbia, pues al mismo tiempo baja a ver a su antigua amiga la jardinera.

Y el temible hombrón reía como un niño al pensar en el disgusto que esta visita podía dar a los del cabildo.

—Y, no creas, Tomasa —continuó—, que he venido a verte solo por conveniencia; esta tarde estaba triste en palacio, me aburría. Visitación anda ocupada con unas amigas de Madrid, y yo he sentido ese arrechucho que me da de vez en cuando al recordar el pasado. Sentía necesidad de verte, y he pensado además en que el jardín de la catedral es siempre fresco. Fuera de aquí hace un calor de horno... ¡Ay, Tomasa!, ¡qué fuerte te veo! Tan delgada y tan ágil, te mantienes mejor que yo. No estás envuelta en grasa como este pecador, ni tienes dolencias que te amarguen las noches. Tu pelo aún está casi negro, la dentadura se conserva bien, no necesitas, como este cardenal, llevar un artefacto dentro de la boca... Pero de todos modos, Tomasa, eres vieja como yo. Nos quedan pocos años de vida, por mucho que el Señor quiera conservarnos. ¡Quién pudiese volver a aquellos tiempos, cuando subía a tu casa con la sotanita roja, en busca de tu padre el sacristán, y te quitaba el almuerzo! ¿Eh, Tomasa...?

Los dos ancianos, olvidando las diferencias sociales, con esa fraternidad resignada de los seres que caminan a la muerte, recordaban el pasado. Todo estaba lo mismo que en su niñez: el jardín, el claustro; la catedral no había cambiado.

Su Eminencia, cerrando los ojos, se creía aún el monago travieso de medio siglo antes. La espiral azulada de su cigarrillo parecía arrastrar su pensamiento por las interminables revueltas del pasado.

—¿Te acuerdas cómo se burlaba de mí tu pobre padre? «Este chiquillo —decía en la sacristía— es un Sixto V.» «¿Qué quieres ser?», me preguntaban. Y yo respondía siempre lo mismo: «Arzobispo de Toledo». ¡Y poco que se burlaba el buen sacristán de la seguridad con que hablaba yo de mis pretensiones! Cuando me consagraron obispo, cree, Tomasa, que me acordé mucho de él, sintiendo que hubiese muerto. Habría gozado viendo sus lágrimas de alegría al contemplarme con la mitra en la cabeza... Yo os he querido siempre; sois una familia excelente, y muchas veces me matasteis el hambre.

—Calle, señor, calle y no recuerde esas cosas. Yo soy la que tengo que agradecerle que sea tan bueno, tan llanote, a pesar de su categoría, que casi es la que viene detrás del Papa... Y la verdad es —añadió la vieja con la arrogancia de su franqueza— que nada pierde siendo así. Amigas como yo no tendrá usted ninguna. A usted no le rodean más que aduladores y pillos, como a todos los grandes de la tierra. Si se hubiera quedado en cura de misa y olla, nadie le miraría la cara; pero Tomasa continuaría siendo su amiga, siempre dispuesta a hacerle un servicio. Si le quiero tanto, es porque usted es sencillo y afable. Si gastase orgullo, como otros arzobispos, le besaría el anillo y ¡hasta la vista! El cardenal en su palacio y la jardinera en su jardín.

El prelado acogía con sonrisas la franqueza enérgica de la buena mujer.

—Usted siempre será don Sebastián para mí —continuó—. Cuando me dijo que no le llamase Eminencia y todos esos tratamientos que le da la gente, lo agradecí más que si me hubiese regalado el manto de la Virgen del Sagrario. Se me atragantaba tanto tratamiento; me daban ganas de gritar: «¡Pero qué porra de Eminencia e Ilustrísima, si nos hemos arañado de pequeños mil veces, porque este grandísimo ladrón no veía mendrugo ni albaricoque en mis manos que no quisiera zampárselo!». Gracias que le hablo de usted desde que le vi beneficiado de la catedral, pues a un sacerdote no está bien tutearle como a un monago.

Quedaron silenciosos los dos viejos. Sus miradas vagaban por el jardín con cierto enternecimiento, como si en cada árbol o arcada cubierta de follaje encontrasen un recuerdo.

—¿Sabe usted lo que ahora me viene a la memoria? —dijo Tomasa—. Pues me acuerdo de otra vez que nos vimos aquí mismo, en este jardín, hace una friolera de años: lo menos cuarenta y ocho o cincuenta. Yo estaba con mi pobre hermana mayor, que acababa de casarse con Luna el jardinero. Por el claustro andaba rondándome el que luego fue mi marido. Vi entrar en el cenador un hermoso soldadote, un sargento, con gran ruido de espuelas, el chafarote al brazo y un casco con rabo, como el de los judíos del Monumento. Era usted, don Sebastián, que había venido a Toledo para ver a su tío el beneficiado, y no quería marcharse sin visitar a su amiga Tomasita. ¡Y qué guapo estaba usted! Es la verdad; no lo digo por adularle. ¡Tenía usted un aire de pillo para las muchachas! Hasta recuerdo que me dijo algo sobre lo hermosa y fresca que me encontraba después de los años de ausencia. A usted no le sienta mal que recuerde esto, ¿verdad? Eran chicoleos de soldado. ¡Tantos diría entonces! Cuando se fue usted, dijo mi cuñado: «Éste ha colgado los hábitos para siempre; es inútil que su tío el beneficiado quiera hacerlo sacerdote».

—Fue una locura de la juventud —dijo el cardenal, que sonreía con orgullo recordando al arrogante sargento de dragones—. En España solo hay tres carreras dignas del hombre: la de la espada, la de la Iglesia o la de la toga. La sangre me bullía, y quise ser soldado; pero tuve la desgracia de pillar tiempos de paz. Mi carrera hubiese sido lenta, y para no amargar los últimos años de mi tío, seguí sus consejos y reanudé los estudios, volviendo a la Iglesia. En un sitio y en otro se puede servir a Dios y a la patria; pero cree que muchas veces, con todo mi cardenalato a cuestas, pienso con envidia en aquel militar que tú viste. ¡Qué tiempos tan dichosos! Aún me tira la espada. Cuando veo a los cadetes, cambiaría a gusto con cualquiera de ellos, entregándoles mi báculo y mi cruz. ¡Y tal vez lo hiciese mejor que todos ellos! ¡Ah! ¡si volviesen aquellos tiempos de la Reconquista, en que los prelados salían a matar moros! ¡Qué gran arzobispo de Toledo hubiese hecho yo...!

Y don Sebastián erguía su cuerpo de anciano obeso, estirando los brazos con la arrogancia de los últimos restos de su vigor.

—Usted ha sido siempre muy hombre —dijo la jardinera—. Yo se lo digo muchas veces a ciertos curitas qué hablan de usted, criticándolo por si patatín o patatán. «No jueguen ustedes con Su Eminencia, que es muy capaz de entrar un día en el coro, y a éste quiero y a éste no, sacarlos a todos a bofetada limpia.»

—Más de una vez he estado tentado de hacerlo —dijo el prelado con firmeza, brillando en sus ojos una chispa de energía—. Pero me detiene la consideración de mi cargo y mi carácter de sacerdote pacífico. Soy pastor del católico rebaño, no lobo que aterra a las ovejas con su fiereza. Pero a veces no puede uno más, y ¡Dios me perdone! he sentido la tentación de levantar el cayado para empezar a golpes con el rebaño rebelde que se guarece en la catedral.

El prelado excitábase hablando de sus luchas con el cabildo. La placidez de espíritu que le proporcionaba la tranquilidad del jardín desaparecía al recordar a sus hostiles subordinados. Necesitaba, como otras veces, confiar sus pesares a la jardinera, con esa benevolencia instintiva que impulsa a los grandes a franquearse con los humildes.

—Tú no sabes, Tomasa, lo que esos hombres me hacen sufrir. Quiero dominarlos porque soy el amo, porque me deben obediencia con arreglo a la disciplina, sin la cual no habría Iglesia ni religión, y se me resisten y me desobedecen. Mis órdenes son cumplidas a regañadientes, y cuando quiero imponerme, hasta el último cura sale con lo que llama sus derechos, y me pone pleito, y acude a la Rota y a Roma si es preciso. Vamos a ver: ¿soy el amo o no lo soy? ¿Es que el pastor discute con sus ovejas y las consulta para guiarlas por el buen camino...? Me marean y aturden con sus pleitos y cuestiones. No hay entre ellos ni medio hombre; todos son chismosos y cobardes. En mi presencia tienen la vista baja; sonríen y alaban a Su Eminencia; y apenas vuelvo la espalda, son víboras que intentan morderme, lenguas de escorpión que nada respetan... ¡Ay, Tomasa! ¡Hija mía! ¡Tenme lástima! Cree que cuando pienso en esto me pongo muy enfermo.

Y el prelado palidecía, abandonando su asiento con gesto doloroso, como si sus entrañas se conmoviesen con intensas punzadas.

—No haga usted caso —dijo la jardinera—. Usted está por encima de todos; usted los vencerá.

—Claro que los venceré; ¡pues no faltaba más! Sería la primera vez que quedase debajo. Estas triquiñuelas de comadres me molestan poco. Sé que al final veré a mis pies a los repugnantes enemigos. ¡Pero sus lenguas, Tomasa! ¡Lo que dicen de los seres que más amo en el mundo! Esto es lo que me hiere, lo que me mata.

Volvió a sentarse, aproximándose a la jardinera para hablar en voz queda:

—Tú conoces mi pasado mejor que nadie; te lo he contado porque me inspiras gran confianza. Además, tú eres lista, y lo que no sabes lo adivinas. Conoces lo que es Visitación para mí, e indudablemente no ignoras lo que esos miserables dicen de ella. No te hagas la tonta: lo sabes; todos en la catedral y aun fuera de ella se enteran de esas calumnias y las creen. Tú eres la única que no puedes creerlas, porque conoces la verdad... Pero ¡ay!, la verdad no puedo decirla, no puedo gritarla: me lo impiden estos hábitos.

Y agarraba un puñado de su sotana con los dedos crispados, como si quisiera rasgarla.

Transcurrió un largo rato de silencio. Don Sebastián miraba al suelo con ojos duros, contrayendo sus manos como si quisiera agarrar a los invisibles enemigos. De vez en cuando sentía las punzadas de su enfermedad y suspiraba dolorosamente.

—¿Por qué pensar en tales cosas? —dijo la jardinera—. Se pone usted malo, y para esto no era preciso que se molestase bajando a verme. Mejor hubiera hecho quedándose en palacio.

—No; tú me distraes; encuentro cierto consuelo comunicándote mis penas. Allá arriba me desespero solo, teniendo que hacer esfuerzos para tragarme la rabia. No quiero que se enteren mis familiares, pues serían capaces de reírse; no quiero que sepa nada mi pobre Visitación... ¡Y yo no sé disimular!, ¡no puedo fingir alegría cuando estoy irritado...! ¡Qué infierno el que sufro! ¡No poder decir que he sido hombre, que he sido débil, como hecho de carne que soy, y que llevo conmigo los frutos de mi falta, sin querer separarme de ellos aunque la calumnia me persiga! Cada uno obra como quien es, y yo quiero ser bueno en medio de mis pecados. Podía haberme separado de mis hijos, haberlos abandonado, como hacen otros por conservar su fama de santos; pero yo soy hombre, me enorgullezco de ello: un hombre con sus defectos y sus virtudes, ni una más ni una menos que la

203

generalidad de los humanos. El sentimiento de la paternidad está en mí tan arraigado, tan hondo, que antes perdería la mitra que abandonar a mis hijos. Ya recuerdas cómo me puse cuando murió el padre de Juanito, que pasaba por mi sobrino. Creí morir. ¡Un hombrón tan hermoso y con un porvenir tan brillante! Yo le hubiese hecho magistrado, presidente del Supremo, ministro, ¡qué sé yo! Y en veinticuatro horas se me muere, como si el cielo quisiera castigarme. Es verdad que me queda mi nieto; pero ese Juanito en nada se parece a su padre, y te lo confieso: le quiero poco; no veo en él más que un reflejo lejano de mi pobre hijo. De mi pasado, de aquella época que fue la más feliz de mi vida, solo me resta Visitación. Es el retrato de la pobre muerta; ¡la adoro! Y esta dicha mezquina me la turba esa gentuza con sus calumnias... ¡Hay para matarlos!

Dominado por el grato recuerdo de la primavera que había florecido en sus primeros años de obispo, allá en una diócesis andaluza, repetía a Tomasa, una vez más, sus relaciones con cierta dama devota que sentía desde la niñez horror al mundo. La devoción los había juntado, pero la vida no tardó en recobrar sus fueros, abriéndose paso en sus relaciones casi místicas y uniéndolos en carnal abrazo. Habían vivido fieles uno al otro en el misterio de la vida eclesiástica, amándose con prudencia escrupulosa, sin que el secreto de sus relaciones trascendiese al público, hasta que ella murió, dejándole dos hijos. Don Sebastián, hombre de enérgicas pasiones, sentía la paternidad hasta la vehemencia. Aquellos dos seres eran la imagen de la pobre muerta, el recuerdo del único idilio de una vida dedicada por completo a la ambición. Las calumnias que circulaban los enemigos, fundándolas en la presencia de su hija en el palacio arzobispal, le ponían como loco.

—¡La creen mi querida! —decía con acento iracundo—. ¡Mi pobre Visitación, tan buena, tan cariñosa, tan mansita para todo, convertida en una cualquiera por esos miserables! ¡Una amante que he sacado para mi diversión del Colegio de Doncellas nobles...! ¡Como si yo, viejo y enfermo, estuviera para pensar en esas porquerías! ¡Indecentes...!, ¡miserables...! ¡Por menos se cometen muchos crímenes...!

—Déjelos que digan; Dios está en lo alto y nos ve a todos.

—Lo sé; pero esto no basta a tranquilizarme. Tú tienes hijos, Tomasa, y conoces lo que es quererlos. No solo nos hiere lo que se hace contra ellos, sino lo que se dice... ¡Qué días llevo de sufrimiento! De pequeño ya sabes que toda mi ilusión era llegar a lo que soy. Miraba el trono del coro y pensaba en lo bien que se estaría en él, en la inmensa felicidad de ser príncipe de la Iglesia. Pues bien; ya estoy en el trono. He caminado medio siglo apartando las piedras, dejando la piel y hasta la carne en las zarzas de la cuesta. ¡Yo sé cómo pude salir del montón negro y llegar a obispo! Después... ¡ya soy arzobispo!, ¡ya soy cardenal!, ¡ya no puedo llegar a más! ¿Y qué? La felicidad siempre marcha delante de nosotros, como la nube de luz que guiaba a los israelitas. La vemos, casi la tocamos, pero no se deja coger. Me siento ahora más infeliz que en la época en que luchaba por ser algo y me creía el más desgraciado de los hombres. No tengo la juventud: la altura en que me veo, fijas en mí todas las miradas, me impide defenderme. ¡Ay, Tomasa! Compadéceme, soy digno de lástima. ¡Ser padre, y tener que ocultarlo como un crimen! ¡Querer a mi hija con un cariño que se acrecienta más y más conforme se aproxima la muerte, y tener que sufrir que la gente tome este afecto tan puro por algo repugnante...!

Y la terrible mirada de don Sebastián, que asustaba a toda la diócesis, nublóse con lágrimas.

—Además, tengo otras penas —continuó—, pero son de hombre previsor que teme el porvenir. Cuando muera, todo lo que tengo será para mi hija. Juanito cuenta con lo de su madre, que era rica, y además tiene una carrera y el apoyo de mis amigos. Visitación será poderosa. Ya sabes que mis adversarios me echan en cara lo que ellos llaman mi avaricia. Avaricioso, no: previsor, amante del bienestar de los míos. He ahorrado mucho; no soy de los que reparten pan a la puerta de su palacio, ni busco la celebridad por la limosna. Tengo dehesas en Extremadura, muchas viñas en la Mancha, casas, y sobre todo, papel del Estado, mucho papel. Como buen español, quiero ayudar al gobierno con mi dinero, tanto más cuanto que esto produce ganancias. No sé ciertamente lo que poseo: serán veinte millones de reales: tal vez más. Todo ahorrado por mí, aumentado con buenos negocios. No puedo quejarme de la suerte; el Señor me ha ayudado. ¡Y todo para mi pobre Visitación! Mi gozo sería verla casada con un hombre bueno, pero ella no quiere separarse de mí. Le atrae la iglesia, y éste es mi miedo. No lo extrañes, Tomasa; yo, príncipe de la Iglesia, tiemblo al ver cómo se entrega a la devoción, y hago cuanto puedo por desviarla. Me gusta la mujer religiosa, no la devota que solo se encuentra bien en la iglesia. La mujer debe vivir, debe gozar y ser madre. Siempre he mirado mal a las monjas.

—Déjela, señor —dijo la jardinera—. Nada tiene de extraño que le guste la iglesia. Del modo como vive, no puede tener otras aficiones.

—Por hoy, nada temo. Estoy a su lado, y nada me importa que guste del trato con monjitas. Pero puedo morir mañana, y ¡figúrate qué magnífico bocado será la pobre Visita con sus millones, sola, y con esa afición a la vida religiosa, que otros más listos pueden explotar...! Yo he visto mucho; soy de la clase y estoy en el secreto. No faltan órdenes religiosas que se dedican a la caza de herencias, para mayor gloria de Dios, según dicen. Además, andan por ahí esas monjas extranjeras, de gran papalina, que son linces para esta clase de trabajo. Me aterra el pensar que caigan sobre mi hija. Yo soy del catolicismo a la antigua, de aquella religiosidad española neta: un catolicismo castellano, como quien dice de panllevar, limpio de extranjerías modernas. Sería triste haber pasado la vida ahorrando, para engordar a los jesuitas o a esas hermanas que no saben hablar en castellano. No quiero que mis dineros sufran la misma suerte que los del sacristán del adagio. Por esto, a los sinsabores de mi lucha con la gentuza enemiga se une el dolor que me causa el carácter débil de mi hija. Tal vez la cacen, y algún tuno se ría de mí apoderándose de mi dinero.

Y excitado por sus negros pensamientos, soltó una interjección castiza y obscena, recuerdo de sus tiempos de soldado. En presencia de la jardinera, no tenía por qué contenerse. La vieja estaba acostumbrada a los desahogos de su carácter.

—Vamos a ver —dijo imperiosamente, después de un largo silencio—. Tú que me conoces mejor que nadie: ¿soy tan malo como suponen los enemigos? ¿Merezco que el Señor me castigue por mis faltas? Tú eres un alma de Dios, sencilla y buena, y sabes más de esto con tu instinto que todos los doctores en Teología.

—¿Usted malo, don Sebastián? ¡Jesús...! Usted es un hombre como los otros: ni más ni menos. Tal vez mejor que muchos, pues es sencillo, todo de una pieza, sin engaños ni hipocresías.

—Un hombre: tú lo has dicho. Soy un hombre como los demás. Los que llegamos a cierta altura somos como los santos que están en las fachadas de las iglesias. De abajo, causan admiración por su hermosura; vistos de cerca, producen horror por la fealdad de la piedra roída por el tiempo. Por más que intentemos santificarnos, poniéndonos a distancia, no somos más que hombres; seres de carne flaca para aquellos que nos rodean. En la Iglesia son contadísimos los que se libran de las pasiones humanas. ¡Y quién sabe si aun esos pocos privilegiados no se sienten mordidos por el demonio de la vanidad, y al extremar los ascetismos de su vida, piensan en la gloria de verse en los altares...! El sacerdote que logra dominar la carne cae en la avaricia, que es el vicio eclesiástico por excelencia. Yo jamás he atesorado por vicio; he ahorrado para los míos, nunca para mí.

Calló largo rato el prelado; pero en su irresistible afán de confesarse con la sencilla mujer, continuó:

—Estoy seguro de que no me despreciará Dios cuando llegue mi hora. Su infinita misericordia está por encima de todas las pequeñeces de la vida. ¿Cuál es mi delito? Haber amado a una mujer, como mi padre amó a mi madre; tener hijos, como los tuvieron apóstoles y santos. ¿Y qué? El celibato eclesiástico es una invención de los hombres, un detalle de disciplina acordado en los concilios; pero la carne y sus exigencias son anteriores en muchísimos siglos: datan del Paraíso. Quien salta esta barrera, no por vicio, sino por pasión irresistible, porque no puede vencer el impulso de crear una familia y tener una compañera, ése falta indudablemente a las leyes de la Iglesia, pero no desobedece a Dios... Al aproximarse la muerte, tengo miedo. Muchas noches dudo y tiemblo como un niño... Yo he servido a Dios a mi modo. En otros tiempos le hubiera defendido con la espada, peleando contra los herejes; ahora soy su sacerdote, y por él batallo cada vez que veo la impiedad de los tiempos cercenar algo de su gloria. El Señor me perdonará, recibiéndome en su seno. Tú que eres tan buena, Tomasa, y tienes alma de ángel bajo tu corteza ruda, ¿no lo crees así...?

La jardinera sonrió, y sus palabras atravesaron con lentitud el silencio de la tarde agonizante.

—Tranquilícese, don Sebastián. Yo he visto muchos santos en esta casa, y valían menos que usted. Por asegurar su salvación hubiesen abandonado a los hijos. Por mantener lo que llaman la pureza del alma habrían renegado de la familia. Créame usted a mí: aquí no entran santos; hombres, todos hombres. No hay que arrepentirse de haber seguido el impulso del corazón. Dios nos hizo a su imagen y semejanza, y por algo nos puso el sentimiento de la familia. Lo demás, castidad, celibato y otras zarandajas, lo inventaron ustedes para distinguirse del común de las gentes. Sea usted hombre, don Sebastián, que cuanto más lo sea, resultará más bueno y mejor lo acogerá el Señor en su gloria.

IX

Pocos días después del Corpus, una mañana don Antolín fue en busca de Gabriel. El *Vara de plata* sonreía a Luna, hablándole con aire protector. Había pensado en él toda la noche. Le dolía verle inactivo, paseando por el claustro. La falta de ocupación era lo que le inspiraba aquellas ideas tan perversas.

—Vamos a ver —añadió—: ¿te convendría bajar conmigo todas las tardes a la catedral para enseñar el Tesoro y las demás preciosidades? Vienen muchos extranjeros que apenas si se dejan entender cuando me preguntan. Tú conoces su lenguaje: sabes el francés, el inglés y no sé cuántos idiomas más, según afirma tu hermano. La catedral ganaría mucho pudiendo demostrar a esos extranjeros que tiene un intérprete a su disposición; tú nos harías un favor y no perderías nada. Siempre es un entretenimiento ver caras nuevas. En cuanto a recompensa...

Se detuvo aquí don Antolín, rascándose la cabeza por debajo del bonete. Vería de arañar algo de los fondos de la Obrería; si no era posible en el primer momento, por estar flaca y escurrida la renta de la Primada, ya se proveería más adelante. Y aguardó con mirada ansiosa la respuesta de Gabriel. Éste mostróse conforme. Al fin era un huésped de la catedral, y algo la debía. Y desde aquella tarde bajó al templo a la hora de coro para enseñar a los extranjeros las riquezas de la iglesia.

Nunca faltaban viajeros que, exhibiendo los papelillos de colores de don Antolín, esperaban el momento de admirar las alhajas. El *Vara de plata* no veía un extranjero que no se imaginase que era un lord o un duque, extrañándose muchas veces de su desgarbo en el vestir. Para él, solo los grandes de la tierra podían permitirse el placer de viajar, y abría unos ojos escandalizados e incrédulos cuando Gabriel afirmaba que muchas de aquellas gentes eran zapateros de Londres o tenderos de París que se daban en las vacaciones el regalo de una excursión por el antiguo país de los moros.

Avanzaban por las naves cinco canónigos con sobrepellices de coro, cada uno con una llave en la mano. Eran los guardadores del Tesoro. Abría cada cual la cerradura confiada a su custodia, giraba pesadamente la puerta y quedaba abierta la capilla con sus antiguas riquezas. En enormes vitrinas, como en un museo, se exhibía la vieja opulencia de la catedral: imágenes de plata maciza; globos enormes coronados por graciosas figurillas, todo de precioso metal; arquillas de marfil de complicada labor; custodias y viriles de oro; enormes platos dorados y repujados, con escenas mitológicas que resucitaban la alegría del paganismo en aquel rincón sórdido y polvoriento del templo cristiano. Las piedras preciosas extendían su gama de colores por pectorales, mitras y mantos de la Virgen. Eran diamantes tan enormes que hacían dudar de su autenticidad, esmeraldas del tamaño de guijarros, amatistas, topacios y perlas, muchas perlas, a centenares, a miles, caídas como granizo sobre las vestiduras de la Virgen, Los forasteros admirábanse ante esta opulencia, deslumbrados por su enormidad, mientras Gabriel, habituado a la visita diaria, lo miraba todo fríamente. El Tesoro tenía un aire de vetustez lamentable. Las riquezas habían envejecido con la catedral. Los diamantes no brillaban, el oro parecía empañado y polvoriento, la plata se ennegrecía, las perlas estaban opacas y como muertas. El humo de los cirios y el ambiente rancio del templo lo habían patinado todo tristemente.

«La Iglesia —se decía Gabriel— envejece cuanto toca. Las riquezas pierden el brillo en sus manos, como las joyas que caen en poder de los usureros. El diamante se empaña en el seno de la gran avara; el cuadro más hermoso se ennegrece en sus altares.»

Tras de la visita al Tesoro venía la exhibición del Ochavo, la capilla octogonal de mármoles oscuros: panteón de reliquias donde los despojos humanos más repugnantes, las calaveras de horrible risa, los brazos momificados y las vértebras cariadas se mostraban en vasos de plata y oro. La piedad de otros siglos, crédula y grosera, aparecía tan absurda al mostrarse en pleno siglo de descreimiento, que el mismo don Antolín, tan intransigente hablando de las glorias de su catedral, bajaba la voz y apresuraba la relación al señalar el pedazo de manto de santa Leocadia cuando se «apareció» al arzobispo de Toledo, comprendiendo lo difícil que era explicar de qué tela se vestían las apariciones.

Gabriel traducía fielmente la explicación del *Vara de plata*, recalcándola muchas veces con irónica gravedad, mientras los canónigos que escoltaban la caravana de forasteros alejábanse algunos pasos con aire distraído para evitar preguntas.

Un inglés flemático interrumpió un día al intérprete:

—¿Y no tienen ustedes ninguna pluma de las alas de san Miguel?

—No, señor, y es lástima —contestó Luna con igual seriedad—. Pero ya la encontrará usted en otra catedral. Aquí no podemos tenerlo todo.

En la Sala Capitular, mezcla de arquitectura árabe y gótica, admiraban los visitantes la doble fila de arzobispos toledanos pintados en la pared con mitras y báculos de oro. Gabriel llamaba la atención sobre don Cerebruno, el prelado medioeval, llamado así por su enorme cabeza. Pero el guardarropa era lo que mayor asombro producía en los forasteros.

Era una pieza con grandes estanterías y armarios de madera vieja. Por encima de aquéllas, las paredes estaban cubiertas con grandes cuadros empolvados y rotos, copias de la pintura flamenca que el cabildo había relegado a aquel rincón. Sobre la estantería se alineaban los antiguos sillones de la casa: unos a la española, austeros, de líneas rectas, con deshilachados rapacejos; otros de forma griega, con las patas curvas y embutidos de marfil. Las capas y casullas se apilaban en los estantes por clasificación de tonos, con la esclavina fuera del montón, para que pudieran admirarse los prodigios del bordado. Todo un mundo de figurillas vivía con la fuerza del color en unas cuantas pulgadas de tela. El arte asombroso de los antiguos bordadores daba a la seda las apariencias de vida de la pintura. La esclavina y las tiras de una capa bastaban para reproducir todas las escenas de la creación bíblica o de la Pasión de Jesús. El brocado y la seda desarrollaban la magnificencia de sus tejidos. Una capa era un jardín de encendidos claveles; otra, un arriate de rosas o de flores fantásticas de enroscados estambres y pétalos metálicos. Sacaban los sacristanes de profundos estantes, como si fuesen libros de tela y madera, los famosos frontales del altar mayor. Los había especiales para cada fiesta. El de san Juan, alegre y risueño como una verbena, con corderos de oro y prietos racimos que acariciaban con sus manos mantecosas los angelitos gordinflones. Los más antiguos, de tonos suaves y desmayados, mostraban jardines persas, con fontanas azules en las que bebían rojizas bestias.

Los visitantes se aturdían viendo desplegar telas y más telas, todo el pasado de una catedral que, teniendo millones de renta, empleaba para su embellecimiento ejércitos de bordadores y acaparaba las más ricas telas de Valencia y Sevilla, reproduciendo en oro y colores los episodios de los libros santos y los tormentos de los mártires. Era la leyenda gloriosa de la Iglesia eternizada por la aguja antes de que pudiese hacerlo la imprenta.

Gabriel volvía todas las tardes al claustro alto aburrido por este paseo a lo largo de la catedral. En los primeros días le sedujo la novedad de ver caras extrañas, de sentir el roce de aquel arroyuelo de curiosos que, bifurcándose de la gran inundación de viajeros que corrían Europa, llegaba hasta Toledo. Pero al poco tiempo le parecieron iguales las gentes que veía todas las tardes. Eran las mismas preguntas, las mismas inglesas tiesas y de cara dura, iguales ¡oooh! de admiración fríos y convencionales, e idéntica manera de volver la espalda con grosera altivez cuando nada quedaba por enseñar.

Al volver a la tranquilidad del claustro alto, después de la diaria exhibición de las riquezas, Gabriel encontraba más repugnante e intolerable la miseria de las Claverías. El zapatero le parecía más amarillento y triste en el rancio ambiente de su tugurio, encorvado ante la mesilla, martilleando la suela; su mujer más débil y enfermiza, mísera esclava de la maternidad, debilitada por el hambre y ofreciendo como única esperanza al hijo pequeño aquellas ubres flácidas, de las que solo podía surgir sangre. El pequeñín se le moría. Sagrario, que abandonaba su máquina para pasar gran parte del día en casa del zapatero, así lo decía en voz baja a su tío. Ella hacía las faenas de la casa, mientras la pobre madre, inmóvil en una silla, con el pequeñuelo en el regazo, lo contemplaba con ojos llorosos. Cuando la criatura despertaba de su sopor, levantando trabajosamente la cabeza sobre el cuello delgado como un hilo, la madre, para ahogar sus gemidos débiles, lo aproximaba al pecho; pero el pequeño retiraba la boca adivinando la inutilidad de sus esfuerzos en aquel colgajo de carne del que solo lograba extraer una triste gota.

Gabriel examinaba al pequeño, fijándose en su delgadez esquelética y las extrañas manchas que la escrófula extendía sobre su piel de color de paja. Movía la cabeza incrédulamente cuando las vecinas, agrupadas en torno del enfermo, le atribuían cada una dolencias distintas, aconsejando remedios caseros, desde los cocimientos de hierbas raras y unturas hediondas, hasta la aplicación en el pecho de estampitas milagrosas y trazarle siete cruces en el ombligo con otros tantos padrenuestros.

—Es hambre —decía Luna a su sobrina—, nada más que hambre.

Y privándose de una parte de su alimento, pasaba a casa del zapatero la leche que subían para él. Pero el estómago del pequeño no podía sufrir el líquido, demasiado substancioso para su debilidad, y lo arrojaba apenas ingerido. Tía Tomasa, la jardinera, con su carácter enérgico y emprendedor, trajo una mujer de fuera de la catedral para que diese su pecho al enfermo. Pero a los dos días, antes de que se pudieran apreciar los efectos, ya no volvió, como si le repugnase aproximar a sus ubres aquel cuerpecito exangüe que parecía un cadáver. En vano buscó la jardinera; no era fácil encontrar pechos generosos que diesen su leche por poco precio.

Y mientras tanto, el niño se moría. Todas las mujeres entraban en la habitación del zapatero. Hasta don Antolín se asomaba por las mañanas a la puerta.

—¿Cómo está el pequeño? ¿Igual...? ¡Todo sea por Dios!

Y se retiraba, haciendo al zapatero la gran caridad de no hablarle de las pesetas que le debía, en atención al hijo enfermo.

El *Azul de la Virgen* mostrábase indignado por este incidente que turbaba la calma del claustro y la beatitud de sus digestiones de servidor de la iglesia feliz y bien cebado. Era una vergüenza que aquel zapaterín se hubiese aposentado en las Claverías con su pobreza y todo el rebaño de hijos tiñosos y miserables. Moriría uno cada mes: iban a pegarles sus enfermedades. ¿Y con qué derecho estaban en la catedral si no cobraban sueldo alguno de la Obrería? Tales hediondeces debían quedarse fuera de la casa del Señor. Su suegra se indignaba.

—¡Calla, ladrón de santos —decía—; calla, o te tiro un plato! Todos somos hijos de Dios, y si las cosas fuesen derechas, los pobres debían vivir en la catedral. Mejor sería que en vez de decir tales cosas les dieses a esos infelices algo de lo que robas a la Virgen.

El sacristán levantaba los hombros con desprecio. Ya que no tenían para comer, que no hiciesen hijos. Allí estaba él con solo una hija. No se creía con derecho a más, y eso que, gracias a Nuestra Señora, guardaba un mendrugo para la vejez.

Tomasa hablaba del niño del zapatero a los buenos señores del cabildo que después del coro se detenían un momento en el jardín. La oían distraídos, hundiendo su mano en la sotana.

—¡Todo sea por Dios! ¡Cuánta miseria...!

Y unos la daban diez céntimos, otros un real; hasta hubo quien llegó a dar una peseta. La jardinera pasó un día al palacio del arzobispo, pero don Sebastián estaba con el arrechucho y no quiso recibirla, enviándole dos pesetas con un familiar.

—No son malos —decía la jardinera, entregando sus colectas a la pobre madre—, pero cada uno vive para él, y el prójimo que se arregle. Nadie parte ya el manto con nadie... Toma esto y veas cómo sales del paso.

Comían mejor en casa del zapatero. La chiquillería escrofulosa que correteaba por el claustro era la que mejoraba de suerte con la enfermedad del pequeño, cada vez más débil, inmovilizado horas enteras, con una respiración casi imperceptible, sobre el regazo de la madre.

Cuando murió el infeliz, toda la gente del claustro se agolpó en la casa. Dentro sonaba el lamento de la madre, estridente, interminable, como el berrido de una bestia herida. Fuera, lloraba el padre silenciosamente, rodeado de sus amigos.

—Ha muerto lo mismo que un pájaro —decía con largas pausas, cortando las palabras con sollozos—. Su madre lo tenía sobre las rodillas... Yo trabajaba... «¡Antonio, Antonio! —me grita—; veas qué tiene el chico; mueve la boca, hace muecas.» Acudo. Tenía la cara ennegrecida... como si la cubriese un velo. Abrió la boquita... dos muecas, con los ojos entelados, y dobló el cuello... Lo mismo que un pajarillo... lo mismo.

Y lloraba, repitiendo tenazmente la semejanza entre su hijo y los pájaros que caían en invierno muertos de frío.

El campanero miraba sombríamente a Gabriel.

—Tú que lo sabes todo: ¿verdad que ha muerto de hambre?

Y el *Tato*, con su impetuosidad escandalosa, decía a gritos:

—¡No hay justicia en el mundo! ¡Esto se ha de arreglar! ¡Mire usted que morir de hambre una criatura en una casa donde corre el dinero y tantos tíos se visten de oro...!

Cuando se llevaron al muertecito camino del cementerio, pareció que el claustro quedaba abandonado. Toda su vida se reconcentró en la casa del zapatero. Las mujeres rodeaban a la madre. La desesperación enfurecía a aquella mujer débil y enferma. Ya no lloraba: la muerte de su hijo la había vuelto feroz. Quería morder, estrellarse el cráneo contra las paredes.

—¡Ay...! ¡mi hijooo! ¡mi Antoñito!

Por las noches se quedaban en la casa Sagrario y otras mujeres para cuidar de ella. En su desesperación quería hacer responsable a alguien de la desgracia, y se fijaba en los más altos de las Claverías. Don Antolín no la había auxiliado con la más pequeña limosna; su remilgada sobrina apenas si había entrado a ver al pequeñuelo. A ella solo le interesaban los hombres.

—El *Vara de plata* tiene la culpa —gritaba la pobre mujer—. Es un ladrón. Exprime nuestra miseria con sus trampas de usurero. Ni un céntimo ha dado para mi hijo... Y la tal Mariquita es un pendón... Lo digo yo, sí, señor. Solo piensa en emperejilarse para que la vean los cadetes.

—Mujer, te van a oír —decían suplicantes y con miedo algunas mujeres.

Pero otras protestaban de este temor. ¡Que le oyesen don Antolín y su sobrina! ¿Y qué? En las Claverías ya estaban hartos de las rapacidades de aquel tío y los aires de gran señora que se daba la fea. Porque ellas fuesen pobres no iban a pasarse la vida temblando ante aquella pareja. ¡Dios sabe lo que harían el tío y la sobrina solos en su casa...!

Un soplo de rebelión pasaba sobre aquel mundo adormecido. Era la influencia inconsciente de Gabriel. Lo que él decía a sus amigos había sido transmitido a todos los hombres de las Claverías, llegando hasta las mujeres. Eran ideas confusas y truncadas que muy pocos comprendían, pero les acariciaban como aire fresco y puro, reanimando sus espíritus. Sonábanles en los oídos como un eco grato del mundo exterior. Les bastaba con saber que aquella vida de paz y de miserable sumisión en que habían estado hasta entonces no era inmutable, que ellos tenían derecho a más, y los humanos deben rebelarse ante la injusticia y la imposición.

Don Antolín, que conocía bien el rebaño confiado a su custodia, no tardó en percatarse del trastorno moral. Adivinaba en derredor de su persona la hostilidad y la rebeldía. Los deudores le contestaban altivamente, alegando la miseria como un derecho para no sufrir su avaricia; sus órdenes imperiosas tardaban en ser ejecutadas, y tenía la percepción clara de que al andar por el claustro se reían a su espalda o le hacían gestos amenazadores. Un día sintió temblar sus piernas y que los ojos se le nublaban de emoción al oír cómo contestaba el perrero, a una de sus reprimendas por haber vuelto tarde a la catedral, obligándole a abrir la puerta cuando ya iba a acostarse. El *Tato* le hizo saber con expresión insolente que se había comprado una navaja y deseaba estrenarla en las tripas de cualquier cura explotador de los pobres.

La sobrina se quejaba a don Antolín. No la hacían caso, la despreciaban; ya no venía ninguna mujer a ayudarla gratuitamente en sus faenas. La respondían insolentemente que la que necesitase criadas debía pagarlas. ¿En qué pensaba su tío? Ya era hora de imponer su autoridad, de meter en un puño a la gentuza.

Pero ella, tan animosa y enérgica dentro de su casa, tenía que retirarse bufando de coraje o llorando apenas se asomaba a la puerta. Todas las mujeres de las Claverías querían vengarse de su antigua servidumbre, puestas ya en la pendiente del desacato.

—Miradla —gritaba la zapatera a sus vecinas—. Siempre tan compuesta la tía fea. Se adorna con la sangre que el querindango de su tío chupa de los pobres.

Y de las rejas de las Claverías altas, que daban sobre los tejados, salía siempre alguna voz entonando la antigua copla, inspirada sin duda por el jardín de la catedral:

> Las amas de los curas
> y los laureles,
> como nunca dan fruto
> siempre están verdes.

Esto es lo que acababa con la paciencia de don Antolín: la injuriosa suposición sobre él y la sobrina, que turbaba su castidad de avaro. Visitó al cardenal para quejarse de las gentes del claustro, y Su Eminencia, que vivía en perpetua indignación, se enfureció escuchándole, faltando poco para que le pegase. ¿Por qué le iba a él con tales cuentos? ¿Para qué le había concedido autoridad? ¿Es que bajo la sotana no tenía nada de hombre? El que faltase a la buena disciplina de la casa, ¡a la calle inmediatamente! Más energía, y cuidado con molestarle de nuevo por tales insignificancias, pues entonces quien iría a la calle sería el *Vara de plata*.

Don Antolín sintióse más animoso después de esta entrevista, aunque juró mentalmente no visitar otra vez al temible prelado. Estaba resuelto a imponer su autoridad castigando al más débil, que era para él el origen de tales escándalos. Expulsaría de las Claverías al zapatero, ya que estaba en ellas sin otro derecho que haber nacido allí su mujer. Mariquita, alborozada por la energía de su tío, debió hablar a alguien de tales propósitos, y la noticia circuló por el claustro.

Don Antolín no osó seguir adelante, aterrado por la unanimidad con que toda la población se alzó silenciosamente frente a él.

El *Tato* le miraba con ojillos burlones y amenazantes, en los que el *Vara de plata* creía leer: «Acuérdate de la navaja». Pero lo que más aterraba a don Antolín era el silencio del campanero, la mirada hosca y dura con que respondía a sus palabras.

Hasta el bueno de Esteban, el *Vara de palo*, protestaba a su modo, diciendo con dulzura a don Antolín:

—Pero ¿es verdad que usted quiere echar al zapatero? Hará usted mal, muy mal. Al fin es un pobre, y su mujer nació en este claustro. Estas novedades traen siempre desgracia, don Antolín.

Y el sacerdote, falto de apoyo, viendo la hostilidad por todos lados, dejaba para el día siguiente las resoluciones enérgicas, riñendo a su sobrina cuando ésta le echaba en cara su debilidad.

El canónigo Obrero, de quien impetraba socorro, no quería turbar la calma beatífica de su existencia mezclándose en la rebelión de la gente menuda. Era asunto del *Vara de plata*; podía castigar y despedir a quien quisiera sin miedo alguno. Pero don Antolín, temblando ante la responsabilidad que le podían acarrear las decisiones enérgicas, acabó por entregarse a Gabriel, solicitando su apoyo. Aquel hombre era el que ejercía la verdadera autoridad en el claustro alto. Todos le escuchaban, siguiendo ciegamente sus consejos.

—Ayúdame, Gabrielillo —decía el sacerdote con expresión angustiosa—. Si tú no pones orden, esto acabará muy mal. Se me burlan, hasta insultan a mi pobre sobrina, y un día echaré a la calle la mitad de la gente de las Claverías, pues tengo facultades de Su Eminencia para todo... ¡Ay, Señor! Yo no sé qué ha pasado aquí. El demonio debe ir suelto por el claustro alto. ¡Cómo me han cambiado a esta gente!...

Luna adivinaba el pensamiento de don Antolín: entendía sus alusiones al demonio que andaba suelto por las Claverías. Aquel demonio era él. Tenía razón el *Vara de plata*. Sin quererlo, había introducido la perturbación en la catedral. Buscaba calma y olvido en aquel refugio, y el espíritu de rebelión le había seguido hasta su escondrijo. Recordaba sus propósitos del primer día, cuando se vio solo en el silencioso claustro. Quería ser una piedra más de la catedral, no reflexionar, no sentir, pasar el resto de su existencia agarrado a aquella ruina, con la vida embrionaria del musgo de los contrafuertes. Pero el espíritu del mundo exterior había entrado en él.

Luna recordaba a los viajeros que en tiempos de peste atraviesan el cordón sanitario. Están sanos y contentos; nada delata la enfermedad en sus cuerpos. Pero los gérmenes destructores van en los pliegues de sus ropas y en sus cabellos; conducen la muerte sin saberlo, y la esparcen sin darse cuenta saltando las barreras y los obstáculos. Él era lo mismo; pero en vez de propagar la muerte, esparcía la vida tumultuosa y rebelde. La protesta de los de abajo, que hacía más de un siglo rugía sobre el mundo, alterando su superficie con el oleaje revolucionario, entraba con él por primera vez en aquel fragmento del siglo XVI que aún subsistía. Había despertado a aquellos hombres, iguales a los durmientes de la leyenda, inmóviles como estatuas en su cueva, mientras pasaban los siglos y la tierra se transformaba.

La presencia de Luna en la catedral había ejercido un efecto disolvente. Era una inyección de líquido antiséptico en el tumor del pasado. Todo se alteraba; veníanse abajo la sumisión y el respeto, obra de siglos.

El despertar de aquellas gentes era impetuoso, como el de un pueblo en revolución. Se avergonzaban de los antiguos errores que habían adorado, y esto les hacía acoger como indiscutible todo lo nuevo, sin atemorizarse ante las consecuencias.. Era la fe del pueblo, que, una vez toma carrera hacia delante, lo acepta todo, lo defiende todo, sin otra condición que la de la novedad, y desprecia los principios tradicionales que acaba de abandonar.

La sumisión cobarde del *Vara de plata* era la primera victoria de los más audaces que formaban el acompañamiento de Luna. El sacerdote avaro y despótico bajaba los ojos ante ellos y sonreía con el deseo de ser agradable. Esto se lo debían al maestro. Él era ahora el verdadero amo del claustro alto. Don Antolín le consultaba antes de tomar una disposición, y la fea de su sobrina sonreía a Gabriel como podrían sonreír a un héroe triunfador las hijas de los vencidos ofreciéndose.

Ya no se ocultaban en las habitaciones del campanero para reunirse. Formaban corro por las tardes en el claustro, hablando de las audaces doctrinas enseñadas por Luna, sin que les intimidara aquel ambiente religioso. Se sentaban con aire de señores, rodeando al maestro, mientras por la galería opuesta paseaba el *Vara de plata* como un fantasma negro, leyendo su libro de horas y lanzando de vez en cuando una mirada triste sobre el grupo. ¡Hasta su antiguo vasallo el cura de las monjas se atrevía a abandonarle para escuchar a Gabriel!

Don Antolín, con su malicia de servidor eclesiástico, adivinaba la intensidad del daño producido por Luna. Pero al momento, su egoísmo se sobreponía a la reflexión. Que hablase. ¿Y qué? Un poco de orgullo en aquella gente y nada más. Todo palabras y humo en la cabeza. ¡Mientras no pidiesen dinero...! En cambio, tenía un buen auxiliar en Luna, que, compartiendo la autoridad con él, le evitaba sinsabores y la catedral disponía gratuitamente de un intérprete para los extranjeros. Algunos de éstos se hacían lenguas de la gran ilustración de los «sacristanes» de Toledo, elogio que acogía don Antolín como si fuese dedicado por entero a su persona.

Gabriel se alarmaba más que el *Vara de plata* del efecto de sus palabras. Sentíase arrepentido del momento en que habló por primera vez de su pasado y sus ideales. Buscaba la paz y el silencio, y le rodeaba en pequeñas proporciones el mismo ambiente de proselitismo y ciegos entusiasmos que en su época de martirio. Deseaba anularse y desaparecer al penetrar en la catedral, y la suerte se burlaba, resucitando al agitador en pleno escondite, para turbar la paz de aquella ruina. La sociedad le había olvidado, y él, inconscientemente, se agitaba, llamando la atención del mundo exterior.

El entusiasmo de aquellos neófitos era un peligro. Su hermano el *Vara de palo*, sin comprender toda la extensión del mal, le avisaba con su buen sentido.

—Estás trastornando las cabezas de esos pobres con las cosas que les dices. Ten cuidado; son muy buenos, pero muy brutos. Cuando se ha sido ignorante toda la vida, es peligroso querer convertir de un golpe a los hombres en sabios. Es como si a mí, que estoy acostumbrado al pucherete casero, me llevasen hoy a la mesa de Su Eminencia. Me atracaría, bebería fuerte, pero a la noche tendría un cólico y tal vez estírase la pata.

Gabriel reconocía la verdad de estos consejos prudentes. Pero no podía retroceder: le arrastraba el afecto de sus discípulos y su antiguo afán de propagandista. Era para él un placer el asombro de aquellos pensamientos vírgenes entrando a la desbandada en las habitaciones luminosas construidas por el pensamiento humano durante siglos.

La descripción de la humanidad del porvenir enardecía el entusiasmo de Luna. Hablaba de la felicidad de los hombres después de un golpe revolucionario que cambiase la organización de la humanidad, con arrobamiento místico, como un predicador cristiano al describir el cielo.

El hombre debía buscar la felicidad únicamente en este mundo. Tras de la muerte solo existía la vida infinita de la materia, con sus innumerables combinaciones; pero el ser humano anulábase como la planta o la bestia irracional: caía en la nada al caer en la tumba. La inmortalidad del alma era una ilusión del orgullo humano, que explotaban las religiones, haciendo de esta mentira su fundamento. Solo en la vida podía encontrarse el cielo del hombre. Todos iban embarcados por la inmensidad en el mismo navío: la Tierra. Todos eran camaradas de peligros y luchas, y debían mirarse como hermanos, buscando el bienestar común. ¿A qué el reparto desigual de los víveres, la división de castas, la competencia en el trabajo, y sobre todo, la lucha por la existencia, que los filósofos y poetas de la clase explotadora pintaban como una condición indispensable de progreso...? El comunismo era la santa aspiración de la humanidad, el ensueño divino del hombre desde que comenzó a pensar, en los albores de la civilización. Habían intentado establecerlo las religiones. Pero la religión había fracasado, estaba moribunda, y solo la ciencia podía imponerlo al porvenir. Debían desandar lo andado, ya que la humanidad marchaba por un camino de perdición: era forzoso volver al punto de partida. El primero que por haber cultivado una porción de tierra, después de recolectar el fruto del trabajo la creyó suya para siempre, dejándola como propiedad a sus hijos, que buscaron otros hombres para que la cultivasen, ése era un ladrón, un detentador de la fortuna universal. Y lo mismo los que se aprovechaban de los inventos del genio humano, máquinas, etc., para beneficio de una pequeña minoría explotadora, sujetando al resto de los hombres a la ley del hambre. No; todo era de todos. La tierra pertenecía a los humanos, sin excepción, como el Sol y como el aire. Sus productos debían repartirse entre todos, con arreglo a sus necesidades. Era vergonzoso que el hombre, que solo aparecía un instante sobre el planeta, un minuto, un segundo, pues su vida no equivalía a más ante la vida de la inmensidad, pasase este soplo de existencia peleándose con el semejante, robándolo, agitado por la fiebre del despojo, sin gozar siquiera la majestuosa calma de la bestia feroz, que, cuando ha comido, reposa, sin ocurrírsele causar daño por vanidad o avaricia. No debían existir ricos ni pobres: hombres nada más. La única división inevitable sería la de los cerebros mejor o peor organizados. Pero los sabios, por el hecho de serlo, debían mostrar su grandeza sacrificándose por los simples, sin querer ayudar con ventajas materiales las grandezas del espíritu, ya que en los estómagos no caben categorías ni eminencias. Todo lo que existe, hasta el más insignificante producto que el hombre cree obra exclusiva suya, es debido a las generaciones del pasado y del presente. ¿Con qué derecho podía decir nadie: «Esto es mío, mío nada más»...? Al hombre no le consultan antes de formarse si quiere surgir a la vida. Nace, y por nacer tiene derecho al bienestar. Gabriel proclamaba su fórmula suprema: «Todo de todos, y el bienestar para todos».

Sus amigos escuchaban con religioso silencio. Grabábase profundamente en su pensamiento el derecho al bienestar, la afirmación que más cruelmente contrastaba con su miseria, vejada por las suntuosidades del templo.

Don Martín, el cura joven, era el único que tímidamente oponía algunas objeciones al maestro. Había que saber si cuando todo fuese de todos, cuando el hombre tuviese reconocido su derecho a la felicidad, sin leyes ni coacciones que le obligasen a la producción, querría trabajar, siendo el trabajo una necesidad y no una virtud, como dicen para embellecerlo los que lo explotan.

Gabriel afirmaba rotundamente la laboriosidad del porvenir. El hombre futuro trabajaría sin que le obligasen las necesidades. No le guiaría el cuerpo con sus imperiosas peticiones; le inspiraría su conciencia la noción clara de la solidaridad con sus semejantes, la certeza de que, desertando del deber social, otros imitarían su ejemplo, y resultaría imposible la vida común, retrocediéndose a los tiempos actuales de miseria y rapiña.

—¿Por qué no matan y roban —exclamaba Gabriel— los pocos hombres cultos y de conciencia sana que existen en esta época? No es por miedo a la ley y a sus representantes, pues una inteligencia clara, por poco que se esfuerce, puede encontrar medios para burlarlos. No es tampoco por miedo a las penas eternas ni a los castigos divinos, pues esos hombres no creen en tales invenciones del pasado. Es por ese respeto al semejante que siente todo espíritu superior; por la consideración de que la violencia debe ser evitada, ya que, si todos se entregasen a ella, la vida social desaparecería... Cuando este pensamiento, que hoy es el de unos pocos, se extienda, abarcando a toda la humanidad, los hombres vivirán por su propia conciencia, sin leyes y sin gendarmes, trabajando por deber social, sin necesitar del hombre como único resorte de actividad y de la explotación sin entrañas como único medio de descanso.

Luna, al través de sus ardores de revolucionario, no se hacía ilusiones sobre el presente. La humanidad era todavía una tierra infecta en la que se corrompían las mejores semillas, dando, cuando más, frutos venenosos. Había que aguardar a que se completase en la conciencia humana la revolución igualitaria que se había iniciado aún no hacía un siglo. Después de esto sería posible y fácil cambiar las bases de la sociedad. Él tenía una fe ciega en el porvenir. El hombre progresaba del mismo modo que las sociedades. Éstas contaban sus evoluciones por siglos y el ser humano por millares de años. ¿Cómo comparar al hombre de hoy con el animal bípedo de la época prehistórica, llevando aún visibles los restos de la animalidad de que acababa de despojarse, viviendo en camaradería con sus abuelos los monos, sin más diferencia que el primer balbuceo del lenguaje y la vacilante chispa que comenzaba a arder en su cerebro?

De la bestia hambrienta de los primeros tiempos, perseguida por las crueldades de la Naturaleza y viviendo en fraternal miseria con los animales inferiores, salía el hombre de hoy, que afirmaba su soberanía sobre los ascendientes, dominando a la Naturaleza. Del hombre de hoy, en el que todavía se equilibran las pasiones de la antigua animalidad con el naciente desarrollo del pensamiento, surgiría el ser superior y perfecto soñado por los filósofos, limpio de egoísmos bestiales y atento a convertir en un período de bienestar igualitario la vida actual, cruel y agitada por la incertidumbre.

La animalidad todavía dominante en el hombre exasperaba a Gabriel. Era el obstáculo con que tropezaban los planes generosos del porvenir. Y exponía ante sus oyentes atónitos las transformaciones de la creación natural y el origen del hombre: el inmenso poema de las evoluciones de la Naturaleza, desde el protoplasma originario hasta las infinitas variedades de la vida. Aún llevábamos en nosotros las marcas del origen. Había que reírse del Dios personal de los judíos, que había modelado en barro al hombre, lo mismo que un estatuario. ¡Desdichado artista! La ciencia señalaba en su obra descuidos y chapuces, sin que él pudiera justificar tales faltas. El vello de nuestros cuerpos no nos sirve de abrigo como el pelo de los animales: ¿para qué, pues, crearlo? ¿Para qué dar tetillas a los machos humanos, si no pueden servirles para la lactancia? ¿Para qué situar la columna vertebral en el dorso del cuerpo, lo mismo que en los cuadrúpedos, cuando lo lógico, al «crear» al hombre sostenido sobre los pies, era colocarla en el centro del cuerpo como eje fortísimo, evitando las desviaciones y enfermedades de la espina que hoy sufre por este desequilibrio en la sustentación de su peso?

Gabriel enumeraba las incongruencias inexplicables que se encontraban en el cuerpo humano suponiéndole un origen divino.

—A mí —decía— me enorgullece más mi origen animal, ser un descendiente histórico de seres inferiores, que haber salido imperfecto de las manos de un Dios torpe. Siento la misma satisfacción que los nobles hablando de sus ascendientes, cuando pienso en nuestros remotísimos abuelos los hombres bestias, sometidos como todos los animales a los ciegos rigores de la Naturaleza, y que poco a poco, a través de centenares de siglos, se transforman y triunfan, desarrollando su espíritu, su cerebro y sus instintos sociales. Creando los vestidos, el alimento condimentado, las armas, las herramientas y las habitaciones, neutralizaron las influencias exteriores de la Naturaleza. ¿Qué héroe ni descubridor, en los cuatro mil años que comprende nuestra historia, puede compararse con aquellos esbozos de hombres que lentamente afirmaron sobre la tierra la existencia de nuestra especie, mil veces expuesta a desaparecer...? El día en que nuestro abuelo prehistórico guardó al enfermo y al herido, en vez de abandonarlo, como venían haciéndolo todos los animales; en que plantó la primera simiente y arrojó la primera flecha, la Naturaleza presenció la más grande de las revoluciones. Solo otra en el porvenir podía igualarla: si el hombre libertó su cuerpo en tiempos remotos, le falta ahora la gran revolución del espíritu. Las razas que lleguen más lejos en su desarrollo intelectual quedarán al fin solas, anularán a las demás y serán señoras de la tierra. Los menos sabios de entonces serán tal vez superiores a los espíritus más cultivados del presente. Cada individuo encontrará su felicidad en la felicidad del semejante y nadie soñará con ejercer coacción sobre el vecino. No existirán leyes, ni penas, y las asociaciones voluntarias suplirán, por la influencia de la razón, las imposiciones presentes del autoritarismo. Esto será en lo porvenir... lejos, muy lejos. Pero ¡qué significan los siglos en la vida de la humanidad! Son como segundos de nuestra existencia. El día que el hombre se transforme en ese ser superior, con todo el desarrollo de sus facultades intelectuales, hoy casi embrionarias, la tierra ya no será el valle de lágrimas de que hablan las religiones, sino un paraíso como no lo soñaron los poetas.

A pesar del entusiasmo con que hablaba Gabriel, sus oyentes no parecían participar de tales ilusiones. Callaban, pero su gesto era de frialdad ante la distancia enorme de aquel porvenir en el que depositaba el maestro sus esperanzas de bienestar. Ellos lo querían al momento, con la avidez del niño al que se muestra una golosina poniéndola después fuera de su alcance. El sacrificio, la obra lenta en favor del porvenir, no les entusiasmaba. De las explicaciones de Gabriel deducían la certeza de que eran infelices, teniendo el mismo derecho al bienestar que aquellos privilegiados a los què antes respetaban en su ignorancia. Puesto que les correspondía una parte de la felicidad humana, la querían al momento, sin demoras ni resistencias, con el ardor del que reclama lo que le pertenece. Y Luna notaba en este silencio cierta rebeldía semejante al irónico gesto con que los compañeros de Barcelona acogían sus ilusiones sobre el porvenir y sus anatemas a las violencias de la acción.

Los ardientes neófitos se distanciaban de su iniciador. Le oían con respeto, pero necesitaban aislarse de él para digerir a su modo las enseñanzas.

Don Martín era el único que le seguía en su marcha ilusoria por el porvenir. El campanero, el manchador, el zapatero y el *Tato* subían por la noche a las habitaciones de la torre sin llamar al maestro, y allí exhalaban su odio contra lo existente, frente a las estampas olvidadas, amarillentas y rugosas que reproducían los episodios sin gloria de la guerra carlista.

La nocturna reunión era una queja continua contra la injusticia social. Se sentían más desgraciados al darse cuenta exacta de su estado. El zapatero recordaba con los ojos lacrimosos al pequeñuelo muerto de hambre, y hablaba de la miseria de su prole, tan numerosa que hacía inútil su trabajo. El manchador exhibía su vejez miserable, los seis reales diarios durante toda su vida, sin esperanzas de llegar a más. El *Tato*, en sus arranques de gallito bravucón, proponía degollar una tarde en el coro a todos los canónigos, prendiendo después fuego a la catedral. Y el campanero, sombrío y ceñudo, repetía en alta voz, continuando el curso de sus pensamientos:

—Y abajo, tantas riquezas que no sirven a nadie... amontonadas por puro orgullo... ¡Ladrones!, ¡ladrones...!

Gabriel volvió a pasar los días al lado de Sagrario. Los discípulos se ocultaban cada vez con más empeño en su aislamiento de la torre. Don Martín tenía a su madre enferma y no abandonaba el convento.

El *Vara de plata* estaba satisfecho de Luna viéndolo solo. Creía que era él quien había repelido a los discípulos, cortando de este modo sus peligrosas conversaciones, para restablecer el buen orden en el claustro. Un día le abordó, sonriéndole con expresión protectora:

—Vas a tener, Gabrielillo, antes de lo que piensas, el premio de tu buena conducta. ¿No te dije que buscaría algo para ti, a cambio de que me ayudases a enseñar el Tesoro? Pues ya lo tienes. Desde la próxima semana te caerán en el bolsillo todos los días dos pesetas como dos soles. ¿Eres capaz de quedarte por la noche en la catedral...? El guardián más viejo, uno que fue guardia civil, está cansado y se va a su pueblo. Parece que desde que murió el perro le ha tomado antipatía al servicio. El otro guardián está enfermucho y necesita compañero. ¿Quieres serlo tú? Si estuviésemos en invierno, nada te diría. Toses demasiado para pasar la noche abajo. Pero en verano, la catedral es el sitio más fresco de Toledo. ¡Las grandes noches! Y cuando llegue el mal tiempo ya te buscaremos otra colocación mejor. Tú eres de confianza, aunque algo ligero de cabeza; de una familia honrada y conocida, que es lo que se pide. ¿Aceptas...?

Luna aceptó, imponiendo su voluntad a Esteban cuando éste quiso protestar alegando su falta de salud. Solo haría el servicio de vigilancia mientras durase el verano. Además, eran dos pesetas diarias, casi más de lo que ganaba el *Vara de palo*. Los ingresos de la casa iban a doblarse, y no era cosa de perder tan buena ocasión.

Por la noche, Sagrario habló a su tío, admirando aquella energía que le impulsaba a aceptar toda clase de trabajos para no ser gravoso a la familia.

Estaban en el claustro, apoyados en la balaustrada. Abajo, el jardín oscuro, con sus penachos negros y ondulantes; arriba, un cielo de verano, esfumado por la bruma calurosa, que empañaba el brillo de los astros. Estaban solos en la cuádruple galería. La ventana iluminada del camaranchón del maestro de capilla trazaba un cuadro rojo en los tejados de enfrente. Sonaba el armónium con melancólica lentitud, y al callarse pasaba y repasaba por el cuadro rojo la sombra del músico, con sus nerviosos movimientos, que, agrandados por el reflejo, se convertían en muecas grotescas.

La calma nocturna y la oscuridad envolvían en dulce caricia a Gabriel y Sagrario. Descendía de lo alto esa frescura misteriosa que parece reanimar el espíritu y agrandar los recuerdos. La iglesia era para ellos como una bestia enorme y dormida, en cuyo regazo encontraban tranquilidad y defensa.

Gabriel hablaba del pasado, para convencer a la joven de que nada valían sus trabajos en la catedral. Él había sufrido mucho. No existía amargura que no hubiese paladeado. Había tenido hambre, mucha hambre, en sus peregrinaciones por el mundo. No sabía qué era más penoso, si los martirios en la mazmorra del castillo lúgubre o los días de desesperación en las calles de poblaciones populosas, viendo las viandas y el oro tras el cristal de los escaparates, rodeado por el lujo y sintiendo girar su cabeza con el vahído del hambre. Aún podía tolerar su miseria cuando marchaba solo, al través del egoísmo feroz de la civilización. Los tiempos horribles habían sido al compartir su pobreza vagabunda con Lucy, la compañera dulce y melancólica.

Y Gabriel hablaba de la inglesa como de una hermana muerta.

—La hubieses amado, Sagrario, al conocerla. Era la mujer fuerte, la compañera valerosa, unida a mí por la comunidad de pensamientos más que por la atracción de la carne. La quise desde que la conocí. No sé si fue amor lo que sentíamos. Han mentido tanto los poetas sobre el amor, lo han falseado de tal modo, exagerándolo, que ya no se sabe ciertamente lo que es.

Y hablaba a la joven del amor, explicándolo según sus creencias. Era una «afinidad electiva»; así lo había definido Goethe, sobreponiéndose el sabio al poeta, sacando la frase de la química, que da tal nombre a la tendencia de dos cuerpos a combinarse formando un nuevo producto distinto. Dos seres entre los cuales no existe afinidad podían encontrarse, por leyes falsas de la vida, en continuo contacto, y sin embargo, no compenetrarse, no confundirse. Esto ocurría las más de las veces entre los individuos de distinto sexo que pueblan la tierra. Se rozan, pero no se compenetran ni confunden. Existe el sentimentalismo pasajero, el capricho carnal, nunca el amor. Lucy, la pobre enferma, era el ser afín al suyo: se vieron y se amaron. La conmiseración por las miserias humanas, el odio a la desigualdad y la injusticia, la abnegación por los humildes y los desgraciados, eran iguales en los dos. No solo estaban unidos por el corazón: sus cerebros se besaban.

Era fea, con una fealdad dulce y triste que le parecía a Luna el supremo ideal de la belleza en un mundo de desgraciados y de víctimas. Era la imagen de la mujer del pueblo criada en los tugurios de los barrios obreros, en las grandes metrópolis: anémica por el aire mefítico del cubil donde nació, por la alimentación mala y deficiente; con el cuerpo escuálido, paralizadas en su desarrollo los gracias femeniles por el rudo trabajo realizado en plena niñez. Los labios, que las grandes señoras se pintaban de rojo, los tenía ella de color de violeta. Lo único hermoso de su rostro eran los ojos, las ventanas del llanto, agrandados por las noches de frío pasadas en la calle, por el horror de las escenas vistas en la niñez, cuando el padre se emborrachaba, con el deseo embrutecedor del obrero que quiere olvidar, y después de imaginarse un paraíso en la taberna, se enfurece ante la miseria de su casa y aporrea a la familia.

—Era como sois todas las mujeres nacidas abajo, Sagrario. Vuestra hermosura dura un momento: únicamente se sostiene en pleno estallido de la juventud. La hembra del pobre no puede ser hermosa si no huye de su clase. El hambre y el trabajo son enemigos de la belleza. La labor diaria la hace perder su frescura y su fuerza. La maternidad en plena miseria le absorbe hasta la médula de los huesos. Y cuando, terminado el trabajo, vuelve a su casa, barre, lava y se consume como una momia ante el humoso hornillo de la cocina. Yo amé a Lucy por esto, porque estaba consumida y agotada por la explotación, porque era la virgen obrera en toda su melancólica decadencia, nacida hermosa y afeada por la injusticia social.

Acordábase del furor inquebrantable y frío de aquella mujercita, que hablaba tranquilamente de la suprema venganza de los caídos, del desquite de largos siglos de opresión. Mostrábase más radical y feroz en sus ilusiones que Gabriel, y éste alababa sus audacias de propagandista, sus peligrosas excursiones por las grandes ciudades, entre la policía puesta en guardia, llevando al brazo la caja vieja de sombreros llena de impresos que podían conducirla a la cárcel. Era la miss animosa de la propaganda evangélica que recorre el globo esparciendo Biblias con fría sonrisa, sin miedo a las burlas de los civilizados ni a la brutalidad de los salvajes; pero lo que Lucy repartía eran excitaciones a la revuelta, y no buscaba a los dichosos, sino a los desesperados, en las fábricas y en los arrabales infectos. Los dos sufrieron hambre; viéronse separados por la persecución y el encierro; pero volvían a unirse, continuando la novelesca correría, hasta que la miseria y la tisis acabaron con ella.

Gabriel lloraba recordando sus últimas entrevistas en un hospital de Italia, limpio y pulcro, con ese ambiente helado de la caridad. Como no era su marido, solo podía visitarla dos veces por semana. Se presentaba andrajoso y cabizbajo, y la veía en un sillón, cada vez más pálida y flaca, con una transparencia de cera y los ojos extrañamente agrandados. Sabía un poco de todo, y no se le ocultaba la gravedad de su mal. Esperaba tranquila la muerte. «Tráeme rosas», decía sonriendo a Gabriel, como si en el último instante de su vida quisiera comulgar con la belleza natural de un mundo afeado y entenebrecido por los hombres. Y el compañero se mantenía de pan seco, impetraba el auxilio de los camaradas menos pobres que él, dormía al raso, para llevarla en la inmediata visita un ramo de flores.

—Murió, Sagrario —gimió Luna—. No sé dónde la enterraron: tal vez serviría para una lección en la sala de anatomía; cayó en la fosa común, como esos soldados cuyo heroísmo queda en la oscuridad. Pero yo la veo todavía; me ha seguido en todos mis infortunios; parece que ahora resurge en ti.

—Pero, tío —dijo dulcemente Sagrario, emocionada por el relato, yo no puedo hacer lo que ella; yo soy una infeliz, sin valor y sin voluntad.

—Llámame Gabriel —dijo Luna con vehemencia—. Tú eres mi antigua Lucy, que de nuevo sale a mi camino. Sábelo de una vez: hace tiempo que examino mis sentimientos, que analizo mi voluntad, y tengo una certeza: te amo, Sagrario.

La joven hizo un movimiento de sorpresa, alejándose de él.

—No te separes, no me temas. Ni yo soy un hombre, ni tú eres ya una mujer. Has sufrido mucho, has dicho adiós a las alegrías de la tierra, eres fuerte por el infortunio y puedes mirar cara a cara a la verdad. Somos dos náufragos de la vida: solo nos resta esperar y morir en el islote que nos sirve de refugio. Estamos deshechos, rasgados y arrollados: la muerte se incuba en nuestras entrañas; somos harapos caídos e informes después de haber pasado por los engranajes de una sociedad absurda. Por esto te quiero: porque eres igual a mí en la desgracia. La afinidad electiva nos une. La pobre Lucy era la obrera debilitada por la explotación, envenenada desde su nacimiento por la miseria; tú eres la hija del pueblo atraída fuera del hogar por el encanto del bienestar de los privilegiados; seducida, no por el amor, sino por el capricho de los felices, la doncella llevada en sacrificio al Minotauro, cuyos restos se arrojan después al estercolero. Te amo, Sagrario; somos dos fugitivos de la sociedad que deben hacer su camino juntos; a mí me detestan por peligroso; a ti te desprecian por impura: la desgracia nos empuja. Nuestros cuerpos están envenenados, llevamos las heridas del vencido; pero antes de morir alegremos nuestra existencia con el amor; pidamos rosas, como la pobre Lucy.

Y estrechaba las manos de la joven, que, aturdida por las palabras de Gabriel, no sabía qué decir y lloraba dulcemente. Arriba, en el piso alto de las Claverías, seguía sonando el armónium del maestro. Luna conocía aquella música. Era el último lamento de Beethoven, el «es preciso» que cantaba el genio ante la muerte con una melancolía que causaba escalofríos.

—Te amo, Sagrario —continuó Gabriel—. Desde que te vi volver a casa, arrostrando con el valor resignado de la víctima la odiosa curiosidad de las gentes, me interesé por ti. He pasado semanas y meses junto a tu máquina viendo cómo trabajabas. Te estudiaba: leía en ti. Eres un ser sencillo; tu alma no tiene los repliegues y escondrijos de esos seres complicados y tortuosos por las malicias de la civilización. Adivinaba día por día en tu mirada dulce, en la atención con que me escuchabas, el agradecimiento por lo poco que hice en tu favor. Recordabas el período negro de tu vida, la esclavitud de la carne entre hombres bestiales enloquecidos por los ardores del sexo, y al verme siempre dulce contigo, protegiéndote contra la ira del padre y la curiosidad de la gente, tu agradecimiento ha ido creciendo y creciendo, y hoy me amas, Sagrario. Tú misma no te das cuenta de ello; no sabes explicártelo, pero tu ser corresponde al mío como los cuerpos químicos de que te hablaba. Yo te amo también, como en otros tiempos amé a la pobre Lucy. El amor único y eterno es mentirosa invención de los poetas, de la que se burlan con frecuencia los hechos. Puede amarse a varias personas con igual entusiasmo. Lo indispensable es que exista la afinidad. Tú, que amaste en otro tiempo a un hombre hasta la locura, ¿qué sientes por mí? ¿No me he engañado? ¿Realmente me quieres...?

Sagrario seguía llorando, con la cabeza baja, como si no osase mirar a Luna. Éste la apremiaba dulcemente. Debía llamarle Gabriel, hablarle de tú; ¿no eran compañeros de infortunio?

—Tengo vergüenza... —murmuraba la joven—. Me turba tanta dicha... Sí; le quiero a usted... no... te amo, Gabriel. Nunca lo hubiese confesado: hubiera muerto antes de revelar este secreto. ¿Quién soy yo para que me amen? Hace tiempo que no me miro al espejo, por no llorar recordando mi perdida juventud... Y luego, mi historia, mi horrible historia. ¿Cómo podía figurarme que usted... digo, que tú, leerías tan claramente en mi pensamiento? Mira cómo tiemblo; es la impresión, que aún no ha pasado, el susto de ver descubierto mi secreto. ¡Un hombre como tú descendiendo hasta mí, fea y enferma para siempre...! No; no me hables del otro. Lo olvidé hace mucho tiempo; ¿cómo voy a recordarlo ahora que me haces la limosna de tu cariño? No, Gabriel; tú eres el más grande y el más bueno de los hombres. Me pareces un dios.

Quedaron silenciosos largo rato, con las manos cogidas, mirando al oscuro y rumoroso jardín. Arriba continuaba la lamentación del genio ante la vida que se extingue.

Sagrario se apoyaba en Gabriel, como si le faltasen las fuerzas y, medrosa ante la felicidad, quisiera refugiarse dentro de él.

—¡Qué tarde te conozco! —dijo en voz queda—. Hubiera querido amarte en plena juventud; ser hermosa y sana solo para ti; tener la belleza y los encantos de una gran señora para endulzar el resto de tu vida. Mi agradecimiento nada puede ofrecerte. Soy horrible: llevo en mis entrañas la muerte, que poco a poco me consume. El que me toca queda envenenado... Gabriel, ¿por qué te fijaste en mí?

—Porque soy un enfermo, un desgraciado como tú. Nuestra miseria es la amorosa afinidad... Además, yo nunca he amado como los demás hombres. He visto en mis viajes las mujeres más hermosas del mundo, sin sentir el más leve escalofrío de deseo. No soy un temperamento amoroso. De mis aventuras allá en París, cuando era joven, salía siempre con un sentimiento de disgusto. El amor a los desgraciados me domina, hasta el punto de embotar mis sentidos. Soy como el ebrio y el jugador, que, obsesionados por su afición, nada sienten ante la mujer. El hombre de estudio, enfrascado en los libros, experimenta muy débilmente los llamamientos del sexo. Mi pasión es la lástima por los desheredados, el odio a la injusticia y la desigualdad. Me absorbe con tal fuerza, avasalla de tal modo mis facultades, que nunca me ha dejado tiempo para pensar en el amor. La hembra no me seduce. Adoro a la mujer cuando la veo desgraciada y triste. La fealdad me impresiona más que la belleza, porque me habla de las infamias sociales, me ofrece la amargura de lo injusto, el único vino que reanima mis fuerzas. Amé a Lucy porque era desgraciada e iba a morir; te amo, Sagrario, porque eres en plena juventud una desterrada de la vida, a la que nadie puede querer. Mi amor es para ti, para alegrar lo que te quede de existencia.

Sagrario se apretaba contra el pecho de Gabriel.

—¡Qué bueno eres! —suspiraba—. ¡Qué alma tan hermosa!

—Igual es la tuya, pobre Sagrario. Tu vida ha sido un engaño. Fuiste a vender tu cuerpo por el hambre y la desesperación, como van las hijas de los pobres. Creíste encontrar el pan en los falsos simulacros del amor, como todos los días lo hacen en la tierra centenares de miles de hijas de proletarios. Todo es para los privilegiados del mundo: los brazos del padre y el sexo de la hija. Y cuando los brazos se debilitan o el cuerpo juvenil pierde sus encantos, se arrojan a un lado y se reemplazan. El mercado es abundante... Te amo por tu desgracia. Tal vez de verte joven y hermosa, como en otros tiempos te contemplé, no hubiera sentido la más leve atracción. La hermosura es una barrera para el sentimiento. La Sagrario de otra época, con sus ilusiones de ser una gran señora, halagada por las palabras de jóvenes apuestos vestidos de colores como pájaros vistosos, no se hubiera fijado en un vagabundo envejecido por la miseria, feo y enfermo. Nos conocemos porque somos desgraciados. La miseria nos permite ver nuestras almas; en plena dicha jamás nos hubiéramos tropezado.

—Es verdad —murmuraba ella, apoyando su cabeza en el hombro de Gabriel—. Adoro a la miseria que nos permite conocernos.

—Tú serás mi compañera —continuó Luna con entonación dulce—. Nuestras vidas marcharán juntas hasta que la muerte rompa su abrazo. Yo te defenderé, aunque de poco sirve el auxilio de un enfermo perseguido por los hombres. Tú endulzarás mi existencia con tu cariño. Nos amaremos como esos santos de la Iglesia que estallaban en dulces palabras y arrobamientos estremecedores, sin osar el menor contacto de la carne. El amor es el instinto de la conservación de la especie, pero el nuestro será incompleto, no por odiar, como los santos, las leyes de la Naturaleza, sino porque las luchas de la vida nos han herido de muerte. Yo no soy un hombre: las enfermedades de la miseria y la ferocidad de mis semejantes han quebrantado mi organismo. Apenas si logro sostener mi vida y no puedo darla a otro ser. Tú llevas en la sangre el veneno de una civilización viciada. Un hijo de tus entrañas sería un mísero engendro, con los huesos cariados y las venas llenas de podredumbre. No aumentemos con tales monstruos la miseria física de los de abajo. Dejemos a los privilegiados fomentar su decadencia con los vástagos de sus vicios.

Pasó un brazo por el talle de la joven y levantó con la otra mano su cabeza, fijando los ojos en los de Sagrario, que brillaban a la luz de las estrellas con el resplandor acuoso de las lágrimas.

—Seremos dos almas, dos pensamientos que se acariciarán sin dejar rastro de su pasión, con una pureza como nunca la imaginaron los poetas. Esta noche en que nos confesamos mutuamente, en que nuestras almas se abren la una a la otra, es la noche de nuestras bodas... ¡Bésame, compañera de mi vida!

Y en el silencio del claustro se besaron sin ruido, largamente, como si llorasen con las bocas juntas la miseria de su pasado y la brevedad de un amor en torno del cual rondaba la muerte. Arriba, el lamento de Beethoven seguía desarrollando sus inflexiones dolorosas, esparciéndose por las entrañas de la catedral dormida.

Gabriel se irguió sosteniendo a Sagrario, que se echaba atrás como desfallecida por la emoción. Miraba al espacio luminoso con gravedad sacerdotal, mientras hablaba en voz queda al oído de la joven:

—Nuestra vida será como uno de esos jardines abandonados, donde entre troncos caídos y ramas secas rebrotan nuevos follajes... Compañera, amémonos. Hagamos que sobre nuestra miseria de parias surja la primavera. Será una primavera triste y sin frutos, pero tendrá flores. El Sol sale para los que están en lo alto; para nosotros, dulce compañera, está muy lejos; pero, en el negro fondo de nuestro pozo, abracémonos, irgamos la cabeza, y ya que no nos reanima su calor, adorémoslo como una estrella lejana.

X

A principios de julio entró Gabriel en la vigilancia nocturna de la catedral. Bajaba a la caída de la tarde al claustro, y en la puerta del Mollete uníase al otro vigilante, un hombre de aspecto enfermizo, que tosía tanto como Luna y no abandonaba la manta en pleno verano.

—¡Vaya, al encierro! —decía el campanero, agitando sus llaves.

Y después que los dos hombres entraban en el templo, cerraba las puertas por fuera, alejándose.

Como los días eran largos, aún quedaban dos horas de luz cuando los guardianes entraban en la catedral.

—Toda la iglesia es para nosotros, compañero —decía el otro vigilante.

Y como hombre habituado al aspecto imponente de la catedral abandonada, metíase en la sacristía como si fuese su casa, abriendo la cesta de la cena sobre los cajones y alineando los comestibles entre candelabros y crucifijos.

Gabriel vagaba por el templo. Después de varios días de encierro aún no se había amortiguado en él la impresión que le produjo ver por primera vez la iglesia solitaria y cerrada. Sus pasos retumbaban sobre el pavimento, cortado a trechos por los sepulcros de prelados y grandes señores de otros siglos. El silencio del templo muerto se alteraba con extrañas sonoridades y roces misteriosos. El primer día, Gabriel volvió varias veces la cabeza con alarma, creyendo que unos pasos sonaban detrás de él.

Fuera del templo aún lucía el Sol. Brillaban las ruedas de colores del rosetón de la gran portada como un plato de flores luminosas. Abajo, entre las pilastras, la luz parecía aplastarse con la sombra. Descendían los murciélagos, y con sus alas hacían caer tierra de los agujeros del embovedado. Chillaban entre las columnas, como si revoloteasen en un bosque de piedra. En su ciego impulso, chocaban con las cuerdas de las lámparas o hacían bambolearse los capelos rojos con borlas polvorientas y deshilachadas que pendían a gran altura sobre las tumbas de los cardenales.

Gabriel hacía su ronda por toda la iglesia. Empujaba las verjas de los altares para convencerse de que estaban bien cerradas, tocaba las puertas de la capilla Mozárabe y de los Reyes, echaba un vistazo a la de la Sala Capitular y se detenía ante la Virgen del Sagrario. A través de la reja se veían las lámparas ardiendo, y en lo alto la imagen cargada de joyas. Después de este examen iba en busca de su camarada, y ambos se sentaban en el crucero, en las gradas del coro o del altar mayor. Desde allí se abarcaba todo el templo de un golpe de vista.

Los dos vigilantes comenzaban por encasquetarse las gorras.

—A usted le habrán recomendado —decía el compañero de Gabriel— que guarde respeto al templo: que si desea echar un cigarro se vaya a la galería del *Locum*; que si quiere cenar se meta en la sacristía. Lo mismo me dijeron a mí cuando entré al servicio de la catedral. Palabras de gentes que se quedan a dormir en sus casas, muy tranquilas. Aquí lo que importa es vigilar mucho, y fuera de esto, cada uno puede hacer lo que mejor le parezca para pasar la noche... A estas horas duermen Dios y los santos. Algo tienen que descansar después de pasarse el día oyendo súplicas y cánticos, recibiendo incienso y ardiéndoles los cirios junto a la cara. Nosotros velamos su sueño, y ¡qué demonio!, no es faltarles al respeto si nos permitimos alguna libertad. Vaya, compañero, ya va oscureciendo: juntemos las cenas.

Y los dos vigilantes cenaban en el crucero, extendiendo sobre los peldaños de mármol las viandas de sus cestas.

El camarada de Gabriel, llevaba en el cinto por todo armamento una pistola, regalo de la Obrería: una antigüedad que jamás se había disparado. A Luna le enseñó el *Vara de plata* una carabina, legada por el ex guardia civil a la sacristía como recuerdo de sus años de servicio. Gabriel hizo un gesto de repulsión. Bien estaba allí: ya la buscaría cuando la necesitase. Y la dejó en el rincón, con unos paquetes de cartuchos enmohecidos por la humedad y cubiertos de telarañas.

Al cerrar la noche borrábanse en lo alto los colores de las vidrieras, y en la oscuridad de las naves comenzaban a brillar, como estrellas macilentas, las luces de las lámparas. Se perdían las proporciones del templo. Gabriel creía estar a campo raso en una noche oscura, únicamente al ir de un lado a otro, con la linterna por delante, surgían de la sombra los contornos de la catedral, más grandes, más monstruosos. Las pilastras le salían al encuentro, agrandándose, subiendo hasta las bóvedas a impulsos del resplandor de la linterna. Los cuadros del embaldosado parecían danzar a cada movimiento de luz. Gabriel, en sus rondas de vigilancia, sentía batir sobre su cabeza

pesadas alas. Al grito de los murciélagos se unían chillidos lúgubres de pájaros que, asustados, cortaban el aire, chocando con las pilastras. Eran las
lechuzas, que bajaban atraídas por el aceite de las lámparas, estremeciendo
a éstas con el roce de sus plumas.

Cada media hora se alteraba el silencio de la catedral con un ruido de
muelles disparados y ruedas en movimiento. Después sonaba una campana
de argentino toque. Eran los guerreros dorados de la portada del Reloj que
señalaban el paso del tiempo con sus martillos.

El compañero de Gabriel se lamentaba de las innovaciones establecidas
por el cardenal para fastidiar a los pobres. En otros tiempos, él y su viejo
camarada, una vez encerrados, podían dormir a pierna suelta, sin miedo a
que el cabildo les riñese. Pero Su Eminencia, que siempre estaba discurriendo el modo de molestar al prójimo, había colocado en lados distintos de la
catedral unos relojitos traídos del extranjero, y había que ir cada media hora
a abrirlos y marcar la presencia. Al día siguiente los examinaba el *Vara de
plata*, y si encontraba un descuido, imponía multa.

—Una invención del demonio para no dejarnos dormir camarada. Cuando
más, podremos descabezar un sueño. Es preciso ayudarnos. Mientras uno
duerme un rato, el otro se encargará de apuntar en esas malditas máquinas.
Nada de descuidos, ¿eh, novato? La paga es corta, el hambre mucha, y no
estamos para multas.

Gabriel, siempre bondadoso, era el que más rondaba, cuidando escru-
pulosamente de los marcadores. Su compañero, el señor Fidel, descansaba
tranquilo, alabando su generosidad. Buen compañero le habían dado; gustábale más que el antiguo, con sus aires imperiosos de viejo guardia, siempre riñendo por decidir a quién correspondía levantarse y hacer la ronda.

El pobre hombre tosía tanto como Gabriel. Sus catarros conmovían el
silencio del templo; se agrandaban con el eco de las naves, como si en la
sombra ladraran perros monstruosos.

—No sé los años que arrastro esta carraspera —decía el viejo—. Es un regalo de la catedral. Los médicos me dicen que abandone este empleo; pero
lo que yo contestó: ¿quién me mantiene? Usted, compañero, ha entrado en
la buena época. Hace aquí un fresquito que ya lo querrían los que sudan a
estas horas en los cafés del Zocodover. Pero aunque estamos en el verano,

fíjese usted en la humedad que nos entra por salva sea la parte. Cuando debe verse esto es en invierno, camarada. Hay que vestirse como una máscara, cubierto de gorros, pañuelos y mantas. En la sacristía nos hacen la caridad de dejarnos un poco de fuego; pero aun así, muchas mañanas falta poco para que nos recojan helados. Los del cabildo llaman al coro «matacanónigos». Y si esos señores se quejan por una hora de estancia en esta nevera, bien comidos y mejor bebidos, figúrese usted qué será de nosotros. Ha tenido usted suerte de entrar en verano. Cuando llegue el frío, ya verá usted lo que es bueno.

Pero aunque estaban en la mejor época del año, Gabriel tosía, empeorando en su dolencia por la humedad de la catedral.

Las noches de Luna, el templo se transfiguraba de un modo fantástico. Gabriel recordaba ciertas decoraciones de ópera que había visto en sus viajes. Los ventanales destacábanse sobre las negras masas con un tono blanquecino y lechoso. Manchas de luz se deslizaban lentamente por las pilastras, como fantasmas que descendiesen de las bóvedas; después arrastrábanse por el pavimento cual espectros rampantes, y otra vez volvían a remontarse por las pilastras, hasta perderse en lo alto. Estos rayos de luz fría y difusa hacían aún más densas las tinieblas. En su marcha, sacaban de la oscuridad aquí una capilla, más allá una lápida sepulcral o el relieve de una pilastra. El gran Cristo que corona la reja del altar mayor fulguraba sobre el fondo de sombra con el brillo del oro viejo, como una aparición milagrosa que flotase en el espacio entre un nimbo de luz.

Cuando la tos no dejaba dormir al viejo guardián, hablaba a Gabriel de los años que llevaba de vida nocturna en la Primada. Era un oficio que tenía cierta semejanza con el de sepulturero; pasaban la vida entre muertos, en el silencio del abandono, sin ver a nadie hasta que terminaba la guardia. Él había acabado por acostumbrarse. Aquel oficio le curaba de muchos miedos que había sentido en su juventud. Antes, creía en resurrecciones de muertos, en almas y en apariciones de santos, pero ahora se reía de todo. años enteros llevaba pernoctando en la catedral, y si algo oía, era el roer de los ratones, que no respetaban altares ni santos. ¡Al fin, todo madera!

Solo temía a los hombres de carne y hueso, a los ladrones, que en otros tiempos más de una vez habían entrado en la catedral, obligando al cabildo a establecer la vigilancia nocturna.

Y entretenía a Gabriel con el relato de todas las tentativas de robo realizadas durante el siglo. En la catedral existían riquezas para tentar a un santo. Madrid estaba cerca, y él temía mucho a los ladrones «finos». Después enumeraba todas las precauciones de la vigilancia. Listo y afortunado había de ser quien consiguiera burlarlas. El *Vara de plata*, el campanero y los sacristanes hacían la requisa antes de cerrar, llevándose Mariano las llaves a la torre. No había que proponerse romper las cerrajas. Eran obra antigua y fuerte, y además, allí estaban ellos para dar la alarma apenas oyesen el más leve ruido. Antes, con el auxilio del perro, la vigilancia resultaba más completa; el animal era tan fino, que bastaba que un transeúnte se aproximase a una puerta exterior para que al momento acudiera ladrando. El señor Obrero, después de muerto aquél, anunciaba meses y meses la adquisición de otro, y no cumplía su promesa. Pero, en fin, aun sin el can, allí estaban los dos, que representaban algo, ¿eh...? Él, con su pistola que nunca había disparado; Gabriel, con la carabina que aún estaba en la sacristía, en el mismo rincón donde la dejó su antecesor. Se pavoneaba pensando en el miedo que podían inspirar él y su compañero; pero vuelto a la realidad ante la sonrisa de Luna, añadía:

—Además, para un caso extremo, contamos con el esquilón que llama a los canónigos. La cuerda está en el coro; no tenemos más que tirar, y ¡figúrese usted la que se armaría si sonase en el silencio de la noche! Todo Toledo se pondría de pie, adivinando que algo grave ocurría en la catedral... Con esto y con los malditos contadores, que no nos dejan dormir, puede decirse que ni el rey pasa la noche tan bien guardado como esta iglesia.

Por la mañana, al salir del encierro, subía Gabriel a su casa transido de frío, deseando tenderse en la cama. Encontraba a Sagrario en la cocina calentando la leche para que la bebiese antes de acostarse. La dulce compañera seguía llamándole tío en presencia de los de casa. Únicamente su voz adoptaba el tuteo cariñoso cuando estaban solos. Al verle en la cama se aproximaba a él con el vaso de leche humeante, se lo hacía beber con mimos maternales, le arreglaba el embozo del lecho y cerraba cuidadosamente ventanas y puertas para que no le molestase un rayo de luz.

—¡Esas noches en la catedral! —exclamaba la compañera con expresión de lamento—. Te estás matando, Gabriel: eso no es para ti. El padre dice lo mismo. Puesto que más allá de la muerte no hay nada y no hemos de vernos, prolonga tu vida, déjate cuidar. Ahora que nos conocemos y que soy dichosa, ¡sería tan triste perderte...!

Gabriel la tranquilizaba. Aquella vida no podía durar más allá del verano. Después le darían algo mejor. No debía entristecerse; por tan poca cosa no se muere. Lo mismo tosía viviendo en las Claverías que pasando la noche en la catedral.

Después de comer salía al claustro, completamente repuesto por su sueño de la mañana. Era el único momento del día en que podía ver a sus amigos. Se aproximaban a él o iba Gabriel en su busca, entrando en la casa del zapatero o subiendo a la torre.

Le saludaban, oían sus palabras con la misma atención de antes; pero notaba en ellos cierto gesto de independencia fuera y al mismo tiempo de conmiseración, como si admirándole por haberles transmitido sus ideas, tuviesen lástima de su carácter dulce, enemigo de la violencia.

—Estos pájaros —decía Gabriel hablando con su hermano— ya vuelan por su cuenta. No me necesitan y quieren estar solos.

El *Vara de palo* meneaba la cabeza tristemente.

—Dios quiera, Gabriel, que algún día no te arrepientas de haberles hablado de cosas que no entienden. Han cambiado mucho. A nuestro sobrino el perrero no hay quien lo sufra. Dice que ya que no le dejaron matar toros para hacerse rico, matará hombres si es necesario para salir de pobreza; que él tiene derecho a disfrutar como cualquier señor, y que todos los ricos son unos ladrones... Pero hermano, ¡por la Virgen!, ¿les has enseñado realmente esas cosas tan horribles?

—Déjalos —dijo Gabriel riendo—. No han digerido aún las ideas nuevas, y vomitan disparates. Pero eso pasará. Son buena gente.

Lo único que le entristecía era ver que Mariano se recataba de él. Huía su trato como si le tuviese miedo. Parecía temer que Gabriel leyera en su pensamiento, con la superioridad irresistible que desde mozo había tenido sobre él.

—Mariano, ¿qué hay? —decía al verle pasar por el claustro.

—Mucho y mal repartido —contestaba el huraño camarada.

—Lo sé, hombre, lo sé; pero parece que me huyes. ¿Por qué es eso?

—¿Huirte yo...? Nunca. Sabes que siempre te quise. Cuando subes a mi casa ya ves cómo te recibimos. Te debemos mucho: nos has abierto los ojos y ya no somos bestias... Pero me canso de saber tanto y ser pobre; y lo mismo les ocurre a los compañeros. No queremos tener llena la cabeza y el vientre vacío...

—Pero ¿qué remedio nos queda? Hemos nacido pronto. Otros vendrán, encontrando las cosas mejor dispuestas. ¿Qué podéis hacer para arreglar lo presente, cuando en el mundo millares de trabajadores más infelices que vosotros no logran mejor éxito, aun a costa de su sangre, peleando con la autoridad?

—¿Qué hacer? —gruñía el campanero—. Eso ya lo veremos: ya lo verás tú. No somos tan tontos como crees. Tú eres muy sabio, Gabriel; te respetamos como a un maestro; todo cuanto dices es verdad; pero nos parece que cuando hay que hacer las cosas... «prácticas», ¿me entiendes?, cuando hay que llamar al pan pan y al vino vino... ¿me explico...? eres, y perdona, algo guillado, como todos los que andan entre libros. Nosotros somos brutos, pero vemos más claro.

Y se alejaba de Gabriel, que no podía comprender el verdadero alcance de este desvío de sus discípulos. Muchas veces, al entrar en las habitaciones de la torre para pasar un rato con ellos, cesaban repentinamente en la conversación y le miraban con zozobra, temiendo, sin duda, que pudiera escuchar sus palabras.

Don Martín hacía muchos días que no se presentaba en el claustro. Gabriel supo por el *Vara de plata* que había muerto la madre del curita, y una semana después le vio una tarde en las Claverías. Tenía los ojos enrojecidos, las facciones descarnadas y con la piel tirante, como si hubiese llorado mucho.

—Vengo a despedirme de usted, Gabriel. He pasado un mes de penas y de insomnio cuidando a mi madre. La pobre ha muerto. No era ninguna joven; yo esperaba este final; pero por fuerte y resignado que uno sea, estos golpes siempre se sienten. Al irse la pobre vieja, quedo libre. Era lo único que me ligaba a esta iglesia, en la que ya no creo. Su dogma es absurdo y pueril, su historia un tejido de crímenes y violencias. ¿Para qué mentir, como otros, fingiendo una fe que no siento? Hoy he estado en palacio para decir que dispongan de mis siete duros mensuales y de la capellanía de las monjas. Me voy; no solo huyo de la iglesia, quiero evitar su ambiente, y en Toledo no puede vivir un sacerdote «renegado». ¿Ve usted este disfraz? Hoy lo llevo por última vez. Mañana gozaré la primera alegría de mi vida, rasgando esta mortaja en pedazos pequeños, muy pequeños, para que nadie la pueda utilizar. Seré hombre; me iré lejos, tan lejos como pueda; quiero saber cómo es el mundo, ya que en él vivo. No conozco a nadie, no tengo protección; usted es el hombre más extraordinario que he conocido, y está oculto en una mazmorra por su voluntad, refugiado en un templo completamente vacío para su conciencia... No me asusta la miseria; cuando se ha sido representante de Dios con seis reales diarios, se puede mirar el hambre cara a cara. Seré obrero, trabajaré la tierra si es preciso, me emplearé en cualquier cosa... pero seré hombre libre.

Pasearon los dos amigos por el claustro, aconsejando Gabriel a don Martín. Al determinar el punto adonde debía dirigirse, su predilección fluctuaba entre París y las repúblicas americanas más faltas de emigración.

Al caer la tarde, Gabriel se despidió de su discípulo: le estaba esperando el compañero en el claustro bajo para encerrarse en el templo.

—Tal vez no nos veamos más —dijo el curita con tristeza—. Usted acabará sus días aquí, en la casa de un Dios en quien no cree.

—Sí; aquí moriré —dijo Gabriel sonriendo—. Él y yo nos odiamos, y sin embargo, parece que nada puede hacer sin mí. Si ha de salir a la calle, soy quien guía sus pasos; y por la noche, yo también quien guarda sus riquezas... Salud y buena suerte, Martín. Sea usted hombre sin desfallecimientos. La verdad bien vale la miseria.

La desaparición del capellán de las monjas se efectuó sin escándalo. Don Antolín y otros sacerdotes creyeron que el joven se había trasladado a Madrid por ambición, para engrosar el número de clérigos solicitantes. Gabriel era el único que conocía el verdadero destino de don Martín. Además, pronto hizo olvidar al joven sacerdote una noticia estupenda, que retumbó en la catedral como un trueno, poniendo en conmoción a los señores del coro, a la gente menuda de las sacristías, a toda la población del claustro alto.

Habían terminado las querellas entre el arzobispo y el cabildo. En Roma aprobaron todo lo hecho por el cardenal, y Su Eminencia rugía de júbilo en su palacio, con la fiera impetuosidad que mostraba en todas sus expansiones.

Los canónigos, al entrar en el coro, iban con la cabeza baja, como avergonzados y temerosos.

—Pero ¿ha visto usted...? —se decían al desvestirse en la sacristía.

Y a buen paso, con el manteo ondulante, abandonaban la iglesia cada uno por su lado, evitando formar grupos ni corrillos, atento cada cual a librarse de responsabilidades, a aparecer limpio de toda complicidad con los enemigos del prelado.

El *Tato* reía de gozo viendo la dispersión y el azoramiento de los señores del coro.

—¡Corred, corred! ¡Bueno os va a poner el cuerpo el tío...!

Se hacían los preparativos de todos los años para la gran fiesta de la Virgen del Sagrario, a mediados de agosto. En la catedral hablaban de la de aquel año con misterio unos y zozobra otros, como si aguardasen sucesos extraordinarios. Su Eminencia, que no bajaba al templo hacía muchos meses por no ver a los del cabildo, presidiría el coro el día de la fiesta. Deseaba contemplar de cerca a sus enemigos, aplastarlos con su triunfo, gozarse en su aspecto de confusa sumisión. Y conforme se aproximaba la solemnidad religiosa, temblaban muchos canónigos, pensando en la mirada dura y soberbia que clavaría en ellos el iracundo prelado.

Gabriel prestaba escasa atención a las preocupaciones del mundo clerical. Llevaba una vida extraña. Gran parte del día lo pasaba durmiendo, preparándose para la fatigosa vela de la noche, que hacía ahora solo. El señor Fidel había caído enfermo, y para que la Obrería, evitando gastos, no privase al viejo de su mísero sueldo, se abstenía de pedir un nuevo compañero. Pasaba las noches en la catedral con la misma tranquilidad que si estuviera en el claustro, alto, habituado a aquel silencio de cementerio. Para no dormirse, leía a la luz de su linterna los libros que podía encontrar en las Claverías:

fríos tratados de Historia, en los que la Providencia desempeñaba el principal papel; vidas de santos, que le divertían por su crédula sencillez, rayana en lo grotesco, y aquel *Quijote* de los Luna que tantas veces, había deletreado de pequeño, y en el cual creía encontrar algo de la frescura de la niñez.

Llegó el día de la Virgen. La fiesta era igual a la de todos los años. La imagen famosa había salido de su capilla, ocupando sobre su peana un sitio en el altar mayor. Llevaba el manto guardado en el Tesoro y todas sus joyas, que centelleaban acariciadas por el bosque de luces, como si rieran con una escala temblona de fulgores.

Antes de comenzar la fiesta, los curiosos de la catedral, fingiéndose distraídos, paseaban entre el coro y la puerta del Perdón. Los canónigos, con sus vestiduras rojas, reuníanse cerca de la escalerilla alumbrada por la famosa piedra de luz. Por allí bajaría Su Eminencia, y los señores del coro se agrupaban tímidamente, cuchicheando, como si se preguntasen qué iba a pasar.

Apareció en el primer tramo de la escalera el portacruz, avanzando horizontalmente su insignia de dobles brazos para que pasase bajo el arco de la puerta. Después, entre familiares, y seguido por la sotana morada del obispo auxiliar, avanzó el cardenal, vestido de púrpura, que apagaba el rojo violáceo de los canónigos.

El cabildo se formó en dos filas, con la cabeza baja, prestando acatamiento a su príncipe. ¡Qué mirada la de don Sebastián! Los canónigos, inclinados, creyeron sentirla en la nuca con una frialdad de acero. Erguía el enorme cuerpo dentro de sus envolturas de púrpura con gallarda arrogancia, como si en aquel momento se sintiera curado de la enfermedad que arañaba sus entrañas y de la insuficiencia del corazón, que oprimía sus pulmones. La cara gordinflona temblaba de gozo; los pliegues de grasa de su barbilla se estremecían sobre el roquete de blondas. La birreta cardenalicia parecía hincharse de soberbia sobre su cabeza pequeña, blanca y sonrosada. Nunca fue llevada una corona con tanto orgullo como aquel gorro rojo.

Extendió su mano enguantada de púrpura, sobre la que lucía la esmeralda episcopal, y con un gesto imperioso hizo que uno tras otro fueran besándola todos los canónigos. Era la sumisión de los hombres de Iglesia, acostumbrados desde el Seminario a una humildad aparente que encubre

243

rencores y odios de una intensidad no conocida en la vida vulgar. El cardenal adivinaba el desaliento tras esta modestia y paladeaba su triunfo.

—Tú no conoces cómo son nuestros odios —había dicho algunas veces a su amiga la jardinera—. En la vida vulgar son pocos los hombres que mueren de un disgusto. El que siente enfado se desahoga y recobra la tranquilidad. Pero en la Iglesia se cuentan a centenares los que mueren de un acceso de ira por no poder vengarse, porque la disciplina les cierra la boca y abate su cabeza. Faltos de familia y de preocupaciones para ganarse el pan, los más de nosotros solo vivimos para el amor propio y el orgullo.

Se formó en procesión el cabildo, acompañando a Su Eminencia. Abrían la marcha el perrero rojo, los pertigueros negros y el *Vara de plata*, haciendo sonar las baldosas con los golpes de sus bastones. Detrás la cruz arzobispal y los canónigos por parejas, y en último término el prelado, con su cola roja, extendida en toda su longitud, llevada en alto por dos pajes. Don Sebastián bendecía a un lado y a otro, mirando con sus ojillos penetrantes a los fieles, que inclinaban la cabeza.

Su carácter imperioso y la alegría del triunfo hacían centellear su mirada. ¡Qué gran victoria...! El templo era su casa, y volvía a él tras larga ausencia, con toda la majestad de un dueño absoluto que podía aplastar a los esclavos maldicientes que osaran atacarle.

La grandeza de la Iglesia se le aparecía en aquel momento más grandiosa que nunca. ¡Qué admirable institución! El hombre fuerte que llegaba a lo alto se convertía en un dios omnipotente y temible. Nada de igualdad perniciosa y revolucionaria. El grande siempre tenía razón. El dogma ensalzaba la humildad de todos ante Dios, pero al fijar ejemplos, hablaba siempre de rebaños y de pastores que debían dirigirlos. Él era el pastor, porque así lo quería el Omnipotente. ¡Ay del que intentara descarriarse...!

En el coro, la alegría de su orgullo gustó una satisfacción aún mayor. Estaba sentado en el trono de los arzobispos de Toledo, aquella silla que había sido la estrella de su juventud, y cuyo recuerdo le turbaba en pleno episcopado, cuando paseaba la mitra por las provincias esperando la hora de llegar a la Primada. Erguíase bajo el artístico dosel del Monte Tabor, sobre cuatro escalones, para que le viesen bien todos los del coro y se convencieran de que era su príncipe. Las cabezas de las dignidades sentadas a su lado estaban casi al nivel de sus pies. Podía pisarlos como víboras si osaban levantarse de nuevo, mordiéndole en sus más íntimos afectos.

Enardecido por la apreciación de su grandeza y su triunfo, era el primero en levantarse o sentarse, conforme lo marcaba el ritual de los oficios, y unía su voz a las del coro, asombrando a todos con la áspera energía de su canto. Las palabras latinas salían de su boca como trabucazos contra aquella gente odiada; sus ojos pasaban con expresión de reto sobre la doble fila de cabezas inclinadas.

Era un hombre de fortuna, que había marchado de éxito en éxito, y sin embargo, jamás había sentido una satisfacción tan honda, tan completa como la de aquel momento. Él mismo se asustaba de su alegría, de aquel estallido de orgullo que amortiguaba sus crónicas dolencias. Parecíale que estaba gastando en unas cuantas horas toda su provisión de vida.

Al finalizar la misa, los cantores y demás gente menuda del coro, que eran los únicos que osaban mirarle, se alarmaron viéndole palidecer, levantarse con la faz desencajada, llevándose las manos al pecho. Advertidos los canónigos, corrieron a él, formando una apretada masa de vestiduras rojas ante su trono. Su Eminencia se ahogaba, debatiéndose entre aquel círculo de manos que le agarraban instintivamente.

—¡Aire...! —rugió—, ¡aire...! ¡Quítense de delante con mil porras! ¡Que me lleven a casa!...

Aun en medio de su angustia, encontró el gesto enérgico y sus antiguos votos de soldado para rechazar a los enemigos. Se ahogaba, pero no quería que lo viesen los canónigos. Adivinaba en muchos de ellos la satisfacción tras el gesto compungido. ¡Que nadie le tocase! ¡Él se bastaba! Y apoyado en dos familiares fieles, emprendió la marcha jadeante hacia la escalera arzobispal, seguido de gran parte del cabildo.

La función religiosa terminó apresuradamente. Que perdonara la Virgen: otro año tendría mayor solemnidad. Y las autoridades e invitados abandonaron sus asientos del altar mayor para correr en demanda de noticias al palacio arzobispal.

Al despertar Gabriel, pasado mediodía, todos hablaban en el claustro alto de la salud de Su Eminencia. Su hermano preguntaba a tía Tomasa, que venía de palacio.

—Se muere, hijos —decía la jardinera—; de ésta no escapa. Doña Visita me lo ha enseñado de lejos, llorando la pobre. No puede estar acostado. El pecho le baila como un fuelle roto. Los médicos dicen que no llega a la noche. ¡Qué desgracia...! ¡Y en un día como éste...!

La agonía del príncipe eclesiástico era acogida con un silencio fúnebre. Las mujeres de las Claverías iban y venían con noticias desde el palacio al claustro alto. Los chicuelos permanecían recluidos en las habitaciones, atemorizados por las amenazas de las madres si intentaban jugar en las galerías.

El maestro de capilla, siempre insensible a los sucesos de la catedral, salía, sin embargo, a tomar noticias del estado de Su Eminencia. Tenía un proyecto, del que habló rápidamente a la familia durante la comida. Los funerales de un cardenal bien merecían que se ejecutase una misa célebre, con gran orquesta reclutada en Madrid. Él ya había echado el ojo al famoso *Réquiem* de Mozart. Era por lo único que le interesaba la suerte del prelado.

Gabriel, mirando a su compañera, sentía el dulce egoísmo que experimenta el que vive cuando muere el poderoso.

—Ya caen los grandes, Sagrario. Y nosotros los enfermos, los miserables, aún tenemos por delante alguna vida.

A la hora en que se cerraba el templo bajó para comenzar su vigilancia. El campanero le esperaba con las llaves.

—¿Qué hay del cardenal? —preguntó Gabriel.

—Pues que se muere hoy mismo, si es que no ha muerto ya.

Y después añadió:

—Esta noche, Gabriel, tendrás gran iluminación. La Virgen está en el altar mayor, hasta mañana, rodeada de cirios.

Calló un momento, como si vacilase.

—Tal vez —añadió— baje a hacerte un rato de compañía. Debes aburrirte solo. Espérame.

Cuando Gabriel quedó encerrado en el templo, vio un trozo del altar mayor resplandeciente de luces. Hizo su acostumbrada requisa de puertas y verjas, visitó el *Locum*, los grandes retretes, donde en otro tiempo se habían ocultado unos ladrones, y después que estuvo convencido de que en la catedral no había otro ser vivo que él, fue a sentarse en el crucero, con su manta y la cesta de la cena.

Allí permaneció largo rato, contemplando a través de la reja la Virgen del Sagrario. Nacido en la catedral y llevado de niño por su madre a que se arrodillase ante la imagen, la había admirado como el tipo más perfecto de hermosura. Ahora la apreciaba fríamente, con ojos de artista. Era fea y grotesca, como todas las imágenes que son ricas. La piedad suntuosa y opulenta la había disfrazado con sus tesoros. No había nada en ella del idealismo de las vírgenes pintadas por los artistas cristianos. Más bien parecía un ídolo indostánico recargado de joyas. La falda y el manto se ahuecaban con la ampulosidad de un miriñaque, y sobre las tocas lucía una corona enorme como un morrión, empequeñeciéndole la cara. El oro, las perlas, los diamantes, brillaban sobre sus vestiduras. Llevaba pendientes y pulseras de gran valor.

Gabriel sonreía pensando en la simpleza religiosa, que viste a los héroes celestiales con arreglo a las modas de la tierra.

El débil resplandor del crepúsculo que descendía de los ventanales y la inquieta llama de los cirios formaban una ondulación de luces y sombras, animando el rostro de la imagen como si gesticulase.

«¡Aún como soy yo! —se decía Gabriel—. Si en mi lugar estuviera un devoto, creería que la Virgen ríe unos momentos y después llora. Con un poco de imaginación y de fe, ¡he aquí un milagro! Estos caprichos de la luz han sido una mina inagotable para los sacerdotes. También las Venus de otros tiempos cambiaban la expresión de su cara, riendo o llorando a gusto de los fieles, como una imagen cristiana.»

Y pensó largo rato en el milagro, invención de todas las religiones, y tan antiguo como la ignorancia y la credulidad humanas.

Oscureció. Después de cenar parcamente, Gabriel abrió un libro que llevaba en la cesta y púsose a leer a la luz de su linterna. De vez en cuando levantaba la cabeza, distraído por el revoloteo y los gritos de los pajarracos nocturnos, atraídos por el resplandor extraordinario del bosque de cirios. Transcurría el tiempo lentamente. En la oscuridad de las bóvedas retumbaban los argentinos martillazos de los guerreros del reloj. Luna se levantaba y recorría la iglesia, visitando los contadores para marcar su ronda.

Habían sonado las diez, cuando Gabriel oyó abrirse el postigo de la portada de Santa Catalina, pero rápidamente y sin violencia, como si hubieran hecho uso de una llave. Luna recordó el ofrecimiento del campanero. Después sonaron los pasos de varias personas, pero agrandados por el eco, como si avanzase toda una hueste.

—¿Quién va? —gritó Gabriel, algo alarmado.

—Nosotros, hombre —contestó en la sombra la voz fosca de Mariano—. ¿No te dije que bajaríamos?

Al entrar en el crucero les dio de lleno la luz del altar mayor. Gabriel vio con el campanero al *Tato* y al zapaterillo. Querían acompañar a Luna una parte de la noche, para que no le fuese tan pesada la guardia, y traían una botella de aguardiente que le ofrecieron.

—Ya sabéis que no bebo —dijo Gabriel—. Nunca me ha gustado el alcohol; vino, y no mucho... Pero ¿adonde vais, vestidos como en los días de fiesta?

El *Tato* se apresuró a responder. El *Vara de plata* cerraba a las nueve las Claverías, y ellos querían pasar la noche fuera de casa. Ya habían estado un buen rato en un café del Zocodover, regalándose como señores. Estaban hechos unos calaveras. Aquella noche era extraordinaria, tanto más cuanto que la ciudad también estaba alterada por lo del arzobispo.

—¿Cómo sigue? —preguntó Gabriel.

—Creo que ha muerto hace media hora —dijo el campanero—. Cuando he subido a mi casa por las llaves, salía un médico del palacio, y así se lo decía a un canónigo... Pero sentémonos.

Tomaron todos asiento, con la gorra calada, en los peldaños de la verja del altar mayor. Mariano dejó en el suelo el manojo de las llaves, un racimo de hierro como una maza. Las había de todas las épocas: unas groseras y herrumbrosas, con las huellas del martillo, ostentando escudos cerca del agarradero; otras más modernas, pulidas y brillantes como si fuesen de plata; pero todas enormes y pesadas, de robustos dientes, cual convenía a la grandeza del edificio.

Los tres amigos parecían extraordinariamente contentos, con una alegría nerviosa que les hacía empujarse y reír. Miraban de reojo a la Virgen y después se miraban entre ellos con un gesto de misterio que no podía comprender Gabriel.

—Habéis bebido mucho, ¿verdad? —dijo Luna con suave reproche—. Hacéis mal; ya sabéis que el beber es la degradación de los pobres.

—Un día es un día, tío —dijo el perrero—. Nos alegra que se mueran los grandes. Ya ve usted; yo admiraba mucho a Su Eminencia: pues ¡que se haga la porra! La única satisfacción que tiene un pobre es ver que a los de arriba también les llega la vez.

—Bebe —dijo el campanero, ofreciéndole la botella—. Es una dicha encontrarnos aquí sanos y alegres, mientras Su Eminencia se verá mañana entre cuatro tablas. ¡Menudo campaneo soltaremos todo el día!...

Bebió el *Tato*, y pasó la botella al zapatero, que estuvo mucho tiempo con la boca pegada al gollete. De los tres, éste parecía el más ebrio. Tenía los ojos enrojecidos, miraba duramente a todos lados y permanecía silencioso. Solo sonreía forzosamente cuando le dirigían la palabra, como si su pensamiento estuviera lejos, muy lejos.

El campanero, en cambio, era más locuaz que de costumbre. Hablaba de la fortuna del cardenal, de lo rica que iba a ser doña Visitación, de la alegría que tendrían aquella noche muchos del cabildo. Y se interrumpía para empinar la botella del aguardiente, pasándola después a los compañeros. El vaho del alcohol se esparcía en aquel ambiente impregnado de incienso y humo de cera.

Transcurrió más de una hora. Mariano había cortado varias veces la conversación, como si tuviera que decir algo grave y vacilase, falto de valor. Por fin se decidió.

—Gabriel: pasa el tiempo y nos resta mucho que hacer y que hablar. Son poco más de las once. Aún quedan horas para hacer bien la cosa.

—¿Qué quieres decir? —preguntó Luna con extrañeza.

—Pocas palabras: al grano. Se trata de que tú seas rico y lo seamos nosotros; queremos salir de esta miseria... Ya habrás notado hace tiempo que huíamos de ti; que al placer de oírte preferíamos hablar entre nosotros. Es que tú eres un sabio, pero no vales un céntimo para las cosas de la vida. Contigo se aprende, pero no se sale de pobreza... Hemos pasado meses pensando en la necesidad de dar un golpe afortunado. Esas revoluciones de que nos hablas están muy lejos. Las verán nuestros nietos, y aun tal vez no las vean. Bueno es que los sabios piensen en el porvenir; pero los brutos como nosotros solo vemos el presente. Hemos empleado el tiempo discurriendo barbaridades: secuestrar a don Sebastián y exigirle un millón de rescate; entrar en el palacio una noche, ¡y qué sé yo qué más...! Todo majaderías ideadas por tu sobrino. Pero esta mañana, en mi casa, lamentándonos de la miseria, hemos visto de pronto la salvación. Tú como único guardián de la catedral, la Virgen en el altar mayor con las joyas que el resto del año se guardan en el Tesoro, y yo con las llaves en mi poder... El trabajo más fácil del mundo. Limpiamos a la Virgen, emprendemos el camino de Madrid y llegamos al amanecer; el *Tato* conoce allí mucha gente de la que va a las capeas: nos ocultamos algún tiempo, y después, tú, que sabes el mundo, nos guiarás. Iremos a América, venderemos la pedrería, y seremos ricos. ¡Alza, Gabriel! Vamos a despojar al ídolo, como tú dices.

—¡Luego es un robo lo que me proponéis! —exclamó Luna, alarmado.

—¿Un robo? —dijo el campanero—. Llámalo así si quieres: ¿y qué?, ¿te asustas de eso...? Más nos han robado a nosotros, que nacimos con derecho a un pedacito de mundo, y por más vueltas que damos no encontramos un sitio libre... Además, ¿a quién perjudicamos con esto? De nada sirven a ese pedazo de palo las joyas que lo cubren. Ni come, ni siente frío en el invierno, y nosotros somos unos miserables. Tú mismo lo has dicho, Gabriel, contemplando nuestra pobreza. Nuestros hijos mueren de hambre sobre las rodillas de las madres, mientras los ídolos se cubren de riquezas... ¡Anda, Gabriel, no perdamos el tiempo!

—¡Vamos, tío! —dijo el *Tato*—. Un poco de coraje. Convénzase de que los ignorantes sabemos hilar las cosas cuando llega el caso.

Gabriel no les escuchaba. La sorpresa le había hecho caer en el ensimismamiento. Medía, asustado, el gran error cometido; veía abrirse un foso inmenso entre él y los que creía sus discípulos. Recordaba las palabras de su hermano. ¡Ah, el buen sentido de los simples! Él, con todas sus lecturas, no había previsto el peligro de enseñar a los ignorantes en unos cuantos meses lo que requería toda una vida de reflexión y estudio. Repetíase en pequeño lo que ocurre en los pueblos agitados por la revolución. Las ideas más nobles se corrompían al pasar por el tamiz de la vulgaridad; las aspiraciones generosas se envenenaban con los sedimentos de la miseria.

Los envilecidos por la explotación, al despertar, buscaban en las doctrinas redentoras la venganza del pasado y el bienestar egoísta, aunque fuese a costa de sus semejantes.

Había sembrado la semilla revolucionaria en los parias de la Iglesia, adormecidos en un ambiente de dos siglos atrás. Creía contribuir a la revolución futura formando hombres, y al despertar de su ensueño se encontraba con criminales vulgares. ¡Qué espantosa decepción! Sus ideas solo habían servido para destruir. Quitando a aquellos cerebros soñolientos los prejuicios de la ignorancia, las supersticiones del siervo, solo había conseguido hacerlos audaces para el mal. El egoísmo era la única pasión que vibraba en ellos. Solo habían aprendido que eran miserables y no debían serlo. La suerte de sus compañeros de infortunio, de una inmensa parte de la humanidad, miserable y triste, no les interesaba. Saliendo ellos de su estado, mejorando su situación fuese como fuese, les importaba poco que el mundo siguiera lo mismo que antes; que las lágrimas, el dolor y el hambre reinasen abajo para asegurar la comodidad de los de arriba. Había sembrado en ellos su pensamiento, queriendo acelerar la cosecha, y como en los cultivos forzados y artificiales, que crecen con asombrosa rapidez para no dar más que frutos corrompidos, el resultado de su propaganda era la podredumbre moral. ¡Hombres, al fin, como todos! ¡La fiera humana buscando su bienestar a costa del semejante; perpetuando el desconcierto y el dolor para los demás, con tal de gozar de la abundancia durante una vida de unos cuarenta años! ¡Ay!, ¿dónde encontrar al ser superior ennoblecido por el culto de la razón, haciendo el bien sin esperanza de recompensa, sacrificándolo todo por la solidaridad humana, el hombre-dios que embellecería el porvenir...?

—¡Anda, Gabriel —continuaba el campanero—, no perdamos tiempo! Es cosa de un instante, y enseguida ¡a volar!

—¡No —dijo Luna con firmeza, saliendo de su ensimismamiento—, no haréis eso, no debéis hacerlo! Es un robo lo que me proponéis, y mi dolor es grande viendo que para eso contabais conmigo. Otros van al robo por instinto fatal o por corrupción de alma; vosotros llegáis a él porque quise ilustraros, porque intenté abrir vuestras inteligencias a la verdad... ¡Oh!, ¡es horrible... muy horrible!

—Pero ¿a qué tales aspavientos, Gabriel? ¿No es eso un pedazo de palo? ¿A quién perjudicamos apoderándonos de sus joyas? ¿No roban los ricos y todos los que poseen algo? ¿Por qué no hemos de imitarles?

—Por eso mismo: porque lo que intentáis hacer es una imitación del mal; porque perpetúa una vez más el sistema de violencia y de desarreglo, causa de la miseria. ¿Por qué odias al rico, si lo que él hace al explotar al humilde es lo mismo que vas a hacer tú, apoderándote de una cosa «para ti» (entiéndelo bien), «para ti» y no para todos? No me asusta el robo, porque no creo en la propiedad ni en la santidad de las cosas; pero por esto mismo abomino de la apropiación particular y me opongo a ella. ¿Para qué queréis apoderaros de eso? Decís que para remediar vuestra miseria. No es verdad: para ser ricos, para entrar en el grupo de los privilegiados, para ser tres individuos más de esa minoría odiosa que goza el bienestar esclavizando a los humanos. Si todos los pobres de Toledo llamasen ahora a las puertas de la catedral, sublevados y embravecidos, yo les abriría paso, los guiaría yo mismo, les señalaría esas joyas que ambicionáis, les diría: «Apoderaos de ellas». Son gotas de sudor y de sangre de sus antepasados; representan el trabajo servil en la tierra del señor, el despojo brutal por los alcabaleros del rey, para que magnates y reyes pudiesen cubrir de pedrería al ídolo que podía abrirles las puertas del cielo. Eso no pertenece a vosotros tres porque seáis más audaces; pertenece a todos, como de todos son las riquezas de la tierra. Poner su mano los hombres sobre cuanto existe en el mundo será la obra santa, la revolución redentora del porvenir; apoderarse ahora unos cuantos de lo que con arreglo a la moral imperante no es suyo, resulta un delito para las leyes burguesas, y para mí es un atentado contra los desheredados, únicos dueños de lo existente...

—¡Calla, Gabriel! —dijo el campanero con dureza—. Si te dejo, hablarás hasta el amanecer. No te entiendo, no quiero. ¡Venimos a hacerte un favor, y nos sales con un sermón! ¡Queremos verte rico como nosotros, y nos contestas hablando de los demás, de la gente que no conoces, de esa humanidad que no te dio ni un mendrugo cuando vagabas como un perro...! Tendré que dirigirte como en nuestra juventud, cuando hacíamos la guerra. Siempre te he querido y admiro tu talento, pero a ti hay que tratarte como a un chicuelo... ¡Vaya, Gabriel, a callar y síguenos! ¡Te llevamos a la felicidad! ¡Adelante, compañeros!

El *Tato* y el zapatero se pusieron de pie, marchando hacia la verja del altar mayor. El perrero empujó una de sus hojas, entreabriéndola.

—¡No! —gritó Gabriel con energía—. ¡Deteneos...! Mariano, no sabes lo que haces. Creéis que ya está lograda vuestra dicha con apoderarse de esas riquezas. ¿Y después? Vuestras familias quedarán aquí. *Tato*, piensa en tu madre. Mariano, el zapatero y tú tenéis mujer, tenéis hijos.

—¡Bah...! —dijo el campanero—. Ya vendrán a reunirse con nosotros cuando estemos lejos y en salvo. El dinero todo lo puede: lo que importa es tenerlo.

—¿Y vuestros hijos...? ¡Les dirán que sus padres fueron ladrones!

—Pero serán ricos en otro país. Al fin, su historia no resultará peor que la de los hijos de otros ricos.

Gabriel se convenció de la resolución feroz que animaba a aquellos hombres. Sus esfuerzos para detenerles eran inútiles. Mariano le empujaba al ver que se interponía entre él y el altar mayor.

—Aparta, chiquillo —dijo—. Ya que no sirves para nada, déjanos. ¿Es que le tienes miedo a la Virgen? Descuida, que aunque nos llevemos todo cuanto posee no hará ningún milagro.

Gabriel intentó un recurso decisivo.

—No haréis nada. Si pasáis la verja, si entráis en el altar mayor, toco el esquilón y antes de diez minutos está todo Toledo en las puertas.

Y abriendo la verja del coro, entró en él con una decisión que paralizó al campanero.

El zapaterillo, con su aspecto de borracho taciturno, fue el único que le siguió.

—¡El pan de mis hijos! —murmuraba con lengua estropajosa—. ¡Quieren robarlos...! ¡Quieren que sigan pobres...!

Mariano oyó un ruido metálico: vio cómo el zapaterillo levantaba el brazo armado con el manojo de llaves caído en los peldaños de la verja, y después oyó un choque de extraña sonoridad, como si golpeasen algo hueco.

Gabriel dio un grito y cayó al suelo de bruces. El zapatero seguía golpeándole al cráneo.

—¡No le des más...! ¡Detente!

Éstas fueron las últimas palabras que oyó confusamente Gabriel, tendido en la entrada del coro. Un líquido pegajoso y caliente se escurría sobre sus ojos. Después, el silencio, la oscuridad... la Nada.

El último destello de su pensamiento fue para decirse que iba a morir, que tal vez había muerto ya, restándole solo la postrera vibración vital, la estela agitada de una existencia que huía para siempre.

Aún volvió a la vida. Abrió los ojos trabajosamente, y vio el Sol al través de un ventanillo con hierros, unas paredes blancas y una cama con cobertor de percalina rameada y sucia. La cabeza le pesaba enormemente. Su pensamiento pudo formar y coordinar una idea, después de grandes vacilaciones y tropiezos: le habían colocado la catedral en las sienes. El templo gigantesco gravitaba sobre su cráneo, aplastándolo. ¡Qué inmenso dolor...! No podía moverse: estaba cogido por la cabeza. Zumbaban sus oídos; su lengua estaba paralizada. Los ojos veían, pero débilmente, como si la luz fuese turbia y una bruma rojiza envolviese los objetos.

Creyó que una cara con bigotes, terminada por un sombrero de guardia civil, se inclinaba sobre la suya, mirándolo en los ojos. Movía los labios, pero él no oía nada. Era sin duda la pesadilla de sus antiguas persecuciones volviendo a surgir.

Se fijaban en él, viendo que abría los ojos. Un señor vestido de negro avanzaba hacia su lecho, seguido de otros dos que llevaban papeles bajo el brazo. Adivinó que le hablaban por el movimiento de los labios, pero nada pudo oír. ¿Estaría en otro mundo? ¿Serían falsas sus creencias, y después de la muerte existiría otra vida igual a aquella que había abandonado?...

Cayó de nuevo en la sombra y en la inercia. Pasó mucho tiempo... mucho. Otra vez se abrieron sus ojos, pero ahora la bruma era más densa. Ya no era roja: era negra.

Entre estos velos, creyó ver Gabriel el rostro de su hermano, consternado, crispado por el miedo, y los bicornios de la Guardia civil, aquellos sombreros de pesadilla, rodeando al pobre *Vara de palo*. Después, más esfumada, más indecisa, la cara de la dulce compañera, de Sagrario, contemplándole con ojos llorosos de inmensa pena, besándolo con la mirada, sin que la intimidasen los hombres negros y las armas que la rodeaban.

Ésta fue la última visión, indecisa y borrosa, como vista a la luz de una chispa fugaz. Después la oscuridad eterna, el aniquilamiento... la Nada.

Al cerrar para siempre los ojos, sonó junto a él una voz:

—Te seguíamos la pista, pájaro. Bien escondido estabas, pero te has descubierto con una de las tuyas. Ahora veremos qué cuenta das de las joyas de la Virgen... ¡ladrón!

El terrible enemigo de Dios y del orden social no dio cuenta alguna a los hombres.

Al día siguiente salió en hombros, de la enfermería de la cárcel, para desaparecer en la fosa común. El secreto de su muerte lo guardó la tierra, esa madre ceñuda que presencia impasible las luchas de los hombres, sabiendo que grandezas y ambiciones, miserias y locuras, han de pudrirse en sus entrañas, sin otro resultado que fecundar la renovación de la vida.

Fin

Playa de la Malvarrosa (Valencia)
Agosto-septiembre 1903.

Libros a la carta

A la carta es un servicio especializado para
empresas,
librerías,
bibliotecas,
editoriales
y centros de enseñanza;
y permite confeccionar libros que, por su formato y concepción, sirven a los propósitos más específicos de estas instituciones.

Las empresas nos encargan ediciones personalizadas para marketing editorial o para regalos institucionales. Y los interesados solicitan, a título personal, ediciones antiguas, o no disponibles en el mercado; y las acompañan con notas y comentarios críticos.

Las ediciones tienen como apoyo un libro de estilo con todo tipo de referencias sobre los criterios de tratamiento tipográfico aplicados a nuestros libros que puede ser consultado en linkgua-digital.com .

Linkgua edita por encargo diferentes versiones de una misma obra con distintos tratamientos ortotipográficos (actualizaciones de carácter divulgativo de un clásico, o versiones estrictamente fieles a la edición original de referencia).

Este servicio de ediciones a la carta le permitirá, si usted se dedica a la enseñanza, tener una forma de hacer pública su interpretación de un texto y, sobre una versión digitalizada «base», usted podrá introducir interpretaciones del texto fuente. Es un tópico que los profesores denuncien en clase los desmanes de una edición, o vayan comentando errores de interpretación de un texto y esta es una solución útil a esa necesidad del mundo académico.

Asimismo publicamos de manera sistemática, en un mismo catálogo, tesis doctorales y actas de congresos académicos, que son distribuidas a través de nuestra Web.

El servicio de «libros a la carta» funciona de dos formas.

1. Tenemos un fondo de libros digitalizados que usted puede personalizar en tiradas de al menos cinco ejemplares. Estas personalizaciones pueden ser de todo tipo: añadir notas de clase para uso de un grupo de estudiantes,

introducir logos corporativos para uso con fines de marketing empresarial, etc. etc.

2. Buscamos libros descatalogados de otras editoriales y los reeditamos en tiradas cortas a petición de un cliente.